희망 그 빛깔 있는 삶의 몸부림

희망 그 빛깔 있는 삶의 몸부림

———

1판 1쇄 인쇄 2016년 10월 7일
1판 1쇄 펴냄 2016년 10월 14일

지은이 고진하 외 34인
펴낸이 한종호
디자인 임현주
인 쇄 제이케이프린팅

펴낸곳 꽃자리
출판등록 2012년 12월 13일
주소 의왕시 오전동 동문굿모닝힐A 102동 804호
전자우편 amabi@daum.net
블로그 http://fzari.com

Copyright ⓒ 고진하 외 34인 2016

———

ISBN 979-11-86910-08-5 03810
값 15,000원

희망
그 빛깔 있는 삶의
몸부림

고진하 외 34인 지음

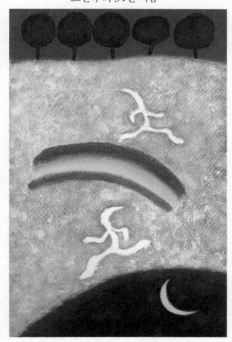

꽃자리

세상에 희망이 있는 걸까요?

●

한종호 | 꽃자리출판사 대표

이 글을 쓰고 있을 때 또 한 생명이 세상을 떠났습니다. 물대포 직
사발사로 쓰러진 백남기 농민이 1년 가까이 사투하다 결국 숨을 거
둔 것입니다. 우리는 희망을 말하고자 하지만 현실은 이처럼 비극의
연속입니다. 희망을 말하는 것이 도리어 지칠 지경이라고 말하는 이
도 날로 늘어나고 있습니다. 권력은 여전히 오만하여 국민들의 생명
알기를 발에 채이는 돌멩이 정도로도 여기지 않아 보입니다.

지금이라도 찾아보면 멀쩡하던 그를 물대포로 쏘아 쓰러뜨린 상
황을 볼 수 있는 동영상을 쉽게 찾아 볼 수 있을 정도로 사망에 이
르게 한 원인이 명백한데도 부검이라는 이름으로 유가족들의 심장
을 다시 후벼 파고 있습니다. 경찰의 무자비한 진압으로 인한 자국
민의 사망 앞에 경찰 최고 책임자는 사과할 이유가 없다고 우기고,
뻔뻔한 표정으로 안하무인의 입을 놀립니다. 어찌 이런 세상이 되
었을까요?

또한 세월호 유가족들의 고통은 여전히 지속되고 있으며 진상을
조사하는 특별조사위원회는 붕괴된 상태입니다. 3백 명이 넘는 생

5

명이 바다 속으로 가라앉았는데 우리는 아직도 그 원인을 알지 못합니다. 진상으로 가는 길은 봉쇄되어 있습니다. 남은 부모의 마음은 새까맣게 타들어갑니다. 철벽으로 둘러싼 권력은 국민들에게서 희망이라는 단어를 앗아가고 있는 중입니다.

어디 그뿐입니까? 이제 아예 드러내 놓고 하는 권력의 부패 상황은 자못 심각합니다. 공공의 임무를 맡아야 할 공직을 사익을 위해 쓰는 자들이 천지사방에 있습니다. 박근혜 정권이 들어선 이래 더 심각하게 이런 자들에 의해 나라의 운이 넘어가고 있습니다. 고양이에게 생선을 맡기는 격입니다. 공적 영역은 하염없이 무너지고 있고, 사욕을 채우는 자들이 공직에 앉아 호령하고 있습니다.

어디서 사람을 구할 데가 없어 이런 자들에게 나라를 맡긴 걸까 싶은 자들로 가득 차있습니다. 국민들의 세금을 자기 방에 있는 금고처럼 쓰는 자들이 활개를 치는 이 참담한 세상에서 우리는 어떻게 해야 희망을 일구어낼 수 있을까요? 참으로 막막하기 이를 데 없습니다.

그러는 사이에 국회 또한 꼴이 아니게 되어가고 있습니다. 음주운전으로 사고를 일으킨 자가 신분을 속여 징벌을 피한 뒤 경찰의 총수가 되어도 권력을 방어하는 자들은 후안무치로 그 자를 엄호합니다. 장관의 자격이 전혀 없는 자를 해임하겠다는 민의에 대해 의회독재라면서 길길이 뛰는 여당 국회의원들의 얼굴에는 인간으로서의 염치를 찾아 볼 수 없습니다. 단식을 한다면서 비공개로 숨어 단식 투쟁 운운했던 여당 대표의 몰골까지 가면, 이런 막장이 있을까 싶습니다.

사람들은 탄식합니다. 어찌해서 세상이 이리 되었는가 하고. 애써 이루어 낸 민주주의가 후퇴하고 더불어 세상 인심도 더욱 살벌해지고 있습니다. 이런 사회 구조 속에서 정의나 윤리를 묻기 어려운 사회가 되고 가고 있습니다. 그런 걸 생각하고 산다는 것이 도리어 기이하다고 조롱받을 시대가 되는 게 아닌가 싶을 정도입니다. 한 마디로 썩은 것입니다. 정신과 영혼이 부패하고 있으나 그걸 돌이켜 새롭게 할 생각과 의지는 점점 사라지고 있는 판국입니다.

그렇다면 교회를 포함한 종교는 또 어떤가요? 종교는 그 뜻풀이대로 큰 가르침으로 세상을 바로 세우는 정신의 힘입니다. 하지만 현실에서 보는 종교는 그런 책임을 방기하고 있을 뿐만 아니라, 도리어 도덕적 타락에 앞장서고 있습니다. 한 사회의 정신적 기준으로 존재해야 할 종교가 도리어 그 사회의 가장 악취가 나는 현장의 하나가 되고, 존경보다는 지탄의 대상이 되었을 뿐만 아니라 이제는 자정능력마저 잃어가는 것은 아닌가 하는 우려가 갈수록 깊어집니다.

종교 중 특히 기독교계의 속을 들여다보면 차마 고개를 들 수 없는 부끄러운 일들이 한둘이 아닙니다. 교단장 선거 때마다의 부패와 돈 선거, 대형 교회의 세습 풍조, 교회 헌금의 불투명성, 설교와 목회에서 드러나고 있는 세속적 기복주의와 현실 순응주의 등등 한국교회는 현실의 모순을 극복하는 현장이라기보다는 현실의 모순을 도리어 심화시키고 교묘하게 은폐시키는 자리라는 비판을 받기에 충분합니다. 언론에 자주 오르내리는 목회자들의 성윤리 또한 세간의 따가운 시선으로부터 벗어나기 힘듭니다. 타락한 목회자들과 자본의 석상을 이고 든 한국교회, 이처럼 빛과 소금을 잃어버린 교회의 모습은 안타까움을 넘어 참을 수 없는 노여움으로 가슴을 치게 만듭니다.

이렇게 말하고 나니 사실 가슴이 더 답답해집니다. 그럼에도 불구하고 우리는 희망을 부여잡지 않으면 안 됩니다. 단테는 연옥의 문에는 "이 문에 들어오는 자, 희망을 버려라"라고 써 있다고 상상했는데 결국 이 세상이 곧 연옥이 되어버리는 셈이니 희망은 그야말로 우리 모두에게 탈출구인 것입니다.

이 책은 김기석 목사님의 《세상에 희망이 있느냐고 묻는 이들에게》에 대한 응답을 묶었습니다. 이를테면 그 질문에 대한 각자의 대답이 이 안에 담겨져 있는 셈입니다. 현실은 매일 우리의 희망을 꺾고 좌절시키지만 그에 굴하지 않고 하나님 나라를 갈망하는 이들의 육성이 여기에 있습니다.

사실 따지고 보면, 악마가 가장 원하는 것은 딱 하나입니다. 인간이 희망을 잃어버리는 것. 그러면 손도 대지 않고 인간의 삶을 무너뜨릴 수 있기 때문입니다. 희망을 잃은 인간과 사회는 서로 사랑하지 않습니다. 혐오와 이기심이 주도할 뿐입니다. 인간과 인간 사이에는 만날 수 없는 거리가 생겨나고 그 거리는 날이 갈수록 더 멀어집니다. 뿐만 아니라 인간은 다른 인간에게 이용가치가 있는가 없는가로 대하게 되는 대상물로 전락해버리고 맙니다. 힘이 있는 자는 그런 시선으로 힘없는 이들을 쉽게 짓밟을 것이며, 힘없는 이들은 분노와 좌절로 자기의 미래를 스스로 갉아먹는 처지에 놓이게 될 것입니다.

그런 사회에서 사람은 즐겁게 살아갈 수 없습니다. 밤낮으로 짜증을 내고 한탄하면서, 지쳐갈 뿐입니다. 생기를 상실한 사람이 되어가는 것이지요. 그런 사람에게서 아름다운 미래가 탄생할 수는 없습니다.

김기석 목사님은 결이 아름답고 생각이 깊은 분입니다. 그 생각을 풀어내는 솜씨 또한 문학적인 감수성 위에 과학적입니다. 그의 글은 언제나 잔잔하면서도 풍요롭습니다. 그건 참 묘한 경험입니다. 침착함 속에 넘치는 열정과 그저 무심한 듯 지나치는 것 같으면서도 깊숙이 응시하는 성찰의 힘을 느끼게 합니다. 그의 영혼 속에 마르지 않는 우물이 하나 있구나 하는 생각이 듭니다. 대단한 독서가로 알려진 그의 글에는 그의 독서 편력이 묻어나고, 그것만으로 그치는 것이 아니라 그의 인생사와 현실에 대한 생각의 무늬들이 그대로 손에 만져지는 듯합니다.

그의 책을 읽고 있노라면 눈을 뜨고 사는 것 같지만 사실은 눈을 감고 살고 있다는 실감을 하게 됩니다. 그는 그런 필치를 통해 추하고 악한 것들을 강하나 부드러운 음성으로 추방해버립니다. 그러면서 우리가 갈망하는 풍경을 보여줍니다. 가장 강력한 치유와 해법은 이로써 완성됩니다. 그의 책을 읽고 독자들은 마음에 위로를 받을 뿐만 아니라 영감을 얻습니다. 그 영감은 생명의 세상에 대한 희망으로 이어집니다.

9

무엇보다도 그의 삶이 보여주는 성실함의 무게와 성서 해석의 진실성, 그리고 현실에 대한 가슴 아픔이 깊이 깔려 있습니다. 아파하는 자와 함께 아파하며, 웃는 자와 함께 웃는 마음이 곧 하나님의 마음입니다. 그러므로 억울한 고통에 시달려 우는 자의 눈물을 닦아주며 그들을 일으켜 세워주는 것이 다름 아닌 복음의 진정한 역할입니다. 그런 까닭에 김기석 목사님의 글을 읽으면 우리가 서슴없이 직면해야 할 현실이 무엇인지, 그리고 그 현실과 외롭게 쟁투하고 있는 사람들과 우리가 어떻게 함께 해야 할 것인지 분명해집니다.

김기석 목사님은 아주 사소하고 작은 것들도 그냥 지나치는 법이 없습니다. 그의 가슴은 따뜻하고 그의 손길은 섬세합니다. 그의 일상은 인간에 대한 사랑, 기도 그리고 독서로 빛나고 있습니다. 그래서 그를 좋아하고 존경하는 이들이 적지 않습니다. 그가 한때 권투를 했다는 것을 알면 모두 놀랄 것입니다. 그는 잘못된 것에 치열하게 도전하고 인간과 자연에 다정다감하게 다가갑니다. 미소를 잃지 않고 투지를 내려놓지 않습니다. 그래서 사람들은 김기석 목사님을 신뢰합니다.

그런 그가 쓴 책에 대한 독자들의 반응은 무엇보다 우선 '고마움'이었습니다. 희망을 말하는 그의 육성에 대해 이 시대의 악과 마주한 이들은 감사와 연대를 표현했습니다. 씨앗은 퍼져나갔고, 누룩은 부풀어 올랐습니다. 그리고 이 책이 태어났습니다.

이 책은 김기석 목사님에게 답장을 하는 형식을 취하기도 하고, 그가 고민했던 문제를 릴레이처럼 끌어안고 각자의 생각을 풀어내기도 하는 내용이 담겨 있기도 합니다. 결국 모두가 하나가 되어 이 시대의 문제와 마주서는 대동의 장관이 펼쳐지게 된 것입니다. 그래서 글을 쓴 이들의 이력도 다채롭습니다. 신학자나 목회자만이 아닙니다. 역사학자도 있고 정치학자도 있으며 방송인도 있고 기자도 있고 정치인도 있습니다. 농부도 있고 시인도 있으며 예술가 또한 있습니다. 그의 후배도 있으며 그의 스승도 있습니다. 그만큼 그의 독자층은 넓고 깊습니다. 그래서 이 응답은 우리 시대의 고통을 자기 아픔으로 여기고 사는 이들의 집단적인 고뇌와 희망에 대한 울림을 가지고 있습니다.

원고를 청탁했을 때 그 누구도 마다하지 않고 기뻐해주었습니다. 이 책의 필자로 참여하는 것을 소중하게 여겼습니다. 아마 김기석 목사님 입장에서는 송구스럽고 민망하기도 했겠지만, 그의 진심을 나누는 이들의 가슴과 가슴이 하나로 이어지는 광경을 편집자로서 목격했습니다. 바로 여기서 희망의 근거를 만난 셈입니다. 이러한 연대와 하나 됨의 사람들이 있는 한 우리는 희망을 가질 만한 이유와 근거가 있습니다.

그리고 이들은 모두 결국 자신의 문제로 돌아가 그 내면의 힘에 주목합니다. 그 어떤 일에도 역시 해결의 근본에는 자신이 어떻게 설 것인가의 숙제가 있습니다. 맑은 영성, 깊은 성찰, 따뜻한 표현. 겸손한 마음, 경청의 태도. 이런 것들을 우리는 이 책에 실린 글들에서 발견하게 됩니다. 뿐만 아니라 거침없는 용기와 실천의 의지 또한 보게 됩니다.

결국 우리는 침묵하지 않는 양심, 낡아지지 않는 영혼, 후퇴함이 없는 사랑을 나누게 됩니다. 이런 것들은 이 시대에 점차 귀해지는 덕목들입니다. 그러기에 이 책의 편지들은 소중합니다. 이 시대를 구해낼 사람들이 어디에 있는가 라는 탄식조의 질문에 대한 대답을 여기서 찾을 수 있기 때문입니다.

어떤 글들이 있는가에 대한 대답은 하지 않겠습니다. 직접 읽고 느끼는 감동을 편집자가 미리 빼앗는 듯한 모습을 보이고 싶지 않습니다. 모두가 만만치 않은 필력을 가지고 이 책을 읽는 독자들에게 다가갈 것입니다. 그래서 독자들은 한 권의 책을 읽으면서 많은 책을 읽고 있다는 느낌을 가질 것입니다.

하나 덧붙이자면, 김기석 목사님의 《세상에 희망이 있느냐고 묻는 이들에게》를 읽어야 이 책을 읽을 수 있는 것은 아닙니다. 그런 순서로 읽어도 좋겠지만, 그러지 않아도 충분합니다. 필자들은 모두 그 책에 대한 자신의 독후감을 우리에게 들려줍니다. 그리고 그 독후감을 하나의 출발점으로 삼아 각자의 마음 풍경을 우리에게 보여줍니다. 그런 까닭에 흥미진진하기조차 합니다.

각 영역에서 나름의 일가를 이루는 이들이 쓴 이 일종의 집단 서간집의 의미는 크다 하겠습니다. 편지를 쓰는 일이 사라진 시대에 편지를 통해 필자들의 가장 내밀한 영성의 기록들을 공개하고 있기 때문입니다. 그리고 그 공개의 지점에서 우리는 오늘의 시대가 무엇을 발언하고 어떤 소리를 경청해야 할 것인지를 깨닫게 됩니다.

참으로 이 시대는 악합니다. 악의 시대가 약한 이들을 끊임없이 무너뜨리고 있습니다. 하지만 희망을 놓지 않는 이들이 있기에 악한 시대는 끝내 이길 수 없을 것입니다. 희망은 곧 빛이기 때문입니다. 어둠이 어떻게 빛을 이길 수 있겠습니까?

새 술은 새 부대에 담아야 합니다. 낡은 부대는 버려야 합니다. 그 안에 담겨 있는 오래된 술은 병균이 사는 거처일 뿐입니다. 쏟아버려야 합니다. 그리고 새 술을 빚어 새 부대에 담아 모두 마시고 취하는 것입니다. 사랑에 취하고 정의로운 마음에 취하고 생명의 힘에 취해야 합니다. 엉뚱한 것에 취해버린 세상을 그렇게 해서 정신 번쩍 나게 해야 합니다. 무엇이 진정 아름답고 가치 있는지 말입니다.

세상에 희망이 있는 걸까요? 있습니다! 있다고 믿는 이에게서 그 희망은 시작됩니다. 절망의 시대는 희망을 낳을 수 있습니다. 모든 것은 그렇게 끝이 아닙니다. 이 책을 펼치면 그 희망의 정체가 무엇인지 만나게 될 것입니다.

온 존재를 다해 하는 말에
감히 누가
거역할 수 있을까요?

독수리
_김기석에게

●

고진하 | 시인, 한살림교회 목사

낡은 액자 속의 독수리가
푸드득 날아오를 것만 같다
독수리가 앉아 있는 벼랑 바위 틈에서 뻗어나온
뒤틀린 고목에선
연두빛 잎들이 툭, 툭 피어날 것만 같다 이것은
바람 앞에 선 무슨 불안이나 환각에서 하는 말이 아니다

반쯤 눈을 감은 독수리의
표정엔, 표독스러움이 없다
먹이를 단숨에 움켜잡는 쇠갈고리 같은
한쪽 발을 들어 제 깃 속에 파묻고 있다
독수리는 지상의 온갖 번뇌에서
잠시 발을 뗀 은수자처럼 보인다, 막
털갈이를 끝낸 듯 야윈 몸뚱어리에서
번져 나오는 은은한 광채!

희망 그 빛깔 있는 삶의 몸부림

까만 뾰족한 부리엔
그러나 오만함과 공격성이 감춰져 있을 것이다
저 도도한 오만은 고독의 다른 이름이다
썩은 내 풍기는 사체 속에 부리를
처박고 사는 생일지언정, 드러난 부분보다
감춰진 것이 많은 것이 삶인 것을.

액자 속의 하늘은 푸르고 넓고 깊다
저 광채어린 깃 속에 감춰진 비상에의 욕구는
탐심은 아닐 것이다 하지만
아직 날아오를 기미는 보이지 않는다
푸르고, 넓고, 깊은 하늘을, 정적靜寂을
겹겹이 접어 잿빛 날개 속에 묻고 있을 뿐.

온 존재를 다해 하는 말에 감히 누가 거역할 수 있을까요?

선으로 악을
이길 수 있을까요?

●

곽건용 | LA향린교회 목사, 《하느님 몸 보기 만지기 느끼기》 저자

목사님, 송구스런 고백부터 해야겠습니다. 목사님이 쓴 편지들을 묶은 책《세상에 희망이 있느냐고 묻는 이들에게》를 받아 들고 제일 먼저 든 생각은 '내게 쓰신 편지도 있을까?' 하는 거였습니다. 물론 저도 이게 터무니없는 생각인 걸 압니다. 왜 모르겠습니까? 제가 목사님을 알게 된 지 그리 오래 되지 않았고 제게 편지를 쓸 만큼 친한 사이도 아니란 걸 말입니다. 하지만 '그래도 혹시…' 하는 생각이 없지는 않았습니다. 우습지요? 개인적인 생각이나 감정을 담은 편지란 걸 마지막으로 쓴 게 언젠지도 기억 못하는 주제에, 게다가 목사님에게 편지 한 줄 쓴 적도 없는 처지에 목사님에게 편지 받을 기대를 했다는 게 말입니다. 그러면서도 책을 읽는 중에 '혹시 이게 내게 쓰신 편지 아닐까?' 하는 생각을 한 적이 있었고 다 읽고 나서는 '흠, 역시 내게 쓰신 건 없네…' 하면서 서운해 했습니다(ㅆ). 너그

러이 용서해주시기 바랍니다.

송구스런 고백이 하나 더 있습니다. 그동안 전 한종호 목사님에게 목사님 책을 여러 권 받았습니다. 그 중에는 목사님이 직접 서명해주신 책도 있고요. 그런데 첫 장부터 마지막 장까지 정독한 건 이 책이 처음입니다.《아슬아슬한 희망》은 중간까지 읽다가 일에 쫓겨 중단한 뒤, 마저 읽지 못했고《광야에서 길을 묻다》는 제가 필요한 부분만 찾아 읽었습니다. 처음부터 마지막까지 정독한 책은《세상에 희망이 있느냐고 묻는 이들에게》가 유일합니다.

목사님은 이 편지들을 '세속적 우상과의 싸움에서, 회한과 절망 속에서, 독사의 혀 같이 징그러운 바람 사이에서' 희망을 묻는 사람들에게 보낸다고 하셨습니다. '세속적 우상과의 싸움'이나 '회한과 절망'이란 말에도 눈길이 갔지만 그보다는 '독사의 혀 같이 징그러운 바람 사이에서'라는 말에 제 가슴이 서늘해졌습니다. 제가 요즘 들어 자주 하는 생각과 맞닿아 있어서입니다. 저도 언제부턴지 세상살이가 독사처럼 교활한 그 무엇인가와의 싸움이라고 생각해왔습니다. TV 화면에 자주 등장하는 어떤 사람, 엄청난 권력을 갖고 있지만 어쩜 저럴 수 있을까 싶을 정도로 두뇌에 빈 공간이 많아 보이는 그이의 눈에서 사악한 독사에게서나 봄직한 눈빛을 보곤 했습니다. 두뇌의 빈 공간을 사악한 기운이 차지하고 있겠다는 생각에 그 두뇌를 MRI라도 찍어보고 싶을 정도였습니다. 그이를 볼 때마다 섬뜩한 느낌을 받는 사람이 아마 저만은 아닐 겁니다.

온 존재를 다해 하는 말에 감히 누가 거역할 수 있을까요?

비수처럼 가슴에 박힌 문장

저는 오랫동안 사탄이니 악령이니 귀신이니 하는 것들의 존재를 믿지 않았습니다. 이렇게 말하면 사람들은 '어떻게 목사가 성서에서 엄연히 있다고 말하는 걸 안 믿을 수 있나…' 하며 혀를 차겠지요. 그렇다 해도 할 수 없습니다. 믿어지지 않는 걸 억지로 믿을 수는 없는 노릇이니 말입니다.

제가 공부하는 구약성서에는 사탄이니 악령이니 귀신이니 하는 것들이 전혀 등장하지 않거나 등장하더라도 극히 예외적입니다. 예컨대 '악령'은 사울 이야기에 등장하긴 하지만 지나가듯 언급될 뿐입니다. 사울이 악령에 의해 괴로워했다는 대목이 바로 그겁니다. 또한 '사탄'은 구약성서 몇 군데에 등장하지만 신약성서의 그것과는 정체성과 역할이 다릅니다. 구약성서에서는 예외 없이 '사탄'이란 명사 앞에 '정관사'가 붙어 있습니다. 우리말에서나 히브리어에서나 고유명사에 관사를 붙이는 경우는 없으니 이 사탄은 보통명사입니다. 그가 했던 역할도 신약성서에서의 그것과 다릅니다. 구약성서에서 사탄은 하느님에게서 받은 명령을 수행하는 역할을 합니다. 예를 들면 욥기에서 사탄이 하느님의 허락을 받아 욥을 괴롭히는 일 같은 것 말입니다. 욥기의 사탄은 하느님이 정한 테두리를 벗어나서 자기 마음대로 행동하지 않습니다. 이와 대조적으로 신약성서의 사탄은 하느님의 뜻을 거스르고 심지어 하느님과 대적하기까지 합니다. 그러니 이 둘을 어찌 같다고 하겠습니까? 이름만 같지(정관사가 붙어 있다는 점에선 그것도 아니지만) 전혀 별개의 존재입니다. 구약성서 시대 사람들과 신약성서시대 사람들은 사탄을 전혀 다른 존재로 인식했던 겁니다. 사정이 이렇다면 신약성서시대로부터 2천 년이 지난 오늘날도 사탄에 대해 그때와 달리 생각할 수 있지 않겠습니까? 저는 그래도 된다고 생각했습니다. 아니, 그래야 한다고 생각했습니다.

어렸을 때의 기억이 떠오릅니다. 제가 고등학교 1학년 때인지 2학년 때인지 확실치는 않습니다만 교회 청년부에서 어느 주일 오후, 탁명환 목사님(이미 여러 해 전에 고인이 되셨지요.)을 초청해서 특강을 연 적이 있습니다. 탁명환 목사님이라면 이단종파 연구 전문가가 아니십니까? 우리 중·고등부 전도사님은 주일 오후 성경공부 대신 학생들을 그 특강에 참석하도록 하셨습니다. 전 지금도 그때 받은 충격을 생각하면 소름이 확 올라옵니다. 그날 탁 목사님은 전국을 돌아다니며 수집했다는 귀신의 음성을 들려줬습니다. 오래 전 일이라 구체적인 내용까진 기억나지 않지만 기괴한 음성의 귀신이 탁 목사님에게 마구 욕을 퍼부었다는 건 기억납니다. 그 후로 저는 한동안 밤에 화장실에 가길 두려워했었지요. 저는 지금도 그 음성의 정체가 궁금합니다. 정말 귀신의 목소리였을까요? 무척 기괴하고 섬뜩한 목소리였습니다. 뭐, 세상에 제가 이해할 수 없는 현상이 한둘이겠습니까? 이것도 그 중 하나라고 생각합니다. 솔직히 말해 남이 이런 얘기를 했다면 저는 그걸 진지하게 받아들이지 않았을 겁니다. 그 이후로 성서를 공부하면서 알게 된 지식과 깨달음 덕분에 그때 일은 한때의 기괴한 경험쯤으로 여기고 있습니다.

쓸데없는 얘기가 길어졌네요. 좌우간 저는 목사지만 사탄이니 악령이니 귀신이니 하는 것들의 존재를 믿지 않았습니다. 그런 것들의 존재를 믿는 건 그 시대 사람들의 세계관 속에서나 가능하다고 본 겁니다. 그런데 몇 년 전부터 내 생각이 틀리지 않았나 하는 의심이 들기 시작했습니다. 이런 의심의 계기는 성서가 서술하는 바를 그대로 믿어야 한다고 생각했기 때문도 아니고 새롭게 귀신의 음성을 들었기 때문도 아닙니다. 최근 몇 년 동안 고국에서 벌어지고 있는 상황을 보면서 그렇게 생각하게 됐습니다. 권력의 최고위층에 앉아 있는 그 사람 눈빛을 보면서 하게 된 생각입니다. 그 사람이 공식, 비공식적으로 내뱉는 말들을 들으면서 갖게 된 느낌입니다. 그 눈빛과 입술에서 나오는 말 한 마디 한 마디에서 저는 뭔지 모를 악한 영의 기운을 느낍니다. 비단 권력자들 뿐만 아닙니다. 평범하게 하루하루를 살아가는 보통 사람들의 언행에서도 가끔 악령의 숨소리를 듣습니다. 단식하는 세월호 유가족들 앞에서 피자를 쌓아놓고 '폭소'를 터뜨리며 '폭식'하는 사람들의 초점 잃은 눈에서도 저는 악령의 그림자를 봤습니다. 목사님 책 표지에 쓰인 '독사의 혀 같이 징그러운 바람 사이에서'라는 문장이 비수처럼 제 가슴에 박힌 건 그래서였습니다.

악을 행할 때 그들의 영혼은 어떤 상태일까요?

이런 때에 목사님은 '세상에 희망이 있느냐고 묻는 이들'을 만나셨군요. 가녀린 희망의 끈이라도 잡으려 애태우는 사람들과 조우하셨군요. 지푸라기라도 잡으려는 간절한 심정으로 목사님을 찾아온 사람들에게 차마 한숨만 쉴 수 없어서 이 편지들을 쓰신 거네요. 편지들을 읽다가 그 심정의 아주 작은 부분이나마 같이 하려는 마음으로 저도 이 편지를 쓰고 있습니다.

목사님께서 워낙 다양한 사정과 상황 속에서 만난 사람들에게 편지를 쓰셨으니 비슷한 주제별로 묶기가 어려웠겠다는 생각입니다. 애초에 그럴 의도가 없어 보이기도 하고요. '티쿤 올람 – 세상을 고치다' '칼로카가티아 – 고귀함' '이디오테스 – 사사로움' '호모 비아토르 – 길 위의 사람' '아케다 – 존귀함' '베스퍼스 – 마음의 길' 등 여섯 장으로 묶여 있지만 장의 구분에 큰 의미가 있다고 보이지는 않습니다. 저도 그 순서를 따르지 않고 마음 가는 대로 읽다가 생각하느라고 읽기를 중단하기도 했고 마음이 머무는 곳에서 한동안 머물러 있기도 했습니다. 지난 7~8년 '독사의 혀 같이 징그러운 바람 사이에서' 살아남느라고 제 영혼도 참 강퍅해졌습니다. 저만 그런건 아닐 겁니다. 그런데 목사님의 편지 덕분에 강퍅한 내 영혼에 살짝 온기가 돌기 시작했습니다. 뭐랄까, 아무리 그래도 세상은 희망을 갖고 살아볼 만하다는 생각이 들었다고나 할까요? 아무튼 제 영혼이 상당히 맑아진 느낌입니다.

목사님의 편지에서 가장 좋았던 점은 약자를 바라보는 목사님의 따뜻한 시선이었습니다. 어쩜 그렇게 조용하면서도 따뜻하고, 깊은 마음이 느껴지면서도 부담스럽지 않게, 사람과 사람 사이의 물리적인 거리를 없애버릴 수 있을까요? 목사님을 전혀 모르는 사람도 전

온 존재를 다해 하는 말에 감히 누가 거역할 수 있을까요?

혀 낯설게 느껴지지 않게 만드는 따뜻함이 글에서 짙게 묻어난다고 느끼는 사람이 저만은 아닐 겁니다. 지금부터 2천 년 전에도 같은 시선으로 약하고 소외된 사람들을 바라본 분이 계셨지요. 그분의 시선이 얼마나 따뜻했으면 당시 체제에서 내몰려 희망 없이 하루하루 죽지 못해 살아가던 사람들이 얼굴에 미소를 되찾고 또 결국 무릎 세워 일어섰겠습니까? 또한 오늘날 그분을 주님으로 믿지 않는 사람들도 '기독교(교회)는 싫지만 예수는 좋다'고 말들 하겠습니까?

목사님이 인용한 소포클레스의 비극 《안티고네》에 나오는, "이상한 존재는 많지만, 인간보다 더 이상한 존재는 아무것도 없다"는 말에 동의하지 않는 사람이 있을까요? 그런데 이 '이상한 존재'인 사람에게 반복되는 자기 성찰을 통해 공감 능력이 확장되고 그래서 믿음이 깊어지는 더 '이상한' 일이 벌어지지 않습니까? 저의 바람은 이 '더 이상한 일'을 하는 사람이 더 많았으면 좋겠다는 겁니다. 그 어떤 존재보다 '이상한' 존재인 인간이 끊임없이 스스로를 성찰하고 공감 능력을 확대해서 서로에 대한 신뢰를 더욱 돈독히 하는 '더 이상한' 일이 일어나는 걸 더 자주 경험했으면 얼마나 좋을까 싶거든요. 그런데 현실에서 벌어지는 사건들은 이와는 차이가 큰 것 같아 보통 마음이 무거운 게 아닙니다. 제가 고국의 현실과 조금은 떨어져 살기에 이렇게 생각하는지도 모르겠습니다. 아무리 인터넷이 발달했고 SNS가 대세인 세상이라지만 그렇다고 해서 물리적인 거리가 없어지진 않으니 말입니다.

저는 좋은 세상을 만들려는 사람들이 '욕하면서 배운다'는 격언이 옳음을 보여주는 게 아닌가 싶어 솔직히 걱정스럽습니다. 이게 공연한 걱정이었으면 얼마나 좋을까요? 우리는 지금 어쩔 수 없이 악한 세력과 싸워야 합니다. 싸움은 이기는 것보다 안 하는 게 더 좋다곤 하지만 어차피 벌어진 싸움이고 게다가 우리가 시작한 싸움도 아니니 피할 수는 없겠습니다. 이 싸움을 끝내는 길은 이기든지 지든지, 둘 중 하나일 텐데 져서는 안 되는 싸움이니 이기긴 해야겠지요. 물론 상대방도 이기려 하겠지요. 이기기 위해서 온갖 수단과 무기를 다 동원할 테고요. 그 중엔 무자비하고 폭력적인 수단과 무기들도 있습니다. 싸움이 격렬해질수록 그런 무기들을 쓰게 마련입니다. 그러다 보니 거기 대응해야 하는 우리도 그와 같거나 비슷한 무기를 거리낌 없이 사용하는 것 같습니다. 악에는 악으로 대응하지 말고 선으로 악을 이겨야 하는데 워낙 싸움이 격렬해서 그런지, 아니면 '독사의 혀 같이 징그러운 바람 사이에서' 너무 오랫동안 싸워서 그런지 상대방의 악에 우리도 악으로 대응하는 데 망설임이 없어 보입니다.

작년인가에 소위 일베라는 사람들이 광화문에서 단식하는 세월호 유가족들 앞에서 피자를 쌓아놓고 이른바 '폭식투쟁'을 벌이는 걸 기사와 동영상으로 봤습니다. 말할 수 없이 참담한 심정이었지요. 아, 세상이 어떻게 되려고 이러나…. 왜 세상이 이 지경까지 됐나…. 세상이 어쩌다 이렇게 후안무치한가…. 태평양 건너에서 그 광경을 지켜보는 저는 가슴이 찢어지는 것 같은 아픔을 느꼈습니다. 그런데 저는 그들의 행위에서 뭔지 모를 두려움 같은 걸 봤습니다. 맞습니다. 그건 분명 두려움이었습니다. 그게 뭘까, 궁금했습니

27

온 존재를 다해 하는 말에 감히 누가 거역할 수 있을까요?

다. 그들의 모습에서 왜 두려움이 보이지? 그들이 두려워할 게 뭐가 있다고? 정권이 든든하게 뒤를 봐주는데 말입니다.

처음에는 세월호 유가족들이나 그들을 후원하는 사람들에게 혹시 당할지도 모를 폭력을 두려워하는 거라고 짐작했습니다. 그런데 그게 아닐지도 모른다는 생각이 들어서 집중해서 여러 번 봤습니다. 그들에겐 두려움을 감추려는 기색이 역력했습니다. 그것은 다른 종류의 두려움이었습니다. 그것은 사람이라면 이런 상황에서 고통을 겪는 사람들과 연대해야 하는데 그러지 못하고 그 반대편에 서 있다는 데서 오는 불안과 두려움 같은 게 아닐까 싶었습니다. 자의든 타의든 단식하는 사람들 앞에서 폭식이라는 폭력을 행하고는 있지만 그들의 영혼은 깊은 곳에서 요동치고 있고 바로 그것이 감추어진 불안과 두려움으로 나타나고 있다고 말입니다. 제가 이 얘기를 작은 모임에서 했는데 참석자들은 그저 웃더군요. 저의 이런 생각에 동의하는 것 같지 않았습니다.

솔직하게 말하면 저는 그 동안 악을 행하는 사람들에 대해 별 관심을 갖지 않았습니다. 그저 악하다고만 여겼을 뿐 그들 행위의 구체적인 동기나 이유에 대해서, 그들의 영혼이 어떤지에 대해서는 관심이 없었던 겁니다. 혹시 그들이 악을 행하는 데는 우리가 모르는 이유나 동기가 있는 게 아닐까? 악을 행할 때 그들의 영혼은 어떤 상태일까? 그들도 악을 행할 때나 그 계획을 세울 때 동요하고 불안하고 두려웠을까? 저는 그러리라고 짐작합니다. 왜 안 그렇겠습니까? 그들도 사람인데… 악한 세력에 사로잡혀서 그의 수족 노릇을 하고 있지만 그들도 사람인데… 하느님의 형상을 그 안에 품

희망 그 빛깔 있는 삶의 몸부림

고 있는 사람인데 말입니다.

저는 우리가 악한 세력과 싸우면서 알게 모르게 그가 쓰는 무기를 사용하는 법을 배웠다고 생각합니다. 욕하면서 배운 것이지요. 악을 행하는 사람들이 그토록 강퍅해진 것은 우리가 그들의 무기들을 썼기 때문이라는 생각을 저는 지우지 못합니다. 물론 그게 전부는 아니겠지만 무관하다고도 생각하지 않습니다. 선으로 악을 이겨야 하는데 자주 악으로 악을 이기려 했다는 거죠. 그 때문에 악을 행하는 사람들은 점점 더 포악해진 게 아닌가 싶어 마음이 무겁습니다.

저는 목사님께서 그들이 폭식하는 광경을 어떻게 보셨는지, 거기서 뭘 보셨는지 궁금합니다. 그리고 방금 제 얘기에 대해서 어떻게 생각하시는지도 궁금합니다. 가능하면 직접 뵙고 얘길 나누고 싶습니다. 조만간 고국을 방문하게 될 것 같은데 그때 만나 뵐 기회가 있기를 바랍니다. 아참, 지난번에 목사님과 김근수 선생님과 더불어 가졌던 '잡담회' 감사했습니다. 건강도 좋지 않으신데 시간 내주셔서 더욱 감사했습니다.

연일 한국의 날씨가 무덥다고 하네요. 제가 사는 나성의 여름 기온이 그동안은 서울보다 더 높았는데 올해는 그 반대네요. 습도까지 감안하면 얼마나 힘드실지 상상하기 어렵습니다. 건강 지키시기를 멀리서나마 기원합니다.

온 존재를 다해 하는 말에 감히 누가 거역할 수 있을까요?

더 취하고
더 신명나게 놀겠습니다

●

구미정 | 숭실대학교 초빙교수, 《성경 속 세상을 바꾼 여인들》 저자

편지. 오랫동안 잊고 있던 두 글자네요. 생계벌이에 내몰린 홀어머니와 떨어져 춘천 외할머니 댁에서 외로이 사춘기를 보내던 시절, '야자'(야간자율학습) 시간이면 몰래 편지를 쓰곤 했어요. 주로 교회 선생님께 보내는 편지가 많았지요. 지난 주 예배 때 들었던 설교나 공과공부 시간에 배운 내용을 되짚기도 하고, 학교에서 일어난 소소한 일들이나 세상 돌아가는 일들에 대해 한 마디씩 덧붙이기도 하면서 짐짓 어른 흉내를 내다보면, 어느새 편지는 열 장을 훌쩍 넘기기 일쑤였지요. 아, 그 시절 저의 수다를 묵묵히 들어준 선생님이 남자 대학생이었다는 비밀도 살짝 털어놓을게요.

편지를 쓰기 위해 종이와 연필만 있으면 충분했던 시절로부터 우리는 얼마나 멀리 떠나왔을까요?(목사님의 화법을 흉내 냈습니다.) 그 시절 저의 손은, 봄이면 쑥을 뜯고, 여름이면 아카시아 줄기로 동무의 머

리에 환상적인 컬을 만들어 주었지요. 가을에는 감자를 캐고, 겨울에는 고드름을 땄고요. 흙을 만지고, 물을 만지고, 나무를 만지고, 바람을 만지며 놀았어요. 자연과 교감하면서 온갖 놀이를 창조해내는 '생산' 활동이 모두 손을 통해 이루어졌던 거지요. 그랬던 손이 이제는 '소비'에 중독되어 만날 죄만 짓고 있네요. 돈 소비, 시간 소비, 관계 소비, 에너지 소비⋯. 거칠게 말해, 편지가 '이메일'로 대체되면서 그리 되었다고 해도 지나치게 틀리지는 않을 거예요.

편지 쓰기가 일종의 '의례'라는 것, 새삼 일깨워주셔서 고맙습니다. 아무렴요, 일 년 동안 매주 한 편씩 꼬박꼬박 편지를 쓴다는 건 아무나 할 수 있는 일이 아닐 겁니다. 심지어 이 편지들이 어디 '용건만 간단히' 적은 것이어야 말이지요. 매 주일 목사님의 "삶의 지평 속에 등장했던 이들과의 만남", "그들의 말 혹은 삶이 불러일으킨 정서 혹은 생각"(6-7쪽)을 성찰적으로 기록한 글이잖아요? 52편의 편지들을 관통하는 지향은 물론 '하나님 나라'고요.

그러니 이 편지들이야말로 '목회서신'이라고 해야 더 어울리겠습니다. 신약성서의 대부분이 목회서신이라는 사실을 새삼스레 되새기게 된 것도 목사님의 편지모음집 덕분입니다. 성서 세계 밖에서 살아가는 우리가 지금 이 시대에 해야 할 일이 바로 편지 쓰기가 아닐는지요? 서로의 삶에 관심을 가지고, 각자 처한 삶의 자리에서 "중심을 향한 순례"(25, 58, 68, 223쪽 등 여러 곳)를 계속해 나가도록 등 두드려주는 작업, 말하자면 '일상의 목회서신'을 부지런히 주고받는 일이 그 어느 때보다 절실해 보입니다.

온 존재를 다해 하는 말에 감히 누가 거역할 수 있을까요?

목사님의 편지들이 '달의 시간'을 품고 있어서 좋았습니다. 성탄절 무렵부터 시작된 편지 쓰기는 대한·소한·입춘·경칩을 지나 입추·처서·상강·소설 등 음력의 절기들을 오롯이 관통하더군요. 도시에 살면서 "몸 속 깊은 곳에 새겨진 계절의 리듬을 잊지 않으려고 서재 뒤편에 〈농가월령가〉를 두고"(166쪽) 지내신다면서요? 제가 왜 목사님을 뵐 때마다 '식물성 인간'이라는 단어가 떠오르는지 알았습니다.

제 책《한 글자로 신학하기》의 '달' 편에서 허수경 시인의《청동의 시간 감자의 시간》을 언급한 적이 있습니다. 청동의 시간이란 청동무기가 출현하고 신분제가 형성된 청동기 이후의 문명을 말합니다. 시인에 따르면, 선사 시대 곧 신석기 시대까지는 인류가 농부로 살았지만, 청동기 시대부터는 전사가 되었답니다.

시인은 〈물 좀 가져다주어요〉라는 시에서 청동의 시간이 아이들을 군인으로 키운다고 고발합니다. 목사님의 표현에 기대면, "욕망의 전장"(143쪽)에서 소모될 군인인 거지요. 자신의 추구가 "타자의 욕망"(47쪽)인 줄도 모른 채 무작정 "경쟁을 내면화"(135쪽)한 우리 시대의 아이들이 가엾기 그지없습니다. "옥수수를 심을 걸 그랬어요 그랬더라면 아이들이 그 잎 아래로 절 숨길 수 있을 것을/ 아이들을 잡아먹느라 매일매일 부지런한 태양을 피할 수도 있을 것을" 토로하는 시인에게서 안타까움과 절박함이 묻어납니다.

여기 등장하는 '태양'은 폭력과 전쟁으로 점철된 청동의 시간을 상징합니다. 반면에 달은 그런 폭력의 폐허 아래서 끈질긴 생명력으로 버텨온 감자의 시간을 상징하고요. 시인은 "아이들이 앉아 있는 땅 속에서 감자는/ 아직 감자의 시간을" 살고 있다고 희망차게 노래합니다. 세상 질서가 아무리 경쟁과 소유, 지배와 정복을 축으로 돌아간들, 속에서 야무지고 단단하게 나눔과 비움, 평화와 자비를 온축하는 것이 감자의 시간을 살아내는 길이겠지요.

'태양을 끄라'는 다석 유영모 선생의 일갈도 별반 다르지 않을 것입니다. 한마디로, 문명의 전환이 시급하다는 전언傳言이겠습니다. 이 뜻이 목사님의 삶에서는 발밤발밤 걸으며 세상의 "작고 사소하고 연약한 것들에 눈길을"(189쪽) 주는 실천으로 번역되고 있네요. "매 순간은 메시아가 들어올 수 있는 작은 문"(발터 벤야민, 164쪽)이기에, 또 세상에 있는 모든 것이 "초월자의 암호"(칼 야스퍼스, 53쪽)이기에 수시로 우리의 더듬이를 살펴야 한다면서요? 혹시 진동한동 엉뚱한 데 마음을 뺏겨 "일상의 기적"(53쪽)을 놓치면 안 되니까요. 어쩌면 목사님이 그리 강조하시는 "일상의 성화"(300쪽)야말로 유효기간이 만료된 지금의 문명을 치유할 수 있는 유일한 처방인지도 모르겠습니다.

온 존재를 다해 하는 말에 감히 누가 거역할 수 있을까요?

이 맥락에서 최근에 제가 경험한 일상의 기적 하나를 나누어 드릴게요. 목사님께서 예전에 제 책 《야이로, 원숭이를 만나다》의 서평을 써주셨으니, 아마 기억하실 겁니다. 그 책에 등장한 저의 조카딸 '솔이' 말입니다. 잉태된 지 6개월 2주 만에 '미숙아'로 태어난 그 아이가 어느새 커서 중학생이 되었답니다.

태어나자마자 솔이는 인큐베이터에서 꼬박 일 년을 보냈습니다. 처음 910그램이던 몸무게가 겨우 2킬로그램이 되어서야 퇴원했지만, 그 뒤로도 병원을 제 집 드나들듯이 해야 했습니다. 보행장애·청각장애·언어장애를 갖고 있는 솔이에게는 병원이 아주 안 좋은 기억의 온상일 터입니다. 어쩌다 식구들이 앨범을 펼쳐놓고 옛 이야기라도 할라치면, 손사래를 치면서 멀찍이 도망가는 겁니다. 앨범 안에 들어있는 자기 사진을 보기가 겁이 나는 거지요. 장난이 아니라 진짜 경기 하듯 소스라치게 놀라니까, 언니가 아예 앨범을 치워버렸더라고요.

며칠 전의 일이에요. 저의 생일을 맞아 식구들이 다 같이 모여 식사하는 자리에서 솔이가 제 엄마 핸드폰을 들고는 아주 의기양양한 표정으로 제 곁에 앉아요. 기계치인 저나 언니에 비하면 이 아이는 '신인류'거든요. 능숙하게 이것저것 터치하더니 '갤러리'에 저장된 사진들을 보여주는데, 글쎄, 거기에 솔이의 아기 때 사진들이 들어 있는 거예요. 인큐베이터 안에 시커먼 핏덩이로 누워 있는 사진, 코에 호흡기를 주렁주렁 달고 있는 사진, 눈도 뜨지 못한 채 찡그린 표정, 잇몸이 다 보이게 활짝 웃는 표정….

제가 외려 당황하니까 솔이가 깔깔 웃어요. 언니의 보충설명에 따르면, 솔이가 중학교에 들어가서 이른바 '성교육'을 받았나 봐요. 다 이해하지는 못해도, 한 아기가 탄생하기까지 놀라운 생명의 신비가 있다는 것쯤은 알아들은 것 같더래요. 집에 오더니, 용케 앨범을 찾아내 자기 사진들을 꺼내놓고 한 장 한 장 정성스레 핸드폰 카메라에 담더라나요? 그리고는 나름의 규칙을 부여해, 슬픈 사진들 따로, 기쁜 사진들 따로, 제각각 폴더를 만들어 보관하더래요.

압권은 이제부터입니다. 언니가 설명을 마치자, 솔이가 입을 열어요. 뇌병변장애가 있는 아이들의 소리는 목에서 나오지 않아요. 뱃속 깊은 곳에서 끌어올리느라 온몸에 힘이 들어가지요. 단어마다 힘이 실리니까 언어의 낭비가 없어요. 온 존재를 다해 하는 말인데, 감히 누가 거역할 수 있을까요? 다들 조용히 솔이의 입만 바라봐요. 솔이가 잠시 숨을 고르더니, 띄엄띄엄 말합니다. "엄마, 탄생, 고마워요, 잘했어요."

'탄생'이라는 단어가 생생하게 입력된 모양이지요. 바른 문장은, 자기를 낳아주셔서 고맙다는 말일 테지만, 문장 배열이 뭐 대수겠어요? 말에서 중요한 건 언제나, 어디까지나 진정성이니까요. 다들 눈시울이 붉어지려고 하는데, 이번에는 솔이가 제 등을 어루만지며 말해요. "이모, 고마워요, 잘했어요." 그러더니 손가락으로 사진 속의 저를 가리켜요. 15년 전의 제가 파자마 바람으로 솔이를 안고 있네요. 저는 떠올리기만 해도 아픈데, 솔이는 이제 괜찮은가 봐요. 파자마 바람이 웃긴 건지, 그때보다 이모가 늙었다는 건지, 계속 깔깔거리기만 해요.

목사님, 이렇게 기쁜 생일선물이 또 있을까요? 솔이가 자신의 아픈 과거를 직시하고, 용납하고, 화해한 것이 얼마나 감사하고 감동적이던지! 목사님의 편지에서 타락이란 "독자적으로original 태어난 인간이 다른 이들을 모사copy하며 사는 것"(아브라함 조수아 헤셀, 46쪽)이라는 대목에 밑줄을 그었습니다. "사람은 그 누가 됐든 유일무이한 존재라는 인식이 나를 일으켜"(48쪽) 세운다는 글귀와 "우리는 하나님의 작품입니다"라는 에베소서 2장 10절의 말씀도 새롭게 와 닿았습니다. 솔이야말로 저의 가장 위대한 스승입니다.

세월호를 잊지 말라는 하늘의 뜻

부끄러운 이야기도 나누어 드릴게요. 지난 봄 〈도지개〉 모임에서 뵈었을 때 제가 건강을 '자랑'했던 것 기억하시나요? 제 인생에서 요즘처럼 멀쩡했던 적이 드물다고요. 삼십대, 사십대 지나면서 감기 몸살 말고는 병원갈 일이 없어 다행이라고요. 그렇게 입방정을 떨어놓고는 얼마나 후회했는지 몰라요. 장결핵이다, 저혈압이다, 부주상골증후군이다 병 보따리로 살았던 과거에 비해 조금 나아졌다는 의미였는데, 맥락이 생략되고 보니 영 재수 없지 뭐예요?

아니 맥락이고 뭐고 소용없어요. 이른바 '간증'이라는 게 감사를 표방하지만, 하는 사람은 영적 교만에 사로잡힐 수 있고, 듣는 사람은 낙담과 좌절에 빠질 수 있으니 조심해야 한다고 말했던 제가 명백히 실수한 거지요. 아마 그 모임의 분위기가 저를 무장해제 시켰나 봐요. 그랬더라도 그리 홍뚱항뚱하는 게 아니었는데.

아니나 다를까, 얼마 전에 이석증으로 쓰러졌답니다. 아침에 잠자리에서 일어나는데, 천장이 핑그르르 돌더니 구토가 시작되는 거예요. 몇 년 전에도 비슷한 증상이 있었지만, 이번에는 급이 달랐어요. 얼굴이 하얘지고 온몸에 식은땀이 나면서 손발이 덜덜 떨리고, 일어나려고 하면 도로 쓰러지고, 겨우 일어나면 방바닥이 코앞까지 튀어 오르고….

택시를 탈 수도 없었어요. 머리가 흔들리면 어지러워서 또 토할까 봐. 기다시피 동네 이비인후과로 가고 있는데, 친구한테 전화가 와요. 만사 귀찮아 무시할까 하다가 그냥 받았지요. 삼복더위에 맛있는 거나 먹자며 다짜고짜 나오라는 친구에게 "나, 이석증이 와서 병원 가는 길이야." 개미소리로 말했더니, 친구 왈, "누구라고? 이석준이 누군데, 네가 병원을 가?"

피식 웃음이 났어요. "사람 이름이 아니라, 병명! 귓속 반고리관에서 결석이 떨어져나가 유발되는 어지럼증!" 그 와중에도 사전적인 대답을 하고 있는 제가 더 웃긴 거예요. 제 말을 듣더니 친구가 그제야 "아, 이석증이 생겼다고?" 알아들어요.

문득 '오다'와 '생기다'라는 동사의 차이가 생경했어요. 그러고 보니 저는 주로 '오다'를 많이 쓰더라고요. 감기가 왔다, 몸살이 왔다, 이석증이 왔다…. '생기다'라는 동사는 잘 쓰지 않는 것 같아요. 어딘가에 이미 존재하고 있던 것이 제게 왔을 뿐, 기존에 없던 무엇이 생긴 건 아니니까요.

제가 쓴 《두 글자로 신학하기》 중 '환대' 편에 이슬람 시인이자 사상가인 잘랄루딘 루미의 시가 등장합니다.(목사님도 어느 편지에선가 언급한 시인이지요.) 류시화 시인은 〈여인숙〉이라 번역하고, 이문재 시인은 〈여행자의 집〉이라 번역한 시예요. 이 시에서 루미는 우리 인간

온 존재를 다해 하는 말에 감히 누가 거역할 수 있을까요?

을 "낯선 이들이 드나드는 집"에 비유합니다. 그 낯선 이가 무엇을 가져오든, 무조건 환대하는 게 인간의 의무라네요. 왜냐면 "문을 두드리는 낯선 사람은/ 너의 앞길을 밝혀주기 위해 찾아온/ 미래에서 온 안내자"이기 때문에.

그 글을 쓸 때만 해도, 내 삶에 찾아온 모든 것을 환대해야지, 다짐하고 또 다짐했을 거예요. 한데 막상 이석증이 오니까 웬걸요? 단번에 잡히지 않아 이 병원 저 병원을 전전하는 동안, 밤마다 공황장애 비슷한 증상에 시달리는데, 꼼짝없이 죽겠지 뭐예요? 눈을 감으면, 뭐랄까, 순간적으로 배가 뒤집히는 느낌이 들어요. 그러면 머리끝에서 발끝까지 소름이 쫙 돋고 심장이 쿵쾅대고 호흡이 가빠지고 잠이 싹 달아나요. 그리고는 검은 바다 속에서 흐릿한 어떤 영상이 나타나는데, 이게 딱 세월호인 거예요.

거의 한 달을 물에 둥둥 떠다니는 것처럼 지냈어요. 멀미약을 계속 먹으니까 사람이 멍해져서 도무지 아무 일도 할 수가 없어요. 올해 여름이 덥기는 또 오죽 더웠나요? 축 늘어진 채로 하루하루 연명하는데, 저절로 떠오르는 동사가 '걸리다'더라고요. 이거 완전 잘못걸렸구나, 내가 내 몸을 얼마나 혹사하고 살았기에 이 모양인가!

인간이 이래요. 아주 못나고 약하고 좁아요. 중력의 법칙에 한 번사로잡히면 '깨어있기'가 여간 힘들지 않아요. 그렇게 끔찍한 불면에 시달리던 어느 날 밤, 도저히 안 되겠어서 차라리 불을 켰지요. 그리고는 다시 루미의 시를 찾아 읽었어요.

그들이 집안을 쑥대밭으로 만들고
아끼는 가구를 모두 없애는
슬픔의 무리일지라도
정성을 다해 환대하라
새로운 기쁨을 가져다주기 위해
집안을 깨끗이 비우는 것인지도 모른다.

목사님도 편지에서 언급하신 바울의 '육체의 가시'에 비하면 이석증은 새 발의 피일 겁니다. 저에게 와서 당분간 안 가겠다고 하면 그냥 머물라지요. 아니 갔다가 또 찾아와도 그러라지요. 까짓 귀 감기, 반갑게 맞이하지는 못해도 겁먹지는 말자, 그것 때문에 위축되거나 무너지지는 말자, 마음을 다잡으니 한결 낫더라고요.

목사님의 편지 곳곳에 배인 세월호의 흔적이 아렸습니다. 4·16 참사 직후만 해도 목에 핏대를 세우던 우리인데, 지금은 과거형이 되었잖아요? 심지어 세월호가 마치 금기어라도 되는 양 입에 올리기조차 꺼리는 분위기가 팽배하잖아요? 한국교회 역시 "불편한 것은 말끔히 소거시켜 버리는 … 편의주의"(109-110쪽)로부터 자유롭기는커녕, 도리어 선동하고 나서잖아요? 그 대목을 읽노라니, 저의 이석증을 새롭게 해석할 수 있는 눈이 열리더라고요. 몇 날 며칠을 배가 뒤집히는 환영에 시달린 건 세월호를 잊지 말라는 하늘의 뜻이 아닐까 하는….

"티쿤 올람"(tikkun olam, 18쪽). 세상을 고친다는 말. 정말 "내가 태

온 존재를 다해 하는 말에 감히 누가 거역할 수 있을까요?

어나기 전 세상보다 내가 떠날 때의 세상이 더 나은 곳이 되도록"(같은 쪽) 끊임없이 모색하지 않으면, 희망은 아무 데도 없을 거예요. 그희망의 모습이, 목사님의 편지에서는 다양하게 펼쳐지지만, 저에게는 "우정의 공동체"(101, 130쪽)가 가장 설득력이 있었어요. 두어해 전에 제가 제자들과 함께 문화학술계간지《이제 여기 그 너머》를 꾸릴 때도 그 비슷한 걸 염두에 두었거든요. 모든 것이 돈으로 환원되는 물신숭배 사회에서 다른 방식의 관계 맺기를 실험하는 장이랄까요?

물론 쉽지 않아요. 노상 넘어져요. 그러나 목사님과 청파교회가저의 꿈과 뜻에 '무조건' 우정을 보여주고 계신 것이 큰 위로가 됩니다. "비루한 현실의 인력에 속절없이 끌려가지 않으려면 뭔가에취해 있어야"(162쪽) 한다고 말씀하셨지요? 더 취하겠습니다. "모든것이 가만히 있는 곳이 지옥"(신철규, 〈검은 방〉, 《우리 모두가 세월호였다》)이라는 시인의 예언을 곱씹으며, 더 신명나게 놀겠습니다. 이 춤의 끝이 어디인지, 무엇인지는 알 수 없지만, 목사님 같은 길벗들과 함께추는 춤이니까요. 가리산지리산 이야기가 길었습니다. 불임의 시대를 거슬러 왕성하게 지혜를 낳아주셔서 고맙습니다. 늘 평안하시길두 손 모읍니다.

예수에게 가장 중요한 사람들은
어떤 사람들이었을까요?

●

김근수 | 〈가톨릭 프레스〉 발행인, 해방신학연구소장

41

그리운 김기석 목사님, 무더운 날씨에 고생 많으셨지요? 예수도 우리처럼 불면의 여름밤을 지새우지 않았을까요? 다시 가을이 오고 있습니다. 성서에서 예수는 가을보다 봄에 더 열심히 활동한 것 같습니다. 그래도 이 가을에 갈릴리 호숫가에서 묵상에 잠긴 예수를 그려보고 싶습니다. 예수는 어떤 주제로 일생을 고뇌하였는지 궁금합니다. 그리고 오늘 한국에서 그리스도인들이 무슨 문제로 고민하고 있는지 알아보고 싶습니다.

믿음과 이해의 관계가 중요한가

그리스도교 한쪽에서는 여전히 믿음과 이해의 관계에 몰두하고

온 존재를 다해 하는 말에 감히 누가 거역할 수 있을까요?

있습니다. 예수의 메시지를 어떻게 하면 잘 이해할 수 있을까 연구하는 것이지요. 성서학의 연구 성과를 받아들이고 여러 학문의 질문과 시대정신의 요청에 귀 기울이는 것입니다. 인간 이성을 존중하고 발휘하는 모습은 현대를 사는 지식인에게 감동을 주는 것 같습니다. 예수 이해하기라는 제목을 붙이고 싶은 주제입니다. 마땅하고 옳은 관심입니다만, 그 모습에서 한편으로 아쉬움도 적지 않습니다.

예수의 핵심 메시지가 과연 믿음과 이해의 관계인가를 의심하는 사람들도 있습니다. 지금까지 신학은 세상을 이해하는 데 몰두해왔지만 세상을 변혁하는 게 신학에서 더 필요하다는 것이지요. 불의한 세상에 분노하고 저항하면서 하느님 나라를 만드는 데 애쓰는 것이 더 중요하다는 말입니다. 믿음과 정의의 관계라고 표현할까요? 전 예수 따르기라는 제목을 붙이고 싶습니다.

믿음과 이해 또는 믿음과 정의. 예수 이해하기와 예수 따르기. 모두 연결되는 주제겠지요. 믿음의 내용을 적절하게 이해하지 않고서 어떻게 불의한 세상을 올바로 바꿀 수 있겠습니까? 예수를 올바로 이해하지 못하고서 어떻게 예수를 따를 수 있겠습니까? 모두 마땅하고 옳은 질문입니다.

성서 내용의 깊은 면모를 맑은 샘에서 길어내시는 김기석 목사님, 저는 믿음과 이해 그리고 예수 이해하기를 그리스도교에서의 준결승이라고 비유하고 싶습니다. 결승전에 진출하고 싶은 사람은 그 전에 준결승을 거쳐야 하겠지요. 준결승전을 통과하지 못한 사람은 결승전에 이르지 못합니다. 믿음과 이해의 관계를 깨닫지 못하거나 예수를 제대로 이해하지 못한 사람은 믿음과 정의, 그리고 예수 따르기를 시도할 수 없을 것입니다. 우선 준결승을 통과해야 합니다.

그리스도교에서 결승전은 믿음과 정의의 관계 그리고 예수 따르기라고 저는 말하고 싶습니다. 준결승을 통과한 사람이 결승을 포기하면 안 되겠지요. 믿음과 이해의 관계 그리고 예수 이해하기에서 더 이상 나아가지 못하고 멈춘 그리스도인이 적지 않습니다. 믿음과 정의의 관계 그리고 예수 따르기라는 결승전을 포기한 사람이겠지요.

믿음과 정의의 관계 그리고 예수 따르기는 믿음과 이해 그리고 예수 이해하기보다 훨씬 더 중요하다고 생각합니다. 그러나 그 순서를 잘 지켜야 합니다. 믿음과 이해 그리고 예수 이해하기를 먼저 다루고 그 다음에 비로소 믿음과 정의의 관계 그리고 예수 따르기로 나아가는 순서입니다. 그리스도교 핵심 메시지의 순서와 중요성에서 차이가 있다는 말입니다. 그 순서와 중요성을 정확히 식별하지 못하고 지키지 않는 사람들이 많습니다. 준결승을 결승처럼 착각하는 사람도 있고, 준결승을 통과하지도 못했는데 벌써 결승을 다루는 사람도 있습니다.

믿음보다 가난한 사람들에 대한 관심이 더 중요하다

여기서 예수의 핵심 가르침을 잘 나타내는 비유 하나를 보고 싶

온 존재를 다해 하는 말에 감히 누가 거역할 수 있을까요?

습니다. 마가복음 10장 17-27절 말씀입니다.

그때에 예수께서 길을 떠나는데 어떤 사람이 달려와 그분 앞에 무릎을 꿇고, "선하신 스승님, 제가 영원한 생명을 받으려면 무엇을 해야 합니까?" 하고 물었다. 그러자 예수께서 그에게 이르셨다. "어찌하여 저를 선하다고 합니까? 하느님 한 분 외에는 아무도 선하지 않습니다. 당신은 계명들을 알고 있지 않습니까? '살인해서는 안 된다. 간음해서는 안 된다. 도둑질해서는 안 된다. 거짓 증언을 해서는 안 된다. 횡령해서는 안 된다. 아버지와 어머니를 공경하여라.'"

그가 예수님께 "스승님, 그런 것들은 제가 어려서부터 다 지켜 왔습니다." 하고 대답하였다. 예수는 그를 사랑스럽게 바라보시며 이르셨다. "당신에게 부족한 것이 하나 있습니다. 가서 가진 것을 팔아 가난한 이들에게 주시오. 그러면 당신이 하늘에서 보물을 차지하게 될 것입니다. 그리고 와서 나를 따르시오." 그러나 그는 이 말씀 때문에 울상이 되어 슬퍼하며 떠나갔다. 그가 많은 재물을 가지고 있었기 때문이다.

예수께서 주위를 둘러보시며 제자들에게 말씀하셨다. "재물을 많이 가진 자들이 하느님 나라에 들어가기는 참으로 어렵습니다!" 제자들은 그분의 말씀에 놀랐다. 그러나 예수께서 그들에게 거듭 말씀하셨다. "여러분, 하느님 나라에 들어가기는 참으로 어렵습니다! 부자가 하느님 나라에 들어가는 것보다 낙타가 바늘귀로 빠져나가는 것이 더 쉽습니다." 그러자 제자들이 더욱 놀라서, "그러면 누가 구원받을 수 있는가?" 하고 서로 말하였다(마가복음 10:17-27).

목사님, 영원한 생명을 받으려면 무엇을 해야 할까요? 예수 시대 유다교에서 유행하던 화두입니다. 누구나 그 주제로 묻고 답했습니다. 그런데 조금 의아한 느낌이 들지 않습니까? '영원한 생명을 받으려면 무엇을 해야 합니까?'라는 중차대한 질문에 '가진 것을 팔아 가난한 이들에게 주라'는 예상 밖의 답이 예수에게 나오지 않았습니까? '하느님은 계시다, 예수는 구원자시다, 삼위일체, 은총, 이신칭의' 같은 아주 묵직하고 심각한 주제를 예수께서 언급해야 온당하지 않았겠습니까? 좀 더 그럴 듯한 답변은 어디 없습니까? 그 가난 같은 주제보다 죄, 죽음, 고통 같은 좀 더 철학적이고 고상하고 품격 높은 주제가 그리스도교에는 많이 있지 않습니까? 그리스도교가 겨우 가난 같은 사소한 것을 주제로 삼다니요.

예수는 다시 말합니다. "부자가 하느님 나라에 들어가는 것보다 낙타가 바늘귀로 빠져나가는 것이 더 쉽습니다." 낙타는 당시 이스라엘에서 볼 수 있는 가장 큰 짐승이었습니다. 바늘귀는 일상생활에서 볼 수 있는 가장 작은 구멍입니다. 가장 큰 짐승이 가장 작은 구멍으로 들어가기가 사실상 불가능한 것처럼, 부자가 하늘나라에 들어가기는 사실상 불가능하다는 뜻입니다. 예수는 유다교 가르침을 뒤집은 것입니다. 제자들은 더욱 놀라서, "그러면 누가 구원받을 수 있는가?" 하고 서로 말하였습니다. 제자들조차 예수의 가르침을 받아들이기 어려웠다는 말입니다.

예수의 가르침을 이해하라거나 깨달으라는 말도 아니고, "가서 가진 것을 팔아 가난한 이들에게 주시오"라니요? 영원한 생명을 묻는 조직신학 질문에 예수는 가난한 사람들이라는 사회교리 답을 제

안했습니다. 우문현답 같기도 하고 현문우답 같기도 합니다. 예수의 이 답변을 듣고 그 사람은 울상이 되어 슬퍼하며 떠나갔습니다. 그가 많은 재물을 가지고 있었기 때문입니다. 많은 재산을 갖고 있는 그리스도교가 슬픈 표정을 지으며 예수를 버리고 떠나는 모습이 상상됩니다.

재산을 가난한 사람들에게 나누는 것은 살인하지 않기보다 어렵고, 부모 공경보다 어렵다는 뜻이 혹시 아닐까요? 그 사람의 태도보다 제게 더 큰 충격은 예수의 답변에 예수의 제자들이 깜짝 놀랐다는 사실입니다. 그동안 제자들은 부자는 당연히 하늘나라에 쉽게 들어갈 것이라고 믿었기 때문인 것 같습니다. "그러면 누가 구원받을 수 있는가?"라고 불평하는 제자들을 보니 예수의 가르침을 받아들이기 어려웠던 모양입니다. 오늘 대부분의 그리스도인들은 당연히 부자가 하늘나라에 들어갈 것이라고 믿고 있는지 모르겠습니다.

예수의 이 같은 말씀을 유추해보면 부자가 하늘나라에 들어가기는 사실상 불가능하다는 말입니다. 세상의 부자들이 가장 싫어하는 성서 구절일 것입니다. 부자들이 가장 싫어해야 마땅할 종교가 곧 우리 그리스도교입니다. 그러나 존경하는 김기석 목사님, 대한민국 어느 부자가 그렇게 생각합니까? 교회나 성당에서 부자들이 수모를 겪을 거라고 생각하는 사람들이 과연 있기나 할까요? 부자 신자들이 교회에서 쥐 죽은 듯 근신하는 풍경을 보신 적이 있습니까?

예수의 이 날카로운 말씀을 무디게 해버린 슬픈 역사가 그리스도교에서 오랫동안 진행되어 왔습니다. 부자들의 마음을 편하게 하기 위해 세상의 온갖 신학자들은 오늘도 갖가지 묘수를 짜내고 있습니다. 예수에게 버림받는 것은 참을 수 있어도, 부자들에게 미움 받는 것은 참기 힘든 종교인들이 세상에 널려 있습니다.

예수의 말씀에 놀란 제자들처럼, 지금 한국 개신교에서 예수의 답변에 화들짝 놀라는 목사, 장로, 신자들이 있을지 모르겠습니다. 부자 신자들은 하늘나라에 마땅히 들어가야 하지 않느냐고 생각하는 신자, 장로, 목사들이 있을지 모르겠습니다. 예수 믿으면, 교회 다니면 마땅히 부자가 될 것이라고 믿는 신자들이 있을지 모르겠습니다. 신약성서를 다 뒤져도 부자가 복을 받는다는 구절이 하나도 없어도 그렇습니다.

가난한 사람들에 대한 태도는 그리스도교에서, 영원한 생명을 얻기 위한 질문에서 우리 상상 이상으로 아주 심각하고 중요한 문제입니다. 가난한 사람들에 대한 태도는 그리스도교에서 여러 주제 중 하나가 아니라 아마 가장 엄중한 주제일 것입니다. 그 사실을 정확히 이해하든 이해하지 못하든, 받아들이든 받아들이기 싫든, 불편하든 불편하지 않든 간에, 아주 중요한 문제입니다.

그러나 불행히도 가난한 사람들에 대한 태도는 그리스도교에서 온당하게 취급되지는 못한 것 같습니다. 가난한 사람들에 대한 태도보다는 죄의 문제, 구원받는 방법의 문제가 훨씬 더 비중 있게 다루어진 것 같습니다. "죄 많은 내가 자비로운 하나님 앞에 어떻게 설 것인가?"는 루터와 바울에게 공통된 주제였다고 우리는 알고 배웠습니다. 그런데 예수는 과연 그런 고뇌를 우리처럼 심각하게 했을까요? 예수에게 죄의 주제가 그렇게 심각하고 중요했을까요? "불의한 세상에서 가난한 사람들의 운명은 어떻게 되는가." 혹시 예수는 이런 주제로 고뇌하지 않았을까요?

아무리 생각해 보아도, 예수에게는 죄의 문제보다 불의의 문제가 더 심각한 것 같습니다. 예수에게는 죄의 문제보다도 가난한 사람들의 고통이 더 크게 다가온 것 같습니다. 예수는 죄인보다도 가난한 사람들에게 먼저 다가선 것 같습니다. '자비로운 하나님 앞에 선 죄인인 나'보다 '불의한 세력 앞에 선 가난한 사람들'이 예수의 평생을 일관하는 화두 아니었나요? 우리는 죄인을 더 묵상할지 모르지만, 예수는 가난한 사람들을 더 묵상하지 않았을까요?

목사님께 드리는 이 편지를 통해 저는 우리 시대 그리스도교는 가장 중요한 문제에 몰두해야 한다고 말하고 싶습니다. 우리에게 있어선 신자들이 가장 중요할지 모르겠지만, 예수에게 가장 중요한 사람들은 신자가 아니라 가난한 사람들이라는 사실을 강조하고 싶습니다. 교회에 오는 신자가 아니라 교회 밖에 있는 가난한 사람들이 복음의 제일 대상자라는 진실을 재확인하고 싶습니다.

존경하는 김기석 목사님, 제 수다가 너무 길었습니다. 제 어설픈 생각에 대해 목사님의 친절하신 가르침을 기대합니다. 종교개혁 오백주년을 미리 축하드립니다. 저는 개신교에서 좋은 감동을 많이 받아왔습니다. 더 건안하시고 더 건필하시길 빕니다. 하느님을 찾아 걷는 길에서 만난 신앙의 형제로서 목사님께 깊은 감사 인사를 드립니다. 지난 여름 청파교회에서 이루어진 우리의 만남이 그렇게 떠오릅니다.

희망 그 빛깔 있는 삶의 몸부림

글썽이며 조심스럽게
지구별을 거니는 사람에게

●

김기돈 | 〈작은 것이 아름답다〉 편집장

늘 마주하지 않아도 존재하는 것만으로 누군가에게 힘이 되는 사람이 있습니다. 삶을 돋우는 디딤이 되는 사람이 있습니다. 어디를 둘러보아도 희망의 틈새를 발견하기 쉽지 않은 이 시절, 더더욱 이런 사람 하나가 또 다른 삶을 일으킵니다. 목사님 글을 챙겨 읽으면서 마주한 듯 가까운 마음이 일곤 했습니다. 자주 생각을 돋우고 마음결을 벼렸습니다. 이름이 보이면 반가운 마음이 들기도 했습니다. 그리운 벗이 보낸 편지를 읽듯, 목사님의 편지를 아껴 읽었습니다. 생명을 우뚝 우뚝 일으키던 '손이 아름다운 사람 예수'를 날마다 그리며, '물결처럼 가벼우면서도 산맥처럼 무거운 손'을 잡고 살아오신 지난 시간이 그려지는 듯 했습니다. 일상에 담긴 성스러움, 그 늘진 자리, 사람들이 귀 기울이지 않고 마음을 두지 않는 곳에 먼저 눈길이 미치고, 먼저 뿌린 씨앗이 싹이 나지 않아 다시 뿌리는 '움

온 존재를 다해 하는 말에 감히 누가 거역할 수 있을까요?

씨' 같은 심정을 읽었습니다. 아픔의 자리에 조심스레 다가서서 손을 내밀고 그곳에 자주 일상을 내려놓는 '글썽이는 마음'을 읽었습니다. 수백 년 고목도 해마다 여리디 여린 새순, 새잎으로 살아가듯 예민한 마음 촉수를 뻗어 아프고 설운 순간들을 고스란히 품고 '하루하루 중심을 잡고' 걸어가는 모습을 보았습니다.

글썽이는 마음, 풀 한 포기를 생명같이 여기는 마음

편지를 펴보면서 제가 만났던 두 사람이 떠올랐습니다. 오래 전 정읍에 사시는 한 할아버지를 만났습니다. 그분은 여든을 훌쩍 넘겼지만 날마다 손으로 무언가를 만드셨습니다. 그분은 멀쩡한 것도 다 내다버리고 허투루 대하는 세태를 늘 안타까워하셨습니다. 물건들을 한 순간에 쓰레기로 만들어 버리는 고약함이 서운하고 마음을 무겁게 했답니다. 그래서 세상에서 버림받아 서운한 것들, 쓸모를 찾지 못하고 버려진 것들을 모으기 시작하셨답니다. 버려진 것이 제자리를 찾는 세상을 두 손으로 손수 만들기로 마음먹었던 거지요. 그리하여 그분은 천덕꾸러기로 나뒹굴던 것들의 쓸모를 찾고 구석구석 이야기를 담아 산자락 아래 작은 놀이공원을 손수 만들었습니다.

그곳에서는 모든 것이 쓸모를 찾았습니다. 날마다 줍고 덧대고 잇고 꿰매고 칠해 눕히고 세우면 그 공간에서 그것들은 나름 쓸모를 찾아 소소한 이야기가 담겼습니다. 쟁반과 냄비뚜껑이 악기가

희망 그 빛깔 있는 삶의 몸부림

되어 무대에 놓이고, 알록달록 색을 칠한 버려졌던 냉장고를 열면 장난감들이 가득합니다. 온갖 세련된 것들이 쏟아지는 세상에서 온갖 잡동사니가 상상조차 할 수 없는 쓸모를 찾아 자리차지를 했습니다. 버려진 동물들도 보듬어 공원 한 쪽에 집을 만들어 주었습니다. 온갖 것들이 다 제 색과 모양을 찾았습니다. 측은하고 딱한 것들이 살터와 일상을 만나는 자리였습니다. 그분에게서 글썽이는 마음을 보았습니다. 이렇듯 그분의 삶은 약한 것들을 글썽이는 마음으로 바라보고, 버려진 것에 눈길을 주고 손을 내밀었던 세월이었습니다.

다른 한 분은 40년 가까운 시간 동안 중국 내몽고 사막에서 나무를 심고 있는 인위쩐이라는 분입니다. 한 행사에 초대를 받은 그분이 한국을 방문했을 때 만나서 이야기를 나눴습니다. 거칠고 모진 모래바람이 부는 사막을 초록의 땅으로 바꾸려는 사람, 그분은 생명의 흔적도 없는 황량한 죽음의 땅에서 오직 살아남기 위해 나무를 심기 시작했답니다. 쉼 없이 날마다 먼지바람을 무릅쓰고 사막으로 나갔던 거지요. 그리하여 마침내 부지런하고 억척스러운 한 사람이 어떻게 사막을 바꿀 수 있는지를 보여줬습니다. 사막은 어느새 옥수수가 자라고, 수박이 넝쿨을 뻗고, 미루나무 숲에 새들이 날아오고, 동물이 깃드는 생명의 땅이 됐습니다. 날마다 그녀의 손길을 기다리는 나무, 일일이 찾아다니며 물을 줘야 하는 나무만 2만 그루가 넘는다고 합니다. 힘겹게 가녀린 잎을 내민 나무에 그녀는 물동이로 물을 날랐습니다. 한 방울의 물이라도 옆으로 새나가면 아깝고 안타까웠답니다.

한국을 방문한 그녀는 눈 닿는 곳마다 초록이 가득한 이 땅이 부러웠고, 동시에 사막의 나무들이 눈물 나도록 측은하다 했습니다. 사막에 나무를 심는다고 자신의 땅이 되는 것도 아니었습니다. 그녀는 다만 누가 알아주지 않아도, 자신은 '날마다 지구에 나무를 심을 뿐'이라고 했습니다. 땅에 붙어있으면 내 나라와 내 집 밖에는 안 보이지만, 시선을 넓혀 하늘에서 보면 지구가 바로 자신의 집이기에 오로지 지구만 생각하게 된다고 했습니다. 한 사람이라도 시작해야 두 번째 사람이 있고 세 번째 사람이 있지 않겠냐고 했습니다. 그녀에게 나무는 일상이고 평화이며 꿈이었습니다. 막막한 사막에서 외로움과 두려움에 울부짖던 처음부터 지금까지 많은 일들이 있었고 변화도 있었지만, 단 한 가지 중요한 것은 그 사막에 인위전이 아직 초록같이 살아있다는 것, 그리고 한결같이 풀씨를 뿌리며 나무를 심고 있다는 사실이었습니다. 사막에 나무가 뿌리를 내려 숲의 일상을 찾아 가는 것, 그것이 그녀가 꿈꾸는 세상이었습니다. 그분에게도 글썽이는 마음, 풀 한 포기를 생명 같이 여기는 마음이 있었습니다.

모든 존재 하나하나가 서로를 품고 아우르며 사는 세상

목사님의 편지 속에서 간절하게 절망과 두려움의 안대를 벗고 함께 일어서서 어깨동무하고 함께 걷자고 말을 거는 길동무를 보았습

희망 그 빛깔 있는 삶의 몸부림

니다. 집착하거나 머무르거나 사로잡히지 않고, 움직이며 만나는 삶을 마주했습니다. 터무니없이 뒤엉킨 세상, 막막하고 끝 모를 아픔으로 채워진 자리, 어디서 시작해야 할지도 모를 안타깝고 참담한 시간 한복판에서 '작고 사소하고 연약한 것들에 눈길을 두며'(189쪽) 글썽이며 보듬어 안는 뜨거움을 읽었습니다. 목사님은 척박하고 냉담한 시절, '좌절과 무기력'이 지배하도록 내버려두지 않고 걸어서 길을 내고, 두 손에 굳은살이 박이도록 '세상을 고치는' 치열하고 뜨거운 마음에서 희망을 보셨다고 했습니다(17쪽).

확성기를 통한 쩌렁한 소리가 아니라 얼굴과 얼굴을 마주하고 건네는 말, 마음 담아 손으로 꾹꾹 눌러쓴 투박한 편지가 마음을 움직이고 변화를 일으켜 왔다는 것을 알고 있습니다. 작은 상처에도 온 신경과 온몸이 그곳에 집중되듯, 세상의 중심은 아픔이며 아픔을 품고 있는 사람과 서럽고 속상한 아픔의 자리라는 것도 분명합니다.

절망의 동굴에 갇혀 있지 않고 문을 열고 나서서 두 발로 땅을 딛고 서면 세상의 모든 숨 있는 것들이 서로에게 디딤이 되고 생명이 되는 것을 발견하게 됩니다. 온갖 칸막이와 담벼락이 우리를 가두거나 주저앉히고 움직이지 못하게 눈과 입을 막아온 시간을 아프게 바라봅니다. 스스로 눈멀어 두려워하며 내 안에서 한 걸음도 밖으로 나서지 못했던 순간들이 가슴을 칩니다.

누군가 만들어 놓은, 때로는 스스로 쌓은 허상 같은 벽을 허무는 힘은 작은 틈을 내는 용기, 벽돌 하나 부수는 절박함에서 비롯되는 것이라 믿습니다. 길을 나서면 온 대지가 내 발을 떠받치고 밀어 올리고 힘을 보태 늠름하게 길을 걷게 한다는 것을 알겠습니다. 돌이켜보면 작은 돌멩이 하나, 길 옆 나무 한 그루, 풀 한 포기, 빈 가지에 깃든 새 한 마리, 작은 시내, 모든 존재 하나하나가 서로를 품고 아우르며 살게 했다는 것을 느낍니다.

서로가 서로에게 사는 자리, 삶의 자리, 장소가 되어줍니다. 이렇게 내가 너에게 장소이며 너는 또 다른 누구에게 장소, 사는 자리입니다. 모든 것이 연결되어 있어 서로에게 흘러 닿습니다. 예전에는 한 아이가 커가는 동안 마을이 있었습니다. 마을 곳곳 모든 것이 아이에게 장소가 되어 아이를 키웠습니다. 아이가 뛰어다니고 뒹굴고 넘어지고 일어서면서 만났던 하나하나가 바로 아이 안에 들어찼습니다. 지금은 조각조각 나뉜 캡슐에 들어가 관계 짓는 법을 잊고 삽니다. 이렇듯 장소의 회복은 삶과 생명의 되살림이며, '장소를 떠나 존재하는 것은 없다'는 당부를 목사님의 편지에서 읽었습니다.

저는 지금 마음을 가로지르는 나직한 노래를 듣습니다. 편지에서 편지로 이어지는 갈피마다 마음을 기울이지 않으면 들을 수 없는, 하지만 어느 순간 생각지도 않은 곳에서 가슴을 파고드는 노래 말입니다.

바닥까지 내려가 아파하고 견디기 어려운 낯선 상황이 몰아쳐도, 나지막한 가락이 꿈틀거리며 몸을 일으키고 생각을 일으킵니다. 사는 동안 삿된 흔적을 남기지 않고, 순간마다 마음 다해 치열하게 타오를 수 있을까, 자신에게 질문합니다. 사는 동안 거창한 이름표나 어떤 기념비를 앞세우는 것은 아무 소용이 되지 않습니다. 허망한 일입니다. 날마다 순간마다 '시간과 화해하며 오로지 현재를 살아가는 것', '지금에 오롯이 집중하며 날마다 삶의 기적'을 마주하는 것, 그렇게 '정신의 현재'를 놓치지 않는 것만이 우리의 삶이 될 것입니다(209쪽). 이러한 현재는 얼굴에 고스란히 담깁니다. 얼굴은 시간과 소통해온 기록입니다. 누군가 얼굴은 '얼이 들고 나는 굴'이라고 새겼는데, 지금껏 어떤 낯빛을 내보이며 살았는지 거울을 보듯 편지를 읽습니다.

'눈물은 머리의 것, 울음은 온몸의 것'

요즘 우리가 사는 이 땅의 마을을 보면 참담한 마음이 듭니다. 얼마나 더 절망하고 나서야 칠흑 같은 아픔을 겪고 나서야 비로소 시냇물 소리를 듣고 숲에서 달려 나온 바람 소리를 듣고 작은 새들의 노래를 들을 수 있을까요? 어디쯤 이르러 사람 얼굴 하나하나 알아보고 제 이름으로 마주할 수 있을까요? 들풀 하나하나에 깃든 생명의 손을 잡고 나무 한 그루 한 그루의 이름을 불러주게 될까요? 언제쯤 사람의 마을은 사람의 노래를 부르며 밥 짓는 냄새 고소한 하루하루를 한가로이 살아갈 수 있을까요?

목사님 말씀대로 '욕망의 벌판을 질주하며 모질게 변해버린 심성'(201쪽)이 뾰족하게 날을 세우고 더더욱 욕심껏 시대를 탐하고 있습니다. 참담한 극단의 시대를 살아가고 있습니다. 극단은 결국 파국으로 치닫는 제어장치 없는 폭주기관차입니다. 무엇을 향해 무엇을 위해 달리는지 알지 못하는 속도로만 그 얼굴을 드러냅니다. 얼

온 존재를 다해 하는 말에 감히 누가 거역할 수 있을까요?

굴 없는 기계장치 같은 속도만 남았습니다. 그것은 욕망의 표현입니다. 앞지르고 지배하려는 욕망의 다른 이름입니다. 다른 사람의 것을 빼앗아 자신을 확장하려는 욕망과 닿아 있습니다. 저마다 겪어야 하는 과정이 생략되고 당연하게 만나고 기다려야 하는 시간을 무시하고 앞지르기를 합니다. 이렇듯 설익는 과정이 이러한 마땅한 과정을 생략해서 많은 것을 잃어버리고 파괴하고 사람다움을 상실하게 합니다.

'영혼을 빼앗긴 멍한 시선'으로 '세상의 북소리에 발을 맞추며' 휘둘리는 현실입니다(295쪽). '적당히 적응하며 살라'는 말에 뭉툭한 생각이 되어 '자신을 함부로 하려는 대로 내버려둔' 시절입니다. 편지를 읽으며 다시 마음을 벼립니다.

어떤 시인이 '눈물은 머리의 것, 울음은 온몸의 것'이라 했습니다. 바닥에는 몸짓이 있습니다. 온몸으로 있는 그대로 생겨먹은 대로 움직이며 말합니다. 어깨를 들썩이며 부둥켜안고 몸으로 흐느끼는 울음이 있습니다. '글썽이는 마음'이 있습니다. 살아있다는 것을 말로 모두 풀어낼 수는 없습니다. 온몸으로 꿈틀거리는 수밖에 없겠습니다. 허깨비 같은 시간이 아니라 포장되지 않은 알맹이 같은 치열한 일상이 살아 움직이는 삶 말입니다.

편지에서 말씀하셨듯이 '속된 것 따로, 거룩한 것 따로인 가짜'가 아니라 '아프고 연약한 것이 중심인 세상'에서 '온몸으로 흔들리며 걷는' 모습을 봅니다. 역사는 누가 대신 만들어 주는 것이 아니기 때문입니다. 지금을 사는 사람들이 아프게 때로 참담하게 역사를 몸으로 채워갑니다. 앞뒤를 바꾸어 버리고 무엇이 소중한지 보는 눈을 잃어버린 시대는 역사의 땅에 발을 딛지 않고 허망한 미래를 말합니다. 숟가락으로 땅을 헤쳐 보고는 '물 없음' 팻말을 세우고 떠난 사람처럼 말입니다. '진창 같은 역사'라도 역사의 참담한 현실에서 비켜서지 않고 정의로운 평화의 역사를 발견하고 일으켜 세우는 우리의 치열한 삶이 '의미의 저장소'가 될 것입니다. 그것은 예수가 끊임없이 그랬던 것처럼, '과거와 대화하며, 현재를 돌아보게 만드는 거울'이며 '이정표'이기도 합니다.

김 목사님, 지금을 살아가려 합니다. 거창할 것도 요란할 것도 없는 일상에 치열하려고 합니다. 작은 것들이 어울려 만들어 가는 힘을 믿으며, 나직하게 오롯하게 늠름하게 오로지 지금을 가로질러 가려고 합니다. 차디찬 바닥을 깨고 반란 같은 봄풀이 돋듯 일어서는 꿈을 꿉니다. 몸으로 대답을 준비하여 길을 나섭니다. '길은 거울 같은 것이다. 길을 나선다는 것은 자신을 길에 비추어 보는 것'이라는 말을 새기면서 식물성 속도로 천천히 숨결과 결을 헤아리며 걷습니다.

다시 묻고 싶습니다,
희망이 어디에 있을까요?

●

김나래 | 〈국민일보〉 기자

김기석 목사님, 전 지금 지구 반대편 페루에서 이 편지를 씁니다. 목사님의 책《세상에 희망이 있느냐고 묻는 이들에게》는 진작 읽었지만 목사님과 몇 번의 통화 말고 만나 뵌 적이 없었던 탓일까요. 서울에선 선뜻 편지를 시작하기가 어려웠습니다. 아니면 서울의 숨가쁜 일상이 편지 쓰기를 허락하지 않은 건지도 모르겠습니다. 이곳에 와서야 멀리 떨어져 있다는 물리적 거리감 때문일까요, 아니면 이방인으로 부유하는 시간을 보내고 있기 때문일까요. 이렇게 편지를 쓸 수 있게 되었습니다.

이곳으로 오는 길, 비행기 안에서 목사님의 책을 다시 읽었습니다. 기사에 대한 부담을 내려놓고 읽으니 또 다른 것들이 눈에 들어왔습니다. 상식이 무너진 지 오래, 절망스럽기 그지없는 세상에서 여전히 '희망'을 말한다는 것. 어쩌면 그 자체가 용기를 필요로 하는 일일지 모른다는 생각이 들었습니다. 내일의 세상이 어제보다 더 나으리라는 믿음을 잃어버린 시대이기 때문입니다. 저 역시 목사님께 '세상에 희망이 있느냐'고 묻는 이들과 같은 마음으로 살고 있었던 것이겠지요.

내일의 세상이 어제보다 더 나으리라는 믿음을 잃어버린 시대

페루에 머무르는 동안, 전 수도 리마 시내에서 40분 거리 떨어진 판자촌인 아마우따를 찾았습니다. 기아대책이 파송한 선교사님이 10년째 마을 주민들과 함께 지내는 곳입니다. 물기라곤 찾아보기 어려운 메마른 돌산 곳곳에, 켜켜이 내려앉은 뽀얀 먼지를 뒤집어 쓴 나무집들이 보였습니다. 시멘트로 바닥을 다지고 나무로 벽을 둘러 세운 집 안엔 이불과 그릇 몇 가지가 전부라고 합니다. 한 가닥 전깃줄과 낡은 고무 호수가 전기와 물을 제공해주는데 이마저도 사용료를 못내 이용하지 못하는 집들이 태반이라고 합니다.

마을로 향하는 길은 이방인이 걷기에 결코 쉽지 않았습니다. 길이랄 것도 없이 사람들이 많이 딛고 다닌 자리가 곧 길이었습니다. 간혹 시멘트로 만든 계단이 있었지만, 난간이나 손잡이 없는 계단은 어찌나 불안하던지요? 계단의 손잡이가 이토록 귀한 것인지 예전엔 미처 몰랐습니다. 하지만 이곳이 삶의 터전인 아이들과 노인들은 그 가파르고 불안하기 짝이 없는 길을 하루에도 몇 번씩 오르내립니다.

온 존재를 다해 하는 말에 감히 누가 거역할 수 있을까요?

그렇게 힘겹게 마을의 가장 높은 곳에 올라섰을 때, 전 한 번도 상상하지 못했던 풍경 앞에서 할 말을 잃어버렸습니다. 벼랑 바로 앞에 쓰러져가는 집, 그 앞에서 두 아이가 소꿉놀이를 하고 있었습니다. 장난감은 리마 시내 세차장에서 일하는 엄마가 거리의 쓰레기 틈에서 주어온 것들입니다. 네 번째 남편마저 떠나고 아빠가 다른 여섯 명의 아이와 친정엄마를 먹여 살리기 위해 엄마는 그날도 일하러 가고 없었습니다. 두 아이 중 여자아이의 이름이, 스페인어로 희망이란 뜻의 '에스페란사'라고 하더군요. 그 절망적인 상황에서도 이름으로 매 순간 희망을 말하는 사람들, 그 앞에서 제가 할 수 있는 건 아무 것도 없었습니다. 아이들을 지켜달라는 말밖에는 다른 기도도 나오지 않았습니다. 내려오는 내내 노래 〈청계천 8가〉의 '산다는 것이 얼마나 위대한가를…'이라는 구절만 마음속으로 무한 반복할 뿐이었습니다.

내려오는 길, 제 삶을 돌아보니 저는 너무나 많은 것을 풍족하게 누리면서도 늘 불평하며 살았던 것 같았습니다. 안 그래야지 하면서도 끊임없는 비교로 스스로를 들볶으며 살아온 날들도 많았구요.

무엇보다 직업을 핑계로 그 모습을 카메라에 담고야 마는 저 자신이 그 순간 참 부끄럽고 싫었습니다. 이해는커녕, 짐작조차 할 수 없는 삶 앞에서, 그럼에도 이 장면은 기록해야 한다는 직업적 판단을 자동반사적으로 하는 모습이 참 고약하다 느껴졌습니다. 고야나 렘브란트 같은 화가들이 민중들의 소박한 삶을 그림 속에 담았을 때, 그들은 어떤 마음이었을까요? 목사님은 어떤 분과 나눈 그림에 대한 이야기를 언급하시면서 "주류 세계에 속한 이들의 눈에는 포

희망 그 빛깔 있는 삶의 몸부림

착되지 않는 사람들, 마치 투명 인간처럼 취급되는 사람들의 이야기를 빼놓고는 역사를 말할 수 없다"(227쪽)고 하셨지요. "욕망이라는 쇠항아리를 머리에 뒤집어쓰고 사는 이들은 다른 이들의 아픔을 공감할 수 없는 법"(228쪽)이라고도 하셨습니다. 저의 감수성과 문제의식이 단순히 이들을 물화하거나 타자화하는데 그치지 않도록 좀 더 정신을 차려야겠습니다. 그러려면 목사님이 말씀하신 '저 너머'의 눈으로 삶과 현실을 더욱 치열하게 바라봐야 하겠지요.

목사님의 편지 중에서 이 대목을 다시 꺼내 읽었습니다.

일상의 노동에 지친 이들에게 성찰적 태도를 요구하는 것 자체가 무리인가요? 성찰이란 타자 혹은 대상과의 만남을 통해 자기 자신을 새롭게 돌아봄입니다. 자기 속에 있는 무절제, 탐욕, 게으름, 분노를 돌아봄으로 스스로를 변화의 가능성 앞에 세우는 것 말입니다(87쪽).

이런 시간을, 성찰의 기회를 가질 수 있는 현실이 문득 감사했습니다. 그리고 깨달았으면 즉각 달라지라고 몰아세우는 대신, '자신을 변화의 가능성 앞에 세우라'고 해 주신 목사님의 말씀이 너무 감사했습니다. 그렇게 가난의 끝자락에 서 있는 어린 생명을 보고도, 늘 마시던 커피 한 잔을 참지 못하는 저 같은 인간의 연약함을 이미 알고 계셨기에 그리 말씀해 주신 것이었겠지요.

온 존재를 다해 하는 말에 감히 누가 거역할 수 있을까요?

'희망'이란 단어를 떠올리면…

한국으로 돌아가는 길, 다시 물어봅니다. 희망이 어디에 있을까? 저는 지금도 에스페란사와 그 가족들이 살아갈 저 세상을 어찌해야 할지 모르겠습니다. 하지만 이곳엔, 그 아이들을 위해 10년째 함께 살아가는 선교사님이 계셨습니다. 그리고 그 선교사와 함께 같은 꿈을 꾸며 집을 짓고, 말씀을 심고, 아이들과 희망을 노래하는 젊은 현지인 스태프들이 있었습니다. 그들의 밝은 모습에서 저의 낙담마저 죄라는 생각이 들었습니다.

저는 돌아가서 그곳을 머잖아 잊고 살아가게 될 것입니다. 평생 다시는 마주칠 일이 없는 풍경으로 남겠지요. 하지만 그 장면을 목격한 동시대인으로서 해야 할 일이 있다면, 말씀하신 대로 저 자신을 '변화의 가능성 앞에 세워보는 것'일 것입니다. 한국에 도착하면 언제 이런 성찰의 시간이 있었냐는 듯, 하루아침에 이전의 삶으로, 과거의 모습으로 돌아가고 말지도 모르겠습니다. 하지만 성찰의 시간을 이렇게 편지에 기록해둔 덕에 어쩌면 전보다 조금은 오래 이 마음을 유지하며 살아갈 수 있을지도 모르겠습니다.

목사님의 책을 읽은 뒤부터 '희망'이란 단어를 떠올리면, 저도 모르게 어떤 소리와 향기가 같이 떠오르곤 합니다. 쇄빙선이 쩡쩡 얼음을 가르는 소리가 들리는 듯하고, 코끝에선 누군가의 정글도에 막 베어진 풀과 나무에서 나는 상큼한 풀내 같은 것이 맴도는 것 같습니다. 저만 그런 가요? 많은 이들이 희망이란 단어를 그렇게 목사님이 살려준 청각과 후각의 이미지로 함께 기억하게 되지 않을까

희망 그 빛깔 있는 삶의 몸부림

요? 거기에 제가 이번 페루 출장 중 마주한 그 생생한 삶의 풍경까지, 이 세 가지가 저에겐 희망이란 단어를 대신하는 것들이 되지 않을까 생각합니다.

사실 저는 언제부터가 어떤 사상이나, 윤리 도덕, 심지어 우리의 믿음도 '조금 불편해도 더불어 사는 삶이 진정 인간다운 삶'임을 가르쳐주지 않는 현실에 모든 기대를 버리고 살았던 것 같습니다. 종종 목소리 높여 '이것만이 답이고 길이다'라고 말하는 사람들에게 실망할 때도 많았지요. 그들의 강경함이, 누군가를 탓하거나 결국 자기가 더 갖지 못함에 분노를 쏟아내는 데서 기인한 것임이 보일 때마다 더 큰 좌절감을 느끼곤 했습니다. 하지만 그런 저런 핑계로 아무 것도 하지 않으려는 것 또한 비겁한 것임을 다시 깨닫습니다.

목사님은 "희망에 대해 말하기 위해서는 관념의 감옥에서 벗어나 실천의 벌판에 서야 한다"고 하셨지요. 그러면서 "실천의 벌판이 꼭 투쟁의 자리일 필요는 없을 것"이라고, "각자에게 주어진 삶의 자리에서 갈라진 세상을 고치는 사람으로 살아가는 것 또한 희망을 일구는 일"이라고 하셨잖아요. 꼭 앞장서서 싸우거나, 대단한 목소리를 내는 것뿐 아니라 내 삶의 자리에서 할 수 있는 일들이 분명 있을 것입니다. 그걸 찾아 시작하는 일, 그것이 희망을 일구려는 사람이 가장 먼저 가져야 할 자세겠지요.

지금 제 손에는 목사님의 책에서 만난 형용사와 부사들을 적은 메모가 들려있습니다. 직업적인 글쓰기를 하는 동안 수식어를 배제하고 건조하게 주어와 서술어만 써 왔습니다. 목사님 글에 등장하

63

는 형용사와 부사들은 사실 저에겐 오랫동안 잊힌 존재들이었습니다. 어쩌면 제 언어의 습관이 이렇게나 다채로운 세상을 흑백으로 단순화시켜 보고 살게 만든 것은 아니었을까 생각해봅니다. 어쩌면 희망이란 흑백의 세상에서 흑을 지우고 백을 만드는 것이 아니라 세상을 채우고 있는 다양한 색들이 하나하나 저마다의 빛깔을 내기 위해 몸부림치는 것, 그 몸부림의 시작만으로도 희망이라 부르기에 충분한 것은 아닐런지요?

목사님이 이 편지를 읽으실 때쯤, 저는 또 어떤 생각과 모습을 하고 있을까요? 머지않아 목사님과 마주한 채 이 깨달음과, 이후의 제 삶에 대해 이야기를 나눌 날이 오겠지요. 그날이 코끝 쩽한 추위와 차가운 눈 위로 햇살이 내리쬐는, 그런 먼 날이 아니기를 바랍니다. 그리고 무엇보다 그때도 희망에 대해 말할 수 있기를, 소원합니다. 늘 평안하시고, 건강하셔요.

희망 그 빛깔 있는 삶의 몸부림

창문을 여니
바람이 부나요?

●

김민웅 | 경희대학교 미래문명원 교수, 《동화독법》 저자

언제나 기품 있고 다정한 벗 김기석 목사님, 늘 좋은 책을 내어 이 땅의 흉포함과 삭막함을 이기도록 하시니 감사합니다. 책을 읽다보면 시인의 산문집 같다는 생각이 드는 것은 아마도 나뿐만이 아닐 겁니다. 그 안에는 언제나 비틀거리는 이들에 대한 안타까움과 목소리조차 들리지 않은 이들의 슬픔에 대한 깊은 사랑이 있음을 느끼게 됩니다. 위로가 큽니다.

그 책을 읽고 저도 "세상에 희망이 있느냐고 물은 이들에게" 문득 편지를 보내고 싶어졌습니다. 따라한다고 나무라지는 않으시겠지요? 그래서 이 편지의 수신자는 김 목사님이기도 하지만, 바로 그 희망의 부재 앞에서 고뇌하는 이들이기도 합니다. 어쩌면 저와 김 목사님의 마음이 하나가 되어 부치는 편지일 수도 있겠지요. 그랬으면 좋겠습니다.

온 존재를 다해 하는 말에 감히 누가 거역할 수 있을까요?

고달픈 백성들의 피눈물

《춘향전》에 나오는 대목이 생각나는 요즈음입니다. 백성들의 피를 빨고 뼈를 발라내는 탐관오리 변학도가 벌인 잔칫상에서 거지꼴을 한 이몽룡이 시 한수를 읊지 않습니까? 한창 흥이 오르려는 잔칫상을 단숨에 파장 내고 만 이 시는 이렇게 일갈하지요.

금준미주 천인혈   金樽美酒 千人血

옥반가효 만성고   玉盤佳肴 萬成膏

촉루낙시 민루락   燭淚落時 民淚落

가성고처 원성고   歌聲高處 怨聲高

워낙 유명한 구절이라 그 뜻이야 이미 다들 잘 아시겠지만, 그 속에 담은 분노와 질타를 드러내 다시 풀어내자면 이런 내용이 될 법하지 않을까 합니다.

으리 번쩍 금잔에 담은 그 좋다는 술은 알고 보면 천 사람의 피를 짜낸 거 아닌가? 옥으로 만든 쟁반 위에 턱하니 내놓은 맛있는 안주는 만 사람을 쥐어짜 뽑아낸 기름이로다. 이 야밤에 잔치를 벌인다고 사방에 켜놓은 초가 녹아내릴 때마다 그게 바로 살기 고달픈 백성들의 눈물이 떨어지는 것이야. 너희들은 좋다고 노래 부르고 난리지만 그 소리 높은 곳마다 백성들의 원망소리 또한 높구나.

부패한 권력자들과 하나님의 진노

8·15 광복절 경축사에서 "콩 하나라도 반쪽으로 나누어 먹던 우리"라면서, 자기는 국민의 세금으로 1억 이상의 상을 버젓이 차려 집권당 대표를 축하하는 자리를 마련한 대통령이라는 여자. 저임금 비정규직으로 살아가거나 도시빈민으로 비참한 생활을 하는 이들이 얼마나 많은데, 구중궁궐 호사스러운 식탁 위 금준미주와 옥반가효 앞에서 미소 짓는 그 여자의 모습은 부패한 정신의 현장을 고스란히 보여주고 있더라구요. 그녀가 거느리고 있는 측근도 탐관오리와 다를 바 없는 부패로 연일 여론의 비판을 받고 있지만, 꿈쩍도 하지 않습니다. 결국 녹아나는 것은 백성들이지요. 이런 현실에서 사람들은 나날이 희망을 접고 있는 것만 같습니다.

가난한 사람들은 눈에 들어오지 않는 권력자들입니다. 힘없는 사람들은 쳐다보지도 않습니다. 제 배만 부르면 됩니다. 욕심은 있는 대로 다 차립니다. 죽을 때까지 쓰지도 못하는 천문학적인 돈을 긁어모으고, 그걸 벌어다주는 권좌의 자리에서 세상을 비웃습니다. 그러나 이들에 대한 예언자 아모스의 목소리는 매섭습니다.

> 내가 용서하지 않겠다. 그들은 돈을 받고 의로운 사람을 팔고, 신 한 켤레 값에 빈민을 팔았기 때문이다. 그들은 힘없는 사람들의 머리를 흙먼지 속에 처넣어서 짓밟고, 힘 약한 사람들의 길을 굽게 하였다(아모스 2:6-7).

온 존재를 다해 하는 말에 감히 누가 거역할 수 있을까요?

성서의 예언서만이 아니라 시편도 이런 권력자들에게 엄중합니다. 시편 58편의 첫머리는 이렇습니다.

> 너희의 신처럼 높임 받는 통치자들아, 너희가 정말 올바르게 판결을 내리느냐? 너희가 공정하게 사람을 재판하느냐? 그렇지 않구나. 너희가 마음으로는 불의를 꾸미고, 손으로는 이 땅에서 폭력을 일삼고 있구나 (시편 58:1-3).

그런데 교회에서 시편 58편을 제대로 읽는 경우는 별로 없습니다. 이런 내용이 있는지도 모르는 신앙인들이 적지 않습니다. 권력자들이 저지르는 악이 얼마나 백성들의 삶을 비통하게 했으면 다음과 같은 기도까지 했던 것일까요?

> 하나님, 그들의 이빨을 그 입안에서 부러뜨려 주십시오(시편 58:6).

성서는 잘못된 것에 대해 에둘러 말하지 않습니다. 직격탄을 쏩니다. 주저함이 없습니다. 그래서인지 이런 성서의 대목은 점잖게 예배드리고 있는 상황에서 함께 읽기 어려울지도 모르겠습니다. 이러다보니 극소수를 빼놓은 한국교회는 어느새 자신도 부패해가고 있습니다. 빛과 소금이 아니라, 어둠과 똥파리입니다. 불의에 대해 분노하지 않고, 약자들이 당하는 고통은 외면하면서도 권력자가 차려놓은 상에는 몰려들기에 바쁩니다. 자신을 일깨우는 성서를 외면하는 교회가 반드시 가는 길입니다.

희망 그 빛깔 있는 삶의 몸부림

아무리 착취를 일삼고 인간 짓밟기를 벌레 밟듯 하는 자들이라 할지라도 이들의 이빨을 입안에서 부러뜨려 달라는 기도는 얼핏 폭력적이고, 좀 심했다고 여길 수 있을 겁니다. 그러나 이들의 이빨이 부러지지 않는 한 가난하고 약한 자들의 처지는 날로 참담해질 수밖에 없기 때문임을 떠올린다면 이는 당연하다는 생각이 들게 됩니다.

아둘람 굴의 다윗

시편의 기도는 주로 다윗이 그 중심에 있는 것으로 알려져 있습니다. '다윗' 하면 대체로 떠올리는 장면은 골리앗과의 싸움이거나 또는 이스라엘의 왕, 그리고 그가 밧세바라는 여인에 탐욕을 낸 사건 등이라고 할 수 있지요. 괜찮은 이미지와 그와 반대의 이미지가 겹쳐 있는 인물입니다. 그런데 어찌해서 시편의 전통을 이루는 기원처럼 여겨지는 것일까요? 저의 대답은 이렇습니다.

다윗이 젊은 시절, 이스라엘의 통치자는 사울이었습니다. 그도 한때 촉망받은 인물이었지만 날이 갈수록 독재자가 되어갔습니다. 다윗을 아꼈던 사울은 백성들이 다윗을 따르자 자신에게 정적이 된 다윗을 추격하고 죽이려 합니다. 다윗은 망명자의 신세가 되지요. 이리 저리 떠돌던 다윗은 '아둘람'이라는 이름의 굴에서 지내게 됩니다. 이 소문이 퍼지자 사람들이 그에게 몰려들지요.

소식을 듣고 형들과 온 집안이 그곳으로 내려가 그에게 이르렀다. 그

온 존재를 다해 하는 말에 감히 누가 거역할 수 있을까요?

들 뿐만이 아니라, 압제를 받는 사람들과 빚에 시달리는 사람들과 원통하고 억울한 일을 당한 사람들도, 모두 다윗의 주변으로 몰려들었다. 이렇게 해서 다윗은 그들의 우두머리가 되었는데… (사무엘상 22: 1-2).

산채가 생겨난 것입니다. 《수호지》의 '양산박'과 비슷한 겁니다. 이를테면 다윗은 게릴라 부대 대장이 된 거지요. 그리고 아둘람 굴에 모여든 이들은 세상을 바꾸는 혁명의 주체 세력으로 성장하게 됩니다. 낙담 외에는 할 것이 없다고 여겼던 사람들이, 가난한 자들을 능욕하고 힘없는 이들을 괴롭히는 압제와 싸우는 이들로 자라났던 것입니다. 이 시기 다윗은 백성들의 기대를 한 몸에 받고 지도자가 된, 젊은 혁명가였습니다.

하지만 안타깝게도 다윗은 정작 왕이 된 이후 본래의 혁명정신을 잊고 불의한 권력자가 되고 맙니다. 자식들에게 쫓기기도 하면서, 결국 늙고 지쳐 노쇠한 권력자로 생을 마칩니다. 그러나 그가 남긴 정신적 유산은 그대로 남아 후대 사람들의 마음에 불을 지르고 하늘의 뜻을 깨닫게 하고 있습니다. 그나마 다행스러운 일이지요.

여전히 강도의 소굴이 번창하다

그런데 지금 우리에게는 그런 아둘람 굴이 없습니다. 교회는 자본의 성채가 되고 있습니다. 그렇지 않는 곳도 있지만 이런 풍조는 대세입니다. 사실 교회뿐만이 아니지요. 교회를 먼저 거론한 것은 그곳만큼은 어떻게든 최후의 보루처럼 남겨야 하는 그루터기인데 이 세상과 함께, 그것도 즐거이 썩어 가고 있기 때문입니다. 예수께서 당시의 회당을 가리키면서 "강도의 소굴"이라고 했던 질타는 교회만이 아니라 한국 사회 지배 체제 전체에 그대로 들어맞습니다.

아둘람 굴이 되어야 하는 곳이 악한들의 소굴이 되고 있는 겁니다. 불의를 강처럼 흐르게 하고 있습니다. 그건 탁류입니다. 죄를 지어야 부자가 되는 법을 터득한 자들이 그곳에 들끓고 있습니다. 그래 놓고는 간판에는 여전히 아둘람 굴이라고 적는 사기를 치고 있습니다.

김기석 목사님의 책을 읽던 중에 이런 대목이 눈에 들어왔습니다.

> 자기 안위를 위해 무고한 영아들을 학살한 헤롯의 시간은 현재 진행형입니다(17쪽).

헤롯은 자기 측근들과 이른바 전문가들을 죄다 모아 새로운 희망의 근거지로 부상하고 있는 곳을 알아내라고 재촉합니다. 하나님 나라를 꿈꾸는 이들의 본거지를 토벌하겠다는 것이었습니다. 새로운 미래를 갈망하는 이들을 뿌리 채 뽑아 자기에 대한 위협을 없애 버리겠다는 거지요. 그런 어둠의 시대는 말씀하신 대로 지금도 여전히 지속되고 있습니다.

그러나 이대로 절망할 수는 없습니다. 죽음의 잿빛이 압도하는 현실에서 태어난 우주의 꽃이 바로 예수이고, 그가 온몸을 던져 씨를 뿌린 것이 하나님 나라 운동이기 때문입니다. 예수는 특정 종교를 넘어 있습니다. 세상에서 가장 작은이들과 함께 했고, 그들을 위해 자신의 생명을 내걸었습니다. 거기서 불꽃이 일었습니다. 꺼지지 않는 그 운동을 오늘날 우리는 어떻게 이루어나갈 수 있을까요?

프레드릭의 마법

이런 자문자답을 하던 중에 목사님이 책에 인용하신 레오 리오니의 동화《프레드릭》이야기(83-85쪽)가 저를 매혹시켰습니다. 이 매혹되었다는 표현은 김기석 목사님도 책에 적어놓은 건데, 그럴 수밖에 없었습니다. 저도 동화를 무척 좋아해서 동화에 대한 새로운 읽기를 제시해본《동화독법》을 쓰기까지 했는데 이 동화는 김기석 목사님의 글을 통해 처음 접했습니다. 고맙더라구요. 아, 김 목사님도 아내분의 권고로 읽게 되었다니까 이 기회를 통해 사모님께도 아울러 감사를 드립니다.

제 나름의 방식으로 이 동화를 정리해보았습니다. 다 해놓으신 이야기를 재탕하는 것 같아 민망합니다만, 독자들을 위해 눈 한 번 질끈 감아주십시오. 감은 눈은 좀 늦게 뜨셔도 됩니다.

이야기의 현장은 들쥐가족이 사는 헛간이었습니다. 겨울이 다가오자 작은 들쥐들은 옥수수와 나무 열매, 밀과 짚을 모으기 시작했답니다. 프레드릭만 빼고 말이지요. 모두의 눈에 나기 딱 좋은 상황이었습니다.

프레드릭은 이렇게 말합니다. "나도 일하고 있어. 난 춥고 어두운 겨울날들을 위해 햇살을 모으는 중이야." 거참 말이나 못하면 밉지나 않지. 어느 날은 가만히 풀밭만 보고 있는 프레드릭에게 들쥐들이 뭘 하고 있는 거냐고 물었습니다. 다들 열심히 일하고 있는 판에 곱게 묻기 어려웠겠지요. 그러나 당사자는 천연덕스럽습니다. "색깔을 모으고 있어. 겨울엔 온통 잿빛이잖아."

기가 찼을 겁니다. 이번에는 조는 듯 보이는 프레드릭에게 들쥐들이 또 묻습니다. "너 꿈꾸고 있구나?" 당연히 아니올시다, 겠지요. "난 지금 이야기를 모으고 있어. 기나긴 겨울엔 이야깃거리가 동이 나잖아." 아이구, 잘 나셨어요 프레드릭.

자, 이후 어떤 일이 벌어졌을까요? 겨울이 깊어가는 추운 날 프레드릭이 햇살 이야기를 들려주자 들쥐들의 몸이 따뜻해졌습니다. 프레드릭이 파란 덩굴 꽃과 노란 밀집 속의 붉은 양귀비꽃, 또 초록빛 딸기 덤불 이야기를 하자 들쥐들은 마음속에 그 색깔들을 볼 수가 있었습니다. 그 쓸쓸한 겨울 풍경에 이게 웬 복입니까? 아름다운 이야기를 들려주자 들쥐들은 행복해져서 말합니다. "프레드릭, 넌 시인이야." 프레드릭 대답이 걸작입니다. "나도 알아." 잘난 척 한 건 아니고, 수줍게 말했답니다.

"나도 알아." 그렇지요. 프레드릭은 자신이 무엇을 위해 존재하고 있는지 깨닫고 있는 겁니다. 그래서 무얼 하고 살아야 하는지 명확히 알고 있습니다. 춥고 어두운 곳에서 햇살이 되는 사람, 잿빛 세상을 바꾸는 색이 되는 존재, 감동이 사라진 시대에 감동과 기쁨을 주

온 존재를 다해 하는 말에 감히 누가 거역할 수 있을까요?

는 이야기가 되는 이. 이런 이들이 없다면 우리의 삶은 삭막하고 고단하며 빨리 다른 미래가 오기만을 기다리며 초조해하게 될지 모릅니다.

장님과 코끼리, 그리고 콜렉터

《광장》의 작가 최인훈 선생은 새로운 우화를 우리들에게 들려줍니다. 장님이 코끼리를 만지는 이야기지요. 코끼리를 처음 마주하게 된 장님 하나가 코끼리의 다리를 만지고선, "아, 코끼리는 기둥처럼 생겼구먼." 합니다. 꼬리를 잡은 장님은 "무슨 소릴? 뱀처럼 생겼는데, 뭘." 합니다. 부분으로 전체를 판단하지 말라는 일깨움이 깃든 이야기입니다. 그런데 최인훈은 이 우화를 한 걸음 더 진전시켜나 갑니다.

만일 눈이 다 보이는 사람이 코끼리를 처음 본다면? 철학자가 코끼리를 보게 됩니다. 그는 이러쿵저러쿵 코끼리에 대한 철학적 성찰을 쏟아냅니다. 그런데 또 다른 사람 하나가 등장합니다. 그는 이 코끼리가 멀리서 온 것을 알았습니다. 코끼리가 떠나온 고향이 그리워 식음을 전폐하고 있었던 것도 알게 됩니다. 코끼리의 눈물을 본 것이지요. 그도 눈물이 됩니다. 어느새 그는 코끼리가 됩니다. 이 사람은 누구일까요? 최인훈은 그가 바로 '시인'이라고 말합니다. 시를 쓰는 이가 모두 이런 시인은 아닙니다. 타자의 고통 앞에서 가슴에 눈물이 흐르는 이가 '시인'입니다. 예수는 바로 그런 시인이었습니다.

아파하는 이와 함께 하는 사람에게서 희망은 시작됩니다. 그런 이가 천인혈의 금준미주를 탐할 리가 없고, 만성고의 옥반가효를 부러워할 리 만무합니다. 도리어 분노하고 그 상을 뒤집어엎을 겁니다. 그리고는 눈물을 흘리고 있는 이들에게 다가가서 햇살의 소식과 아름다운 색이 피어나는 새로운 세상에 대해 들려줄 겁니다. 마음이 따뜻해지는, 체온이 있는 이야기로 이들을 위로하고 치유하며 생기를 불어넣어 줄 겁니다.

존 파울스가 쓴 《콜렉터》라는 작품이 있습니다. 나비 채집에 열을 올리던 한 사나이가 마음에 든 여인을 나비 채집처럼 수집 대상으로 삼아 납치해서 시골 저택에 가둡니다. 이 사나이의 이름도 프레드릭입니다. 그의 행각의 끝은 비극입니다. 강도의 소굴에서 탐욕에 젖은 자들도 이런 종류의 콜렉터들입니다. 돈과 권력을 긁어모읍니다. 힘없는 이들의 피와 뼈를 빨고 부수고 짜냅니다. 이런 자들에게 들려줄 노래가 하나 있습니다. 예수의 어머니 마리아의 찬가입니다.

> 주께서는 그 팔로 권능을 행하시고, 마음이 교만한 자들을 흩으셨으니, 제왕들을 왕좌에서 끌어 내리시고 비천한 사람들을 높이셨습니다. 주린 사람들을 좋은 것으로 배부르게 하시고 부한 사람들을 빈손으로 떠나보내셨습니다(누가복음 1:51-53).

이 성서의 대목도 한국교회는 별로 반기지 않습니다. 강자들이

온 존재를 다해 하는 말에 감히 누가 거역할 수 있을까요?

득실거리는 교회에서 이 성서의 대목을 읽기가 불편한 겁니다. 욕심으로 세상을 대하고 가난하고 약한 이들을 짓밟고 속여 돈과 권력을 긁어모으는 콜렉터들은 멸망해야 합니다. 입안에서 이빨이 부러져야 합니다. 그래야 힘없는 백성들이 가슴을 펴고 살 수 있게 됩니다. 저들의 손에서 압제의 무기가 사라지도록 해야 합니다. 그와 함께, 이 세상의 가장 작은이들에게 힘을 주어야 할 겁니다.

그러기 위해서 우린 멋진 "콜렉터"가 되어야 합니다. 물론 시인으로 살아가는 콜렉터 말이지요, 레오 리오니의 "프레드릭"같은.

좀 더 덧붙이자면 고통 받는 이웃을 보면 가슴에 눈물이 흐르나, 그 영혼에는 햇살이 반짝이는. 그래서 춥고 어둡고 절망스러운 날에 누구도 예상하지 못했던 오색 무지개와 꽃들의 향기, 그리고 따뜻한 바람이 부는 풍경을 보여주는 이로서 말이지요.

그런 이들은 시냇가에 심은 나무가 철따라 열매를 맺으며 그 잎이 시들지 않음과 같이 희망의 축복을 누리게 될 겁니다. 늙어도 진액을 내는 수목이자, 뜨거운 태양이 내리 쬐일 때 그늘이 되어 쉼의 기쁨도 줄 것입니다. 소박한 식탁이 영혼의 성찬이 되고 보잘 것 없이 입고 있어도 그 존재 자체로 빛날 겁니다. 희망은 다른 누가 아닌, 우리에게서부터 시작합니다.

창문을 여니 바람이 부나요? 꽃 보자기에 살며시 싸서 모아놓을까요? 풀벌레 소리가 들리나요? 그것도 언젠가 쓸모가 있을 겁니다. 그걸 모을 호리병을 준비해보세요. 별빛이 반짝이면 눈에 담고, 비가 내리면 처마 끝에 양동이 하나를 놓아두는 겁니다. 할 수 있다

희망 그 빛깔 있는 삶의 몸부림

면 그 떨어지는 빗소리도 어딘가에 몰래 감추어 둘 수 있으면 좋겠어요. 필요할 때 언제든 꺼내 쓸 수 있는 방법도 미리 생각해보구요.

아무래도 햇살은 언제든 필요할 거 같아요. 우리 함께 손바닥을 펴볼까요? 햇살을 모아본 손을 잡으면 우리의 마음까지도 따스해질 겁니다. 희망의 씨앗이 거기에서 움터날 거라고 믿습니다. 아무리 작은 겨자씨만큼이라 해도….

우리 다음에 만나면, 손부터 덥석 잡고 해맑게 웃어봅시다. 늙어가도 진액이 흐르는 수목처럼 푸르게. 마음과 영혼이 따스해지겠지요.

온 존재를 다해 하는 말에 감히 누가 거역할 수 있을까요?

아픔에 부딪히는 능력이
희망을 만드는 길임을

●

김병년 | 다드림교회 목사, 《난 당신이 좋아》 저자

목사님, 인사도 하기 전에 먼저 '사람은 참 이기적이다'는 말을 전하고 싶습니다. 목사님의 책을 읽으며 절망 속에서도 아픔을 공감하는 목사님의 능력을 보며 무심한 제 속마음을 들킨 것 같아 화들짝 놀라기도 했습니다만 한 문장, 한 권의 책을 인용하시는 그 박학다식함에 시샘하면서 지루한 읽기를 하기도 했습니다.

그러나 다음 문장을 발견하고 밀려오는 뿌듯함에 책을 다시 보고 다시 읽게 되었습니다. 사람의 간사함에 놀라고, 그 간사한 사람이 저와 같은 목사라는 사실에 경악했습니다. 그냥 제 추측입니다만 제가 언젠가 SNS에 쓴 내용이 목사님의 책에 담긴 내용과 비슷해서 기뻤습니다.

'사사화된 신앙의 문제'를 넘어

"어느 목사님이 SNS에 쓴 글을 보았습니다. 자기 개인의 아픔에 대해 말하면 은혜스럽다고 하고 세월호 참사나 비정규직 문제 등을 우리 사회가 안고 있는 아픔에 대하여 말하면 불편하게 생각한다는 것입니다. 그건 정말 누구나 느끼는 현실입니다. 사사화된 신앙의 문제는 어제와 오늘의 문제가 아닙니다. 기둥이 기울고 서까래가 삭은 오늘의 교회를 바로 세우기 위해서는 공적인 문제에 대한 관심을 회복해야 합니다"는 문장이었습니다. 목사님이 쓰신《세상에 희망이 있느냐고 묻는 이들에게》거의 뒷부분(367쪽)에 나오는 내용이지요.

사람이 간사하다는 것은 자신의 처지와 비슷한 문장을 발견하고 그 기쁨에 목사님의 책 전체를 다시 읽는 것이 아니라 마치 '제가 그 책을 쓴 사람처럼' 호들갑을 떨며 목사님이 쓰신 그 부분만 반복해서 읽는 겁니다. 이 문장을 발견하기 전까지는 책을 이해하려고 읽었습니다만 이 문장을 발견하곤 기뻐서 읽었습니다. 참 이기적이지요.

'사사화된 신앙의 문제'를 탓하면서도 정작 저는 목사님의 책을 읽으며 '사사화된 신앙'적인 태도로 삶을 일관하는 제 자신의 모습을 보았습니다. '공적인 문제'에 대한 관심으로 나아가지 못하는 우리를 보면서 한탄하다가도 정작 제 자신의 '사사로움'에 감동하고 마는 저를 어떻게 이해해야 할까요?

목사님, 제 안에도 있고 우리 모두에게 있는 이 치졸하고 악한 인

온 존재를 다해 하는 말에 감히 누가 거역할 수 있을까요?

간성에 대해 목사님은 절망하기보다 희망을 발견하셨습니다. 사람이 갖는 관계에 대한 욕구 자체가 우리에겐 희망의 불씨이지요. 이 욕구를 막아서 개인적인 삶에 머물고 자기만을 바라보는 관점을 제도적으로 틔우려고 해도 사람들이 가진 사회적인 관계의 욕구를 막을 수는 없습니다. '관계망' 형성은 이웃을 사랑하라는 제자도의 의미를 현실화시키고, 우리가 사는 공간을 치유적인 생태계로 복원시키기에 모든 이들에게 소망을 줍니다.

저는 아픔을 통하여 관계망이 사람을 살리는 생태계임을 처절하게 깨달았습니다. 그리고 전 무엇보다도 교회는 관계망으로 촘촘히 엮인 곳이라고 생각했습니다. 그럼에도 불구하고 교회가 오히려 성도들이 삶에서 겪는 아픔을 나누고 의식을 공유하면 관제언론처럼 사단마귀가 들었다고 몰아내칩니다. 또 필요를 나누라고 강조하면 게으름을 일상화시키는 것이라며 '인간성'을 탓합니다. 사랑에서 나오는 것임에도 억압하고 억제하는 일에 앞장서서 마치 정권을 유지하려는 자들처럼 관계망을 파괴하고 있습니다. 사실은 개인적인 질병보다 부당한 공권력으로부터 겪는 고통이 더 지속적이고 파괴적임에도 불구하고 더 큰 악으로부터 오는 아픔에는 외면하도록 눈 감게 합니다.

목사님, 전 '목사는 늘 위로해야 한다'는 이데올로기에 시달립니다. 이 '위로'라는 말 속에 개인적인 아픔을 고쳐달라는 강한 압박이 담겨있습니다. 목사가 의사도 아니고, 목사가 모든 것을 책임질 수 있는 능력이 있는 것도 아닙니다. 그럼에도 불구하고 사람들이 요구하는 이 위로의 압박은 상당하여 때로는 목회를 더욱 무기력하게 합니다. 정말 치유해야 할 것은 질병이 아니라 어쩌면 생각일 것입니다. 혼자, 고립된 신앙 속에서 상승과 하강을 반복하는 이런 신앙 말고 아픔을 삶의 과정으로 수용하고 여러 사람들과 함께 사는 법을 배우는 것이 질병의 치료보다 더 근원적으로 삶의 의미를 회복하고 위로하는 길임을 깨닫습니다.

목사님, 제가 목사님을 대면한 첫 만남은 〈복음과 상황〉 지령 300호 발간을 축하하는 자리였습니다. 늘 글로만 읽던 목사님의 얼굴을 바라보고 눈을 마주하였지만 정작 목사님과 가장 가깝게 닿은 것은 눈도 아니고 손이었습니다. 혜안이 가득한 눈 속에 지혜로움이 느껴졌고, 악수하며 잡은 손을 통해 마음의 따뜻함을 느꼈습니다. 그 악수를 잊지 못합니다.

누군가의 손을 잡아준다는 것, 그의 속도에 맞춰 함께 걷는다는 것이 참 아름다운 일임을 새삼 느낄 수 있었습니다(155쪽).

함께 걷는 정도가 아니라 함께 머물며, 같은 시대를 살아가며 연대하는 그 정신이 손에 담겨있었기 때문입니다.

누군가 걸어가는 삶의 속도에 자신을 맞추는 일은 손을 잡는 것뿐입니다. 맞잡으면 빨라지는 것이 아니라 사실은 늦어지지요. 누구의 손을 잡든지 간에 손을 잡는 순간, 늦고 더디게 걸어가는 사람의 속도에 맞추게 됩니다. 순간적으로 빠른 사람의 힘에 이끌려 딸

려갈 수는 있지만 그렇게 무리하면 얼마가지 못해서 넘어지고 맙니다. 손을 잡는 행위는 더딤을 수용하고 함께 걷겠다는 느림을 수용하는 엄청난 행위입니다. 미켈란젤로의 작품 〈천지창조〉에서 하나님과 아담이 만나는 첫 장면이 바로 손가락의 닿음이었습니다. 하나님이 인간을 찾는 그 손가락은 인간을 찾아오시는 하나님, 인간이 되신 하나님을 뜻하는 것인지도 모르겠습니다.

"마주잡을 손 하나가 바로 희망입니다"

저는 목사님이 인용하신 고종석 선생님의 "어루만짐은 일종의 치유이고 보살핌이고 연대"라는 문장을 아주 좋아합니다. 아픈 아내를 간병한지 12년째인 저는 깜깜한 어둔 밤에 조용히 침대 위에 누워 있는 아내의 팔뚝을 쓰다듬습니다. 아이들이 다 잠들어 있고 호흡만 들리는 그 밤에 조용히 아내의 팔뚝을 만지는 제 행위는 아내와 함께 하는 성생활과 같습니다. 그건 "당신은 내 아내입니다"하고 속삭이는 언어랍니다. 그러면 아내도 아는지 부부행위를 하는 듯 호흡이 가빠지고 거칠어집니다. 인생이 칠흑같이 어둡고 답답해도 서로를 보살피는 연대의 의미로 이러한 손닿음은 언제나 부부만의 내밀한 언어를 만들어냅니다.

야심한 밤에 아내의 손목을 잡는 행위는 부부로서의 존재만 드러내는 것이 아닙니다. 목사님의 글 속에 "마주잡을 손 하나가 바로 희망입니다"는 문장을 읽으며 전 맞는 말이라고 감탄했습니다. 제 아내처럼 말도 못하고 눈도 뜨지 못하는 중환자를 일상에서 만나는 것은 사람들에게 두려움을 불러옵니다. 물론 제 아내도 엄청 두려워합니다. 사고의 두려움도 있지만 사람들을 보지 못하는 두려움 때문이지요. 제가 휠체어에 아내를 태우고 이동할 때 긴 세월동안 저의 모습을 보아온 엘리베이터에서 만나는 주민들조차도 쭈뼛거리곤 합니다.

그렇지만 늘 같이 지내온 우리 성도들은 제 아내가 교회에 가면 자신들이 먼저 손을 내밀어 아내의 얼굴을 보듬고, 팔뚝을 쓰다듬으며 재잘거립니다. 그렇게 아내가 머무는 곳에선 웃음꽃이 핍니다. 그렇지만 제 아내는 아무런 말도 못합니다. 그런데 목사님, 그것은 참 희한한 만남입니다. 말 못하는 제 아내를 만나는 사람들이 누리는 기쁨, 평안이 있다는 것을 느끼기 때문입니다.

한 번은 탈북 청년 두 사람이 가정을 이루도록 식장을 빌리고, 음식을 차려서 성대하게 결혼식을 올린 적이 있습니다. 주일에 교회에 온 제 아내를 그 두 사람에게 소개하며 "제 아내입니다"라고 하자마자 그 두 청년이 저를 보며 울기 시작했습니다. 대성통곡을 했습니다. "사모님이 이런 모습으로 누워계신데 저희를 도왔습니까?"라며 울기 시작했던 것입니다. 생사를 걸고 자신들이 살아온 체제와 다른 곳으로 넘어온 청년들은 좀처럼 울지 않습니다. 그 각오의 단단함이 감정마저 얼어붙게 하나 봅니다. 그렇지만 그 탈북 청년들은 그날 그토록 울었습니다.

손길이 닿으면 그 손길이 닿는 제 아내만 치유되는 것이 아니고 손을 내미는 그 사람도 치유의 과정을 겪습니다. 마주 잡는 손 하나

온 존재를 다해 하는 말에 감히 누가 거역할 수 있을까요?

가 세상과 접촉하고 생명의 존귀함을 그대로 수용하는 "보살핌이고 연대"입니다. 맞습니다. 손을 맞잡는 것이 제 아내에게는 세상과의 접촉이지만 제 아내의 손을 잡는 그 사람은 '생명의 존귀'함을 깨닫게 된 것입니다. 그래서 서로를 수용하는 보살핌이 된 것이지요. 손을 잡는 것은 참 아름다운 일임에 틀림없습니다. 다만, 걷는 사람이 상대방의 속도를 인정하고 자신의 삶 속도를 늦출 때만 그렇습니다. 자신의 속도를 부인하는 느림을 선택하고, 획획 지나가는 빠름 대신에 '천천히'를 선택하여 걸을 때만 손을 잡을 수 있습니다.

자기부인 없이는 결코 손을 잡을 수가 없습니다. 나를 포기하고 다름을 선택하고 함께 살 결심을 하지 않으면 손을 잡을 수가 없습니다. 참된 연대는 자기부인에서 나옵니다. 자기부인이 없는 연대는 거짓이고, 자기 의일 뿐입니다. 노동조합이든지, 정부와 노사협상이든지 손잡고 빨리 가자고 말하는 시대인 것 같아서 느림을 선택하고 손을 잡는 자기부인의 시대가 너무도 그립습니다.

목사님, 사람은 참 이상합니다. 같이 있을 때는 서로의 어루만짐을 잘 모르다가 함께 있지 않는 '부재'의 순간이 오면 그동안의 삶속에 가득했던 '일상의 거룩한 순간'들이 생각나서 그리움에 마구 젖어듭니다. 지금 제가 그렇습니다. 몇 달 전에 독일로 청빙을 받아서 떠난 후배가 그립습니다. 후배 목사와 함께 한 시간 속에는 나이를 초월하는 우정이 숨어 있습니다. 물론 그동안 동토처럼 얼어붙었던 서로의 허물도 있었지요. 하지만 그가 부재한 뒤에 겪는 그리움은 그걸 모두 녹여버렸습니다. 누군가의 삶이 "겨울을 맞아도 눈물로 받아주는 이"가 있으면 살아날 수 있다는 목사님의 말씀처럼 제게는 그 후배가 그런 존재였습니다.

사역자로서 저를 가장 괴롭히는 것은 사역에 대한 무지보다도 겨울 같은 인생의 혹독함 속에서도 계절을 모르고 찾아오는 성적인 충동입니다. 제 속에 있던 불만족으로 가득한 제 욕망은 제 감정을 할퀴고 제 언어에 가시를 심습니다. 저의 건강하고 정당한 욕망이 어둠속을 헤매며 저를 괴롭힐 때 저는 마음 둘 곳이 없습니다. 눈길 줄 곳도 마땅치 않습니다. 그 능글능글 오욕이 불타는 눈길을 받아줄 사람이 없기 때문입니다. 그래서 속사람이 허망하게 무너지기도 했습니다. 자기 속으로 구부러진 인간의 본능에 전 절망했습니다. 그런데 그러한 절망을 나누던 이가 제게서 떠나가 버렸습니다.

하지만 지금은 목사님의 편지를 엮은 이 책이 바로 그 후배와 같은 '물건'입니다.

85

저는 어둠을 모르는 빛, 절망의 심연을 거치지 않은 희망, 대가를 치르지 않고 주어지는 은혜, 추함을 외면하는 아름다움, 불화의 쓰라림을 알지 못하는 조화, 흔들림조차 없는 확신, 일상을 떠난 영성을 신뢰하지 않습니다. 흔들림 속에서 든든함을 지향하고, 추한 현실 속에서 아름다움을 발견하고, 가장 속된 것에서 거룩한 것을 보려고 노력할 뿐입니다. 그래서 나의 길은 흔들리며 걷는 길입니다(303쪽).

이 문장이 제 눈에 확 꽂혔습니다. 저절로 아멘이라고 고백하게 했습니다. 아멘. 아멘. 아멘.

온 존재를 다해 하는 말에 감히 누가 거역할 수 있을까요?

목사님, 고맙습니다. 이기적인 저를 보게 하시고 절망 속에서 신음하는 저에게 "하나님은 더럽고 추하고 사소한 것들 속에서 당신의 모습을 드러내는 진정으로 거룩한 분입니다. 속된 것 따로, 거룩한 것 따로인 세상은 가짜일 가능성이 많습니다"(304쪽)는 말로 저를 바른 길로 가게 하시니 감사합니다. 나에게 절망하지만 절망하는 그 속에 오시고 거하시는 하나님은 거룩한 분입니다. 밤마다 나의 추함에 통곡하지만 십자가를 볼 때마다 다시 소망으로 충만합니다. 속된 것과 거룩한 것의 분리가 아니라 하나님의 긍휼로 살아가는 저를 보며 그분의 성품에서 소망을 발견합니다.

사랑하는 후배를 떠나보낸 여정은 참 외롭습니다. 그러나 이 삶에 이 책마저 없었다면 더욱 절망의 길을 걸었을 것입니다. 사람이야 이별이 가능하지만 책은 언제나 손안에 넣고 다닐 수 있기 때문에 이 책은 나의 삶 속으로 걸어 들어오신 거룩한 하나님 같아 보입니다. 그분의 임재를 목사님의 책을 통해 경험합니다. 하여 "아픔에 부딪히는 능력이 희망을 만드는 길"임을 알고 아픔의 고통을 다시 품고 살아갈 결심을 합니다. 아픔에 부딪히는 능력이 희망의 길을 만들기에….

고요와 침묵,
시간 속의 성소

먹물과 속물
동거시대의 알곡처럼

●

김삼웅 | 전 독립기념관장, 《김남주 평전》 저자

목사님, 40년 또는 반세기만이라는 불볕더위 속에, 10년은 족히 되는 선풍기마저 고장 난 방에서 목사님의 책,《세상에 희망이 있느냐고 묻는 이들에게》를 읽었습니다. 참, 책은 시기와 장소에 따라 읽는 맛이 다릅니다.

마침 박근혜 대통령이 8·15 경축사에서 "세계가 부러워하는 대한민국을 비하하는 신조어들이 확산되고 있다"면서 '헬 조선' 등 세간의 유행어를 매몰차게 비판하던 뒤끝이라 목사님이 펴내신 책의 이 제목부터가 맘에 끌렸습니다. 모두 아는 바대로 '헬 조선'이란 유행어는 박근혜 정부 시기에 나온 '민중의 소리'인데, 여전히 남 탓하는 습관을 버리지 못한 것 같습니다. '헬 조선'은 자살율 세계 1위, 청년실업, 빈부격차, 안보 불안, 출산율 세계 최저, 부패지수 세계 최고 등의 현실에서 생긴 말입니다.

하긴 100그램에 수백만 원씩 하는 송로버섯, 바닷가재, 훈제연어, 칠갑상어알 샐러드, 상어지느러미찜, 한우갈비 등으로 오찬을 즐기는 그들에게 '헬 조선'은 이해하기 어렵고, 불온하기 그지없는 말일 것입니다. 그들만의 '지상낙원'을 모르는 채 '더위나 먹으면서' 사는 99%의 '개·돼지'들의 나라가 왕조국가인지 공화국인지 헷갈리게 합니다.

'문文은 인人'이 일치한 글

원나라 시대의 학자 김이상金履祥이 "글 읽는 사람을 만나면 그 다섯 가지 맛味이 섞여 있어서 재미가 진진하다"고 했거니와 김기석 목사님의 책이 꼭 그렇습니다. 52가지 소제를 빼어난 문장력으로 풀고 동서고금 명저에서 솎아낸 다양한 인용문은 청와대 오찬에 나온 값비싼 메뉴와는 비할 바가 아니더군요.

"문文은 인人"이라 하여 글은 곧 사람입니다. 글과 책이 홍수처럼 쏟아지는 시대에 글 같은 글, 책다운 책을 만나기란 여간 쉽지 않은 터에, 모처럼 '인人과 문文'이 일치한 글을 만났습니다.

연암 박지원은 "그의 시를 읽고 그의 글을 읽으면서, 그 사람을 알지 못한다면 옳겠느냐"고 물었습니다. '문은 곧 인'이기 때문입니다. 김기석 목사님이니까 이런 책을 쓸 수가 있었을 것입니다. 사이비 문인·학자·언론인·목사·주교·승려들이 판치는 시대에 김 목사님은 참 문인이고 신실한 목사라고 생각됩니다. 옛날식으로 하면

고요와 침묵, 시간 속의 성소

89

참 선비인 거지요. 조선초기의 혁명적 지식인이었던 정도전은 '참 선비상'을 다음과 같이 그렸습니다.

첫째, 사士는 학지제천지學之際天地하여 음양·천문·지리·생물·복서卜筮 등 자연과학에도 조예가 깊어야 한다.

둘째, 사는 명윤리明倫理하여 오륜을 실천할 수 있는 도덕적 인간이어야 한다.

셋째, 사는 달어고금達於古今하는 역사가가 되어야 한다.

넷째, 사는 지성지본호천명知性之本乎天命하는 성리학자여야 한다.

다섯째, 사는 관인이면서 교육자의 기능을 담당할 수 있어야 한다.

여섯째, 시문을 통해 진리를 나누는 벗이어야 한다.

일곱째, 골육지친과 사귀는 벗이어야 한다.

여덟째, 책을 붙잡고 옛 것을 뒤적이며 새로운 도덕을 말하는 벗이어야 한다.

아홉째, 생사를 함께하는 벗이어야 한다.

열째, 심장을 가르고 간을 꺼내며 믿게 할 만한 친구여야 한다.

목사님, 한국 사회가 '헬 조선'이 된 이유는 여러 가지 요인이 있겠지만, 언론인과 지식인(종교인 포함) 등 이른바 선비들이 제 기능과 역할을 하지 못한 데 대한 책임이 가장 크다고 생각합니다. 대통령, 장차관, 국회의원, 검사, 판사 등은 국민의 세금으로 월급을 받는 머슴들입니다. 그런데 머슴들이 주인 행세를 하고 설치는 적반하장은 일차적으로는 주인인 국민의 책임이지만, 본질적으로는 정의와 진리를 존재의 사명으로 하는 지식인들이 책무를 다하지 않거나 오히려 권력과 유착하기 때문입니다. 그래서 머슴들이 상전 노릇을 하기에 이르렀던 겁니다.

고대로 지식인 사회는 먹물과 속물이 동거하기 마련입니다. 대학사회·정계·언론계·법조계·종교계에는 알곡과 쭉정이가 뒤섞여 있습니다. 속물과 쭉정이가 더 설치고 종교계에서는 그 속물, 쭉정이가 더 선지자 행세를 합니다. 거짓 선지자들은 대형교회와 사찰을 짓고 권력자를 우상으로 섬기면서 신도들의 지갑을 털지요. 말초신경을 자극하는 설교와 설법으로 기복신앙을 부추겨 종교라는 울타리를 벗어나지 못하도록 묶어둡니다.

목사님은 어찌 보면 평범한 기독교 목사이고 문학평론가입니다. 그런데 혼탁한 시대에는 '평범'하기도 쉽지 않습니다. 지배세력, 주류 패거리에 섞이지 않으면 '찬밥' 신세가 되거나 '이단'으로 몰리기 때문입니다. 목사님은 평범함 속에서 진실을 말하고, 소외된 사람들의 벗이 되고, '다섯 가지 맛'이 나는 글을 쓰고 있습니다.

과외의 재미와 지식을 준 '인용문'

목사님의 책을 읽으면 자주자주 '쉼터'를 만나게 됩니다. 그 쉼터는 때론 사막의 오아시스일 수도 있고, 풍성한 과수원일 수도 있습니다. 바로 목사님이 책을 통해 보여준 '인용문' 말입니다. 다양한 책에서 발췌하여 그때그때 제시한 인용문은 과외의 재미와 지식,

신선한 석간수, 엄동의 딸기 맛이 납니다. 마음에 와 닿는 인용문 몇 편을 골라보았습니다.

십자군은 자기네 땅에 살고 있던 유대인한테 손을 내밀 생각도 못했고, (자기들보다 훨씬 앞선 문명을 가지고 있었던) 이슬람한테서 배우려는 생각도 못했고. 자기들의 공포와 원한을 다스릴 줄도 몰랐다. 그들은 자기들이 정신적으로 이해하지 못하는 것을 죽이고 망가뜨리고 태우고 모독하고 부수었다. 그 과정에서 자기들의 도덕성을 무너뜨렸다. 아우슈비츠는 그런 의도된 증오가 어떤 결과로 이어질 수 있는지를 여실히 보여주었지만, 서양인이 계속해서 이슬람을 왜곡된 시선으로 바라 볼 경우 오류는 더욱 깊어질 수밖에 없었다(카렌 암스트롱, 《마음의 진보》, 435-436쪽).

인간이 어쩌면 저렇게 눈멀 수 있단 말인가? 형제의 흠을 찾아내는 데는 아르고스의 백 개의 눈을 가진 자가 자신에 대해서는 어떻게 저렇듯 완전히 눈멀 수 있단 말이냐? 저자들은 구름 위에 서서 사람들에게 온유하고 너그러우라고 호통을 치면서 자신들은 불꽃을 휘두르는 몰록처럼 사람들을 하나님에게 제물로 바치고 있다. 네 이웃을 사랑하라고 설교하면서, 팔순의 눈먼 노인은 문밖으로 내모는 족속들이다. 탐욕 부리지 말라고 아우성치면서, 금붙이에 눈이 멀어 페루인들을 말살시키고 이교도들에게 짐승처럼 수레를 몰게 한다(프리드리히 폰 실러, 《도적패》, 119쪽).

하늘은 하나님의 영광을 드러내고, 창공은 그의 솜씨를 알려 준다. 낮

희망 그 빛깔 있는 삶의 몸부림

은 낮에게 말씀을 전해주고, 밤은 밤에게 지식을 알려 준다. 그 이야기 그 말소리. 비록 아무 소리가 들리지 않아도 그 소리 온 누리에 울려 퍼지고. 그 말씀 세상 끝까지 번져 간다(시편 19:1-4).

어찌해서 당신들은 여기 수도원에 편히 앉아 가난한 사람들의 땀과 눈물로 빚어진 빵을 먹으면서, 그 지식을 필요로 하는 백성들과는 동떨어져서 저들의 무지를 깨우쳐 주기는커녕 고지식한 그들의 피를 빨아먹고 있습니까?

예수께서는 당신들 보고 이리떼로부터 양들을 지키는 어진 목자들이 되라 하셨는데. 어떻게 당신들은 양들을 잡아먹는 이리떼가 될 수 있습니까?

어떻게 당신들은 가난 속에서 평생도록 헌신적인 삶을 살기로 굳게 맹세하고 또 서약하고서도, 당신들이 한 말은 모두 잊어버린 채, 안락한 생활을 할 수 있습니까?

어떻게 하느님의 뜻을 따라 산다고 하면서, 종교가 뜻하는 모든 것을 다 저버릴 수 있습니까?

마음이 욕심으로 가득 차 있으면서 어떻게 수도를 한다는 것입니까? 당신들은 겉으로는 당신들의 육신을 죽이는 체하나, 속으로는 당신들의 영혼을 죽이고 있습니다. 겉으로는 세상의 모든 세속적인 것들을 질색인 양하면서도 속마음은 탐욕으로 부풀어 있습니다. 스스로를 백성의 지도자요, 스승이라 자처하나, 사실을 말하자면 당신들은 강도와 다를 바가 없습니다(칼릴 지브란,《반항하는 정신》, 22-24쪽).

시의적 · 감성적인 문장

김 목사님은 또한 대단한 문장가입니다. "보기 좋은 떡은 먹기도 좋다"는 격언대로 아무리 천하의 경륜을 담았대도 글이 난삽하면 읽히지 않지요. 좋은 글이란 읽기 쉬우면서도 논리적이고 시의적이면서 감성적이어야 합니다. 목사님께서 쓴 본문 중에서 몇 대목을 골라봤습니다. 한 번 더 읽고 싶어서입니다.

세상이 온통 부정한 돈 냄새로 가득 차 있습니다. 정치권에 유입되는 부정한 자금은 가진 자들만의 리그를 조성하는 데 활용됩니다. 사회적 약자들의 삶은 더욱 팍팍해질 수밖에 없습니다. 돈은 문화계, 경제계, 언론계, 종교계 할 것 없이 모두를 오염시키고 있습니다. "돈을 사랑함이 일만 악의 근원"이라는 말씀을 지금처럼 처절하게 실감하는 때가 또 있을까요? 저는 늘 돈을 매개로 하지 않는 우정의 공동체를 만들어야 한다고 말해왔습니다. 인간다운 삶을 위해 필요한 최소한의 물질을 마련할 수 있다면, '서로 함께'의 공동체를 일구기 위해 자신의 재능을 기꺼이 선물로 내놓을 수 있어야 합니다(「돈의 전능을 해체하라」, 130쪽).

지난 시절에는 우리 의식 속에 동두렷이 떠오르는 별들이 있었습니다. 시절이 아무리 어두워도 그분들이 계시기에 절망 속에 유폐되지 않을 수 있었습니다. 그때 우리는 수도꼭지에서 떨어지는 물방울에 마른 목을 축이는 새들처럼 그분들의 말씀을 경청하곤 했습니다. 하지만 지금은 누구도 그런 권위에 값하지 못하고 있습니다. 큰 정신이 사라졌다는 증거로 볼 수도 있지만, 들으려는 마음이 사라진 것이 더 큰 문제라고 생각합니다. 중력에 이끌릴 뿐 하늘을 향해 비상하려는 마음이 망실되었기 때문일 겁니다(「바라보아야 할 별 하나」, 143쪽).

손이 아름답던 한 사람을 압니다. 예수입니다. 그는 나병에 걸려 사랑하는 이들과의 접촉의 기쁨을 포기한 채 살아야 했던 사람들의 몸에 손을 대셨습니다. 열병에 시달리던 베드로의 장모의 손을 잡아 일으키기도 하셨습니다. 바다 물결 속에 잠겨들던 베드로의 손을 붙잡아 끌어올려 주시기도 했습니다. 그의 손이 닿는 곳마다 생명이 깨어났습니다(「마주 잡을 손 하나」, 158쪽).

철학자인 하이데거는 인간을 '서로 함께 존재'라고 말하기도 했습니다. 하지만 함께 지낸다는 것이 늘 즐겁고 행복하기만 한 것은 아닙니다. 함께 지내다 보면 연애 시절에는 보이지 않던 상대방의 낯선 모습에 낙심할 수도 있습니다. 그 낯섦을 품어 안을만한 여백이 없을 때 불처럼 타올랐던 사랑은 차가운 재만 남긴 채 꺼져 버리기도 합니다. 사랑의 위기입니다. 하지만 잊지 마십시오. 그러한 낯선 모습이야말로 두 사람의 사랑을 크고 깊게 만들기 위한 기회라는 사실을 말입니다(「둘이서 함께 걷는 길」, 176쪽).

누군가의 호된 꾸지람을 듣고 돌이킬 줄 아는 사람은 어떤 의미에서는 큰 사람입니다. 아무리 맞아도 돌이킬 줄 모르는 이들이 더 많으니 말입니다. 제가 전하는 말씀이 가끔은 "장군죽비가 되어 어깨를 후려치는 것 같았고. 때로는 싸리비로 마당을 정갈하게 쓸어내는 것 같기도 했고 때로는 양철북 소리처럼 쟁쟁하게 들려왔다"고 하셨지요? 세월이 흘러도 '새로운 존재'로 거듭나지 못하는 자신의 모습이 부끄러워 몸 둘 바를 모르겠다며 얼굴을 붉히실 때, 오히려 제가 부끄러워졌습니다. 저의 말과 삶의 괴리를 누구보다 제가 잘 알기 때문입니다. 물론 말씀을 따라 살아보려고 애는 쓰지만 그 일은 결코 쉽지 않습니다. 배는 그만 먹으라고 하는 데도 숟가락질을 멈추지 못하는 사람들처럼 우리는 몸과 마음에 밴 습기習氣를 떨쳐버리지 못하고 삽니다. 그렇다고 하여 지레 포기할 수도 없습니다(「인생은 '오늘'의 점철」, 345쪽).

일상적인 세계, 상식의 세계, 예측 가능한 세계가 무너질 때 삶은 혼돈으로 변합니다. 그런데도 인간은 그런 무난한 세계에 쉽게 싫증을 느낍니다. 일탈의 욕망은 그렇게 나타납니다. 이런 일탈의 욕망이 없다면 인간 세계는 지루함 때문에 지옥으로 변할지도 모릅니다. 하지만 그 욕망이 타자를 물화시키거나 그의 존엄을 훼손하기 시작할 때 심각한 문제가 발생합니다. 종교는 그런 과도한 욕망을 경계하는 나팔소리여야 합니다. 종교가 분명한 소리를 내지 못할 때 세상 도처에서 괴물들이 나타납니다(「인간보다 이상한 존재는 없다」, 215쪽).

의를 살리는 루터의 길을

목사님, 내년 2017년은 마르틴 루터의 종교개혁 500주년입니다.

루터가 만크펠트에 있는 부모를 방문하고 학교로 돌아오는 길에 폭우를 만나게 됐는데, 그때 번개가 그의 옆에 있는 숲을 때렸다고 하지요. 그는 죽음의 공포에서 자신도 모르게 광부들의 수호성인 안나에게 도움을 요청했고 알 수 없는 힘에 이끌려 수도사가 되기를 서원했습니다.

루터는 이와 더불어 어느 날 신약성서 로마서 1장 10절의 "하나님의 의는 복음 속에 나타나서 믿음으로 이르게 하나니 기록된 바 의인은 오직 믿음으로 말미암아 살리라 함과 같으니라"는 바울의 말에 큰 깨달음을 얻고 '의義의 길'에 나섰다고 합니다. 그것이 종교개혁의 위대한 출발이었지요.

김기석 목사님, 종교개혁의 주체이던 기독교(개신교)가 개혁의 대상으로 전락한 시대에, 김 목사님과 같은 분들이 한국 기독교 개혁의 선지자가 되기를 원합니다. 또한 목사님의 편지 글인 《세상에 희망이 있느냐고 묻는 이들에게》가 루터의 "진리에 대한 사랑과 이를 명백히 할 목적"으로 쓴 '95개 조항'과 같이 '의에 목마른' 시대의 길잡이가 되었으면, 하는 마음 간절합니다. 건필 하십시오.

나는 왜 사랑의교회에서
청파교회로 오게 됐나

●

김지훈 | 〈한겨레신문〉 기자

지난 8월 중순 폭염의 한가운데 있던 주일, 예배가 끝난 뒤 우연히 만난 한종호 목사님으로부터 목사님에게 보내는 편지를 써달라는 부탁을 받았습니다. 부담스런 마음으로 승락했지만, 목사님께 드리고 싶은 말들이 생각나는 통에 집으로 가는 길 중간에 멈춰 서서 노트에 생각을 적어야 했습니다. 제가 의식하지 못하는 사이에 제 마음속에 고민과 질문들이 쌓여 있었나 봅니다. 한 목사님이 왜 제게 편지글을 부탁하셨을까 생각해봤습니다. 아마도 제가 청파교회에 오게 된 이유와 기자가 된 연유가 약간은 특이하다는 것을 아셨기 때문이 아니었을까 생각했습니다.

목사님, 제가 청파교회에 온 지 벌써 8년이나 됐네요. 2009년에서 2010년으로 넘어가는 겨울쯤이었던 걸로 기억합니다. 제가 유치원생 때부터 다니던 사랑의교회에서 건축에 반대하다가 교회를 나온 것은 기억하시죠? 전 당시 "구원은 아무나 받아도 축복은 아무나 받을 수 없다"며 건축헌금을 종용하는 오정현 담임목사의 설교를 듣고는 큰 충격을 받았습니다. 사랑의교회만큼은 '교회 건축'과 기복신앙을 연결지어 헌금을 종용하는 한국교회의 고질적 병폐가 없으리라 생각했던 제 믿음은 산산이 깨졌습니다.

사랑의교회와 싸워보니…

개신교 역사상 최고 액수인 2,100억을 들여서 교회당을 짓는다는 계획도 저를 분노케 했습니다(당시 저희가 계획 한 금액을 훌쩍 넘겨 3,000억이 들 것이라고 우려했던 대로, 결국 2,900억이 들었다고 합니다). 그 돈으로 할 수 있는 가치 있는 일들이 더 많다고 생각했습니다. 오 목사는 교인이 늘어나 교회가 너무 좁기 때문에 새 예배당이 필요하다고 했습니다. 당시 저는 오 목사가 대중에 영합한 방식을 버리고 자기부인과 희생을 요구하는 설교를 한다면, 교회를 더 지을 필요도 없이 적절한 수준으로 교인 수가 줄어들 것이라고 생각했습니다.

비슷한 문제의식을 지닌 대학부 친구들과 청년부 선배들이 모여 건축 반대 모임을 조직했습니다. 모인 사람들은 열 명도 되지 않았지요. 우리는 사랑의교회 건축을 특집으로 다룬 교계언론 〈뉴스앤조이〉를 수백 부 받아서 일요일 예배가 끝나는 시간에 교회 앞에서 나눠줬습니다. 저는 인터넷 매체인 〈오마이뉴스〉 시민기자로 사랑의교회 건축을 반대하는 토론회를 기사화하기도 했습니다. 교회 정문 앞에서 건축에 반대하는 일인 시위를 하고, 시위를 하게 된 이유를 〈뉴스앤조이〉에 기사로 기고했습니다. 네다섯 명의 이름으로 건축에 반대하는 편지를 교인들 집으로 보내기도 했습니다.

어머니는 그 일을 아시고 쓰러지셨습니다. 저는 아버지한테 호된 야단을 맞고 집에서 일주일간 쫓겨났습니다. 저를 담당하던 대학부 목사는 "네가 사랑의교회 리더십으로 건축에 반대하는 행동을 하는 것은 옳지 않다. 엘더(소그룹 리더들의 리더)를 그만두던가, 건축 반대를 그만둬라"고 말했습니다. 저는 주저 없이 그러겠다고 답했습니다.

자신도 "오 목사가 건축을 하려는 방식이 마음에 들지 않는다"던 그 대학부 목사는 지금 '촉망받는 자리'라는 사랑의교회 주일예배 사회자가 됐더군요. 반대로 지금 저의 부모님은 오 목사의 논문 표절에 충격을 받아 그의 퇴진을 요구하며 강남역 옛 예배당에 남아 갱신위원회 활동을 하고 계십니다. '사람 일은 알 수 없다'는 옛사람의 말이 틀린 게 없다는 생각이 들었습니다.

목사님, "상대방과 싸워봐야 그 사람이 진정 어떤 사람인지 알 수 있다"는 격언을 아시죠? 사랑의교회와 싸워보니 그 진정한 모습을 알 수 있겠더군요. 모범적인 교회라고 칭찬받던 사랑의교회가 지킬 박사처럼 갑자기 얼굴을 흉측하게 일그러뜨리며 돌변하는 모습에 전 충격을 받았습니다. 제 마음 깊은 곳 뭔가가 끊어진 기분이 들었습니다. 한국 기독교에 제 삶을 거는 일은 하고 싶지 않다는 생각이 들었습니다. 그동안 품고 있던 신학교 교수가 되겠다는 꿈도 버렸

희망 그 빛깔 있는 삶의 몸부림

습니다. 그 울타리가 너무나 좁아 숨이 막혔습니다. 대신 신학교 진학과 저울질하던 기자의 길을 택했습니다. 막연히 글 쓰는 직업인 기자를 해보고 싶다는 생각을 마음 한켠에서 해왔는데, 사랑의교회와 관련된 기사와 기고를 실제로 써보면서 나쁘지 않겠다는 생각이 들었던 것입니다.

목사님과 청파교회가 없었다면…

교회를 옮겨야 했습니다. 정용섭 목사의 설교비평서 세 권이 큰 도움이 됐습니다. 정 목사의 매서운 비평에 박종화 목사(경동교회), 임영수 목사(모새골공동체), 민영진 목사(전 대한성서공회 총무), 김영봉 목사(와싱톤한인교회)와 함께 목사님 정도가 '살아남았던' 것으로 어렴풋이 생각납니다. 서울에 있는 두 교회 중 하나인 청파교회를 먼저 찾았습니다.

200여 명이 모인 작은 규모, 정갈하게 갖춰진 전례는 사랑의교회의 콘서트 같은 스펙터클한 예배로 텁텁해진 제 입맛을 씻어내 줬습니다. 청파교회에서는 '제자훈련을 한다', '청년부 모임을 한다'며 청년들을 교회에 묶어두지 않았습니다. '십일조를 내라', '주일성수를 해라', '전도를 해라'라고 압박하지도 않았습니다. 무엇보다 살아 있는 언어로 기독교 신앙에 내려앉은 먼지를 털어내어 은은히 빛나게 하는 목사님의 설교가 좋았습니다. 성서와 신학과 문학을 넘나들며 교회의 경계를 무너뜨리는 설교에 저는 깊은 위로를 받았습니다. 그렇게 저는 청파교회에 마음을 붙였습니다. 역사에 가정은 없다지만 목사님과 청파교회가 없었다면 저는 그냥 기독교를 떠났을지도 모르겠습니다.

청파교회를 다니면서 제 신앙도 큰 변화를 겪었습니다. 전 고교생 때 필립 얀시와 맥스 루케이도 같은 복음주의자들의 책을 통해 기독교 신앙의 세계로 들어섰습니다. 재수생 때 갔던 수련회에서 '방언'을 받기도 했습니다. 대학생 때는 C. S. 루이스나 존 스토트의 책이 너무 좋아 이들의 저작을 거의 다 읽었습니다. 사랑의교회에서 제자훈련을 받고, 소그룹 리더를 하느라 학교에서는 그 흔한 동아리 하나 하지 않았습니다. 매일 성경을 읽고 기도를 했습니다. 전도도 했습니다. 방학만이 아니라 군대 가서도 휴가를 내고 나와서 선교 여행을 갔습니다. 대학교 친구를 교회 전도집회에 데려가기도 했습니다.

하지만 마음 한쪽에는 개혁주의, 복음주의 신앙에 대한 의문이 사그라지지 않았습니다. 특히 예수 그리스도의 복음으로만 구원받을 수 있다는 교리에 '그렇다'고 단호하게 답을 할 수 없었습니다. '동서고금을 통틀어 전 인류 중에 예수 그리스도의 복음을 들어본 사람들은 100분의 1이나 될까? 그중에서 복음주의에서 요구하는 수준으로 믿음을 가진 사람은 몇이나 될까? 1%의 사람들이 나머지 99%에게 구원받지 못한 사람들이라고 말할 수 있을까? 그건 인간의 잘못이 아니라 신의 잘못이 아닐까? 만약 그게 사실이라면 그 사실을 아는 기독교인들은 모든 것을 팽개치고 전도와 선교에 나서야

하는 것 아닌가?'

인격적인 신이 존재한다는 교리도 믿기가 어려웠습니다. 그 영적인 존재와 제가 개인적으로 관계를 맺는다는 사실이 좀처럼 와 닿지 않았습니다. 천국과 지옥이란 것도 의심스러웠습니다.

목사님은 젊은 시절 친구들과 다방에서 날선 토론을 하면서 이렇게 말씀하셨다죠. "만약 내가 그런 방식으로 믿지 않는다 하여 신이 내게 지옥행을 선고한다면 나는 기꺼이 지옥에 들어가겠다"(《세상에 희망이 있느냐고 묻는 이들에게》, 308쪽). 저는 물음만 가득한 젊은 시기에 명징한 신념을 지니고 계셨던 목사님을 보면서, 제 곁에 젊은 시절의 목사님 같은 친구가 있었다면 어땠을까 하는 생각을 했습니다.

그러던 중에 마커스 보그의 《기독교의 심장》을 추천받았습니다. 저보다 먼저 사랑의교회에서 청파교회로 옮긴 친구가 "목사님도 읽고 있는 책"이라며 권하더군요. '대체 무슨 책이길래' 하는 생각에 집어들었는데, 책에 빨려 들어가는듯한 느낌을 받았습니다. 이 책은 그동안 제가 품고 있던 의문들에 빛을 비춰줬습니다. 제가 위험해 보인다는 생각에 건너가보지 못한 곳에, 저자는 먼저 펄쩍 뛰어가서 그곳이 더 튼튼하고 안전하다며 손짓을 했습니다. 제2의 개종을 한 느낌이었습니다. 보그의 질문은 제 마음의 소리와 똑같았습니다.

기독교만이 구원의 유일한 길이라는 주장에 대해 생각하면, 이것이 매우 이상한 관념이라는 것을 알게 된다. 우리가 우주 전체의 창조자라고 말하는 '그 이상'이 단지 하나의 종교전통에서만 알려지도록 선택했

103

으며, 그 하나의 종교전통이 운이 좋게도 우리 자신의 종교전통이라는 주
장이 상식적으로 말이 되는가? … 만일 기독교만이 유일한 길이라는 것
을 내가 믿어야만 했다면, 나는 기독교인이 될 수 없었을 것이다(마커스 보
그, 《기독교의 심장》, 333쪽).

이 책에서 보그는 종교 다원주의가 옳다는 자신의 신념을 명확히
밝힙니다. 그는 종교를 '절대주의'나 '환원주의'가 아닌 '성례전'이
라는 관점으로 봐야 한다고 설명했습니다. 그가 말하는 '새 관점'의
기독교에서는 "성만찬의 빵과 포도주처럼, 종교는 신성함을 매개하
는 유한한 산물이며 유한한 수단으로써 인간이 만든 것"이라고 봤
습니다. 하지만 종교를 인간이 만든 것이자 사라져야 하는 것으로
보는 세속적인 환원주의적 관점과는 달랐습니다. 성례전적 이해방
식은 종교들이 신성함을 체험한 것에 응답해서 인간이 만든 것이라
는 것입니다. 세계의 오래된 지혜 전통인 종교들은 각각의 문화, 언
어 전통에서 자라나, "내적 핵심에서는 비슷하지만, 외적인 형태에
서는 서로 다르다"고 설명했습니다. 산에 올라가는 여러 오솔길은
산 밑에서는 서로 멀리 떨어져 있는 것처럼 보이지만, 산 정상에서
결국 만나 사라진다는 것입니다.

그렇다면 제가 기독교를 믿어야 할 이유는 무엇일까요? 그것은
기독교가 제게 친숙한 오솔길이자 고향집이기 때문이라는 것입니
다. 어떻게 이렇게 적확하면서도 아름다운 비유를 사용했을까요?
마커스 보그가 새로 쓴 복음으로 저는 죽어가는 교리에서 벗어나
자유를 얻었습니다.

하지만 책만으론 제 믿음은 온전히 자유를 얻기 어려웠을 겁니다. 전부는 아니더라도 이런 신앙을 고백하는 사람들이 모여서도 교회가 운영되고, 목사님이 설교를 하는 것을 현실에서 제 눈으로 보고 제 손으로 만질 수 없다면 어땠을까요? 그저 관념의 모험으로 그치고 말아버리지 않았을까요?

이 시대에 '예수의 복음'이란 무슨 의미일까요

이제 저는 예수를 자본과 폭력으로 부흥한 로마 제국에 대항한 정치적 투사이자, 신으로 가는 길을 독점한 유대교에 저항한 종교 개혁가라고 고백합니다. 저는 그를 볼 때 손해를 감수하고 비판할 용기를 낼 수 있습니다. 제 욕망에 제동을 걸 수 있습니다. 저보다 못한 사람들에게 손을 내밀 수 있습니다. 목사님은 이렇게 요약하셨죠. "예수의 사역은 빗금(/) 철폐다"(《세상에 희망이 있느냐고 묻는 이들에게》, 36쪽). 이 간단한 정의는 제게 강한 인상을 남겼습니다. 남성/여성, 부자/빈자, 내국인/외국인, 정상인/비정상인을 나누는 빗금을 철폐하는 것이 기독교인들의 사역이고, 기자인 저의 사명이 되어야 한다고, 그렇게 목사님이 독려하시는 것 같았습니다.

지금은 사랑의교회 오정현 목사에게 감사한 마음이 듭니다. 생각해보면 그가 제게 복음주의 신앙을 벗어나고, 기자가 되는데 중요한 계기를 제공해주었으니까요. 기자가 되고 나서도 그는 가끔 기사거리도 제공해주곤 하더군요. 거짓된 학력과 의심스런 목회자 자격과 남이 써준 설교 위에서 위태롭게 서 있는 그를 보니, 측은한 마음마저 듭니다.

여기서 제 신앙의 방황이 끝난다면 참 좋았을 텐데, 회의란 어쩔 수 없는 인간의 본성인가 봅니다. 요즘 제 질문은 기독교에서 종교 전반에 대한 질문으로 옮겨가고 있습니다. 유대인 역사학자 유발 하라리가 《사피엔스》에서 한 말이 최근 제게 화두로 다가왔습니다.

> 오늘날의 종교, 이데올로기, 국가, 계급 사이에서 벌어지는 논쟁은 호모 사피엔스의 종말과 함께 사라질 것이 너무나 분명하다. 만일 우리 후손들의 의식이 작동하는 차원이 정말로 우리와 완전히 다르다면, 그들이 기독교나 이슬람교에 관심을 갖는다거나, 사회조직이 자본주의나 공산주의라거나 성별이 남성과 여성으로 갈린다거나 하는 일이 벌어질 가능성은 낮다(유발 하라리, 《사피엔스》, 585쪽).

목사님, 기술의 발전으로 호모 사피엔스가 멸망하고 새로운 인류가 태어날 것이라는 전망이 제출되는 이 시대에 예수의 복음이란 대체 무슨 의미일까요? 누군가가 "21세기 기술사회에 1세기 농경 시대 윤리가 대체 무슨 의미가 있는가"라고 쓴 것을 읽었을 때, 핵심을 찌른 듯한 느낌이 들었습니다. 물리학자 로렌스 크라우스가 '우주는 무에서 생겨나서 무로 돌아간다'고 말했듯이, 과학의 진전은 점점 종교의 토대를 허물어뜨리고 있습니다. 생명공학과 의학의 발전은 인간에 대한 정의마저 바꿔 가고 있습니다. 이제 종교의 수

명이 다 해가고 있는 것은 아닐까요? 이슬람국가(IS)의 테러와 높이 솟은 한국교회의 예배당을 보며, 서쪽 하늘로 점점 저물어가는 종교의 황혼을 보는 듯한 느낌이 듭니다.

제 질문이 얼기설기 엮어놓아서 중구난방이네요. 목사님이 이번에 쓰신 책에는 이 문제에 대해 다루지는 않으신 것 같아, 목사님의 현답을 청해 듣고 싶습니다.

많은 이들이 '목사를 보지 말고 하나님을 보라'고 이야기합니다. 하지만 지금 제게 목사님은 기독교와 저를 이어주는 거의 유일한 끈입니다. 목사님이 예배를 끝마치고 나오는 제 손을 잡으시며 '고생 많다'며 따뜻한 목소리로 안부를 묻거나 격려해주시면 가끔 이상하게 목이 메이는 때가 있습니다. 집에 돌아가는 길에 손의 온기를 느끼며 '목사님이 믿는 하나님이면 나도 계속 믿어도 되겠다'는 생각을 하며 저를 다 잡을 때가 몇 번 있었습니다. 목사님이 안 계시다면 저는 또 어떤 목자를 보며 따라가야 할지, 그런 분이 또 있을지 모르겠습니다. 목사님이 항상 건강하시길 기도합니다. 항상 지금처럼 푸른 청년 예수의 정신으로 저희 곁에 남아주시길 바랍니다.

모든 문제에 대한 답을 가진
사람처럼 살지 말라

●

김진혁 | 횃불트리니티 신학대학원 교수

오래간만에 편지를 드립니다. 얼굴과 얼굴을 마주할 기회는 자주 있는데, 글로써는 약 5년 만에 인사를 드리는 셈입니다. 얼마 전 목사님께서 벗에게 보낸 편지를 묶어 《세상에 희망이 있느냐고 묻는 이들에게》라는 제목으로 책을 내셨더군요. 그 안에 담긴 내용이 한국 사회와 지구촌의 현실에 단단히 뿌리박고 있어서인지, 누구인지도 모르는 이에게 보낸 그 글들이 마치 저를 위해 쓰신 것처럼 느껴지기도 했습니다.

일상의 내밀한 의미, 삶의 표피에 숨겨진 성스러움, 인연의 미학을 드러내기에 편지만큼 적합한 글쓰기 방식이 또 있을까요? 편지란 나만이 볼 수 있는 은밀한 글도, 불특정 다수를 위한 공개적인 글도 아니다 보니, 독특하고 매력적인 성격을 가지게 됩니다. 수신인을 위해 발신인이 자신을 드러내는 은밀한 개방성이 편지의 얼개를 만들어 내지만, 둘 사이의 내밀한 관계가 만드는 부드러운 배타성이 그 내용을 흥미롭게 합니다.

《세상에 희망이 있느냐고 묻는 이들에게》에 실린 52통의 편지에는 삶의 이야기를 나눠준 벗에 대한 목사님의 애정과 공감이 깊게 묻어나 있었습니다. 이 책에는 희망을 찾는 이에게 '저 하늘 위' 혹은 '저 바다 건너'가 아니라, 바로 '지금 여기' 그리고 '당신의 벗'에게 시선을 돌려보지 않겠냐라는 소박한 초청이 있었습니다. 이 사회의 기준과 타인의 눈에 자신을 맞추느라 스스로를 소진하지 말고, 진리를 바라보며 자기 내면의 목소리에 충실해 보지 않겠냐라는 진심어린 충고가 있었습니다. 익명의 벗들에게 부친 여러 글을 읽으며 편지란 일상에서 희망을 발견할 수 있도록 내면의 기쁨과 너그러움을 일구어주는 글쓰기가 아닐까라는 생각도 해 보았습니다.

'구도자인가 종교 상인인가'

목사님께서는 글을 모아 출판하실 때마다 거의 빠짐없이 제게 책 한 권씩을 선물로 주셨습니다. 기억하실지 모르겠지만 제가 목사님께 처음 받은 책은 1999년에 나온 《새로봄》이라는 책이었습니다. 이 책의 서문에는 목사님께서 신학의 길을 걷는 후배들에게 꼭 하신다는 이야기가 소개되어 있습니다.

학문적 유행을 추종하느라 허둥거리지 말고, 근본에 천착하라. 할 수 있으면 고전들을 시간을 들여 꼼꼼하게 읽고, 그 사상가들이 해결하고자 했던 문제는 무엇이며, 그 문제에 접근하는 방법에 유의하되 무엇보다도 진리를 대하는 그들의 자세를 눈여겨보아야 한다. 그리고 목회자로서의 자기 규정에 앞서 구도자로서의 정체성을 잃지 말아야 한다.

그것을 잃어버리는 순간부터 '종교 상인'으로서의 이력이 시작되는 것이다. 구도자로서 살아간다는 것은 자기가 온전한 진리를 찾기 위한 순례의 여로에 있음을 인식하고 인정한다는 말이다. 모든 문제에 대한 답을 가진 사람처럼 살지 말아라(김기석,《새로봄: 십계명·주기도문 명상》, 7쪽).

사실 위 인용문은 제 신학수업과 인생여정에 결정적 영향을 주었습니다. 이 글을 쓰실 때 목사님께서 어떤 생각을 하셨는지 잘 알지는 못합니다. 하지만 '구도자냐 종교 상인이냐'의 섬뜩한 양자택일의 요구가 제게는 약속의 땅을 앞둔 이스라엘에게 여호와와 다른 신 중 하나를 선택하라고 외치던 여호수아의 목소리처럼 절박하게 들렸습니다.

게으른 신학자라 그런지 저는 후배들에게 구도자가 되어야 한다고 말하려 하면, 수치심이 제 입을 막아버리곤 합니다. 교실을 가득 메운 학생 중 선택받은 소수만이 사역지를 구할 수 있는 한국교회 현실을 알면서, 그들에게 구도자가 되라고 말하는 것은 참 잔인한 일이기도 합니다. 정작 종교 상인이 되지 말라는 경고를 들어야 할 사람은 신학과 목회의 선배 혹은 동지들일 텐데, 기반도 특권도 없는 무력한 젊은이들에게 이 말을 던지는 제 모습이 비겁해 보이기까지 합니다.

그런데, 그리스도인은 자기의 가능성이 아니라 심오한 하나님의 은혜에 의지하기에, '할 수 있는' 말이 아니라 '해야 할' 말을 하는 사람이라고 하였던가요? 아니, 그리스도인의 '할 수 있음'의 가능성은 하나님의 자녀로서 '해야 함'의 책임에서 나온다고 했던가요? 그렇기에 저도 감히 학생들에게 '목 좋은 곳을 골라 자리 잡은 종교 상인이 아니라, 진리를 향해 끝없이 길을 걷는 구도자가 되어야 한다'고 부끄러이 말합니다.

길 가는 사람, 즉 호모 비아토르Homo Viator는 목사님의 사유와 글쓰기의 중심에 놓여 있습니다.《세상에 희망이 있느냐고 묻는 이들에게》에 묶인 여러 편지를 관통하는 주제 중 하나도 '진리를 찾아가는 순례'였습니다. 시간을 실존의 형식으로 가진다는 점에서, 사람은 누구나 인생의 길을 걸어가는 존재라고 할 수 있습니다. 그렇지만 어떤 마음을 가지고 어디를 향해 길을 가느냐는 천차만별이지 않을까요? 구도의 길을 가는 사람은 자신의 익숙한 세계로부터 걸어 나온 사람이라고 생각합니다. 달리 말하면, 순례를 떠날 수 있는 이는 다른 사람과 사회적 통념이 정해놓은 분명한 목적지와 넓고 편한 길에서 벗어난 사람입니다. 자신이 내던져진 세계에 대해 왠지 모를 불편함과 회의와 애잔함과 의로운 분노를 가질 수밖에 없기에, 흔들리며 걸을지는 몰라도 주저함 없이 길을 떠나는 사람입니다.

묵묵히 걸어가는 순례자가 그리운 마음

철학자이자 정치사상가인 한나 아렌트의 표현을 빌리자면, 인간을 인간답게 만드는 계기는 자신이 속해 있던 세계를 '사막'과 같이 느껴, 자신의 근원을 더듬어 찾아가는 행위에 있다고 할 수 있습니다. 목사님께서 후배들에게 길을 걷는 구도자가 되라며 단단한 조언을 하셨던 것도, 학창시절 신학을 바삐 공부했음에도 정작은 "모래 위에 집을 짓고 있음"을 나중에야 깨달은 열패감이 있었기 때문이라고 말씀하셨던 것이 기억납니다.

그런 의미에서 인생의 길을 간다하여 누구나 자동으로 구도자가 되지는 않는 것 같습니다. 자신을 떠받드는 학력, 재력, 지위, 인맥 등이 몹시도 취약한 '흔들리는 기반'이라는 것을 깨달아야, 인생의 본질을 흔들리면서 걸어가는 순례로 파악하게 되지 않을까요? 안정과 안주라는 것이 삶이 아니라 죽음과 더 가깝다는 것을 알아야, 길떠남의 불편함과 초라함과 불확정성마저도 감사와 기쁨으로 껴안을 수 있는 마음의 여백을 가지게 되지 않을까요?

길을 걷는다는 것은 유대 - 기독교 신앙의 정수에 맞닿아 있는 것 같습니다. 아브라함, 야곱, 모세, 바울 등은 자기 삶의 터전에서 벗어나 길을 가며 절대자를 알아갔고, 만남을 통해 삶의 의미를 배워갔고, 낯섦을 마주하며 자신을 부단히 갈고닦은 사람이었습니다. 성서 이야기의 정점은 인간이 되신 하나님께서 어느 한 곳에 머물러 계신 것이 아니라, 길을 잃고 방황하던 사람과 만나셨고, 자신이 직접 길이 되어주셨으며, 새로운 세계로 떠나는 순례의 가능성을 주셨다는 그 놀라운 이야기라고 생각합니다. 그런 의미에서 부활한 그리스도의 영에 의지해 사는 그리스도인은 익숙한 세계를 뒤로 하고, 걸어가며 타자를 마주하고, 자아의 골방에 머무르려는 이에게 길 떠남의 초청을 하는 존재라고 나름 상상해 보았습니다.

세계 속에 안주하는 삶이 인간을 딱딱하게 만든다면, 길 떠남은 인간을 유연하고 관계적으로 변화시킨다고 보입니다. 왜냐하면 우리가 목적지를 향해 가고 있는 잠정적 상태에 있다는 인식은, 자아를 폐쇄적이 아니라 미래 개방적으로 파악하게 하기 때문입니다. 인간이 목적지를 향해 움직이고 있는 존재라면, 특정 장소에 안주하게 만드는 '소유'가 아니라 길 위에서의 '만남'이 삶에서 더 중요하기 때문입니다. 결국 만남의 결이 쌓이고 쌓이면서, '나'라는 존재가 '너'에 의해 형성되듯, '너'란 존재도 '나'를 통해 만들어 가겠죠.

삶은 만남이다. 누구를 만나고 어떤 방식으로 만나느냐에 따라 우리의 삶의 질과 내용이 결정된다. 만남은 관계의 다른 이름이다. '관關'은 빗장이다. 열 수도 있고 닫을 수도 있다. '계係'는 잇는 것이다. 엶과 닫음을 통해 유기적으로 만들어진 만남의 양태가 관계이다. 산다는 것은 수많은 사람들과의 접촉과 저항을 통해 자기를 형성해가는 과정이다. 모든 만남이 다 기쁠 수 없다. 그 반대도 마찬가지다. 하지만 모든 만남은 우리 속에 어떤 흔적을 남긴다(《세상에 희망이 있느냐고 묻는 이들에게》, 6쪽).

인간 삶을 관계적으로 정의하는 목사님의 글을 보며, "죄란 한 인간이 다른 한 인간의 인생 위를 통과하면서 자기가 거기에 남긴 발자국을 잊어버리는 일이었다"라는 통찰로 인간됨의 의미를 탐구했던 일본 작가 엔도 슈샤쿠가 떠올랐습니다. 우리가 타자의 몸과 마음에 남긴 자국은 고통과 후회와 슬픔과 폭력이 자리 잡는 위험한 기억의 저장고가 될 수 있습니다. 하지만 '너'를 통해 저희 존재에 새겨진 기쁨과 감사의 자국을 보지 못하는 것도 죄라고 할 수 있겠죠. 서로가 서로에게 남긴 자국은 어둑한 자아의 골방으로부터 나오게 하고, 타자의 현존에 주의하게 하는 은총의 창이라고도 할 수 있습니다.

그런데 국경과 문화를 초월하며 걸어가는 순례는커녕 정부에서 인공적으로 만든 산책로만 쳇바퀴 돌 듯 돌고, 참 벗과의 교제는 고사하고 이웃에게도 인사할 마음의 여백이 사라져버린 현대 문명에서, 구도의 길을 간다는 것이 어떤 의미일지 문득 궁금해집니다. 삶의 표면이란 여러 만남이 만들어내는 자국으로 거칠어질 수밖에 없을 텐데, 아스팔트와 보톡스와 터치스크린에 중독된 한국 사회는 관계에서도 '매끈함'을 이상으로 삼는 듯합니다. 하지만 이 시점에서 반시대적 상상을 해 볼 수 있지 않을까요? 무의미하게 흐르는 시간 속에서 산만한 정신을 가지고 살 수밖에 없는 우리에게, 서로가 남긴 얼룩진 흔적의 울퉁불퉁한 인연의 결이야말로 기억과 이야기가 머물 수 있는 희망의 공간이 아닐까요? 그런 점에서 알 듯 모를 듯 오묘한 마틴 부버의 말이 의미심장하게 다가옵니다.

인간은 땅 위에 놓여 있는 사닥다리이며, 그 사닥다리의 꼭대기는 하

늘에 닿아 있다. 인간의 모든 동작과 행위와 말은 하늘의 세계에 흔적을
남긴다(마틴 부버,《열 계단: 영혼을 위한 깨달음의 길》, 78쪽).

서툴고 아프고 자기 모순적일 수밖에 없는 인간의 말과 행동이
이웃뿐 아니라 하늘에 자국을 남기도록 만들어져 있다면, 세계를
이렇게 설계한 신은 상당히 '인간적'이고 심지어 유머 감각이 있으
신 분이라는 생각이 듭니다. 역사 속에서 몸을 가지고 뒤뚱거리며
살고 있는 인간의 모습을 그분은 부정하시지 않고 오히려 긍정하고
품으신다는 의미에서 그렇습니다. 어쩌면 저희가 여기저기서 '흔
들리며' 순례의 길을 가고 있을 때, 하늘에서는 그 진동의 흔적들이
중첩되며 꽤나 들음직한 화음으로 형성되고 있는 건 아닌지 모르겠
습니다.

하늘의 유머 감각은 심각할 것만 같던 구도자의 길 곳곳에 예기
치 못한 기쁨의 선물이 숨겨져 있다는 사실에 더욱 빛을 발합니다.
목사님께서 얼마 전 페이스북에 미국의 신학자 스탠리 하우어워스
의 명언을 올려놓으셨더군요. "그리스도인으로 산다는 것이 무엇이
든, 거기에는 적어도 자신에게 있는 줄 몰랐던 친구들을 발견하는
일이 포함된다" 순례의 길은 목적지를 향해 나가는 과정이기도 하
지만, 다양한 벗을 찾고 어울리는 기회이기도 한 것 같습니다. 그런
의미에서 우정은 누군가를 원하는 '나'의 갈망에 기초하기도 하지
만, 무엇보다도 '너'의 필요에 '나'를 선물로 내어주는 상호성의 아
름다운 형태가 아닐까 생각합니다.

순례라는 관점에서 볼 때, '너는 나의 길벗이다'는 '나와 너는 같

115

은 길을 함께 걸어간다'와는 분명 다른 의미를 가집니다. 순례에 서 벗됨이란 다만 같은 방향으로 걷다 보니 '너'의 길과 '나'의 길이 '얼마간' 겹치는 행운을 기쁨과 감사로 누릴 뿐입니다. 참 벗은 고독을 사라지거나 망각하게 하지 않고, 고독을 나눔으로써 서로에게 위로와 안식이 되어 줍니다. 그런 의미에서, 벗이란 정치철학자 칼 슈미트가 정의했던 '적'에 마주하여 운명을 나누는 자로서의 '친구' 와는 다른 개념이라고 생각됩니다. 오히려 순례자에게 벗이란 현실 에서 내 편과 네 편을 끝없이 나누는 시퍼런 판단의 잣대가 무의미 해지는 장소가 아닐까 싶습니다. 그렇기에 벗의 현존에 힘입어 현 실을 억누르는 정치와 경제의 논리로부터 해방되는 꿈도 꿔보고, 하나님 나라에 대한 상상도 서로의 선함에 대한 신뢰를 통해 나눠 볼 수 있지 않을까요?

다 아시고 계실 이야기일 텐데, 읽을 것 많고 바쁘신 분께 제가 괜 히 말이 많지는 않았는지 모르겠습니다. 이 땅을 묵묵히 걸어가는 순례자가 그리운 마음에, 또 종교 상인이 되지 않겠다며 마음을 다 잡자는 의미에서 아직 영글지 못한 생각을 적어보았습니다. 편지의 매력은 보낸 이와 받는 이 사이에 놓여있는 물리적 시공간이 미처 글로 다 표현하지 못한 신뢰와 애정으로 채워질 수 있는 여백으로 변모할 수 있다는 가능성에 있는 것 같습니다. 뚜렷한 목적 없이도 길게 편지를 쓸 수 있는 누군가가 있음에 감사하게 됩니다. 하루하 루 평안하시기를 기도합니다.

희망 그 빛깔 있는 삶의 몸부림

순간 떠오르는 에피소드,
그리고 한 문장

●

김진호 | 제3시대 그리스도연구소 소장, 《리부팅 바울》 저자

원작 소설을 영화로 만든 것 중, 영화가 더 좋았던 게 두 편 기억납니다. 존 스타인벡의 소설을 엘리아 카잔이 영화로 만든 〈에덴의 동쪽〉과 니코스 카잔차키스의 소설을 영화로 만든 〈그리스인 조르바〉(국내영화 제목은 〈희랍인 조르바〉이다)가 그것이지요. 〈에덴의 동쪽〉은 구성과 스토리 전개 방식이 좋았다면, 반면에 아마 많은 이들이 그랬을 법한데, 부주키로 연주하는 테오드라키스의 음악과 함께 내가 좋아하는 배우 안소니 퀸의 막춤에 압도되어, 영화 전체가 다시 보이면서 깊은 인상을 준 것은 〈그리스인 조르바〉였지요.

　알모도바르의 영화 〈그녀에게〉에 나오는, 피나 바우쉬가 안무한 몇 개의 춤과 함께, '조르바의 춤'은 영화 속의 최고의 춤으로 나의 기억에 남아 있답니다. 필경 안소니 퀸이 아니고서는 보여줄 수 없는 춤이었지요. 〈열정의 랩소디〉, 〈길〉, 〈25시〉, 〈노틀담의 꼽추〉, 〈아

라비아의 로렌스〉, 〈사막의 라이언〉 오래된 것임에도 하나하나 생생히 기억될 만큼 나는 그의 광팬이지만, 〈25시〉 엔딩 장면의 '우는 웃음'과 더불어 '조르바 춤'은 정말 최고였습니다.

콧대가 하늘을 찌르던 시절

한동안 책상 한쪽에 쌓인 책 더미 위에 놓고 읽기를 미뤄두었던 목사님 책을 펼쳤습니다. 목차 속에서 제일 먼저 눈에 뜨인 것은, 당연히 〈조르바의 춤〉이라는 편지글이었지요. 끝에서 두 번째 글인 거기서부터 시작해서 거꾸로 올라가면서 열 편 쯤 읽다가 비로소 멈추고 글을 쓰기로 했습니다. 핏줄 찢어지는 통증이 눈알을 후벼 파듯 날카롭게 스쳐 지나가면, 벌겋게 충혈된 눈을 지그시 깜빡일 때마다 무겁고 뜨거운 피곤함이 덮쳐오는데, 그때 묘한 쾌감이 따라온답니다. 지금이 바로 그런 느낌이지요. 책 도처에서 튀어나오는 비수 같은 표현들이 나를 사정없이 베고 있어요. 그런데 그 베인 곳이 아픈데도 짜릿해요. 그러니 독서를 그만 두기가 쉽지 않아, 억지로 힘을 주어 멈춰야 했던 거지요.

사실 요새 저는 죽을 지경이에요. 필력은 한계에 왔는데, 매주 한 편씩의 글을 연재하려니 머릿속은 심하게 뒤엉킨 실타래처럼 뒤죽박죽이고, 게다가 찬찬히 풀어낼 만큼의 심적 여유도 사라져버렸지요.

희망 그 빛깔 있는 삶의 몸부림

아무튼 처음 읽은 글에서 '사막의 순례자'에 관한 표현이 핏줄 터진 눈 속으로 훅 들어와 버렸네요. 사막이 생략하는 법을 가르쳐준다는 그 어구 말이에요. 순간 떠오르는 에피소드, 그리고 한 문장이 있었습니다.

1998년 혹은 1999년, "글은 짧을수록 좋은 것 같아요." 아님 "글은 줄일수록 좋아지는 것 같아요."

정확한 워딩도 기억나지 않고 그 시기도 불확실합니다. 다만 정황상 추정해보니 그 두 해 중에 하나임이 분명하고, 두 문장은 얼핏 달라 보이지만 나의 기억 속에서 둘은 동일한 함의를 지니고 있는 것이니, 의미는 명백합니다.

기억나지 않으시죠? 목사님을 처음 만났을 때, 손 선생(손성현 목사는 그때 박사도 목사도 아닌 대학원생이었으니 당시 나는 그를 손 선생이라 불렀지요)을 바라보며 우리 둘 모두에게 넌지시 던진 말이었지만, 그건 명백히 내게 준 충고의 말이었지요. 저는 그렇게 받아들였답니다. 왜냐하면 당시 학생이던 손 선생은 아직 글을 내놓지 못한 시기였고, 내 글은 길고 복잡한 것으로 악명이 높았거든요.

실은 그때 나는 콧대가 하늘을 찌르던 시절이었답니다. 어처구니없는 얘기지만, 내가 꽤 대단한 연구자인 줄 알았거든요. 그때로부터 8, 9년 전, 안병무 선생님이 대학원을 졸업하던 내게 진로에 대해 물었던 적이 있었습니다. 유학 갈 계획인지를 물은 거였어요. 그때 내가 뭐라고 말했을까요? 아마도 목사님 같은 겸손한 분들은 상상하실 수 없을 거예요. 안 선생님도 좀 놀래셨던 것 같아요. 기가 막힌 듯, 묘하게 미소를 지으셨거든요. 그때 전 이렇게 말했답니다.

119

"선생님, 저는 평생 민중신학을 공부할 건데, 서양의 누가 내게 민중신학을 가르치겠어요?"

더 놀라운 것은 그런 당치 않은 생각이 그 후로 십년이나 계속되었다는 것이지요. 10년이나 성찰하지 않고 지낸 거예요. 아마도 그런 자의식이 내 행동거지와 말투에 암암리 드러났나 봅니다. 해서 주위 사람들에게 좀 많이 미움을 샀지요. 당시 나는 부당한 미움이라고 생각했지만…, 아무튼 그랬답니다.

"뙤약볕 속에 달리는 견습생"

어쩌면 1998 혹은 1999년이라는 시간이 내겐 좀 의미심장한 시기였을지도 모릅니다. 1996년 말경 한 출판사로부터 꽤 큰 프로젝트의 참여제의를 받았는데, 그 작업이 끝날 때까지 매달 고정급의 수당을 지급받기로 했었지요. 보통의 대기업 직원 월급보단 훨씬 모자랐지만, 살아갈만한 액수였어요. 그 일이 끝나려면 빨라도 10년은 걸릴 일이고, 추정컨대 그 일로 그리 많은 시간을 쓰지 않아도 될 만한 것이었으니, 꽤 괜찮은 조건이었어요. 당시 전 교회의 전임 사역자이기도 했지만 사례비조로 받기로 한 액수가 많이 적은 데다, 실제로 띄엄띄엄 받은 탓에 턱없이 적은 수입으로 살아가야 했었지요. 해서 뭐든 하려 했는데, 마침 그런 제안을 받았던 거예요.

제안을 받자마자 얼른 후배를 연대보증인 삼아 대출을 받았는데, 그건 당시 빚에 시달리던 교회에 헌금을 하려 했던 거였어요. 그런

희망 그 빛깔 있는 삶의 몸부림

데 얼마 후 외환위기가 터졌지요. 그 출판사는 프로젝트를 취소해야 했고, 은행금리는 거의 고리대금 수준으로 올라갔답니다. 그때 내가 경험한 것은, 대출금 상환 압박에 시달리는 것이 살면서 겪을 무시무시한 경험 중 제일 중한 것에 속하리라는 거였어요. 물론 어디까지나 경험이 일천한 나 같은 백면서생에게 해당하는 것이겠지만….

그때 전 신학 연구자의 길을 포기하려 했답니다. 무엇보다도 돈벌이가 필요했거든요. 계속 글을 쓰고 싶었지만 기고할 데도 없었고 그것으로 절대 필요한 재원을 충당할 수도 없었기 때문이기도 했죠. 하긴 지금 생각하면 그 판단은 적합하지 않군요. 글을 기고할 데가 없었던 게 아니라, 기고할 만한 글을 쓰지 못했던 거죠. 독자를 위한 배려가 없는 자의 글을 원하는 매체는 없으니 말입니다.

그때 내가 하려 했던 것은 비디오대여점이었어요. 나름 시장조사도 하고 필요한 재정을 계산도 했었답니다. 영화를 좋아했고, 동네 사람들과 영화 이야기 모임을 가지면서 새로운 의미도 찾을 수 있다고 생각했고, 당시 그 업종은 그리 나쁜 상황도 아니었어요. 한데 얼마 안 돼서 그 업종은 빠르게 사라져갔으니 그때 시작 안 한 것은 정말 다행이었네요.

암튼 그런 상황에 놓여있다 보니 목사님을 처음 만났던 무렵 내 심사는, 높은 콧대가 꺾이면서 거의 바닥을 치고 있었어요. 그때 들은 말이 앞서 말씀드린 글에 대한 코멘트였지요. 그 순간 그 말이 망치처럼 충격을 준 것은 아니었어요. 다만 글을 쓸 때마다, 한 자 한 자 키보드 자판을 찍기 위해 꿈틀거릴 때마다 손목을 죄어오는

121

수갑 같았지요.

아, 한 가지 더 얘기해야겠네요. 왜 비디오대여점 사업을 시작하지 못했는지 말이예요. 장소를 물색하던중에 한 잡지 기획자로부터 전화를 받았어요. 신학 동네 언저리에서만 놀던 나를 인문사회 비평지로 막 떠오르고 있던 한 잡지에서 컨택한 것이지요. 아무도 불러주지 않던 나를 불러준 데가 있었다는 것만으로도 가슴 벅찼더랍니다.

당시는, 대학도 안 다녔던 이가 대통령이 된 직후였는데, 세간에 알려진 바로는 그이는 대단한 독서광이고 놀라운 지적 능력이 있는 사람이었지요. 게다가 정통적인 지식인에 대한 사회적 불신이 하늘을 찌르던 때였어요. 권력에 아첨하는 자, 혹은 무릉도원처럼 진공 포장 된 세상에서 삶과 결코 얽히지 않을 법한 글을 흥얼거리는 자, 또 외환위기가 오기까지 예측도 그 이후의 대책에도 무능하기 짝이 없던 자, 대략 그런 식으로 대중은 정통의 지식인에 대해 생각했던 것 같아요. 그 무렵 정통적 지식인에 대비되는 새로운 지식인을 사람들은 '신지식인'이라고 불렀지요. 특히 많은 사람들은 신지식인을 떠올릴 때, 학위나 학벌, 그리고 대학이라는 일터로부터 벗어나 있는, 아웃사이더 지식인을 막연히 생각했던 때였어요.

그때 그 잡지 기획자는, 그런 세간의 생각을 잡지 기획에 연계시키기 위해 묘안을 찾아냈고, 그것을 표상하는 그럴싸한 카피를 만들어냈어요. 이른바 "10인의 지식 게릴라 찾기 프로젝트". 분야별로 게릴라들을 찾았고, 그이가 개신교 신자인 덕에 얼떨결에 나도 그 10인의 하나로 선정되었던 거죠. 그이는 이 열 명을 지식사회의 스타로 만들려는 계획을 세웠고, 여러 가지 프로그램들에 우리를 동원했어요. 덕분에 잡지는 위상이 급상승했고, 덩달아 우리도 주목을 받았답니다. 그리고 저도 밤 12시 5분 전쯤의 신데렐라처럼 마지막 잠깐, 조금의 주목을 받을 수 있었지요.

이후 비슷한 기획들이 일간지, 계간지 등 지식 풍경을 다루는 매체들 여기저기에서 이어졌고, 그때마다 난 희소성이 있던 신학계의 아웃사이더 지식인으로 뽑히는 행운을 얻었지요. 학위도 안 받고, 학교 근처도 쳐다보지 않으며 산다는 게 도리어 상징 권력을 선물해주는 역설적 기회가 된 거예요.

아무튼 그 덕에 내 이름으로 글을 쓰는 게 가능해졌고, 지식사회 내의 학제 간 논쟁의 자리 빈 구석 하나에 앉아있을 수 있었어요. 신학계 안에서 얻지 못했던 기회가 밖에서 태풍처럼 몰아쳤지요. 그 덕에 꽤 비중 있는 잡지의 기획자가 되었고, 얼마 후에는 유급의 기획 책임자의 자리에도 앉을 수 있었어요.

첫 출근 때 나의 사무실 벽에는 마르셀 뒤샹이 청년시절 악보에 드로잉한 'Avoir l'apprenti dans le soleil'("뙤약볕 속에 달리는 견습생")이 붙어 있었습니다. 직무는 잡지 총 기획자이지만 능력은 아직 견습생에 지나지 않음을 스스로에게 각인하려던 것이었지요. 초보자에게 주어진 기회의 시장은 이렇게 그때 이후로 탄탄대로처럼 열리게 되었답니다.

바로 그런 일들의 출발점에 얼떨결에 '지식 게릴라'로 호명됨으로써 글 쓸 곳, 말할 곳, 일할 곳이 생겼고, 그 덕에 비디오대여점 계획을 일단 미루게 된 거지요. 아직 꺾인 콧대의 상처가 아물지 않았지만 그렇기에 더 혼신을 다해 다시 글을 쓰기 시작했고, 그 어간에 목사님의 코멘트가 비수처럼 나를 덮쳤던 거지요.

'글 줄이기'라는 저자 소멸의 체험 혹은 새로운 대화법

글을 줄이라는 지적은 그때까지 너무 많이 받았어요. 그때마다 얼마나 불쾌했는지 몰라요. 도대체 어디를 어떻게 줄이라는 것일까, 단어 하나하나에 얼마나 많은 의미를 부여하면서 구성한 글인데, 제대로 알지도 못하는 이들이 마음대로 줄이라 말라 하는 것에 비위가 상하기도 했지요. 그럼에도 절대 '을'의 위치에 있는 무명의 글쟁이는 그 제안이 폭력적이라고 생각하면서도 주문한 분량에 맞추어 줄이곤 했었답니다. 그때까진 잡지 기획자들이 쓰기 전문가는 아닐지언정, 읽기의 전문가라는 것을 알지 못했어요. 글이 지면에 실리는 순간 쓰기 영역은 사라지고 읽기 영역이 날개짓을 시작한다는 것을, 저자는 사라지고 독자의 주권이 권리를 행사하기 시작한다는 것을 당시의 나로선 생각도 못했던 것이지요.

그런데 목사님의 말은 항변할 수 없는 무게로 느껴졌고, 그때부터 글을 쓰면 항상 후반 작업을 스스로 했답니다. 글 줄이기 말이죠. 그런데 어느 때쯤, 아마도 목사님의 말을 들은 지 1, 2년쯤 지나서야 깨닫기 시작했어요. 글을 줄인다는 것은 글 속 도처에 끼워 넣은 지식 '가오질'의 흔적들을 색출해내는 작업이라는 것을요. 자기 자신조차 속여 버린 그 자랑질 덩어리들을 찾아내기란 생각보다 쉽지 않았지요. 그런데 모든 글쓰기를 끝낸 뒤, 남의 글 읽듯 그 흐름에 낯선 자처럼 읽고 두 번, 세 번, 네 번 덜어내기 위해 거듭 읽어내려 가면 점점 가감한 색출 작업이 용이해졌지요. 그리고 그 일이 제법 재밌더군요.

그것은 덜어내기 위해 읽어 내려가는 중에 내가 저자라는 자의식에서 조금씩 벗어나고, 어느덧 내 속에 들어와 있는 (가상) 독자의 시각이 나의 '저자성authorship'과 뒤얽히면서 서로 갈등을 일으키는 것을 느끼게 되었기 때문이지요. 그 싸움은 글쓰기만큼이나 재밌는 성찰의 과정이었어요. 나를 조금 더 성숙하게 하고, 대화적이게 하는 계기가 바로 글 줄이기에서 비롯되었던 거예요. 저자라는 강박적 자의식에서 탈출해서, 독자가 되는 체험이 글 줄이기 과정에서 일어난다는 것, 그것을 깨달은 것이죠.

이제 전 오십대 중반의 나이가 되었어요. 공적으로 글을 발표한 지 25년이 훌쩍 넘었군요. 쓴 글이 전부 몇 편일지 모르겠지만 아무튼 제법 많이 썼지요. 하지만 여전히 얼치기 글쟁이고, 최근 들어서는 나름 심각한 존재 위기에 빠져 있어요. 일종의 진정성의 위기랄까요? 보약이 필요하다는 생각이 드는 시기예요.

글은 줄일수록 좋아진다는 말은 초짜 글쟁이가 성장하는 데 더없이 중요한 보약이었는데, 중년의 얼치기 글쟁이에겐 좀 다른 보약이 필요하지 않을까 생각해봅니다. 목사님을 또 한 번 찾아가 넌지시 던지는 또 다른 말에 귀를 기울여봐야겠어요.

한때 당신은 나의 학생이었지만,
지금은 내가 당신의 학생입니다

●

민영진 | 전 대한성서공회 총무, 《바이블 FAQ》 저자

나는 감신대학에서 4년 동안은 당신의 교수였지요. 그러나 당신이 감신대학을 졸업하고 평생 목회자의 길을 걷는 동안 나 역시 교수 직을 떠나서 성서 번역에 몰두해 온 지가 벌써 서너 성상星霜이 지났습니다. 최근 20여 년 동안은, 내가 당신의 학생이고 당신이 나의 교수라고, 나는 주저 없이 고백합니다. 현재까지 20여 권이나 되는 당신의 저서를 통해서 배운 바가 크기 때문입니다. 당신의 저서들은 내가 주문한 것도 아닌데, 그렇다고 당신이 그때그때마다 나를 생각해서 챙겨준 것도 아닌데, 마치 누군가가 당신이 하고 있는 일을 내게 일러바치기라도 하는 것처럼, 아니면 내가 당신의 책을 특별히 좋아하는 것을 아는 내 주변의 극히 소수 중에 어느 누군가가 그 책들을 내게 줄곧 보내주었습니다. 하여 나는 그 책들 속에서 당신의 육성을 들으면서, 당신이 목회자로서의 당신 잘못을 뉘우칠 때

(『옹송그리며 쓰는 반성문』, 147-152쪽 특히 151쪽), 나도 그와 똑같은 나의 잘못을 뉘우쳤고, 당신이 하는 기도(병상에 누운 그의 손을 마주 잡은 채 나는 조용히 기도를 올렸습니다. '나의 손을 통해 주님께서 그의 손을 잡아 달라'고, 159쪽)를 엿들으며 난처한 처지에서도 어떻게 간절히 기도할 수 있는지를 배웠습니다. 또한 당신 덕분에 절망 속에서도 희망을 잃지 않는 법을 발견하였고, 성도의 교제에서 함께 나눌 메시지도 얻곤 했습니다.

아무나 할 수 없는 조언

그 중에서도 목사안수례를 앞둔 이에게 주는 조언(109-117쪽)은 백미입니다. 나는 그런 조언에는 늘 실패해 왔습니다. 신학을 지원하는 젊은이들에게는 지레 겁먹도록 예레미야가 소명을 거절했던 것(예레미야 1:6; 20:7)을 상기시키면서 신학 지원을 함부로 하지 못하도록 겁박했는가 하면, 목회의 길로 들어선 둘째 아들이 어릴 적, 암병동에서 사경을 헤맬 때는 하나님께 이 자식 제발 빨리 데려가시든지 빨리 살려주시든지 어서 결정해주시라고 기도했었지만, 그 아이가 목사 안수를 받던 날, 이 아비는 이 자식이 당신을 섬기다가 거기에서 죽게 해달라고 기도했지요. 지금 생각해 보면, 이런 말은 목사 안수를 받는 아들을 격려한 것도 아니고 축복한 것은 더더구나 아니고, 오히려 위협이 되어버리고 말았다는 생각이 듭니다.

당신이 목사 안수례를 앞둔 후배에게 해준 격려의 말들을 읽으면서 내가 얼마나 다혈질이었는가 하는 생각이 듭니다. 구도자의 자세를 가지라고 한 것, 묵상과 기도를 위한 시간의 지성소를 만들라고 한 것, 파당을 짓지 말라는 것, 설교 언어에서 매너리즘을 피하라고 한 것 등은 그렇게 살아온 선배가 아니고서는 아무나 할 수 있는 조언이 아니지요.

이번에도 독자들은 당신의 글을 탐독하면서 당신이 인용한 여러 철학자(사상가, 하이데거 외 13인), 신학자와 교회 지도자(디트리히 본회퍼 외 10인), 시인(강은교 외 국내 시인들 32인, 칼릴 지브란 외 외국 시인들 10인), 여러 분야 작가(법인 외 한국 작가들 10인, 니코스 카잔차키스 외 외국 작가들 22인), 화가(렘브란트 외 10인), 오르겔 마이스터, 피아니스트, 사진작가, 영화감독 작곡가, 가수 수녀 등 각 분야 전문가(홍성훈 외 7인)를 만나서, 그들의 창작 세계가 주는 감동을 전달 받기도 합니다. 별도로 당신이 "아름다운 영혼의 성좌"(이용도, 루쉰, 토리, 김약연, 강순명, 마더 테레사, 톨스토이, 토마스 아퀴나스, 최홍준, 이세종, 토마스 머튼, 함석헌, 디트리히 본회퍼, 마하트마 간디, 원경선, 가가와 도요히코, 우찌무라 간조, 김교신, 김구, 전우익, 로제 수사, 이승훈, 앨버트 슈바이처, 이현필, 프란체스코, 이찬갑, 권정생, 윤동주, 유누스, 문익환, 안창호 등 245쪽)라고 일컫는 이들은, 당신의 신앙과 지성의 원천이기 이전에, 당신의 책을 좋아하는 많은 독자들에게도 희망의 끈을 놓치지 않도록 이끌어준 이들이고, 생명의 빛을 반사한 별들이지요.

당신이 인용한 이들을 보다가 우연히 당신이 읽는 도서 목록을 정리해 볼 수 있었던 것도 재미있었습니다. 나라 안팎 어느 곳을 방문하든지 늘 그곳 역사와 관련된 인물을 찾는 당신을 통해 우리는 우리에게 희망을 가지게 한 이들을 다시 만나게 된 것도 은총입니다(예를 들면, 통영 방문기 「지중지중 물가를 거닐면」에서는 유치환, 백석, 김춘수, 김상옥,

박경리, 윤이상, 전혁림, 이중섭).

이 뿐만 아니라 책에서 당신이 조형한 아포리즘만 거두어도 결실이 풍요롭습니다. 몇 가지 예만 들어봅니다. 문맥을 떠나서도 이 문장들은 우리에게 어떤 영감을 불러일으킵니다.

"생명은 스러져도 이야기는 죽지 않는 법, 이야기를 불멸로 만드는 것은 살아있는 자의 기억에의 의지다."(90쪽), "척박한 환경을 자기 삶으로 수용할 수 있을 때 비로소 자기 내면에 꽃이 피어나는 법이다."(97쪽), "시혜자의 자리에 서는 순간 선한 뜻은 공적 쌓기로 전락하고 만다."(100쪽), "칭찬을 구하는 이들은 실망을 추수하게 마련이다."(100쪽), "희망은 외부에서 오는 것이 아니라 자기 속에서 숨은 불씨를 찾는 것이다."(108쪽), "이익의 원리가 의의 원리 혹은 신앙의 원리를 대체할 때 거룩함은 가뭇없이 스러지게 마련이다."(126쪽), "주님을 기다린다는 것은 오실 분의 삶을 이 땅에서 재현하며 사는 것이다."(164쪽), "자기 성찰로 이어지지 않는 신앙 고백은 허망한 것이다."(216쪽), "신앙은 '떠남'과 '따름' 사이에서 형성된다."(337쪽), "과도한 욕망의 길 끝에는 수치가 있다."(355쪽)

시절을 적는다, 세상을 읽는다

당신의 글을 읽다가 매 챕터마다 당신이 절기 코드를 적어 넣은 것을 발견하고, 재미있어 했습니다. 내 마음대로 당신의 글을 〈겨울

129

편〉(14-82쪽), 〈봄 편〉(83-189쪽), 〈여름 편〉(190-264쪽), 〈겨울 편〉(265-383쪽), 이렇게 넷으로 나누어 보았습니다. 〈겨울 편〉에서는 "소한에서 대한으로 넘어가는 이즈음", "대한이 지났는데도", "소한 추위가 지나더니", "입춘이 지난 후"와 같은 언급을 봅니다. 당신이 당신의 글을 우리의 24절기에 맞추어 정리한 것 아닌가 하는 생각을 하게도 합니다. 그러나 〈봄 편〉을 보면, "접동새 우는 4월에는 채 피어보지도 못한 채 스러져간 세월호 참사자들이 떠오르고, 5월이면 1980년 광주에서 죽어간 넋들을 떠올리게 되고, 6월에는 이 한반도를 피로 물들인 전쟁을 기억하지 않을 수 없습니다."(132쪽)고 하여 땅의 사건을 읽고 있고, 〈여름 편〉에서는 다시 "장마철이 되어서인지…", "소서가 코앞이어서", "이제 본격적 무더위가…" "여름의 끝자락" 같은 코드를 숨겨 비와 바람과 태양의 열기를 읽고 있습니다. 〈가을 편〉에도 "백로가 지나서인지", "이 가을 날, 저 청명한 가을 하늘처럼", "추석연휴 기간 중에…", "한로를 앞둔 절기여서…" 등을 언급하면서 하늘과 땅의 변화를 읽습니다.

어쨌든 당신의 글이 〈겨울, 봄, 여름, 가을〉 이렇게 네 계절로 뚜렷하게 구분되어 골고루 편집이 되어 있는 것이 재미있군요. 대림절부터 시작되는 교회력을 따른 것 같기도 하고… 잊혀가는 24절기를 당신에게서 다시 찾는다는 것이 소중했습니다. 어디 그 뿐입니까? 당신이 의식했든 안 했든 독자들은, 기후와 우리의 삶, 우리의 생각이 참으로 밀접하다는 것도 당신의 글에서 읽을 수 있었으니까요. 우리가 사는 이 세상, 이 공간 위의 삶과 역사를 관찰하면서, 우리가 놓치기 쉬운 하늘과 시절을 읽는 당신이 돋보였습니다.

얼마 전, 내가 속한 독서회에서 조지 기싱의《헨리 라이크로프트 수상록》을 읽는 적이 있습니다. 조지 기싱이야 영문학계에서는 워낙 유명한 인물이니까 그의 여러 저서 중 하나를 읽나보다 했지만 책 제목에 나오는 '헨리 라이크로프트'라는 이름은 처음 듣는 이름이어서 왜 우리가 그의 수상록을 읽어야 하나, 또 왜 그의 수상록을 조지 기싱이 써주었나 하는 궁금증을 가지고 책을 펴보니, 목차가 〈봄, 여름, 가을, 겨울〉이었습니다. 기싱은 그의 유고 뭉치를 읽으면서 이렇게 적습니다.

나는 라이크로프트가 하늘의 상태와 계절의 순환에 언제나 많은 영향을 받고 있음을 알고 있었다. 따라서 이 작은 책을 계절에 따라 네 개의 장(章)으로 나누기로 마음먹었다(13쪽).

읽다가 보니 이 책은 조지 기싱이 죽기 전에 자기 이야기를 남 이야기하듯, 가상의 인물, 발음도 하기 힘든, 헨리 라이크로프트를 내세워 하고 있었습니다. 자서전에 소설적 허구를 넣자니 그렇고 안 넣자니 무엇이 빠진 것 같아 아쉽고, 그래서 생각해 낸 것이 친구의 수상록 써주기 형식을 취한 것이 아닌가 생각합니다.

나는 이미 당신의《길은 사람에게로 향한다》에서도 당신이 "하늘의 상태와 계절의 순환에 언제나 많은 영향을 받고 있음"을 이번에 다시 읽어 보면서 확인할 수 있었습니다. 당신이 하늘과 땅을 함께 읽으며 2016년 봄과 사순절과 부활절을 함께 보낸 우리에게 준 메시지입니다. 따로 인용하여 우리의 믿음을 성찰하고 싶습니다.

고요와 침묵, 시간 속의 성소

엄벙덤벙 살다보니 벌써 사순절 순례여정을 마감하고 부활절을 맞이하게 되네요. 세상에 가득 차 있는 고난과 슬픔과 연약함을 부둥켜안음으로 더 깊은 세계를 지향해야 했는데 그러지를 못했습니다. 세월호 참사 유가족들이 광화문에서 삭발식을 거행하는 것을 보며 가슴이 미어지는 것 같았습니다. 죽은 자들의 억울함을 신원해주는 것이 산 자의 의무일진대 그들은 그 길조차 막혀 있어 피눈물을 흘리고 있습니다. 자기만족에 겨운 사람들은 그들의 존재를 거추장스럽게 여길 뿐만 아니라, 그들을 모욕하는 일에도 주저함이 없습니다(103쪽).

「길을 잃으면 어때」라고 하는 마지막 장이, 이성복이 말하는 '장난끼'(285쪽)와는 얼마만큼 다른지는 모르겠지만, 자못 심각하게 끝날 줄 알았는데, 긴장했던 (당신은 늘 독자를 긴장시키죠.) 우리 독자들을 크게 웃게 했습니다. 당신이 이렇게 무장해제 하듯 말하는 것은 그렇게 흔한 일이 아니기 때문입니다. 그뿐인가요? "길을 잃지 않았더라면 만날 수 없었던 인연을 생각하면 길 잃음이야말로 은총이 유입되는 통로라는 생각이 들기도 했습니다"(381쪽). 이 말에서 우리는 큰 위로를 받고 동시에 또 꺼지지 않는 희망을 가지게 됩니다.

토박이말을 발굴하는 재미

당신의 최근 저서들을 읽을 때마다 나의 일차적 관심은, 대단히 죄송합니다만, 당신이 전하려고 하는 메시지보다는 당신이 활용하는 우리 토박이말들을 정리하고 익히는 것입니다. 거듭 죄송합니다. 이것이 저자의 저술 목적이 아닌 줄 알지만, 아마 최근의 당신의 저서들인《아슬아슬한 희망》,《말씀의 빛 속을 거닐다》,《광야에서 길을 묻다》 등을 읽으면서부터 생긴 내 버릇인 것 같습니다. 이번 책《세상에 희망이 있느냐고 묻는 이들에게》도 마찬가지고요. 이번에도 또 어떤 아름다운 토박이말이 이 책에서 활용되었는가 하는 것을 먼저 관찰했습니다. 처음부터 끝까지 조사하면 더 많겠지만 책을 절반까지 읽으면서 내가 찾아낸 토박이말 활용의 예는 다음과 같습니다. 내가 이미 아는 것은 빼놓고 아직 처음 본 듯한 것들만 적어 봅니다.

"시난고난 애끓이지는 않을 겁니다."(18쪽), "마음을 도스르지 않으면"(26쪽), "자꾸 틀리게 부른다고 지청구를 듣곤 했습니다."(33쪽), "신산스러운 삶의 경험이 없었다면"(36쪽), "요즘은 무지근한 어깨 통증 때문에"(49쪽), "오늘도 희떠운 소리가 많았습니다."(59쪽), "나뭇잎은 이미 오가리 들어 있고"(65쪽), "선들어진 발걸음으로 걷는 젊은이들"(67쪽), "어른들의 모습도 오련하게 떠오릅니다."(69쪽), "그 소리를 따라 무람없이 걷다보면"(73쪽), "진동한동 다니느라 거칠어졌던 호흡이 가지런해지고"(77쪽), "특별한 장식이 없기에 그 공간은 오히려 깔밋하게 보였습니다."(79쪽), "나는 그분의 느르심을 흔감하게 경험하였습니다."(79쪽), "올가망하던 마음이 조금은 거늑해졌습니다."(79쪽), "단정하고 뜸숙한 글씨는"(80쪽), "마당가의 살피꽃밭을 살피게 됩니다."(83쪽), "앙버티던 그때의 느낌이 지금도 생생합니다."(90쪽), "엄부렁한 내 삶의 실상을"(92쪽),

"여전히 여줄가리에나 집착할 뿐 깊은 곳에 당도하지 못한 채 어뜩비뜩 걷고 있는 내가"(92쪽), "서리 내린 밭에 남아 있는 희아리"(93쪽), "움씨를 뿌리는 마음"(95쪽), "아무리 겨울의 뒤끝이 무작스럽다고는 해도"(125쪽), "이익의 원리가 의의 원리 혹은 신앙의 원리를 대체할 때 거룩함은 가뭇없이 스러지게 마련입니다."(126쪽), "상대를 배려할 줄 아는 너름새가 절로 드러난다."(139쪽), "무작스런 말본새와 태도로 남의 속을 건드리는 이들"(139쪽), "저는 목사님을 뒤흔들었던 혼돈을 아령칙하게나마 느낄 수 있었습니다."(140쪽), "옹송그리며 쓰는 반성문"(147쪽), "툽상스러운 듯하나 씩씩하기 이를 데 없는"(148쪽), "그 동안 현실 주변을 베돌기만 한"(148쪽), "무작스럽게 쇄락의 방향으로 나를 잡아채는"(152쪽), "내 정신노동이 힘겨웠노라 언거번거 말할 수 없습니다."(158쪽), "더덜뭇한 성격 탓에 삶의 비애만 가중되고(162쪽), 불쾌한 일들로 인해 오갈든 마음을 미소로 어루만지십시오."(165쪽), "요셉의 눈길은 지며리 예수를 향하고 있는 것 같습니다."(172쪽) 등등.

언젠가 한 번 내게 말해준 적이 있지요? 당신도 이런 토박이말을 만나면 어느 경우에 어떻게 쓰는 말인지 충분히 알아서 예문들을 많이 만들어서 사용해 보고, 그래서 어색함이 없을 때 자신의 글에 활용한다고…. 내가 아는 문인 중에 시나 수필 전문을 토박이말로만 쓰는 이가 있는데, 그것은 번역본이 따로 있어야 읽겠던데, 당신의 경우는 독자들이 토박이말에 흥미를 가지고 다가가며 배워보겠다는 끌림을 주니, 대단히 교육적인 면이 있습니다. 인터넷에 떠도는 토박이말 사전(〈재미있고 유익한 순우리말 사전〉, 〈아름다운 우리말 이름 및

희망 그 빛깔 있는 삶의 몸부림

단어 모음))에도 안 나오는 낱말들은 당신의 설명에 의존할 수밖에 없습니다.

당신이 책으로 엮어 보낸 편지를 읽다보니, 이처럼 여러 좋은 대목을 많이 만날 수 있었습니다. 또 한 번 기꺼이 당신의 학생이 되어 배울 수 있으니 즐겁습니다. 같은 시공간에 이처럼 배움을 나누는 당신과 함께 있다는 것은 그리하여 내게 즐거움입니다.

올 여름이 뜨거운 만큼 다가오는 또 다른 계절은 그 아니 좋지 않겠습니까? 부디 좋은 시간 속에서 함께 만납시다. 만나 즐거울 때까지 안녕하기를….

고요와 침묵, 시간 속의 성소

아득히 먼 곳에서
들려오는 기도

●

박광숙 | 고 김남주 시인 부인, 《빈 들에 나무를 심다》 저자

강렬한 햇빛이 사정없이 내리쬐는 한여름 오후입니다. 멀리서 여름 새가 청량한 울음소리를 가끔 낼 뿐 시골의 한 여름은 고요하기 그지없습니다. 저는 목사님의 편지를 읽고 있습니다. 목사님께서는 "세상에 희망이 있느냐고 묻는 이들에게" 두루두루 편지를 보내셨고, 세상사 질곡 속에서도 희망을 묻곤 했던 저 또한 이 편지를 받았던 것입니다. 한여름 해바라기처럼 샛노란 표지를 한참 들여다보다가 문득 목사님을 처음 만났던 기억 속으로 빠져들어 갔습니다.

　김삼웅 선생님이 쓰신 《김남주 평전》이 마침내 발간되고 난 뒤, 출판사에서는 북 콘서트를 기획했었지요. 김남주 시인과 떼려야 뗄 수 없는 광주에서 한 차례 열린 북 콘서트는 서울에서도 한 차례 열렸지요. 서울에서의 북 콘서트는 목사님이 계시는 '청파교회'에서 열렸습니다. 저나 김남주 시인 둘 다 기독교와는 거리가 먼 사람이

었는데, 기독교 관련 책을 많이 출간하는 출판사, 것도 목사가 운영하는 출판사에서 김남주 시인의 평전을 낸 데다가 교회에서 북 콘서트까지 하게 되니 저로선 이 일들은 하나의 사건이었습니다.

아스라한 청파동 거리의 추억

어느덧 김남주 시인이 세상을 떠난 지 이십여 년이나 지났습니다. 그렇기에 그는 잊힌 인물이라 생각했고, 또 투쟁과 혁명을 이야기 하던 세태도 한물갔으니, 지금 시점에서 그에 관한 책을 출판한다는 것은 쉽지 않았습니다. 7, 80년대와 같은 저항과 혁명의 시대에나 읽히던 시인의 삶을 담은 평전을, 더구나 극단적으로 보수화되어가고 있는 사회 분위기상 그의 평전이 읽힐 것을 기대하는 출판사가 있을 리 없을 거라고 생각했습니다. 그런데도 꽃자리출판사의 한종호 목사님은 선뜻 책을 내 주신 데다가, 출간기념 북 콘서트까지 한다는 것이 저로선 놀라운 일이었습니다. 김남주 시인에게 이런 홍복이라니요! 그런데 북 콘서트가 열리는 장소가 청파동에 있는 교회라는 말을 듣고는 저는 잠깐 흥분했습니다. 청파靑坡! 지금은 고루하고 낡은 이름처럼 들리지만 빛나던 청춘의 한때, 저를 성장시키던 장소가 청파동에 있었기 때문입니다. 전 북 콘서트뿐만 아니라 수십 년 만에 청파동을 찾아간다는 생각에 참 많이 설레였습니다.

목사님도 저처럼 젊은 날을 추억할만한 장소가 있으시겠지요. 백

발을 머리에 인 지금 생각해보면 유년기와도 같았던 스무 살 적. 그때는 고뇌조차도 참 예뻤지 하는 생각이 듭니다. 양 손에 책을 들고, 저는 미술관과 음악회를 찾아 털털거리는 버스를 탔더랬지요. 저의 무수한 발걸음이 찍혀 있을 긴 청파언덕…, 그 언덕을 더듬거리며 추억해 보면 여지없이 스무 살, 그 빛나던 청춘의 시절로 돌아갑니다.

가난한 여대생이라 눈요기로만 훑어보던 예쁜 옷을 팔던 옷가게, 지금도 잊을 수 없는 맛으로 남아 있는 교문 앞에서 사 먹곤 했던 오무라이스…, 그땐 작은 일에도 참 만족해했던 것 같습니다. 하지만 저의 젊은 날의 그 시절이 마냥 즐거웠던 것은 아니었지요. 4년 내내 툭하면 계엄령이고, 여차하면 닫히던 교문 앞에서 터트리던 울분과 한숨의 나날도 빼곡히 기억 속에 스며있습니다. 닫힌 교문을 뒤로 하고 들어선 음악다방에서 전 무엇을 그리도 기다렸던가요? 그 기다림 속에서 툭툭 터져 나오던 속울음 같은 그 외로움은 또 무엇이었을까요? 그 청춘의 시간들을 되돌아보며, 전 북 콘서트가 열리는 '청파교회' 거리로 걸어 들어갔습니다. 그 거리는 크게 달라지지 않았더군요. 거리와 동네가 거대해지고 획일화된 아파트 단지로만 존재가 가능한 서울에서 아직 동洞 이름이 남아 있다는 게 신기할 정도로 청파동과 청파언덕 길은 크게 달라보이진 않았습니다. 예전보단 건물들이 빽빽이 들어차 숨이 좀 막힌다는 것 외엔 그다지 낯설지도 않았어요.

갈월동 길도 여전했습니다. 그 길에서 버스를 타고 몇 정거장을 가면 서울역이었지요. 학교에서 쭉 걸어 내려오면 남영동 버스 정류장이 있고…, 아 그리고 극장이 있었지요. 남영동 금성극장이었던

가! 고등학교에 입학한지 얼마 되지 않아 오빠와 처음 갔던 곳이 바로 그 극장이었습니다. 전 거기서 〈마음의 행로〉, 〈황태자의 첫사랑〉 등의 영화를 봤었지요.

지금도 그 극장이 있는지는 모르겠지만 거기에 전철역이 들어섰고 남영전철역 곁에는 대한민국 최고의 건축가가 설계했다는 '창문 없는' 검은 건축물이 우뚝 서 있었습니다. 거기, 한 줄기 빛조차 숨죽여 들어가게끔 설계된 창문과 완벽한 방음 시설을 갖춘 '검은 건축물'에서 무슨 일이 벌어졌는지(지금도 벌어지고 있는 것은 아닌지?) 거기서의 비명과 죽음이 대한민국의 역사를 어떻게 바꿔왔는지는 그 건축물 곁을 스치는 무심한 전동차도 다 아는 세상이 되었습니다.

제가 오빠들과 함께 자취생활을 처음 시작한 곳이 청파동이었습니다. 여상 출신이 어쩌다 대학시험을 보게 되는 바람에 4년간 긴 청파언덕을 오르내리게 되었고, 질식할 것만 같은 70년대를 살아가는 청년으로서 한 목소리를 보태야 한다는 절박한 생각 끝에 도착한 곳도 청파동 아랫동네인 남영동 그 창문 없는 검은 건축물이었으니, 참 저에겐 인연이 깊은 '청파'고, 고유명사로 남아 있는 '남영동'입니다. '청파교회' 앞에 서니 만감이 회오리바람처럼 제 몸을 휘감더군요. 그 쓰라리던 기억을 또 떠올리게 하던 청파동이었습니다.

소슬한 가을바람 같은 청량감이 드는 감동

김 목사님, 저는 교회와는 무관하게 살아왔다고 할 수 있습니다. 서울이나 시골이나 교회 혹은 절이 어디나 널려 있어 몇 발짝만 옮기면 기독교인도 불교인도 될 수 있는 게 현재 우리나라의 종교 형편이지요. 제가 시골생활을 한지가 20여 년인데 옆집 아주머니는 지금도 호시탐탐 저를 교회에 끌어들이지 못해 안달이십니다. 또 저의 집에서 차를 타면 십 분 거리에 절들이 있습니다. 일 년에 한 번 부처님 오신 날에만 절에 가는 날라리 불교 신자이긴 하지만 큰스님에게 수계를 받은 적이 있으니 저는 불교 신자에 가까운 편이지요. 아무튼 신앙을 갖는다는 건 엄청 부지런해야 한다는 게 제 생각입니다. 그런데 전 게으르기 짝이 없으니 진정한 의미의 신앙인이 되기는 글렀다고 치부하며 제 자신을 합리화해 봅니다.

아무튼 《김남주 평전》 북 콘서트 덕분에 교회도 가고 목사님들도 만나고, 또 김 목사님과 손석춘 교수님이 주고받은 글을 책으로 엮은 《기자와 목사, 두 바보 이야기》도 받는 혜택도 받았습니다. 그것보다 더 저는 북 콘서트 공간이던 청파교회, 한 뼘도 안 되는 낮은 강단의 오래되고 작은 교회가 주는 감동을 가슴에 품고 돌아올 수 있었습니다. 그랬기에 김 목사님과 손 교수님이 주고받은 서간집을 곧바로 읽어 내려갈 수 있었습니다. 그 책을 읽으면서 이렇게 열심히 생각하고 온 힘을 다해 세상을 바꾸려는 분들이 계시구나 하는 든든한 마음을 가질 수 있었고, 거기에 동감하는 마음에 기뻤던 기억이 납니다. 그랬기에 이번에 목사님이 펴내신 《세상에 희망이 있느냐고 묻는 이들에게》란 책을 받아 읽으니 왜 청파교회가 김남주 시인을 받아주었던가 하는 이유를 알 수 있었습니다.

김기석 목사님, 목사님이 보내주신 편지를 읽는 동안 소슬한 가을바람 같은 청량감이 드는 감동을 느꼈습니다. 목사님의 사유와 문학, 기독교적 실천을 통한 목회자로서의 고뇌가 오롯이 표현된 편지글들은 제게 그런 감동을 가질 수 있게 해 주었습니다. 한편으론 목사님의 문장도 제겐 충격이었습니다. 표준어로만 사고하고 글을 쓰는 세태 속에서 예스런 표현의 낱말을 곳곳에 품은 글을 읽으니 제 마음이 마치 무장해제 당하는 느낌이었습니다. 더욱이 목회자의 사유를 통한 시적 언어와 간간이 스며있는 고유어들은 마치 중세 고음악을 듣는 듯한 고아함과 격조를 느끼게 했습니다.

그동안 저는 목회자의 글을 거의 읽은 적이 없었습니다. 그랬기에 이 책이 주는 감동은 조금 남달랐습니다. 마치 시를 조곤조곤 읽어주는 것 같기도 하고, 나뭇잎에 내리는 가랑비 같은 음성으로 성경을 읽어주는 듯한 느낌이기도 하고, 또 안개가 잔뜩 낀 아득한 도로 위를 걷는 것 같기도 한 그런 느낌…, 희망만을 얘기할 수 없어서인지 아득히 먼 곳에서 들려오는 기도 같다고나 할까. 목사님의 편지글을 읽는 동안 뜨거운 더위가 무색하게 서늘하고 쓸쓸한 기분이 들곤 했습니다.

한편 이 책을 읽으면서 떠올린 것은 중학교 3년간 다닌 미션 스쿨의 기억이었습니다. 그리고 제 정신의 편력과 독서의 이력이 겹쳐져 반갑기도 했습니다. 함석헌, 돔 헬더 까마라, 본회퍼, 김수영, 테니슨의 시, 토카타와 푸가, 몰리에르…, '청파교회'가 장소에 대한 기억이었다면《세상에 희망이 있느냐고 묻는 이들에게》이 책은 저에게 문학과 종교, 학교와 사회, 인생을 돌아보게 하는 추억을 담은 앨범 같은 것이었습니다.

밤을 새워 성경을 읽었던 시절

목사님, 정말 새카맣게 잊고 있었더군요. 제가 한때 밤을 새워 성경을 읽었다는 것을요. 빨간 줄을 쳐 가면서 말이죠. 그것도 열다섯 살 때 말입니다. 중학교 3학년이던 그때 저는 교과서보다, 아니 고교진학 공부는 안중에 없었고, 어떻게 하면 일 년 간 신약과 구약을 다 읽을 수 있을지 머리를 싸매곤 했던 것입니다. 선택의 여지없이 들어간 중학교가 기독교 학교라서 수업 시간에 성경을 배웠고, 수요일엔 교실에서, 토요일엔 대강당에 모여 전교생이 예배를 보았습니다. 교회가 뭔지도 몰랐던 저는 '아멘!'이 뭔지도 모르면서 다른 사람들이 하는 대로 그냥 따라서 '아멘' 하곤 했었지요. 성경을 배우는 시간은 좋지도 싫지도 않았지만 토요일 대강당에서 예배를 보는 것은 수업시간이 줄어들어 좋아했던 기억이 납니다.

예배시간엔 큰 언니들이 앞에 나가 배에다 잔뜩 힘을 주고 노래를 부르는 시간 - 소프라노, 엘토 이런 것을 그때 알았지요. - 이 있었는데, 그 시간은 그냥 좋았습니다. 그때 노래를 참 잘했던 언니가 있었는데, 그 언니는 나중에 유명한 메조소프라노 가수가 되었고,

오페라에서 주역을 맡기도 하더군요.

그런데 미션스쿨에서 이러한 예배를 보는 것이 일 년이 지나고 이 년쯤 지날 무렵 저는 점차 회의가 들고 의문이 들기 시작했습니다. 예배를 볼 때 목사님이 설교를 하면서, "우리 이스라엘 백성들은… 어쩌구 저쩌구…" 하는 내용을 들으면 저같이 신앙심이 없는 애들은 "으악! 우리가 이스라엘 백성이란다!" 하면서 귓등으로 설교를 듣기 시작했어요. 또 목청을 높여 "우리 죄인들은…" "우리 원죄를…" "회개하고 회개하라…"며 부르짖던 부흥회는 소녀들의 가슴에 새겨지려던 신심을 외려 달아나게 만들곤 했습니다. 그러한 풍경은 저를 중학교 3학년이 되자 예배시간에 가지 않기 위해 꾀병을 부리는 짓도 어렵지 않게 할 수 있게 만들었습니다.

저에게 있어 성경읽기란 순전히 오기로 시작했던 것이었습니다. 아버지는 저를 서울의 학교로, 오빠들 곁으로 보내려고 했는데, 저는 공부를 하지 않으면 서울로 안 가게 될 것이라 생각해 공부대신 성경읽기를 택했던 것입니다. 성경을 읽는 것은 소설처럼 재밌지는 않았지만 공부보다는 훨씬 더 재미있었습니다. 하지만 성경읽기는 소설을 읽는 것 마냥 술술 진도가 나가지 않았습니다. 성경에선 의심하지 말라고 하는데, 저는 글 행간마다 자꾸만 의문부호들이 떠올라 속도를 낼 수가 없었습니다. 자꾸 의문이 생겼기 때문입니다. '사랑의 하나님, 여호와 하나님은 왜 그렇게 화를 잘 내실까? 불의 심판은 왜? 예수님은 귀신을 왜 돼지에게? 우리나라 역사도 잘 모르는데 수업시간에 왜 이스라엘 역사를 배우는 거야? 그리고 목사들은 왜 우리에게 죄인이라고 하는 거지?…, 그런 질문들이 성경을

143

읽을수록 생겨났습니다.

구약을 삼분의 이쯤 읽었을 때 저의 중학생활은 끝이 났습니다. 그리고 전 아버지의 손에 이끌려 서울의 상업고등학교에 진학을 했습니다. 구약읽기를 다 끝내지는 못했으나 성경을 읽으면서 생긴 의문들이 저를 놓아준 것은 아니었습니다. 입시공부를 하지 않는 상고생의 지루한 일상은 책으로도 메워지지 않았습니다. 저는 영화를 보기도 하고 가끔 교회를 찾기도 했습니다. 그럼에도 영화 속으로 빠져들던 것만큼 교회에 빠져들지는 않더군요. 교회조차도 소심했던 저에게 말을 걸어주지 않았습니다. 그렇게 지루하고 긴 저의 상고생의 3년이 흘러갔고, 선생님은 제게 왜 상고에 왔냐며, 대학진학을 권했습니다.

제게도 언제 들어도 참 좋은 성경 구절이 있습니다

그런데 지금 생각해보면 미션스쿨에 다녔던 3년간의 기억이 어쩌면 남다른 생각을 하게 한 계기였는지 모르겠습니다. 대학을 졸업하고 교사가 되었을 때 전 제가 받았던 초벌교육(중학교 교육)의 현장인 그 시골 중학교를 늘 떠올렸습니다. 그리고 사학 문제가 사회 이슈가 되어 사람들의 입에 오르내리면 문득 수십 년 전의 그 미션스쿨이 생각나곤 했습니다. 전교생이 다 들어가는 대강당이며 그랜드 피아노가 있던 음악실, (그 음악실에서 입학 후 첫 음악시간에 슈베르트의 〈마왕〉을 들었지요. 음악대학을 나온 선생님이 레코드를 틀며 설명해줬던 기억이 지금도 생생

희망 그 빛깔 있는 삶의 몸부림

합니다. 그 일은 제게 서양음악을 좋아하게 하는 단초가 됐던 것 같습니다.) 각각의 방에 따로 피아노가 있는 다섯 개의 레슨실, 큰 교실에 가득했던 책들, 전 거기서 하이네, 아뽀르네에르 같은 시인을 알게 되었고,《전쟁과 평화》 같은 소설을 읽었습니다. 미술실에서는 미술반 언니들이 그림을 그렸는데, 우린 때때로 학교 뒤편에 있는 향교로 야외 스케치를 나가곤 했었지요. 발레를 전공한 체육 선생님 덕분에 연말에 열리던 추수감사절과 성탄 행사에 무용반 언니들의 발레 공연도 볼 수 있었지요. 아 그리고 체육 행사 때에는 고등학생 언니들이 포크 댄스 경연대회를 열었던 것도 기억납니다. 이처럼 저의 중학교 생활은 음악과 미술을, 또 역사와 문학에 흠씬 젖을 수 있었던 시간들이었습니다. 1960년대 초에 대한민국의 어떤 중고생들이 '백조의 호수'에 맞춰 무용을 하고 음악을 감상할 수 있었던가요? 훗날 들은 바에 의하면 그때 제가 다녔던 학교가 경기도 내에서 최고의 시설을 갖춘 여학교라 근동의 여학생들이 선망한 곳이었다고 하네요. 지방 학생을 위한 기숙사와 여학생 예절을 위한 수련관을 따로 마련한 곳, 여학교에 맞게 발레 전공자를 체육 교사로 채용하는 세심함을 갖춘 곳이 어디 그 시절에 흔했을까요?

그런데 한편 당시 교장 선생님은 그 지역에서 욕을 많이 먹던 사람이었습니다. 그를 향한 욕은 주로 미국 사람한테 잘 보여 목사가 되고 교장이 됐다는 것이고 교장이 되더니 너무 거들먹거린다는 것이었습니다. 한국전쟁이 끝난 지 10년도 채 안 되었을 때인데, 목사가 되고 교장이 된 그에게 돈 많은 미동북부 북 감리교 할머니들이 추수감사절이나 성탄절에 늘 학교를 찾아왔습니다. 그분들은 돈을 바리바리 싸들고 왔고, 대강당에서는 그 할머니들에게 보여주기 위해 합창, 발레, 성극 등을 공연하고 시화전이나 그림전시를 하고는 했습니다. 당시 그 교장이 예수를 팔고 하나님을 팔아 미국인들의 마음을 사서 돈을 끌어들였는지는 모르겠으나 명색이 하나님의 이름으로 교육 사업을 하는 현재의 사립학교 운영자들과는 비교조차 안 될 겁니다. 교회나 목회자들이 운영하는 사립학교들이 지금 어떤 프로그램으로 학교를 운영하고 있는지는 묻지 않아도 다 아는 사실입니다. 온갖 부패와 부정의 온상으로 매스컴에 오르내리는 것을 보면 그때 그 학교 교장을 '코빨갱이'라고 욕하고 비난했던 그 읍내 사람들의 비난은 차라리 애교에 가까울 것입니다.

햇살이 좋던 오월, 옛 성터에 올랐던 봄 소풍, 그 산정에서 듣던 교장 선생님의 기도와 설교는 지금도 귀에 쟁쟁하게 들리는 듯합니다. 그때 그 교장 선생님은 설교 중에 이 성경 구절을 들었지요. "저 들에 핀 백합화를 보아라, 공중에 나는 새를 보아라. 심고 가꾸지 않아도 무엇을 먹을까 무엇을 입을까 걱정하지 않고…" 이 구절은 제가 성경에서 가장 좋아하는 말씀입니다. 언제 들어도 참 좋습니다.

그때 산정에서 보았던 그 풍경, 발아래는 저 멀리 근동의 온 들판이 펼쳐져 있었지요. 그때 저는 열세 살, 갓 피어난 새싹이었습니다. 어리고 여리던 그때 내 머리에 쏟아져 내린 예술의 축복, 교육의 세례는 지금의 저를 키워낸 원형질이 되었습니다.

읍내 한 가운데 우뚝 선 교회 첨탑에서 울려 퍼지던 〈저 높은 곳을 향하여〉란 찬송가는 제가 좋아하던 곡이었습니다. 그 찬송가는 저의 정신의 지향점을 위로 향하도록 이끌었습니다. 지금도 그 노래는 끝까지 따라 부를 수 있을 정도입니다.

인간에 들린 귀신을 돼지한테 쫓아낸 예수님을 그때는 이해할 수 없었지만, 그때 든 그 의문들은 종교와 신앙, 세상살이의 다양한 모습을 들여다보게 하는 시발점이 되었습니다. 그렇기에 그 의문들은 아직도 진행형입니다. 그 의문들 때문에 숱한 밤을 지새우고, 책을 찾아 읽었었지요. 그리고 그를 통해 아픔의 현장을 외면하지 않으리라던 그때 그 다짐이 제 생의 길목에 흔적으로 꽃피어 여전히 남아 있습니다.

김 목사님, 지면을 통해 이렇게 다시 불러봅니다. 목사님이 주신 편지 덕분에 추억의 한 자락을 펼쳐볼 수 있었습니다. 이제 끝인사를 드리려니 아쉬움이 남긴 하지만 그 아쉬움은 반쯤 접어두겠습니다. 이 팍팍한 시절, 무심한 듯 흘러가는 세월 속에서 이 세상에 아직도 희망이 있느냐고 묻는 이들을 찾아 다시 일으켜 세우시려는 목사님의 간절함이 들릴 듯합니다.

음악을 크게 틀어 놓고 마당가로 나가 흙바닥에 주저앉아 풀을 뽑습니다. 어느새 웃자란 풀들을 하나씩 뽑으면서 어지러운 마음을 다잡아 봅니다. 무념무상無念無想. 나쁘지 않습니다. 오늘은 바람조차 없네요. 어느 새인가 마당가에 백합화가 소담스럽게 피었습니다. 백합화의 달콤한 향이 따가운 햇살 속에서도 살며시 전해집니다. 목사님께도 백합화의 은은한 향이 전해졌으면 좋겠다는 생각을 해 봅니다. 더운 여름에 지치지 마시고, 늘 건강하시길….

라르고의 선율로 만난
선배님께

●

백소영 | 이화여자대학교 초빙교수, 《버리지 마라 생명이다》 저자

선배님, 이렇게 한 번 불러보고 싶었습니다. 언젠가 함께 참여했던 한 '북 콘서트'에서 이미 사연을 말씀드렸죠. 앞서 태어난 이, 그래서 내 앞에서 걷는 이. 먼저 태어났다고 해도 가는 방향이 다르다면 살면서 만날 일이 없을 텐데. 내 가는 인생 길목마다 바로 앞에서 늘 자기 걸음으로 한 발자국씩 성실하게, 치열하게 걷고 있는 이. 하여 애써 찾으려 하지 않아도, 따로 시간을 내고 공간을 정하여 약속하지 않아도 그저 내 길을 걷다보면 자주 그 뒷모습을 발견하게 되는 이름, 선배! 동향도, 같은 학교, 같은 교회 출신도 아니건만, 선배님은 어느 날부터인가 늘 '앞서 걷는 이'로 제게 나타나셨습니다.

앞서 걷는 이

처음 선배님의 이름을 알게 된 건 〈아름다운 동행〉에 꼭지를 맡아 연재하던 2007년경이었어요. 사람이 부지런하지 못해서 늘 발등에 떨어진 숙제만 하고 살던 삶이라, 두루두루 글을 읽으며 지내지 못했던 탓이죠. 이미 교계에서는 영성 깊고 아름다운 말과 글로 유명하신 설교자란 걸 모르고, 저는 선배님을 〈아름다운 동행〉지를 통해 처음 만났습니다. 늘 집으로 배달되는 신문을 뒤적이다 발견한 이름. 아이가 한창 손이 많이 가는 시절에 일을 시작한 지라 늘 바삐 나가며 출근 가방에 찔러 넣고 숨차게 버스에 오른 뒤에나 꺼내 읽었던 지면에서, 선배님의 글은 언제나 저에게 숨과 쉼을 주었습니다.

모든 것이 느렸습니다. 음악으로 치면 '프레스토'나 '알레그로'로 살아가던 제 삶의 템포 한 중간에 만난 '라르고'의 선율처럼, 선배님의 글을 읽는 동안에는 고른 숨이 쉬어지고 평안한 쉼을 누렸지요. 글을 읽다가 잠시 창밖을 쳐다볼 여유도 생기고 사색에 잠기기도 했고요. 덕분에 몇 번이나 내려야 할 정류장을 지나치기도 했죠.

선배님의 글은 큰 위로였습니다. 빠르게 달리던 삶의 한 중간에 덜컥, 출산과 육아로 느려진 제 인생의 속도… 겉으로는 너무나 태연하게 아이와의 시간을 보내며 가던 길을 멈춘 제 모습에 친정아버지조차 걱정하셨다는데, 사실 그 멈춤은 제가 원한 것이 아니었어요. 그저 제 눈앞에 놓인 낯설고 어리고 경이로운 한 생명 앞에

고요와 침묵, 시간 속의 성소

책임지는 삶을 살다보니 억지로 느려진 '라르고'의 템포였지요. 하지만 그리 여유롭지 못한 제 마음속은 언제나 조바심으로 가득했어요. 끝내 나의 길을 갈 수 없을까 봐. 여기서 멈추게 될까 봐.

아무도 모를 만큼 아주 천천히, 거북이처럼 느린 걸음으로 걷다보니 포기하고 싶던 순간들이 참으로 많았습니다. 이미 너무나 멀리 달려가 저 앞에 저 위에 있는 동료들의 삶이 눈부신 듯 빛나 보여 의기소침해지기도 했죠. 그 무렵에 선배님을 글로 만난 겁니다. 아! 기어서도 갈 수 있구나. 아니, 느리게 가니 비로소 보게 되는 것들이 이렇게나 많구나. 앞이 아니라 곁을 돌아보는 삶을 살아내려면, 나만 혼자 뛰면 안 되는 거였구나! 그렇게 저는 제 인생길의 곁에 선 사람들에게 눈길을 주는 법을 배워갔습니다. 일종의 '곁눈질'이죠.

선배의 '곁눈질'은 비단 사람을 향해서만 있지 않았더군요. 도대체 한 가족의 가장으로, 한 교회의 목회자로, 언제 그 많은 책들을 다 읽으셨어요? 새벽잠이 없으신 게 분명해! 그리 예측해보면서도 여전히 신기함으로 감탄이 절로 터져 나왔습니다. 바로 그 '곁눈질'이 성서를 읽고 음미하고 풀어내는 데 '다른 차원'과 '깊이'를 주는 힘이 되었다는 것은 너무나 분명했어요. 옆을 돌아보지 않고 달렸던 저는 책 읽기에 있어서도 그랬어요. 물론 전공특성상 신학, 사회학, 문화학 관련 서적을 읽어내야 하니 편협한 글 읽기는 아니었지만, 늘 학술저서만 읽었더랬죠. 단테의 《신곡》이나 괴테의 《파우스트》를 읽어도 '신학하기 위함'이라는 도구적 읽기였음을 고백합니다. 그래서 작품에 푹 빠져 인물들을 대면하고 작가의 마음과 만나는 여유로운 글 읽기를 해 본 적이 없어요. 참으로 건조한 인간형이죠. 실은 노력하고 있는 지금도 자주 그래요. 필요해? 언제나 그걸 먼저 물어요. 그러고서 '필요하면' 마주하죠. 최근에는 한창 힙합을 즐기는 아들아이와 진심으로 소통할 목적으로 비와이의 〈자화상〉을 들은 적이 있어요. 아들은 온 존재가 리듬에 맞춰 신나게 덩실거리는데 저는 어느덧 가사를 신학적으로 분석하고 있더라구요. 혼자 한참을 웃었습니다.

존재로 마주함

전 나기를 이렇게 낳아졌나 봐요. 음악을 음악 자체로, 소설을 소설 자체로 감상하고 음미하고 행복해하질 못해요. 늘 거기서 무엇인가를 얻어내야 하고 또 그걸 써먹어야 직성이 풀리죠. 그래서 늘 단위 단위 쪼개고, 불필요해 보이는 부분은 건너뛰고, 쓸모 있는 것들만 건져 올려요. 맞아요. 아주 효율적이에요. 적어도 한 아이의 엄마가 되기 전까지의 저는, 현대의 전문 관료제 사회 안에서 매우 경쟁력 있는 성품을 가지고 있었어요. 하지만 그래서 버리는 글월들이, 지나치는 만남들이, 눈감았던 사건들이 많았던 것도 사실입니다. 그래서 전 선배가 부러워요. 선배의 글을 읽다보면 글쓰기를 위해 필요에 따라 여기저기서 쏙쏙 뽑아낸 인용구가 아니라는 것이 느껴지거든요. 하나씩, 천천히, 그대로를 어여삐 여기며 만나고 곱씹고 내면에 고이고이 넣어두었던 글월들이, 만남들이, 때에 따라 자연스레 샘물처럼 솟아나와 선배님의 글 안에 담긴다는 걸 알겠어요.

어떻게 그게 되요? 제 아들아이는 매사에 맺고 끊는 게 선명하고 감정조차 이성적으로 조절하는 저에게 약간의 감탄과 다량의 불만을 담아 묻고 하는데, 전 오히려 선배께 여쭙고 싶네요. 그냥 '존재로 마주함' 그게 어떻게 그렇게 자연스레 되나요? 언젠가 선배님의 《아슬아슬한 희망》의 서평을 쓸 때도 말씀드렸지만, 선배도 역시 그렇게 타고나신 거겠지요? 어린 시절 같은 갯벌을 마주해도 우리는 참 달랐더라고요. 남보다 더 빨리 더 먼저 알이 굵은 조개를 잡느라 매의 눈을 하고 뛰어다니던 저와, 바다 미물들이 기어간 흔적을 발견하며 그 애쓴 생명의 노력에 감탄하던 선배와는, 그냥 타고난 성품이 다른 것이겠죠.

하지만 요즘 같은 시절에는 선배의 '라르고'적 템포를 의지적으로라도 배워야겠다고 생각해요. 어느덧 반 고개를 넘어온 제 인생을 돌아보건대, 실은 하나님께서 토끼처럼 뛰던 저의 뒷목을 잡아채면서라도 가르쳐주고 싶어 하신 템포였다고 고백해요. 버려지는 생명, 스러지는 생명, 제 숨을 못 쉬고 쉼을 얻지 못해서 깔딱깔딱 위태로운 날숨을 뱉는 생명이 너무나 많은 이 구조악의 한가운데를 신앙인으로 살아내려면, 걸음을 더 천천히 걸어야겠다는 걸 알겠어요. 너무 빨리 뛰고 유용한 것들만을 챙기는 삶의 방식으로는 하나님 나라를 도래케 할 수 없다는 것을, 이제야 배웁니다. 실은 아직도… 마감일을 표시하는 빨간 동그라미들이 달력 날짜들에 빼꼭하게 차 있는 동안엔 저도 모르게 선배의 책을 슬쩍 안보이게 덮어두곤 해요. 그 책장을 열면 어떤 일이 벌어질지 너무나 잘 알기 때문이죠.

생떽쥐베리가 어린왕자의 입을 통해서 그런 말을 했지요. "사막이 아름다운 것은 어딘가에 샘을 숨기고 있기 때문"이라고요. 많이 깎이고, 많이 넘어지고, 강제로 속도를 조절당한 반평생이지만, 이제는 스스로 선택해서라도 그런 삶을 살고 싶어요. 사막의 숨겨진 샘물 같은 삶. 드러나지 않아도, 높아지지 않아도, 내 존재 가까이에 온 생명이라면 저마다 영혼의 갈증을 해갈하고 그늘에 앉아 잠시 쉬며 다시 살아낼 힘을 낼 수 있는 샘물 같은 인생. 선배님은 빛처럼 살고 싶다고 표현하셨죠. "우리도 누군가를 어루만지는 빛으로 살 수 있으면 좋겠습니다. 의도한다고 되는 것은 아니겠지요? 다만 우리 속의 빛이 어둡지 않기를 바랄 뿐입니다"(25쪽). 그것이 답이겠지요. 우리 속의 빛이 어둡지 않아야, 내 안의 샘물이 맑고 시원하게 가득 담겨 있어야, 위로하고 살려내는 삶을 살 수 있을 거예요. 그래서인지 선배님께서 비노바 바베의 《천상의 노래》에서 인용한 구절이 가슴에 턱하니 와 닿았더랬어요.

153

태양은 큰 소리로 소리쳐 부르지 않습니다. 그럼에도 불구하고 태양을 보면서 새가 노래하고, 어린 양이 뛰어놀며, 소들이 숲으로 풀을 뜯으러 가고, 상인들은 가게를 열고, 농부들은 들로 나가며, 온 세상이 바쁘게 돌아갑니다. 태양은 존재하는 것만으로 충분합니다. 그것으로부터 무수히 많은 행동들이 발생합니다. 아카르마의 상태는 무한한 행동을 일으킬 수 있는 힘으로 충만해 있으며, 무한한 힘이 가득 차 있지요(141쪽).

태양이 가진 아카르마의 존재감! 감히 그만큼의 힘은 바라지도 않아요. 하지만 저마다 주어진 생명의 빛으로 내가 밝힐 수 있는 만큼의 주변만이라도 환히 비추는 인생이라면, 그 작은 빛조차 우리 주님께서는 기뻐하실 것을 믿어요. 선배님 말씀말마따나 옹알이를 하는 아기는 그 옹알이 안에 자신의 가장 순수하고 진실한 존재를 밝히 드러내고 있는 까닭에 그 안에서 우리 어른들은 아카르마를 발견하는 것이겠죠. 그 존재의 마주함 앞에서, 저렇게 순수하고 여린 생명을 보호하겠다고, 저 생명이 풍성하게 밝게 자라나는 그런 세상을 만들겠다고 힘을 얻는 것이겠죠.

걷다 보면 선물처럼 만나지겠지요

선배님의 일상이 담긴 글을 읽다보면, 하루하루의 말과 행동 안에서 어떻게 존재로 힘을 주는 삶이 가능한지 배우게 되요. 교회 어르신들을 모시고 나갔던 하루나들이 길을 설명하신 대목이었나요? "다리가 아파 걷지 못하는 이들은 솔바람 소슬하게 부는 곳에 자리 잡고 앉아 풍경을 즐겼고, 어렵더라도 산길 걷기에 도전한 분들은 서로의 손을 의지하여 조심스럽게 걸어 나갔던"(154-55쪽) 그 길에는 '강요'도 '단 하나의 목표'도 없이 그저 '존재로 함께 함'만이 가득 느껴졌죠. "오름길에 허청거리는 어르신네의 손을 가만히 잡아드리기도 하고, 잘린 채 놓여있던 나무 다발을 헤쳐 지팡이로 삼을 만한 것을 찾아내 연세가 가장 높으신 어르신 손에 쥐어드리기도 하면서" 나아가 "누군가의 손을 잡아준다는 것, 그의 속도에 맞춰 함께 걷는다는 것이 참 아름다운 일임"(155쪽)을 깨닫는다고, 그저 그렇게 담담히 나누어주신 선배님의 일상 속에서 저는 서로에게 힘이 되는 존재의 신비를 발견합니다.

가끔 강의시간에 맞춰 뛰어 가서는 "몸만 일단 왔어요. 정신은 저기서 오는 중~"이라는 반농담을 하곤 하는데, 선배의 글에 인용된 북아메리카 원주민들의 일화를 들으니 그저 웃어넘길 일은 아니지 싶습니다. 그네들이 "말을 타고 달리다가도 문득문득 멈추어 서는" 이유는 "너무 빨리 달리면 영혼이 따라올 수 없기 때문"이라고(160쪽) 하셨죠? 명나라 문인 진계유의 문장에도 같은 깨달음이 있다고요. "고요히 앉아 본 뒤에야 평상시의 마음이 경박했음을 알았네. 침묵을 지킨 뒤에야 지난날의 언어가 소란스러웠음을 알았네"(161쪽).

그런 침묵을 배우고 싶어요. 천천히, 찬찬히, 존재의 소리를 들을 수 있고 존재의 눈맞춤을 할 수 있을 만큼 '라르고'의 템포로 살아내고 싶어요. 시간으로 말하자면 분주한 소음이 잦아들고 선선한 바람이 걸음에 여유를 더하기 시작하는 저녁 올레길의 템포로요. 마종기 시인의 〈저녁 올레길〉을 소개하셨죠?

함께 걸어주어 고마웠어. 덕분에 힘들이지 않고 정신없이 걸었지. 가끔은 어디 어느 방향인지도 잊은 채 당신과 길이 있어서 걸었던 건지. 오래전 남의 길이 되겠다고 한 나를 용서해줘. 누가 감히 사람의 인도자가 되겠다니!(207쪽)

사람들이 선배님을 멘토로 삼고 있다는 말에 "숨이 턱턱 막히곤 했다"(207쪽) 하셨죠. "어차피 말씀 선포자로 내 인생에 복무하는 처지이니 말씀을 바로 선포하기 위해 애쓰는 것은 사실이지만, 세월이 가도 든든해지기는커녕 늘 흔들리고 있는 나를 누군가 바라보고 있다는 생각만 해도 모골이 송연해진다"는(207-208쪽) 선배에게, 저 역시 또 하나의 부담어린 시선을 더하는 후배가 되지는 않을게요.

하지만, 걷다 보면 만나겠지요? 지금까지 그래왔던 것처럼. 그 방향이 같음은 이미 확인했으니, 걷다 보면 선물처럼 만나지겠지요. 선배님의 삶과 제 삶이 겹치는 시간과 공간에서, 반갑게 뵈어요. 그리고 서로에게 힘이 되어요.

이상동몽異床同夢,
대동소이大同小異의 길을 가는 수도자

●

법인 | 대흥사 일지암 주지, 《검색의 시대, 사유의 회복》 저자

한여름 산중은 만원입니다. 남도답사 일 번지 땅 끝 마을 대흥사 십리 숲길은 수시로 차량이 엉키고 꼬입니다. 왜 그런지 미루어 짐작하실 줄 압니다. 중복이 지나고 본격적인 휴가철입니다. 그래서 풍광 좋고 유서 깊은 산중 절의 수행자들에게 이 시기는 손님맞이로 과로에 가까울 정도입니다. 십년 전부터 불기 시작한 템플스테이 바람으로, 산사는 지친 몸을 쉬고 헝클어진 마음을 살피고 다잡는 사람들의 쉼터와 깸터가 되고 있습니다.

모처럼 맞이하는 휴식마저도 번잡하고 과다한 소비로 허비하는 사람들을 보면 안타까운 마음이 들곤 했는데, 문득 참 다행스럽고 고마운 생각이 듭니다. 작년 여름에는 한 달 내내 하루에 대여섯 차례 오는 벗들에게 차 대접을 하다 보니 그윽하고 향기로운 차 맛

이 무미하고 텁텁하기까지 했습니다. 때로는 예고하지 않고 불쑥불쑥 찾아오는 나그네들 때문에 다소 지치고 힘들기도 합니다. 그럴 때마다 외우는 주문이 있습니다. '일기일회—期—會'. 모든 만남은 오직 한 번뿐입니다. 세속에서 힘들고 지친 벗들은 어렵게 귀한 시간을 내어 암자를 찾습니다. 맑은 차 한 잔을 나누며 속내를 털어놓고 그동안의 삶을 돌아보며 좋은 생각을 얻고자 하는 사람들에게 결코 소홀할 수 없지요. 나는 그들을 맞이하면서 거듭거듭 겸양과 정성의 덕성을 미덕을 다지고 가꾸게 됩니다. 한 생각 돌리면 수행이 아님이 없고 하느님 나라와 불국정토가 아닌 곳이 없음을 깨닫게 됩니다.

성찰의 죽비

목사님! 선하고, 따뜻하고, 지혜롭고, 열정이 넘치는 목사님, 이라고 김기석 목사님을 그렇게 표현해도 결례가 아니라고 믿고 있습니다. 《세상에 희망이 있느냐고 묻는 이들에게》를 촘촘히 정독했습니다. 책을 읽는 내내, 제 마음은 새벽 별빛 아래 좌선하는 듯한 적멸의 환희에 젖었습니다. 특히 종교수도자의 글은, 읽어가는 행간이 그대로 명상과 눈 열림의 순례 길이어야 한다고 오래 전부터 생각해왔습니다. 틈틈이 연두 빛 형광펜으로 밑줄 친 글들을 마주합니다. 읽을 때마다 그 의미가 거듭 새삼스럽습니다. 의미의 환생과 부활입니다. 사유의 진폭을 넓혀주고 성찰의 죽비를 주는 글들이 얼마나 고맙고 벅찬 것인가를 다독가인 목사님도 공감하실 것입니다.

얼마 전에 인문학을 공부하는 모임의 벗들이 제 방에 들게 되었습니다. 그들은 호기심 가득한 눈으로 방을 살피더니 그 중 한 분이 이렇게 말하더군요. "스님, 비싼 물건이 하나도 없네요." 책상 하나, 노트북 컴퓨터, 작은 음향기기, 그리고 책장에 가득한 책들이 내 살림의 전부입니다. 그렇게 말한 이의 속내를 대략이나마 짐작할 수 있겠습니다. 많고, 비싸고, 화려하고, 명품에 대한 소유물이 비교우위의 자리를 차지할 수 있다고 믿는 세상이기 때문이겠지요. 더욱이 분수에 맞는 소유로 자족하면서 내면의 향기로 가득해야 할 종교인마저도 자본과 권력에 매몰되어 있는 현실입니다. 그때 저는 이렇게 말했습니다. "왜 비싼 것이 없다고 하세요. 여기에 있는 책들은 값을 매길 수 없는 고가품들인데요." 정말 진심으로 그렇게 생각합니다. 좋은 책의 내용들은 천만금의 돈으로도 살 수 없는 지혜와 복을 내게 주니 천하에 최고로 값나가는 것들이지요.

좋은 책을 말하려니 중국 송대의 문장가이자 정치개혁가인 왕안석의 「권학문勸學文」이 생각나는군요. 그는 이렇게 책의 값어치와 효능을 말합니다.

"책을 읽으면 비용이 들지 않고, 책을 읽으면 만 배의 이득이 생긴다. 가난한 자는 책 때문에 부유해지고 부자는 책 때문에 귀해진다. 어리석은 자는 책을 읽어 어질어지고 어진 사람은 책으로 인해 부귀를 얻는다."

그런데 목사님, 이런 효능을 가지게 하는 책은 반드시 '좋은 책'이어야 한다는 것입니다. 오늘날 정보의 홍수 속에서 하루에도 얼마

159

나 많은 책들이 쏟아져 나오는지요. 그 중에서 어떤 책들이 좋은 책인지를 분간하기 어렵습니다. 그 많은 책들을 보면서 내면의 살림살이가 부끄럽고 글 쓰고 말하기가 저어되고 조심스러워집니다. 그러면서 좋은 글은 무엇일까를 자신에게 질문합니다.

먼저 목사님이 책에서 말씀하셨지요. "삶이 뒷받침되지 않는 말의 허망함을 저는 너무도 잘 압니다. 가르침은 가리킴이 되어야 합니다"(295쪽). 전적으로 동의합니다. 사유와 경험과 성찰의 삶에서 우러나오지 않는 글은 아무리 논리가 반듯하고 문장이 아름다워도 울림이 있을 수가 없습니다. 그리고 좋은 글은, 읽는 이의 눈을 뜨게 해주는 글이라고 단언합니다. 눈을 뜬다고 하는 것은 무엇일까요? 현재의 생각과 삶의 방식을 반성하게 하는 것, 한층 더 넓고, 높고, 깊게 세상과 자신의 정신을 이끌어 주는 것이겠지요. 이런 맥락에서 오랫동안 감신대 교수를 지내셨던 이정배 목사님의 말씀이 떠오릅니다. "말이 분명 한계를 지니고 있지만 그래도 우리는 좋은 말들로 세상을 흔들어야 한다." 늘 불립문자不立文字와 언어도단言語道斷이라는, 말에 대한 일종의 불신과 위험을 가지고 살고 있는 나에게 이정배 목사님의 선언은 말의 효용과 말의 나아갈 길의 지침이 되고 있습니다. 목사님의 글을 읽으면서 곳곳에서 제 생각이 깨지고, 열리고, 다져지는 뿌듯한 체험을 하였습니다. 많은 은혜를 입었습니다. 감사 충만! 성령 충만!

목사님! 생각해 보니 저와 목사님은 종교수행자이면서 글을 쓰는 업에 전념하고 있습니다. 동상이몽同床異夢이 아닌 이상동몽異床同

夢의 도반입니다. 각자의 지점에서 깨침과 헌신의 길을 가고 있으니 참으로 든든한 동지입니다. 이상동몽과 대동소이大同小異는 제가 관계성을 말할 때 핵심 지침으로 삼는 말입니다. 대동소이, 이상동몽, 참 옳고, 좋고, 정겨운 신뢰와 연대감이 느껴지지 않으신지요? 저는 비교적 비교하지 않고 사는데, 글을 쓰는 재주를 조금 가지고 있다는 것을 다른 사람과 비교하면 다행이고 행운이라고 생각합니다. 글이라는 방편으로 다른 사람과 소통하고 공감할 수 있으니까요. 때로는 진실하고 치열하게 생각과 몸짓을 밀어 올리면서, 삶의 극점에서 나오는 글을 써야 하는데, 짐작과 논리와 당위만이 앞서고 있는 것 같아 마음 한 편이 찔리기도 합니다. 그래도 글은 경전 독송과 참선과 더불어 주요한 수행의 방편입니다.

161

고요함과 침묵은 우리가 시간 속에 마련한 성소

좋은 글을 쓰고자 하면 많이 읽고, 다양하게 부딪치고, 깊게 생각하는 것이 기본입니다. 다른 이의 책을 대하면서 저는 책을 열기 전에 제목에 대해 나름대로 짐작해 봅니다. 책의 제목은 글쓴이가 하고자 하는 의미의 집약이고 호소이기 때문입니다. 그리고 다음은, 목차 하나하나를 꼼꼼히 주시합니다. 본문을 읽기 전에 건져내는 각 글의 제목은 그것 자체로 얼마나 신선한 울림이 있는지를 목사님도 경험하셨을 것입니다. 어떤 책은 각 글의 제목만을 음미하는 것으로 하루를 보내기도 합니다.

　　이번 목사님의 책에서 특별히 제 마음에 머무는 글의 제목을 말해도 되겠지요? 「사람은 누가 됐든 유일무이한 존재」, 「담백한 삶을 위하여」, 「나는 일필휘지를 믿지 않는다」, 「움씨를 뿌리는 마음」, 「돈의 전능성을 해체하라」, 「마주 잡을 손 하나」, 「무거운 삶 가볍게 살기」, 「서로 따뜻하게 비벼대면서」, 「인간보다 이상한 존재는 없다」, 「세속적 우상과의 싸움」, 「가시밭길을 걷다」, 「눈 떠 바라보기를 잊지 마라」, 「나는 길들여지지 않는다」, 「바늘로 우물 파기」, 「의미의 저장소」, 「길을 잃으면 어때」… 목차를 쭈욱 읽어가면서 첫사랑에 꽂힌 느낌으로 위의 글들이 눈에 들어왔습니다. 아마 많은 독자들은 다른 제목들이 마음에 닿았을 것입니다.

　　《다시 책은 도끼다》를 최근에 발간한 박웅현이 책은 기본적으로 '각자의 오독'이라고 말했듯이, 각자의 삶의 지점에서 접점을 이룬 글들이 눈에 밟혔을 것입니다.

　　글의 제목은 본문과 함께 삶의 지침이고 방향입니다. "중생이 아프니 보살이 아프다", "하느님은 사랑이시라." 진리는 이렇게 한 줄의 문장으로 의미를 저장하고 길을 가리키지 않습니까? 그리고 한 줄의 문장 너머에는 성스러운 '침묵'과 '기도'와 '노동'만이 최초이자 최후의 고갱이로 존재하고 있지요.

　　목사님! 저와 목사님은 이상동몽, 대동소이의 길을 가는 수도자입니다. 하여 우리는 무엇보다도 자신의 삶을 철저하게 살아야 하는 소명을 가지고 있다고 하겠습니다. 목사님이 말씀하셨지요. 지금 세상에는 전문가가 참 많다고요, 그런데 자신 존재 자체로 다른 이에게 울림을 주는 사람은 많지 않은 것 같다고요. 그렇습니다. 좋은 말을 하는 사람은 많은데 정작 자신이 좋은 삶을 살아가는, 살아가야겠다고 생각하는 사람은 드문 것 같습니다.

　모든 사람이 그렇게 살아야 하지만 수도자는 일상에서의 '몸짓' 하나하나가 그대로 '말'이 되는 삶을 살아가야 한다고 늘 다짐하고 있습니다. 지금 우리는 말이 넘치는 시대를 살고 있습니다. 그런데 넘치는 말 속에서는 나쁜 말들이 교묘하게 숨어서 우리의 생각과 삶을 좀먹고 있습니다. 내 편을 만들고, 남을 배제하고, 혐오하고 고립시키는 말들이 목소리를 높이고 있습니다. 초점을 흐려놓고 시선을 돌려놓는 말을 생산하는 언론 기술자들이 부끄러운 줄 모르고 당당히 행세하고 있습니다. 또 지식인은 어떠한가요? 보수적인 정권과 천박한 자본가의 입맛에 맞는 논리를 생산해 주고 돈과 명성을 얻고 있습니다. 곡학아세曲學阿世라는 말을 실감합니다. 정신 바짝 차리지 않으면 속기 쉬운 세상입니다. 그래서 지식인과 종교인은 세상이 나아야 할 길을 가리키는 말을 용기 있게 내어 놓아야 합니다. 그런데 그 말이 믿음을 얻어야 사람들의 생각을 흔들고 사람들의 가슴에 스밀 수 있겠지요.

　목사님! 어떻게 해야 말이 믿음과 힘을 얻을 수 있을까요? 답은 간명하겠지요. 지행일치, 언행일치의 삶을 평소에 늘 살아가는 것이 아니겠습니까. 그런 맥락에서 진리를 내면화하고 일상화하는 삶이 곧 수도자의 길이겠습니다. 우리 모두 각자의 자리에서 빛이요 소금이요 목탁이요 죽비가 되는 삶을 살아가도록 각고의 정진이 필요하겠습니다. 목사님이 말씀하신, "고요함과 침묵은 우리가 시간

163

속에 마련한 성소"(161쪽)라는 말씀에 고요히, 침묵으로 공감합니다. 내면의 성스러운 삶을 다지기 위해 부박하고 속된 만남을 줄이고 있습니다.

목사님! 요즘 사유의 줄거리는 평범한 대중의 성찰과 성숙입니다. 이번 책에서 다음과 같은 요지로 물으셨지요. "평범한 직업을 가지고 사는 사람들, 일상의 노동에 힘겨워 하는 사람들은 자신의 삶을 성찰하지 않아도 되는 것일까"라고요. 저의 고민도 이런 지점에 있습니다. 우리는 상층부 사회의 부조리를 비난하고 원망합니다. 각 영역의 1%에 해당하는 그들의 그릇된 세계관과 행태가 평범한 다수 대중의 삶을 헝클어뜨리고 힘들게 하고 있는 것은 사실입니다.

그러나 인간의 삶은 단면으로 이루어진 단세포가 아니지 않습니까? 다면이고 입체적이고, 그런 입체적 다면들이 다양하게 관계하면서 삶의 여러 모습들을 만들어내고 있습니다. 결과에 대한 원인이 어찌 한쪽에만 있겠습니까? 그래서 건강한 사회를 만들기 위해서 무엇보다도 시민의 각성이 필요합니다. 시민은 사회라는 관계망의 시민으로 존재합니다. 또 개인 시민이 존재합니다. 하여 평범한 직업을 가진 시민은 이 두 갈래 길 모두에 성찰과 성숙이 필요합니다.

오늘의 시민은 나도 살고 이웃도 사는, 상생의 길이 무엇인가를 판단하는 안목을 길러야 합니다. 그래서 작은 단위에서 참여하고 연대하는 실천을 통해 사람과 사람이 사이좋게 살아가는 세상을 만들어야 합니다. 그리고… 목사님이 염려하신 평범한 사람들, 소외된 삶을 살아가고 있는 사람들에게 요구하는 '성찰'이 무엇인지를 잘 알고 있습니다. 바로 보편윤리의 삶을 지적하고 지향하는 것이겠지요. 모든 사람은 "분노와 적대감은 타자에게 상처를 주기도 하지만 자기 파괴적 열정이기에 더욱 심각합니다." 목사님은 다른 글에서 이렇게 말씀하셨습니다. 그렇다면 각 개인이 행하고 있는 무지, 게으름, 비겁함, 불성실, 방관과 방종, 몰염치와 무례, 평범한 사람들끼리 주고받는 갑을 관계, 작은 거짓, 지역과 연고주의에 의한 편견과 편향 등을 어떻게 해석해야 할까요? 큰 잘못을 저지르지 않는다고 해서 개인의 이런 삶들은 면죄되는 것일까요? 이런 것들에 대해 성찰하고 부끄러워하고, 그리고 고치지 않으면 자기 삶을 어둡게 하고 파괴한다는 사실을 깨달아야 할 것입니다. 평범한 사람들이 각자의 삶을 성찰하고 바꾸고 성숙할 수 있도록 하는 소명과 원력이 저와 목사님에게 부여되어 있다고 하겠습니다.

청파교회에서 목사님의 책을 주제로 의미 깊고 정감 넘치는 대화가 있어 정말 행복했습니다. 그리고 이어 목사님과 함께 하는 여러 목회자들이 제 암자에 와서 하룻밤을 보내며 기쁜 시간을 보냈습니다. 이렇게 저렇게 오고가는 우리들의 모습은 부처님과 하느님이 보시기에도 참 좋을 것입니다. 그 옛날 초의선사와 추사, 다산 선생 등이 제가 깃들고 있는 일지암과 다산초당을 오가며 아름다운 만남을 이루었습니다. 이제 우리도 이렇게 생각과 정을 주고받으며 삶의 줄기에 푸른 잎 돋고 예쁜 꽃 피고 튼실한 열매 맺을 것입니다. 무더운 여름입니다. 청안하시고 청락하십시오.

한국교회는 어떻게 하면
살아날 수 있을까요?

●

변상욱 | CBS 대기자, 《인생, 강하고 슬픈 그래서 아름다운》 저자

목사님 무더운 여름 무탈하셨는지요? 낯을 가리는 탓에 인사드릴 기회가 있어도 쭈볏거리고, 때로 뵙기도 했지만 살갑게 대화에 끼어들지도 않은 처지에 편지글을 쓰라는 편집자의 요청이 꽤 당혹스러웠습니다. 불손했던 대가를 치르는 모양입니다. 그렇지만 블로그 등을 통해 목사님의 글을 나름 꾸준히 읽어 온 독자이자 이웃으로서 제 가슴 속에 담아 온 고민들을 능히 헤아려 주실 분인 걸 알고 있기에 용기를 내어 '그러마' 수락을 한 것이 이 글을 써내려가게 된 배경입니다.

희망 그 빛깔 있는 삶의 몸부림

교회의 비릿한 욕망

목사님! 지난해 이 맘 때였던가요? "이런 교회는 무너지는 게 순리다"라는 제목의 글을 펼쳐놓으셨던 적이 있습니다. 많이 부끄러웠습니다. 기독교 언론에 종사하는 저의 책무가 그렇게 교회를 향해 비판의 목소리를 내야 하는 것일 텐데 정작 교단과 인맥에 얽혀 자유롭지 못하실 목사님이 준엄히 일갈하시는 것을 보고 많은 생각을 했습니다.

목사님은 그 글에서 "한국교회에서 슬그머니 사라진 것은 바로 책임의 윤리이다. 민족사가 위기에 처할 때마다 기독교는 위험을 무릅쓰고 진리 편에 섰고, 사회적 약자들의 편에 섰다. 그때 기독교는 젊었다. 야성이 있었다. 그러나 지금의 한국 기독교는 늙어버렸다. 불의에 대해 저항할 줄도 모르고, 하나님의 벗들인 사회적 약자들의 삶의 자리로 내려가지도 않는다. … 야훼는 제국의 논리를 당연한 것으로 받아들이던 세계에 던져진 혁명의 깃발이었다. 하나님은 힘으로 사람들을 압도하던 애굽, 앗시리아, 바벨론, 페르시아, 그리스, 로마 제국을 지푸라기 강아지로 여기셨다. 현실이 아무리 암담해도 초월적 비전으로 역사를 바라보는 사람들은 무너지지 않는 법이다. 하나님을 믿는다는 것은 다른 세상을 꿈꾸는 것이다. 예수는 로마 제국이 지배하는 세상 한복판에서 하나님 나라를 선포했다"라고 말씀하셨습니다.

저는 이 글을 읽으며 어린 시절부터 가져왔던 물음에 대해 답을 그려가기 시작했습니다. 저의 아버지께서는 대한제국 시절에 태어나 일제 강점기에 교육에 구국의 길이 있다며 서당을 열고 훈장노릇을 하셨던 조선의 유학자이고 선비셨습니다. 까맣게 모르다 나중에야 알게 된 일이지만 제가 교회에 가는 것을 못마땅해 하신 아버지께서도 교회에 출석하신 적이 있고 한문 성경책을 구해 읽으시기도 했다고 합니다. 그러다 실망해 교회에 발길을 끊으셨다고 들었습니다. 저는 유학의 전통 속에서 성장하고 유교의 통치이념을 체득한 이 땅의 선비들이 어떻게 서구에서 전래한 예수교를 받아들여 신앙고백에 이르렀는지 궁금했습니다.

목사님이 지적하신 "제국의 논리가 당연한 세계에 던져진 혁명의 깃발"에 눈길이 멈춘 이유입니다. 생각해 보니 식민지 백성으로 태어나 제국의 압제에 시달리는 민족의 고통을 지켜보고 무력이 아닌 또 다른 내적인 힘으로 침략국을 넘어 온 세계를 공존과 평화의 길로 이끈 그리스도의 복음은 가히 신세계요 새로운 비전이었을 거라 생각합니다. 그런 초월적 비전으로 역사의 굴레를 견디고 싶었고 하나님을 믿는 다른 세상을 꿈꾸었을 거라 여겨집니다. 윤동주 시인의 〈십자가〉는 그렇게 씌어졌을 겁니다.

그러나 오늘날 한국교회는 "한국교회에서 슬그머니 사라진 것은 바로 책임의 윤리이다"라는 첫 구절 그대로 민족사에서 튕겨나가 헤매고 있습니다. 오죽하면 아직도 한국 개신교의 자랑이 주기철, 손양원 목사와 3·1독립선언, 그리고 미국 원조물자의 추억이겠습니까? 저는 교회는 공간이 아니라 시간이라고 생각합니다. 강江이 오랜 세월 자기가 흘러야 할 길로 흐르다보면 생명을 키워내고 그 땅을 지켜내듯이 교회도 세워진 자리에서 마을 사람들과 함께 울고 웃고 땀 흘리며 하나가 되고 나아가서는 민족의 운명에 얽혀 들어가는 것이 교회의 본분이 아닐까 생각합니다. 그러나 오늘날 누가 한국교회를 그리 여길 것입니까? 교회 밖의 시선뿐 아니라 교회를 구성하고 있는 목회자, 교인들에게서도 그런 생각을 찾기란 결코 쉽지 않아 보입니다. 더욱 가슴 아픈 건 목사님이 《세상에 희망이 있느냐고 묻는 이들에게》라는 책에서 지적하신 '빗금질'의 문제입니다.

169

> 문제는 빗금을 철폐해야 할 종교가 빗금을 생산하는 공장 구실을 하고 있다는 사실입니다. 오늘의 개신교회가 보이는 배타성은 확고한 믿음을 표방하고 있지만 실은 내적 부실함을 가리려는 몸부림이 아닌가요? 자신들의 비릿한 욕망을 종교의 망토로 가리려는 이들이 참 많습니다(37쪽).

네, 맞습니다. 정말 비릿한 욕망입니다. 한국 개신교의 구조는 전형적인 자본주의 재벌독점의 발전과 궤를 같이 하고 있습니다. 온갖 이유를 들어 헌금을 걷고 땅과 건물을 키우고 자회사와 대리점을 내듯이 지교회나 분소를 세우고 버스로 대도시 곳곳을 돌며 교인을 흡수합니다. 큰 소득에 세금을 안 내려다 신망을 잃고 교회를 사적 재산으로 여겨 세습에 이른 것이 한국교회이니까요. 아시는 대로 공동의 자산을 소수의 지분을 지렛대 삼아 가족이 세습하는 건 한국의 재벌과 북한의 김 씨 정권뿐입니다. 목사님의 지적에 공감했습니다.

오늘의 제국은 특정한 나라가 아니라 자본주의 자체이다. 자본주의는 인간의 욕망을 확대재생산하는 것을 통해 자신을 강화한다. 자본주의는 '희소성'의 신화를 가지고 사람들을 쥐락펴락한다. 희소한 것을 얻기 위해 사람들은 경쟁한다. 적당한 경쟁이 나쁠 것은 없다. 하지만 희소성의 신화에 갇힌 이들에게 '적당히'라는 말은 적용되지 않는다. 무한 경쟁이 있을 뿐이다. 경쟁에서 패배한 이들은 루저가 되고 승리한 이들은 득의만면이다. 예수의 세계는 잃어버린 양 한 마리를 찾기 위해 아흔아홉 마리의 양이 불편을 감수하지만, 희소성의 세계는 한 마리 양을 위해 모든 양을 희생시킨다. 욕망의 덫에 걸린 사람들은 자신이 하나님의 형상대로 지음 받은 존재라는 사실을 망각한다. 망각이 깊어지면 주체의 몰각이 찾아온다(「이런 교회는 무너지는 게 순리다」 중에서).

한국교회는 어떻게 하면 살아날까?

이런 자본주의적 교회가 과거 조선의 선비들이 자신들의 생을 걸었던 그 십자가의 비전으로 돌아갈 수 있겠습니까? 때로 저는 "한국교회는 어떻게 하면 살아날까?"라는 주제로 강연을 부탁받곤 합니다. 저는 강연을 준비하다 소름이 돋거나 몸서리 칠 때가 있었습니다. 그리고 질문을 던집니다.

희망 그 빛깔 있는 삶의 몸부림

"왜 묻는데? 살아나려고? 꼭 살아나야 해?"

위에 써내려간 그런 교회가 살아나 무엇을 하겠습니까? 그런 물음을 던졌기에 목사님이 쓰신 "이런 교회는 무너지는 게 순리다"라는 글에 빨려 들 듯 읽어나간 것입니다.

기독교는 이런 세계의 실체를 폭로해야 한다. 하지만 한국교회는 그동안 번영의 복음과 죄 경영sin-management을 통해 몸집을 불리느라 바빠, 자본주의의 신화를 받아들이기에 급급했다. 왜곡된 정신을 타격하고, 역사의 물줄기를 정방향으로 되돌리고, 세속적 가치 질서의 우상적 작동을 막아야 할 교회가 세상에 투항해버리고 만 것이다. 예수 정신은 가뭇없이 사라지고, 예수에 대한 소문만 무성하다. 이런 교회는 무너지는 게 순리다. 그래야 그리스도의 몸으로서의 교회가 탄생하기 때문이다(「이런 교회는 무너지는 게 순리다」 중에서).

한국 개신교는 새로운 세상의 비전이 아니라 전근대적인 토템으로 작용합니다. 목사님이 말씀하신 '빗금질'입니다. 예수 깃발 아래 모이라 합니다. 세상 사람들, 세상 것들이라 구분합니다. 그러면서 장로가 정치하면 장로니 찍으라 하고 속 뻔히 보이는 기독교당을 만들어 정치 아닌 권력 한 줌을 탐합니다. 최근에는 위기를 벗어 던지려 희생양을 찾는 듯 보입니다. 과거에는 민주화운동이나 노동자를 제물로 삼았고 이제는 성소수자나 무슬림을 단죄할 대상으로 내칩니다. 그래서 저는 가나안 성도입니다.

푸념이 길어졌습니다. 이러고만 있을 수는 없다는 걸 잘 압니다. 그냥 잠시 기대고 싶었다고 여겨 주십시오. 물론 《세상에 희망이 있느냐고 묻는 이들에게》라는 책에서 실망도 적으셨지만 한국교회에 아름다운 전통도 있었고 다만 부끄러운 모습에 온통 가려지고 말았을 뿐이라고 희망을 주시는 이야기도 읽으며 수긍했습니다.

> 한국교회에 속해 있으면서도 이 땅을 밝히기 위해 피와 땀을 흘린 이들의 이야기에 귀를 기울이지 못하고 살아왔습니다. 한국교회에 드리운 어둠을 밝히기 위해서라도 그분들의 뜨거운 영혼과 접속해야겠다는 생각이 듭니다(358쪽).

네, 그리 노력하겠습니다. 책에서 일러주신 경구들을 붙잡고 노력하겠습니다.

> 절망조차도 진실로 인도하는 길임을 잊지 않겠습니다 … 날마다 시간을 정해놓고 기도하고 묵상하며 내면의 질서를 이루겠습니다 … 파당을 짓거나 이러저리 몰려다니지 않겠습니다 … 하나님의 마음을 기쁘게 하도록 힘쓰겠습니다 … 하나님이 만드신 세상의 아름다움을 충분히 누리기 위해 시간을 내겠습니다 … 늘 새로운 삶의 출발점에 서고 더욱 깊어지도록 힘쓰겠습니다(114, 116쪽).

감사합니다. 완연한 가을입니다. 좋은 날들 되십시오.

희망 그 빛깔 있는 삶의 몸부림

독수리,
깊이 날아 뜻을 품다

●

손성현 | 창천교회 청년부 목사, 번역가

'세상'에 희망이 있느냐고 묻지 못했습니다. 도무지 '내 삶'에 희망이 있느냐 없느냐가 더 절박한 물음이었기 때문입니다. 벌써 십여 년 전의 일이네요. 유학 생활의 고단함과 외로움이 내면을 옥죄고 있을 때, 나 자신에 대한 실망스러움과 공부 자체에 대한 두려움이 끈질기게 갈마들면서 영혼을 갉아먹고 있을 때, 그때 받은 목사님의 편지를 오늘 다시 읽어 봅니다. 그저 '나의 삶에 희망이 있느냐고 묻는 이'의 주저앉은 마음을 북돋워 주었던 글입니다. 그 편지를 천천히 읽고 또 읽다 보면 마음이 가지런해짐을 느낄 수 있었습니다. 솜씨 좋은 농부의 호미질이 지나가면, 어지럽게 뭉그러져 있던 흙더미들이 단단하고 단정하게 북돋워진 이랑이 됩니다. 목사님의 편지를 읽는 일이 꼭 그런 일입니다.

글에서 들려오는 '몸의 소리[肉聲]'

고전어라는 산을 다 넘기도 전에 조급증에 시달리던 저의 마음을 목사님의 편지는 다정하게 타이르셨지요.

"너무 서두르지 말게. 서두른다고 빨리 가는 건 아니더라구. 물론 목표는 잃지 말아야 하지만, 무딘 도끼로 나무를 찍는 것보다는 날을 세워서 찍는 것이 지혜 아니겠는가? 마음을 잃고 건강을 잃으면, 남는 건 자기연민이거나 분노이기 십상이지."

"지극정성이란 결국 '지금 여기'에 마음을 모으고 살아가는 것이겠지. 점 하나 하나를 찍어 형태를 이루는 점묘법처럼 우리의 하루가 충실해야 인생도 충실해지는 법인데…."

그러면서 목사님의 글은 슬며시 나의 시선을 나의 문제가 아닌 다른 곳으로 유도하셨지요.

"어제는 산에 다녀왔네. 고난주간이긴 하지만 그저 사무실에 있으면 울적해질 것 같아서였어. 도심에 가깝긴 하지만 산에 피어난 꽃들은 어쩌면 그리 맑고 고울까. 종일 노랑제비꽃과 눈맞춤을 하면서 산을 걸었네. 우리의 삶은 자연을 향해 계속 걸어가야 온전해질 수 있음을 몸으로 느꼈네."

"프리드리히 굴다의 연주로 모차르트의 피아노 협주곡 20번 d단조를 듣다가 그 한음 한음이 이루어내는 어울림에 사로잡혔다네."

희망 그 빛깔 있는 삶의 몸부림

이윽한 귀 기울임, 곡진히 사람을 아끼는 마음에서 우러나온 것이기에 목사님의 충고는 차라리 기도처럼 느껴졌습니다. 자연과 예술의 아름다움에 자신을 고스란히 내맡긴 사람만이 드러낼 수 있는 담담한 심경은 그 자체로 노래처럼 들리기도 했습니다. 그런 글을 읽는 사이에 조금씩 온기를 되찾은 저의 내면을 향하여 매번 힘찬 응원의 목소리가 들려왔습니다.

"어지러운 시대일수록 눈 밝고, 귀 밝은 사람이 필요한 법이라지. 우리 정신 차리고 사세!"
"히브리어와의 연애에서 얻은 기쁨이 무더위를 넉넉히 이기는 힘으로 전환되기를 비네."

독일의 작은 대학도시 튀빙겐의 허름한 기숙사에서 목사님의 편지를 읽고 있던 저는 젊기만 했습니다. 당장 희망이 보이지는 않았습니다. 하지만 목사님이 써주신 희망의 '목소리'는 저의 눈빛을 바꾸어 놓았습니다. 외람되지만 저는 《세상에 희망이 있느냐고 묻는 이들에게》 부치신 편지들도 그럴 거라고 생각합니다. 그 편지 속에서 어떤 솔깃한 대안이나 정책의 모습으로 나타나는 희망을 끄집어 낼 수는 없을 테니까요. 다만, 마음을 가지런히 하고 편지글을 따라 읽어가는 사람마다 그 글에서 들려오는 '몸의 소리[肉聲]'에 문득 눈빛이 밝아짐을 느낄 것입니다. 그래서 가끔은 눈으로, 머리로 읽기를 멈추고 편지글을 소리 내어 읽어봅니다.

고요와 침묵, 시간 속의 성소

저만치 어딘가에서 온몸으로 어둠과 부딪쳐 파란 불꽃을 일으키는 사람들이 있다는 사실을 알기에 우리는 가슴에 돋아나는 절망을 도려내고 다시금 길을 떠날 용기를 얻습니다(341–342쪽).

세속 먼지 뒤집어쓴다 해도 정신은 흩어지지 않는 법

목사님, "편지를 쓴다는 것은 누군가를 그리워한다는 뜻"이라고 하셨죠? 그러면서 그 "그리움은 '너'의 빈자리가 강하게 환기시킨 마음의 공허"(5쪽)라고 적으셨습니다. 저는 목사님이 좋아하시는 유대인 사상가 마르틴 부버Martin Buber의 《나와 너Ich und Du》를 떠올리지 않을 수 없었지요. 온 존재를 기울여 말 건넬 수 있는 '너'와의 만남 혹은 관계, 그것은 목사님의 많은 편지를 관통하는 하나의 붉은 줄 아닐까요? 편지를 비롯하여 모든 형태의 글쓰기는 '언어'를 통해 이루어지만 목사님은 그 언어보다 근본적인 것, 곧 "서로의 마음에 가 닿으려는 절실함과 진정성"이야말로 부버가 말하는 '근원어 Grundwort'일 거라고 진단하셨지요(339쪽). '나 – 너'의 관계와 '나 – 그것'의 경험으로 구성되는 근원어의 균형이 속절없이 무너져버린 세상에서 인간다움의 온기는 점점 사라지고 있습니다. 우리 사회의 큰 문제가 안전 불감증이라고 말하는 사람들도 있지만, 제가 보기에는 다른 사람에게서 유일무이한 '너'를 느끼지 못하는 증세가 더 큰 문제입니다. 공감능력을 상실한 사람들이 추구하는 '안전'은 오히려 섬뜩하기만 합니다. 아무리 안전해 보여도 "그곳은 생명의 온기가 사라진 죽음의 벌판"(143쪽)입니다.

목사님의 편지들을 읽다가 다시 한 번《나와 너》를 펼쳤습니다. 아예 목사님의 편지글과 포개놓고 읽었습니다. 제2부 〈사람의 세계〉에서 마르틴 부버는 '너'의 세계가 마비된 '그것'의 세계를 구석구석 소개해줍니다. '그것'에 갇혀 사는 사람들, '그것'의 세계에 만족하는 삶의 면면을 고스란히 드러냅니다. 그 세계에서 살아가는 사람들은 누군가를 이용하려는 욕망만 있지 자기를 희생할 수 있는 힘은 없다고 말합니다. 자신의 특수성을 탐닉하고 자기라는 허상에 집착하며 그것을 숭배합니다. 참된 '너'를 만나지 못하는 '나'는 순간적인 감정에 이리저리 휘둘립니다. 꼭 우리 시대 도시인들의 모습 같다고 느꼈습니다.

놀랍게도《나와 너》초고가 나온 해가 1916년입니다. 지금으로부터 딱 100년 전의 일이네요. 온갖 갈등과 모순이 끔찍한 전쟁으로 터져 나온 시기에 부버는 인간다움의 알짬을 '나 - 너' 근원어에서 찾아내려고 했던 것입니다. 그렇다면 100년 전이나 지금이나, 이처럼 지독한 '나 - 그것'의 세계에 포박된 우리가 어떻게 '나 - 너'의 세계로 돌아갈 수 있을까요? 부버는 말합니다. "오직 일찍이 들어본 일이 없는 '전환Umkehr' 곧 '돌파Durchbruch'가 있을 뿐이다." 이 말은 결정적인 방향 전환을 뜻하는 히브리어 '테슈바(הבושה Teshuvah)'를 번역한 말입니다. 그런데 이 전환은 아무래도 수평적 차원의 돌이킴이 아니라 저 하늘을 향한 온 존재의 솟구침 같다는 생각이 들었습니다. 그렇게 '테슈바'를 묵상하다가 나에게 와락 닥쳐온 시구가 있었습니다. "세속 먼지 뒤집어쓴다 해도 정신은 흩어지지 않는 법 / 자신 속으로 밀리게 될 때는 돌파하라, 위를 향해!"(요한 볼프강 폰 괴테, 〈타리스만〉 중에서) 장쾌한 시어입니다.

아등바등 일상을 기고 있는 것 같은 마음에 홀연 비상飛上의 의지를 일깨우는 글들이 있지요. 제게는 목사님의 글이 그랬습니다. 때로는 먼저 힘차게 하늘을 향해 날아오른 독수리를 보는 것 같았습니다. 때로는 아득한 고공비행을 앞두고 시계視界를 조망하는 독수리의 눈매가 저를 상쾌하게 긴장시켰습니다. 그래서일까요? 고진하 목사님의 시 〈독수리〉를 처음 읽었을 때(1997년)나 지금이나, 거기 '김기석에게'라는 부제가 달린 것이 너무나 자연스럽습니다.

독수리는 지상의 온갖 번뇌에서 / 잠시 발을 뗀 은수자처럼 보인다, 막 / 털갈이를 끝낸 듯 야윈 몸뚱어리에서 / 번져 나오는 은은한 광채!

어쩌면 목사님은 이 시 앞에서 손사래를 치시면서 '그거, 다 젊을 때 얘기야.' 하실는지 모르겠습니다. 그러나 "썩은 내 풍기는 사체 속에 부리를 / 처박고 사는 生일지언정, 드러난 부분보다 / 감춰진 것이 많은 것이 삶인 것을" 치열하게 증언하는 목사님의 목소리에는 여전히 청년의 기백, 감투敢鬪의 기상이 서려있는 것 같습니다. "아직도 젊은 날의 영문 모를 열정과 작별하지 못한 것"(315쪽) 같다고 하셨죠? 그런 목사님이 친근하고 좋습니다. "세상에서 가장 슬픈 것이 있다면 길들여진 젊음"(323쪽)일 것 같다고 하셨죠? 그런 목사님의 매서운 질타를 양약良藥으로 받아들인 젊은이는 눈빛이 초롱초롱해지면서 자기만의 날갯짓을 훈련할 것입니다. 시인은 막 불혹의 나이에 접어든 김 목사님에게 헌정된 시를 이렇게 마무리했습니다.

> 아직 날아오를 기미는 보이지 않는다 / 푸르고, 넓고, 깊은 하늘을, 정적靜寂을 / 겹겹이 접어 잿빛 날개 속에 묻고 있을 뿐(고진하,《우주배꼽》, 세계사 1997).

어떤 사람들은 목사님이 바야흐로 높이 날아오르셨다고 말할 겁니다. 하지만 저는 이렇게 생각했습니다. '언제나 날고 있었지. 깊게 더 깊게, 지금도 독수리는….'

번역 시학詩學 poetics의 미학

그런 목사님 곁에서 꽤 일찍부터, 꽤 오랫동안 목사님의 목회를 보고 배웠지만, 저는 3년 전 비로소 늦깎이 목사가 되었습니다. 신학 공부를 시작한 지 거의 이십 년이 다 되어가는 시점이었지요. 제가 어머니 태중에 있을 때부터 할머니께서는 제가 주님의 '종'이 되게 해달라고 기도하셨다는데 마흔을 넘긴 나이에 안수를 받았으니 나름 버틴다고 버틴 셈입니다.

목사님께서도 "부름 앞에서 주저하며 자꾸 뒷걸음치던"(112쪽) 마음이 있었다고 하셨지요. 목사가 되지 않으면 무슨 일을 해서 먹고 살까 심각하게 궁리할 때마다 제게 떠오르던 직업은 번역가였습니다. 알량한 외국어 실력이었지만 제 삶에 이력으로 내세울 만한 것이 그것밖에는 없었으니까요. 실제로 치열한 번역 노동은 제가 수년 간 경제적 난관을 헤쳐 나가는 데 알뜰한 도움이 되기도 했습니다. 다른 사람이 범접할 수 없는 세계를 치고 들어가 정신의 다리를 놓는 일에 자부심을 느끼기도 했습니다. 우울한 일상 속에서 느슨해진 정신의 나사를 바짝 조이는 데도 단단히 한 몫을 한 것이 번역입니다. 그러니 '번역' 얘기가 나오면 저의 눈과 귀가 번쩍 뜨이지 않겠습니까? 물론 목사님께서 입버릇처럼 말씀하시던 '번역'은 외국어의 자구 하나하나, 문장 하나하나를 고스란히 우리말로 옮겨놓는 일만 가리키는 것이 아니었습니다. 내가 기꺼이 하고 싶어 했던 그 일, 곧 번역은 훨씬 웅숭깊은 차원으로 확장되었습니다. 목사님을 통해 배운 번역 신학, 혹은 번역 시학詩學 poetics 이라고나 할까요?

목사님의 편지글에 나타난 그 번역 이론을 저 나름대로 한 번 정리해 보았습니다.

진리가 몸과 마음에 배어들기까지는 시간이 많이 걸리는 법입니다. 그러니 방심해서도 안 되지만 지나치게 조급증을 내서도 안 됩니다. 공부는 문자 공부만을 뜻하는 것이 아닙니다. 진리를 몸으로 체득하기 위해 노력해야 합니다. 나는 이것을 일쑤 말씀을 삶으로 번역하는 것이라 말합니다. 진짜 공부는 그런 것입니다(113쪽).

희망 그 빛깔 있는 삶의 몸부림

진리의 말(씀)을 구체적인 삶으로 옮겨내기 위한 정성스러운 노력 studium이 번역이군요. 바로 이 일을 위해 땀 흘리는 사람들이 줄어들 때 종교는 하늘과 사람을 엮어주고, 사람과 사람을 엮어주는 역할을 제대로 할 수 없는 허울뿐인 제도가 되는 것 같습니다. 모름지기 '가장 뛰어난 가르침[宗敎]'은 또한 '가장 뛰어난 다리[宗橋]'의 기능을 해야 하지 않을까요? 요즘처럼 단절과 소외가 전염병처럼 번져가고 있는 세상에서는 더더욱 그런 것 같습니다.

또 하나는 "그리스도의 정신을 공동체적 삶을 통해 번역"(244쪽)해내는 일이었어요. 혼자서 진리를 삶으로 잘 옮겨내는 일도 소중하지만, 그 정신을 "공동체적 삶"으로 구체화하는 일은 훨씬 어려운 일이라는 사실을 목사님은 누구보다 잘 알고 계십니다. 언뜻 "공동체"를 표방하지만 실제로는 고독을 견디지 못하는 허약한 영혼들의 패거리 짓기를 참 싫어하셨지요. 끼리끼리 몰려다니며 소수의 약자들에게 악마적 이미지를 덧씌워, 대중의 억눌린 폭력성이 그들을 향해 분출되도록 유도하는 우리 시대의 윤똑똑이, 정치인, 언론인, 종교인들을 고발할 때 목사님의 문체는 허위의 바람을 가르고 날아가는 화살을 닮았습니다. 주님께서 갈고 닦으신 화살, 그분의 화살통에 감춰져 있다가 교만한 이들을 향해 곧게 날아가 꽂히는 예리한 화살(이사야 49:2) 말입니다. 하지만 참된 진리를 '공동체'적 삶으로 번역하는 사람들을 격려하는 목사님의 편지에서는 햇살의 따스함이 느껴집니다. 그런데 그 따스함이 또 애틋합니다. 아무래도 목사님이 오늘 우리 시대에 바라보고 있는 공동체적 연대의 뿌리가 '슬픔'인 탓인 것 같습니다.

181

슬픔이야말로 '너'에게로 건너가는 다리가 아닌가 싶습니다. '나'의 고통이 그냥 '나'만의 고통에 머물 때 감상 혹은 애상에 빠지기 쉽지만 그것이 타자의 고통에 대한 공감으로 화할 때 그 고통은 보편적 의미를 획득합니다(277쪽).

목사님은 '희망'의 존재 여부를 묻는 사람들에게 "섣부른 희망이나 위로가 아닌 슬픔의 연대야말로 우리가 인간임을 재확인하는 길" 아니겠느냐고 되묻고 계십니다(278쪽). 그러므로 진리의 정신을 공동체적 관계로 번역해내는 일에 복무하려고 하는 사람들에게 가장 필요한 능력은 타인의 아픔을 '차마' – 이것도 목사님이 참 아끼는 표현이지요 – 외면하지 못하고 그들의 필요에 "반응할 수 있는 능력"(136쪽)입니다. 그것으로 우리는 영원에 잇대어 살아가는 삶을 회복할 수 있겠지요? 다시 한 번 부버를 인용하자면 모든 낱낱의 '너'에게서 "영원한 '너'의 나부낌"을 들을 수 있는 능력, 모든 낱낱의 '너'를 통하여 "영원한 '너'의 옷자락"을 보고 만질 수 있는 능력으로 말입니다.

'번역[飜譯]'이라는 말을 연거푸 들여다봅니다. 그리고 목사님의 정성스러운, 그러면서도 탁월한 번역에 감사드리면서 저의 답장을 마무리하려고 합니다. 목사님의 편지글 한 장 한 장이 그 번역의 산물이지요. 누구나 쉽게 접근할 수 없는 아름다움의 세계, 그 넓고 깊은 하늘을 목사님은 쉼 없이 날고 날아서[飜] 풍요로운 성찰과 대화의 가능성을 한보따리 나눠 주십니다. 특히 사유하는 인간의 무늬[人文]가 아로새겨진 문예의 아름다움은 김기석이라는 번역가의 목소리를 통해서 생생하게 스며듭니다. 그 뜻을 발견하여 혼자 누리는 것이 아니라, 그 뜻을 품고[譯] 오래오래 날아와서 그 뜻을 기다려온 적잖은 사람들의 삶에 양식으로 안겨주는 어미 독수리! 목사님 덕분에 저는, 그리고 목사님의 편지를 받은 사람들은 "아름다움 앞에 자꾸 서보고, 그 아름다움을 향유할 수 있는 능력이 깊어갈 때 자기 중심주의의 굴레에서 벗어날 수"(88쪽) 있게 되었지요. 앞으로도 한참 그러지 않을까 생각합니다.

세상은 땅의 현실에만 눈을 돌리도록 만듭니다. 우리는 하늘을 잊고 살아갑니다. 큰 정신이 나오지 않는 것은 바로 그 때문이 아닐까요? 있음 그 자체로 다른 이들의 좁장한 마음을 넓혀주고, 시야를 확장시켜 주는 사람이 몹시도 그리운 시대입니다(141쪽).

그렇습니다. 바로 그래서 목사님이 몹시 그립습니다. 벌써 오래되었네요, 목사님과 흔흔하게 북한산에 올랐던 때 말입니다. 아무리 바쁘셔도 시간을 내주시리라 생각해서 이렇게 부탁드립니다. 목사님, 함께 산에 오르고 싶습니다. 백일홍이 다 지기 전에….

외로움을 이기는
힘으로서의 사랑

지성소가 된
현장

●

양재성 | 가재울녹색교회 목사, 전 기독교환경연대 사무총장

그간 평안하셨는지요? 평안을 묻기도 아픈 시대를 살고 있습니다. 늘 건강 때문에 조신하신데 이 무더위에 어떻게 견디고 계신지요? 사실 우린 사는 게 아니라 견디며 지낸 지 꽤 오래 되었습니다. 계절은 어느새 입추를 지나 가을의 문턱에 들어섰습니다. 우리네 선조들은 여름의 한복판에서 가을이 시작되고 있음을 간파했습니다. 뜨거운 햇볕이 과수의 열매를 익히고 곡식을 길러냄으로 가을을 불러낸다고 본 것 같습니다. 그러니 가을이 여름의 한복판에서 시작될 수밖에요.

삶의 터전에서 내몰리는 사람들

여름 내내 30도가 웃도는 폭염입니다. 경북 경산이 40.3도를 기록하면서 기록적인 더위가 지속되고 있습니다. 하지만 무더위보다 더 뜨겁게 달구는 뉴스가 있군요. 일명 사드 사태입니다. 사드 한국 배치 지역으로 선정된 성주는 매일 저녁 군청광장(평화나비광장)에서 2천여 명이 모여 사드 배치 반대 촛불문화제를 열어 왔습니다. 벌써 한 달을 훌쩍 넘겼습니다. 군민들은 성주뿐만 아니라 한국 어디에도 사드가 설치되어서는 안 된다는 의식의 진화를 이루고 있어 고무적입니다. 지난 광복절엔 815명이 삭발할 예정이었지만 신청자가 많아 908명이 삭발에 동참하는 등, 반대 열기가 무더위만큼이나 강렬합니다. 삭발은 목숨을 내놓겠다는 결의의 표시이니 사드 투쟁은 더욱 거세질 전망입니다. 하지만 그만큼 정부의 공작도 강렬합니다. 성주군수를 앞장 세워 강력하게 반대하게 해 놓곤 외부세력 운운하더니 제3의 장소가 나오니 금방 수용하겠다고 헛발질을 하게 하여 반대운동의 전열에 균열을 냅니다. 향후 어떻게 될지 기도하며 응원하고 있습니다. 성주 군민들이 차분하면서도 치열하게 주인의 자리를 되찾기를 기대합니다.

187

아빠만 생각해도 눈물이 나는 우리 아빠
우리를 위해서 몸을 바치신 우리 아빠
세상에서 가장 멋진 우리 아빠, 불쌍한 우리 아빠
평생 일만 하시다가 돌아가신 우리 아빠

외로움을 이기는 힘으로서의 사랑

(중략)

너무 너무 보고 싶은 우리 아빠, 그리운 우리 아빠.

지난 6월 23일, 에어컨을 수리하다 목숨을 잃은 노동자의 초등학교 2학년 어린 딸이 아빠를 그리며 쓴 일기입니다. 삼성은 어떠한 원인파악도 대책도 수립하지 않고 "우리 회사 직원이 아니다, 삼성은 책임이 없다"라는 말만 반복하고 있습니다. 그는 삼성서비스 센터의 하청기업 소속 노동자입니다. 열심히 일해도 한 가정을 지탱하기엔 너무나 적은 봉급에 의존하다보니 잔업에 특근에 과로할 수밖에 없고 결국 사고에 많이 노출될 수밖에 없는 상황이었습니다. 이런 사고는 본청인 삼성이 해결하지 않는 한 계속될 수밖에 없고 제2, 제3의 추락 사고가 발생할 수밖에 없습니다. 그래서 삼성이 나서서 이 문제를 해결하라고 요구하는 것입니다. 어젠 현대건설에서 한 노동자가 추락하여 사망하였습니다. 올 들어 벌써 10번째입니다. 노동자들이 생존을 위해 버티다가 자살을 하기도 하고 이렇게 위험에 노출되어 사고로 사망하기도 합니다. 안타까운 일이 아닐 수 없습니다. 이렇듯 우리 사회는 많은 사람들이 삶의 터전에서 쫓겨나 거리로 내몰리고 있습니다.

세월호는 800여 일이 넘도록 아무것도 해결되지 않았고 진실규명은 여전히 답보상태입니다. 그런데도 정부는 시일이 다 되었다고 세월호 특조위 조사기간을 강제 종료하였습니다. 참으로 무례하고 무책임한 정권입니다. 하지만 실망만 할 일은 아닙니다. 현장엔 다른 길을 모색하는 이들이 생각보다 많이 있기 때문입니다. 다행스

희망 그 빛깔 있는 삶의 몸부림

런 일입니다. 역사의 수레바퀴를 제대로 돌리고자 땀 흘리는 사람들이 있습니다. 그래서 현장은 늘 새로운 기적을 부릅니다. 누가 현장을 지성소라고 말한 것은 이 때문일 겁니다.

12년 전 기독교환경연대 사무총장으로 부름 받고 서울로 올라왔을 때 처음 찾은 현장은 새만금 방조제 반대 농성장이었습니다. 조계사 기자회견을 마치고 광화문 희망공원에 천막을 치고 농성에 들어갔습니다. 그 추운 겨울 그곳에서 여러 날을 지낼 때입니다. 목사님께서는 자주 찾아와 격려해 주셨고 응원해 주었습니다. 그 이후로 현장에서 자주 뵐 수 있어 정말 좋았습니다. 용산 참사, 광우병 사태, 4대강 현장, 고난 받는 이들과 함께 하는 현장기도회에서도 뵈었습니다. 현장에 대한 빚진 마음이 있다고 했는데, 현장이야말로 하나님이 계신 지성소라고 믿었기 때문이었을 겁니다.

더 없이 소중한 사람들

제가 처음 목회를 시작하던 1990년, 저는 복음서를 읽으며 예수의 목회는 현장목회였고 예수는 늘 현장에 계신 분임을 새롭게 발견하였습니다. 저는 하나님의 나라 실현을 위해 목숨을 바친 예수의 거룩한 생애가 현장과 맞물려 있음을 인식하고 현장으로 나갔습니다. 지역의 문제와 과제가 당연히 교회의 선교적 과제가 되었고 기도 제목이 되었습니다. 그렇게 함양에서 8개 단체를 꾸려내었고 세월이 지난 지금도 그 단체들은 지역을 지키는 버팀목이 되고 있

189

습니다.

　얼마 전 기독교환경연대가 주관하는 강원도 케이블카 반대 기도회에 다녀왔습니다. 친구 목사가 혼신의 힘을 기울여 반대운동을 이끌고 있고 그 사안이 중차대하여 시간이 될 적마다 함께 하곤 한 익숙한 현장입니다. 제가 그 기도회에 참석했을 때 현장 증언자로 나선 신부님의 발언이 어찌나 강렬한지 강한 파장을 주었습니다. 그는 원래 가톨릭 사제였다가 수녀원에서 부당한 이유로 수녀 한 분이 추방되는 것을 보시곤, 가톨릭을 떠나 성공회 사제로 전향하신 분으로 원주 나눔의 집을 섬기고 계십니다. 도움이 필요한 노인, 장년, 청소년, 아이들을 다양한 방식으로 도우며 친구가 되어 사십니다. 신부님은 평생을 명상과 기도로 살아왔고 음악을 좋아하여 노래하고 연주하는 즐거움으로 살아왔습니다. 그러다가 우연히 골프장, 케이블카 반대 집회에 참여하였다가 삶의 자리를 빼앗기고 아프게 우는 자들을 만나면서 자신이 얼마나 잘못 살아왔는지를 뼈저리게 깨달았다고 합니다. 신부님은 이제 현장의 소중함을 알게 되었고 이 고통을 만드는 불한당들과 목숨을 내놓고 싸우기로 결심했다고 고백했습니다. 그 조용하시던 분이 온 몸에 붉은색 페인트를 뒤집어쓰고 십자가에 올라가는 퍼포먼스도 강행하고, 최문순 강원도지사와 면담 중 도지사에게 페인트를 뿌리기도 하였습니다. 그분은 원주에서 춘천까지 매주 목요 기도회에 동참하고 있었습니다. "사람이나 생명에게 가장 중요한 것이 어머니인데 그 어머니를 대신할 수 있는 것은 없다"며 자연도 어머니와 같다고 그러니 자연을 파괴하는 행위는 어머니를 죽이는 행위와 같다고 말씀하셨습니다.

그가 케이블카 반대 운동에 나서게 된 이유입니다.

토마스 머튼도 기도의 자리를 현장으로 확대하기 위해 수도원 문을 나섰습니다. 결국 그는 현장에서 빚어지는 반 평화적 행위에 맞서 싸우게 되었고 그 일로 죽임을 당했습니다. 자본주의 시대인데도 자본의 질서가 아닌 생명의 질서를 따라 살아가는 분들이 계십니다. 세상의 논리가 아닌 하늘의 논리를 따라 길을 걷는 자들입니다. 땅의 북소리가 아니고 하늘의 북소리를 따라 걷는 자들입니다. 그러기에 더 없이 소중한 사람들입니다. 이분들은 알고 있습니다. 자본의 종말이 바벨탑이란 사실을 말입니다. 향락의 종말이 소돔성이라는 사실을 말입니다.

하루살이는 하루를 살다 죽습니다.
하루가 하루살이의 일생입니다.
하루의 하루살이가 되기 위해
물 속에서 천 일을 견딥니다.
그 동안 스무 번도 더 넘게 허물벗기를 합니다.
천 일 동안 수많은 변신을 거듭하다
하루살이가 되면 하루를 살다 죽어버립니다.
하루를 살기 위해 천 일을 견디는 하루살이.
그것이 하루살이의 운명입니다.

- 〈하루살이〉, 천양희

하루를 뜨겁게 살 이유를 발견한 하루살이는 천일의 삶이 무색하게 하루를 삽니다. 스무 번이 넘는 자기 혁신과 거듭남. 그 치열함 속에서 하루살이의 하루가 열립니다. 우리들 일생의 삶도 그 하루를 위한 것일 겁니다. 천일과 하루, 그리고 거듭남… 하루가 없는 천일은 무료하고 무의미하며 천일이 없는 하루 또한 불가능합니다. 일상과 비상도 그렇게 서로 기대어 있습니다. 일상이 소중한 이유입니다.

비상을 일상으로

사순절 기도 묵상 글을 교우들과 나누다가 시를 한 편씩 곁들여 보내면 좋겠다는 생각이 들었습니다. 그렇게 시를 고르고 명상하고 단상을 적어 보내기 시작한 지 7개월이 지났습니다. 몇 분이 격려의 메시지를 보내준 것을 핑계 삼아 모르는 척하고 낯간지러운 일을 계속하고 있습니다. 이 일이 나에게 적지 않는 수련이 되기 때문입니다.

늘 현장에서 사는 나에게 목사님은 현장에 매몰되지 말고 자주 자연을 거닐고 책을 가까이 하라고 당부하셨지요. 현장이라는 게 과하면 소진되고 지쳐서 쓰러진다고 말입니다. 반면에 관상과 내면의 삶에 열심을 내라 하셨지요. 하지만 이 또한 과하면 고인물이 썩 듯이 썩는다고 말씀했습니다. 그리고 보니 관상과 현장의 균형을 적절하게 유지하는 것은 쉬운 일이 아니었습니다. 하지만 요즘 다양한 현장에서 이미 아픔과 억울함을 딛고 새로운 삶의 결을 지어가는 사람들이 있습니다. 그들의 고통스러운 삶을 들여다보는 것만으로도 힘들고 아픈 일입니다. 그런데 이게 웬 은총입니까? 허물을 벗고 더 단단한 삶으로 혁명하는 삶을 보는 것은 나에겐 더 없는 은총이었습니다. 이는 하루살이의 허물벗기와 다르지 않았습니다.

언제나 어디서나 하나님의 사람으로 살아가길 원합니다. 하나님의 사람은 영원을 오늘처럼 사는 자이며 비상을 일상으로 사는 자입니다. 그런 사람의 삶은 늘 신비합니다. 그 사람 생각만 해도 기분이 좋아지고 행복해지고 힘이 납니다. 어떤 행동을 하든 어떤 말을 하든지 하나님이 드러나기 때문에 깊은 바다처럼 듬직합니다.

무더위가 조금 식혀지면 함께 산을 거니시지요. 《세상에 희망이 있느냐고 묻는 이들에게》란 책을 읽으며 무더위를 달랬습니다. 맛깔스런 글을 읽는 것은 늘 새로운 기쁨입니다. 다양한 미술과 이야기, 시는 생각의 지평을 넓혀주었습니다. 특히 여러 편의 시가 큰 희망을 주었고 길을 내었습니다. 그 중에 김종삼 시인을 만난 것은 적지 않은 행복이었습니다. 그의 시에는 깊은 여운과 진정성이 느껴집니다.

비가 개인 날
맑은 하늘이 못 속에 내려와서
여름 아침을 이루었으니
綠陰이 종이가 되어

금붕어가 시를 쓴다

– 〈비 개인 여름 아침〉, 김종삼

시인에겐 자연만물이 시입니다. 능소화에 앉은 꿀벌도, 강렬한 매미소리도, 우주를 품은 잠자리의 비행도, 붉게 물드는 고추도, 새털구름도 모두가 시입니다. 시인에게만 그럴까요? 자연이 시임을 알아 볼 수 있다면 이 무더위쯤은 걱정도 아닙니다.

티쿤올람, 세상을 고친다는 유대인의 말이 고맙습니다. 탐욕으로 세상을 망쳐온 우리가 세상을 고칠 수 있을까요? 작은 몸짓이라도 티쿤올람의 길을 걷는 자들에게서 희망은 시작된다고 하셨지요. 관념을 뚫고 실천적 삶으로 나아가는 자들, 아픔을 딛고 안전한 세상을 세우려는 자들, 목숨을 버려 생명을 지키려는 자들, 일상을 비상으로 사는 자들, 하늘의 북소리를 듣고 현장이라는 지성소를 지키려는 자들이 희망을 길어 올린다 하셨지요. 깊이 공감합니다. 그 희망으로 오늘도 잘 걷고 싶습니다. 평화.

공감의 마음과
치유의 말씀

●

유성호 | 한양대학교 교수, 문학평론가

목사님 안녕하세요? 저는 오랫동안 목사님의 평론을 읽어왔고 또 목사님을 멀리서 흠모해왔습니다. 저 역시 어쭙잖지만 평론에 종사해왔고, 또 일종의 종교적 상상력에 기반을 두고 창작 활동을 해온 시인 작가들을 우호적으로 해석해왔으니, 목사님 글을 모를 리가 없지요. 하지만 이렇게 목사님께 서신을 띄울 기회가 생길 줄은 몰랐습니다. 비록 아직 뵙지는 못했지만, 마치 살갑게 뵈어온 것만 같은 느낌으로 몇 말씀 올려보려고 합니다. 특별히 이번에 출간하신 《세상에 희망이 있느냐고 묻는 이들에게》를 뜻 깊게 읽은 터라, 이렇게 불현듯 인사를 올리는 것도 퍽 괜찮은 형식이 아닐까 스스로 위안해봅니다.

 목사님! 저는 오래 전 일본의 한 교사인 미즈타니 오사무가 지은 《늦은 밤, 잠 못 드는 아이들》이라는 책을 읽은 적이 있습니다. 그분은 일본 청소년들에게 '밤의 선생님'으로 불렸는데, 그것은 그가 밤 거리를 쏘다니는 수많은 청소년을 직접 만나 그들의 삶을 경청하고 그들과 함께 해왔기 때문입니다. 우리나라에서도 화제가 된《얘들 아, 너희가 나쁜 게 아니야》에 이어서, 그분은 소외되고 버려진 아이들과 어떻게 소통해야 하는지를 실물적으로 보여주었습니다. 여기서 그분은 그 아이들도 다른 아이들과 전혀 다르지 않은 평범한 학생들이었다면서, 우리에게 필요한 것은 그들의 존재를 인정하는 공감의 말 한 마디였다고 말하고 있습니다. 저는 목사님의 책을 읽으면서 거듭 그때 느꼈던 '공감의 말'을 떠올렸고, 우리 사회에 만연해 있는 공감의 결여 현상에 대해 목사님의 이러한 생각과 실천이 대안적 힘을 발휘할 수 있지 않을까 조심스럽게 생각해보았습니다.

아닌 게 아니라 목사님의 이번 책은 수많은 사람들과의 만남과 그에 대한 공감과 치유의 힘으로 충일합니다. 그들과 모두 52통의 편지를 주고 받으셨으니, 목사님은 거의 매주일 새로운 사람을 만나시면서 그들의 삶에 참여하시어 아주 구체적으로 공감과 치유의 경험을 부여해주신 셈입니다. 그래서 목사님 말씀대로 "이 책은 내게 다가와 자기 삶의 이야기를 나눠준 그 멋진 벗들이 들려준 고민에 대한 나의 응답"(7쪽)이 아닐 수 없겠습니다. 그 찬찬하고도 정갈하고도 날카로운 문장 속에서, 글을 읽는 저도 어느새 그러한 공감과 치유의 경험에 동참하게 되었습니다.

희망 그 빛깔 있는 삶의 몸부림

예수의 제자로서 던지는 육성

목사님의 정성 어린 편지에는 우리 사회의 공공적 의제agenda에 대한 부드러운 문제제기는 물론, 가장 내밀하고도 심미적인 경험에 대한 공감적 권면에까지 여러 차원의 메시지가 두루 담겨 있습니다. 또한 그러한 사유와 감각에는 목사님만이 제시할 수 있는 신앙적 경험과 지혜가 가득 스며 있습니다.

부끄러운 이야기입니다만, 그동안 한국 개신교는 '보수/진보'라는 스펙트럼에 의해 인적 구성이 편제되어왔습니다. 보수 쪽에서는 개인 구원을 강조하면서 성장 중심의 교회관觀을 보여왔고, 그래서인지 정치권력과 크게 불편하지 않은 관계를 유지해왔습니다. 하지만 진보 쪽에서는 현실에 대한 참여와 개혁을 통해 공동체 지향의 정체성을 유지해왔고, 자연스럽게 정치권력과는 불편한 관계를 견지해왔습니다. 물론 우리 시대는 이러한 이분법이 허물어져가고 있고, 오히려 보수 진보를 아우르는 사회적 공공성의 문제가 더욱 본격적 담론으로 확산되어가고 있습니다. 그 점에서 교파나 학연을 벗어나 참된 예수의 제자로서의 삶을 강조하시는 목사님 책의 여러 대목들은 단연 이러한 신앙의 공공성과 건강함을 보여주는 듯했습니다.

하지만 우리는, 바울의 저 유명한 고백처럼 "마음은 원이로되 육신이 약한" 존재들입니다. 물론 우리는 그 연약함으로 인해 반성적 의식을 가질 수 있고, 그래서 더욱 스스로의 약점을 인정하면서 순간순간 그것을 극복해갈 수 있습니다. 그 반성과 극복의 순간에 예수 그리스도의 삶과 죽음 그리고 그분을 따라가야 하는 우리의 신앙적 책무와 실천이 존재하는 게 아닐까 생각하게 됩니다.

더불어 목사님의 글은 문학적 직관과 표현으로 충실합니다. 그 언어 예술적 힘이 우리로 하여금 삶에 대한 유연하고도 심미적인 해석으로 나아가게끔 해줍니다. 그래서 목사님은 신앙이라는 것이 어느 한순간에 주어지는 운명과도 같은 것이 아니라, 삶의 구체성을 통해 차차 완성되어가는 어떤 것이라고 가르쳐주십니다. 물론 그것은 믿음인가 행위인가 하는 오랜 양자택일적 질문을 훌쩍 벗어나는 것일 터입니다. 목사님께서는 스스로 "후줄근한 일상에서 잠시 벗어나 찬 기운을 한껏 들이마시고 싶습니다"(19쪽)라고 말씀하셨지만, 이는 바로 그 일상에서 벗어나 예수의 제자로서 던지는 기운찬 육성이 저에게도 서늘하게 다가오는 순간이 아닐 수 없겠습니다.

분주함과 불안을 넘어서

목사님! 우리 현대인의 속성 가운데 중요한 것은 그들이 감당하는 역할이 복합적이고 때로는 갈등적이라는 데 있을 것입니다. 사람들은 여러 가지 관계에 의해 다양하기 짝이 없는 역할을 부여받고 있고, 때로 그 역할들끼리 충돌하기도 하고, 심지어는 역할 갈등으로 번져가기도 합니다. 가령 직장인들은 집에서는 가장으로서 충실해야 하고, 밖에서는 직책에 맞는 일들을 처리하느라 이중삼중으로 바쁩니다. 게다가 제한된 시간 안에 이 일들을 모두 해내야 되기 때문에 늘 분주할 수밖에 없습니다. 그런데 이처럼 바쁜 삶을 사람들은 칭찬하고 독려합니다. 모름지기 사람은 바빠야만 한다면서 그 산만하기 짝이 없는 분주함을 치열한 삶으로 오인하곤 합니다. 이때 목사님께서는 "고요함은 우리를 성찰의 자리로 이끌어갑니다. 일상의 분잡과 소음 속에서 저만치 물러서 있던 심원한 삶의 실상이 슬며시 떠오르기 때문입니다. 그 시간 속에 머무는 것이 진정한 쉼이요 치유임을 알겠습니다"(63쪽)라고 하심으로써, 고요함 없는 소란스러움, 쉼 없는 분주함에 대해 역설적 경종을 울려주십니다. 어쩌면 그것은 목사님의 삶의 리듬과 마디가 고요와 쉼을 통해 분주함 자체를 성찰하고 있다는 증거일지도 모르겠습니다. 그저 바쁘기만 하면 괜찮은 삶이라 여겼던 저의 옅은 성취감이 낱낱이 반성적 요구에 직면하는 순간이었습니다.

그런가 하면 우리는 모두 불안하고 지쳐 있습니다. 현재 상황에 만족하며 그날그날을 감사하게 보내는 이는 적어지고 있고, 좋은 조건을 누리면서도 육체와 정신을 엄습해오는 피로감에 짓눌려 있는 경우가 허다합니다. 현재보다는 뭐라도 하나 나아져야 한다는 초조와 강박이 우리를 사로잡고 있고, 시간이 갈수록 더해오는 육체적, 정신적, 영적 피로감은 좀처럼 나아지기 어려운 조건이 되어가고 있습니다. 물론 이러한 초조와 강박과 피로가 우리로 하여금 더욱 열심히 살게끔 해주고, 없어서는 안 될 사람으로 만들어주기도 하는 것은 사실입니다. 불안감은 정체나 퇴행을 거슬러 오르는 성실과 진취로 이어지기도 하니까요. 하지만 목사님께서는 "성찰이란 타자 혹은 대상과의 만남을 통해 자기 자신을 새롭게 돌아봄입니다. 자기 속에 있는 무절제, 탐욕, 게으름, 분노를 돌아봄으로써 스스로를 변화의 가능성 앞에 세우는 것입니다"(87쪽)라고 말씀하심으로써 그러한 초조와 강박에 맞서는 매우 실존적이고 성숙한 단독자로서의 의식을 제시해주십니다. 그것은 자기 부정의 통과제의를 거쳐 그야말로 '새로운 존재New Being'로 거듭나는 데 필요한 신앙의 힘이기도 할 것입니다. 그 점에서 목사님 처방 가운데 하나인 "저는 어둠을 모르는 빛, 절망의 심연을 거치지 않은 희망, 대가를 치르지 않고 주어지는 은혜, 추함을 외면하는 아름다움, 불화의 쓰림을 알지 못하는 조화, 흔들림조차 없는 확신, 일상을 떠난 영성을 신뢰하지 않습니다"(303쪽)라는 말씀을 저는 깊이 기억하고자 합니다. 특별히 어둠과 절망과 추함과 불화와 흔들림을 통과하여 가 닿게 되는 영성의 깊이에 대해 전적으로 공감합니다.

외로움을 이기는 힘으로서의 사랑

우리 삶은 참으로 우연한 일들의 연속입니다. 물론 합리적인 과정이나 절차에 반응하고 대처하는 일이 대부분 삶의 중요한 속성을 이루지만, 이러한 합리적 해석과 반응을 무색하게 만드는 예외적 순간들은 우리에게 합리성의 한계를 너무도 선명하게 알려줍니다. 이처럼 이성과 탈脫이성의 힘은 늘 비껴가고 어긋나면서 삶의 양면성을 만들어줍니다. 그래서 우리는 합리적 이성으로 현실을 해명하지만, 그와 동시에 비합리적 운명이나 욕망에 대해서도 관심을 기울이지 않을 수 없습니다. 어디 그것뿐인가요? 아폴론적 질서와 디오니소스적 혼돈의 상호작용 역시 우리의 삶을 신비롭고 불가해하게 만드는 중요한 측면입니다. 우리 기독교 역시, 합리적 속성과 함께 심미적 경험이나 순간적 충일함 같은 것에서 존재론적 확신을 선사하는 경우도 적지 않습니다. 그만큼 기독교는 합리적 이성과 함께 그것으로는 결코 포착하기 어려운 심미적, 탈 이성적 사유를 표상하기도 하지요. 그 점에서 목사님께서 거듭 강조하신 "어둠을 내포하지 않은 빛은 찬란하긴 하지만 깊이감을 만들어내지 못하고, 소멸의 계기를 내포하지 않은 생성은 활기차긴 하지만 불안정합니다"(67쪽)라는 역설을 저는 참으로 고조곤히 받아들입니다.

201

결국 우리는 '어둠의 자식들'인 동시에 '빛의 자녀'가 아니겠습니까? 그 양면성을 겸허하게 인정하고 우리 안에 숨 쉬고 있는 악惡의 가능성을 다스려가는 일이 더없이 중요하지 않겠습니까? 가령 우리는 남의 실책에 곧잘 화를 내면서도 자기 자신의 폭력에 대해서는 얼마나 관대합니까? 실제로 나치는 클래식 음악을 들으면서 태연자약하게 유태인들을 죽일 수 있었는데, 그때 그들의 예술적 심미안이란 얼마나 허망하고 헛된 것입니까? 그렇다면 우리 인간의 모순은 과연 어디가 끝일까요?

그러니 우리는 목사님께서 주신 "자기를 귀히 여기십시오. 허망한 일에 몰두하기에는 우리 생이 정말 귀하기 때문입니다"(165쪽)라는 말씀을 외롭게 받아들이지 않을 수 없습니다. 그리고 저는 자기 자신을 귀히 여기라는 말씀을 자기 자신만을 귀히 여기지는 말라는 말씀으로 새겨듣게 됩니다. 그때 우리는 비로소 "외로움을 이길 수 있는 힘은 사랑이고, 사랑은 우정의 연대와 무관하지 않습니다"(379쪽)라는 말씀을 마음 가장 깊은 곳에 받아들일 수 있지 않을까 합니다. 역시 그 중에 제일은 '사랑'이지요.

다시 삶의 비전으로서의 신앙에 관하여

목사님께서는 매우 작은 일이나 매우 가까운 인간관계에도 소홀함이 없으신 것 같습니다. 출가한 아들 딸 내외가 손자 손녀들을 데리고 오는 순간을 몇 군데서 이야기하실 때는 평범한 아버지요 할아버지이신 것 같습니다. 그러한 목사님을 만나면서, 저는 낮은 자들과 함께하시는 하나님을 간접적으로 느낄 수 있었습니다. 특별히 목사님께서 주시는 "부르짖음 혹은 신음은 논리적으로 구조화되지 못한 말이지만 하나님은 그들의 말을 너무나 분명하게 알아들으셨습니다"(213쪽)라든지, "나는 공감 능력의 확장이야말로 믿음이 깊어지고 있음을 보여주는 징표라 생각합니다"(216쪽) 같은 말씀에 깊이 공감합니다. 그러한 목사님의 말씀에 기대어, 저도 믿음이 깊어가는 것인지 모르겠습니다.

목사님께 처음 쓴 편지 치고는 딱딱하고 너무 진지한 말씀만 드린 것 같습니다. 하지만 저는 이때 윤동주가 일본 동경에서 쓴 마지막 시편 다섯 편이, 연희전문 동기인 강처중에게 보낸 편지 형식으로 남아 있다는 점에 주목합니다. 그만큼 편지는 가장 커다란 신뢰의 형식이요, 반은 비밀이고 반은 공공연한 호소라는 점에서, 목사님과 더욱 가까워질 수 있는 방식이지 않았을까 생각해봅니다.

일찍이 수잔 손택은 "타인의 고통 앞에서 필요한 것은 연민보다 내가 저 고통에 연루되어 있다는 사실을 아는 것이다"라고 말한 바 있습니다. 목사님의 글을 읽으면서 이 말을 더욱 절감했습니다. 그리고 "심미적 체험은 개별적이고 구체적이고 특수합니다. 하지만 그 체험을 표현하려 할 때는 온축과 절제가 필요합니다"(299쪽)라고 말씀하셨지요? 저도 글을 쓰거나 강의할 때 구체적이고 절제된 언어적 기율을 지켜가도록 노력하겠습니다. 목사님께서 보여주시고 들려주신 공감의 마음과 치유의 말씀을 통해, 삶의 비전으로서의 신앙에 대해서도 예의를 갖추어가야겠습니다.

이제 가을 기운이 우리 피부 속으로 스며들고 있습니다. 모쪼록 건강하시고, 저희에게 영적 지남指南이 되어주시길 청하고 소망합니다. 목사님, 감사합니다.

슬픔에는
힘이 있습니다

●

유장춘 | 한동대학교 교수

평안하신지요? 목사님의 단아하신 모습을 마음에 그리면서 몇 자 올립니다. 요즈음 제가 사는 지역에서는 수은주가 39°C를 넘었습니다. 말 그대로 폭염이었지요. 저의 농장 계사에 자라는 3개월 된 병아리들이 더위에 견디지 못할 것 같아서 문을 활짝 열어주고 마음껏 돌아다니게 해 주었더니 다행히 그 폭염에도 바닥에 드러누운 녀석은 하나도 없었습니다.

아침이 되어 서서히 대지가 달아오르기 시작할 때는 이미 비닐하우스로 대충 지은 계사가 답답해집니다. 문을 양쪽으로 열어 제치고 비켜서면 수백 마리의 병아리들은 해방을 얻은 양 일제히 쏟아져 나오지요. 그 모습은 마치 전쟁터의 군인들이 돌격하는 영화의 한 장면을 연상케 합니다.

처음에는 이 녀석들이 다시 제집으로 돌아올까 걱정이 되었습니다만 저녁이 되어 주변이 어두워지면 모두들 착실하게 돌아와 잠 잘 준비를 하는 것이 참 신기했습니다. 하루 종일 마당과 비탈의 풀 잎들을 쪼아대더니 이제는 아예 숲 속을 쑤석거리고 다니면서 자유 를 만끽하고 있습니다. 목사님이 선택하신 닉네임처럼 마당 한편에 '우두커니' 서서 바라보는 재미가 쏠쏠합니다.

농장에서 일을 하다 보니 생각대로 되는 것은 하나도 없지만 재 미있는 일들도 많습니다. 지금은 메워져 없어졌습니다마는 구석진 곳에 물웅덩이가 하나 있었습니다. 장에 가서 새끼오리 여덟 마리 와 기러기 두 마리를 사서 웅덩이에 넣어 주었는데 신기하게도 기 러기는 다 큰 어른이 될 때까지도 날아가지 않았습니다. 오리들과 어울려 자라나면서 자기들도 오리인 줄 알았는지 뒤뚱거리면서 오 리들 꽁무니를 따라다니기는 해도 도무지 날 생각을 안했지요. 그 러던 어느 날 녀석들은 묶어놓았던 개의 목줄이 풀리면서 갑작스런 공격을 받았습니다. 오리들은 날개를 파닥거리면서 발이 땅에서 붙 었다 떨어졌다 하면서 도망가는데 기러기는 완전히 달랐어요. 도랑 건너편으로 훌쩍 건너 뛰어 넘어버린 것이죠. 그런 후부터 기러기 는 자기가 기러기인 줄 알아차렸나 봐요. 조금씩 더 멀리 날아다니 더니 얼마 후에 종적을 감추어 버렸습니다. 이처럼 하나님이 만들 어 놓은 세상은 정말 신비롭고 자유로우며 아름다운데 사람이 하는 일들은 참으로 어설프고 한심하기만 합니다. 그래서 자꾸 자연으로 돌아가야 하고 자연을 닮아가야 할 것 같습니다.

이 시대의 절망은 아무 생각 없이 즐기는 삶

목사님의 최근에 쓰신 책을 받아들고 그 제목을 읽었을 때 참 슬픈 제목이라는 생각이 들었습니다. "세상에 희망이 있느냐고 묻는 이들에게"라고 하셨죠. 우리가 사는 세월이 얼마나 암울한지 즉시 알아차릴 수 있는 제목이 아닙니까? 그래도 희망이 있다고 말하려고 쓰신 글이라고 생각하니 더 슬퍼집니다. 오죽하면 세상에 희망이 있느냐고 묻고 있을까요? 차라리 세상이 절망적이냐고 묻는 것이 훨씬 더 희망적일 것 같습니다.

오늘을 사는 사람들에게만 그런 것은 아니겠지만 이 시대에 온전한 정신을 가진 사람이라면 웃을 때에도 마음에 슬픔이 있고 즐거움의 끝에도 근심이 있을 수밖에 없을 것입니다.

가끔 신문에 보내는 글에 붙여진 제 사진을 볼 때마다 얼른 바꿔야지 생각하면서 게을러서 그냥 두고 있습니다. 뻘쭘하게 웃고 있는 사진을 보노라면 언제나 "웃음에 관하여 말하여 이르기를 그것은 미친 것이라" 했던 전도자의 말이 생각나기 때문입니다. 시대의 아픔과 슬픔을 고발하는 글들을 쓰면서 웃는 사진이라니요. 아무래도 어울리지 않는 일입니다. 그래서 김 목사님의 글에는 좀 엄숙한 표정의 사진을 사용하셨나봅니다.

그럼에도 불구하고 저는 우리 시대의 희망이 그 절망으로부터 오는 슬픔에 있다고 생각합니다. 굳이 "슬픔이 웃음보다 나음은 얼굴에 근심하는 것이 마음에 유익하기 때문"이라는 전도자의 말을 인용하지 않아도 시대에 대한 아픔과 슬픔 없이는 결코 희망을 노래

할 수는 없을 것이기 때문입니다. 한용운은 "걷잡을 수 없는 슬픔의 힘을 옮겨서 새 희망希望의 정수박이에 들어부었습니다"라고 말했지요. 슬픔에는 힘이 있습니다. 주체하지 못할 정도로 큰 힘이 슬픔으로부터 뿜어 나오는 것이지요. 그래서 암울한 시대일수록 선지자들은 슬퍼하며 애곡하고 애가를 부르라고 말했나 봅니다.

가만히 생각해 보면 정말 애곡과 애가를 불러야 할 이 세상은 온통 축제와 놀이거리들로 가득 차 있습니다. 사방에 맛있는 먹을 것들이 널려있고 날마다 재미있는 게임과 영화, 전시회, 스포츠, 다채로운 구경거리들, 박장대소하는 예능 프로그램들로 시끌벅적합니다. 스페인의 독재자 살라자르가 '3F 정책'을 써서 축구Futebol, 종교 Fatima, 음악Fado으로 사람들의 생각을 마비시켰듯이, 우리나라의 권위적 정권자들이 소위 '3S 정책', 스포츠spots, 성sex, 영상screen으로 민중의 의식을 혼미케 하는 것처럼, 사탄은 이 시대의 인간들에게 온갖 '좋은 것'으로 정신과 생각을 빼앗아가고 있습니다. 즐기고 즐기다가 흔적 없이 사라져가는 이 세대의 인생살이는 희극적인 비극입니다. 이 시대의 절망은 아무 생각 없이 즐기는 삶이라고 생각합니다.

어둠의 세력을 뚫고 나갈 희망의 '단서'들

목사님의 책을 읽다보면 무엇 때문에 우리가 희망을 찾아야 하는

지 알게 됩니다. 자식을 잃은 여인의 통곡은 라마에서만 들려온 것이 아니라는 것, 헤롯이 빚어낸 살풍경을 이 땅, 이 시대의 세월호 사건에서, 강정마을에서, 밀양의 송전탑에서, 굴뚝이나 전광판에 올라선 사람들과 화학물질에 오염되어 죽어가는 사람들에게서 발견하도록 주목하게 하셨습니다. 오고가는 세대에 종교와 정치, 경제와 교육, 학문과 예술 모든 영역에서 폭력과 단절, 독점, 냉소와 조롱이 만연되어 있습니다. 막다른 골목에서 달음질치는 열세 명의 아이들과 바장거리며 살아가는 삼식이 엄마처럼 생각 없이 살아가는 소시민의 도시적 삶이 얼마나 무의미한 것이며 비극에 편승하여 살고 있는지를 정신 차려 알게 됩니다.

동시에 우리가 이 완강한 어둠의 세력을 뚫고나갈 희망의 '단서'들을 찾을 수 있도록 눈을 열어주셨습니다. 목사님의 그 '못 말리는 희망'은 하나님이 만드신 세상의 아름다움으로부터, 계절의 순환과 인간의 본성, 영원하신 하나님의 진리의 말씀으로부터 추출해 나온 것들이지요. 그것은 무언가 굉장한 지식이나 명쾌한 이론은 아니었습니다. 오월의 싱그러운 햇살에서, 우리 각자가 밝히는 작은 등불 하나에서, 삭풍이 불어오는 겨울 뒤끝에 다가오는 봄바람으로부터, 돋아나는 미나리의 파란 싹 등에서 찾아낸 것들이었어요. 그렇게 생각하니 온 세상이 희망으로 가득 찼다는 생각을 하게 됩니다.

"사실, 사실은 사실의 전부가 아니다. 소위 사실이란 것은 현실을 가지고 말하는 것인데, 현실은 결코 참이 아니다. 현실이라지만 현現이야 말로 실實은 아니다." 문득 함석헌 선생님의 말씀이 떠오릅니다. 보이는 것 뒤에 엄청나게 더 큰 실체가 있다는 것이겠죠? 그 보이지 않는 실체가 더 중요하고 가치 있고 아름다운 것이지요. 그래서 바울은 보이는 소망이 소망이 아니라고 말했나 봅니다. 우리를 구원하는 소망은 보이지 않는 것에 대한 소망입니다. Things are not what they seem. 한 알의 씨앗이 갖고 있는 진실은 보이는 것에 멈추지 않습니다. 영원히 반복되는 죽음과 태어남, 자라남 그리고 열매 맺음의 가능성 모두를 포함하고 있는 것이 씨알 하나의 실체인 것이죠. 요즈음 올림픽의 열기가 뜨겁습니다. 보이는 금메달에 얽매이지 않고 보이지 않는 금메달에 주목하면 좋겠다는 희망을 가져봅니다.

어린 아이 동요 속의 미나리 파란 싹이 담고 있는 실체는 그것을 바라보는 장사익 노래 속 삼식이 엄마의 황망한 마음을 가라 앉히는 평화로움도 담겨있는 것이었습니다. 목사님의 눈으로 찾아내는 이런 희망의 단서들은 늘 무심하게 지나치고 어긋나기 일쑤지만 그래도 여전히 거기 머물러 희망의 씨앗이 되어 주고 있습니다. 썩은 흙탕물 같은 역사 속에도 기름진 맛이 있어서 거기에 뿌리를 내려야만 하겠습니다.

닮지 못하면 갈망하라

정리정돈이 불가능한 우리 집에 목사님께서 오셔서 하루를 주무시고 가셨을 때에 그것은 하나의 일회적 사건으로 지나가버린 옛이야기가 아니라는 것을 저희 식구들은 알게 되었습니다. 마음과 마음이 연결되어 사랑과 존경으로 바라보는 그리움으로 진화되었습니다. 그 진화는 점점 더 크게 자라나고 있습니다.

그 어수선한 환경 속에서 벽에 걸린 여러 성인들의 얼굴에 주목하시고 "아름다운 영혼의 성좌"라는 멋진 이름을 붙여주셨지요. 닮지 못하면 갈망이라도 하라. 갈망하지도 못하면 갈망하기를 갈망하라고 했던 어떤 성인의 교훈을 마음에 새겨 도저히 닮아내지는 못하겠지만 그래도 갈망하기를 포기하지 않으려고 붙여 놓았던 거룩한 영혼의 얼굴들을 바라보면서 우리는 함께 대화를 나누었습니다.

한결같이 고생에 찌든 얼굴들, 가난과 노동이 담겨진 그분들의 초상은 결코 편안하기만 하지 않습니다. 시대와 사회의 아픔으로 찌푸렸고 세상의 악과 절망에 맞서 싸우려는 결기도 서려 있습니다. 그럼에도 불구하고 하나님을 향한 신앙으로 말미암은 초월의 평화로움도 담겨 있는 얼굴들이죠. 한분 한분의 얼굴 뒤에는 그 생애 전체로 이루어가신 선택과 결단, 그리고 진실한 고백이 동반된 영적인 예배가 담겨있습니다. 얼굴 하나하나에 천 쪽으로 써도 모자를 위인전이 숨어있는 것이죠.

목사님께서 참으로 잘 표현해 주신대로, 우리는 "기존체제를 타격하여 조그만 틈을 만들고 그 틈을 통해 하늘빛이 비쳐들게 했던 사람들, 어두운 세상과 온몸으로 부딪히면서 한 줄기 섬광으로 타오르던 이들의 모습"(245쪽)을 함께 바라보았습니다. 그리고 "덧거친 세상을 온몸으로 기지 않으면 하늘에 이를 수 없다. 하늘은 저 위에 있는 것이 아니라 저 아래에 있다"(246쪽)는 뇌성 같은 음성을 같이 듣게 되었습니다. 그분들은 성경에서 걸어 나와 서방교회를 벗어나서 우리가 살아가는 이 땅, 우리 시대에 함께 살아가신 분들이었습니다.

성경은 믿음의 조상들이 늘 나그네임을 증거하며 살아갔다고 말하더군요. 그 초상의 주인공들도 늘 나그네가 되기를 선택했던 것 같아요. 나그네처럼 하나님과 동행하는 영혼의 긴 여정에서 늘 한곳에 머무르지 않고, 이만하면 되었다 만족하며 안주하지 않았습니다. 다석 유영모 선생님은 나그네를 나와 네가 그분으로 말미암아 하나가 된다는 뜻으로 풀이하였습니다. 나그네의 행복은 길동무와 함께 하는 것이고 그 관계의 중심에 하나님이 계시다면 그것이 참된 공동체요 교회라는 생각도 해보았습니다. 신앙의 여정 속에서 조금 깨달아보니 언제나 출발점에 세우시는 하나님의 음성을 듣게 됩니다.

앞으로 가야 할 멀고 먼 여정이 어떻게 펼쳐질지 늘 궁금하고 불안과 기대가 교차됩니다. 이 나그네 길에서 목사님의 가이드가 제게 얼마나 절실한지 모르겠습니다.

늘 주어진 업무를 따라 바장거리며 사느라고 이런 편지를 쓰는 것이 아주 어색해졌습니다. 문득 이런 편지를 너무 오랫동안 쓰지 않았다는 사실을 깨닫게 되었는데 그것은 저에게 정말 큰 충격이었습니다. 대학을 다니던 시절 하루에 서너 통씩 받고 보내던 손 편지의 추억이 아련하게 살아납니다. 벌써 40년 가까운 세월이 지나고 나니 정말 다른 인간이 되어버린 것 같습니다. 이제부터라도 기계처럼 살지 말고 다시 마음과 마음이 연결되는 인간 회복을 꿈꾸어 봅니다.

희망은 외부에서 오는 것이 아니라 자기 속에서 숨은 불씨를 찾는 것이라는 목사님 말씀이 잊히지 않습니다. 목사님의 속에서 타오르고 있는 불씨가 내게도 담겨져 있다는 것이 참으로 신기합니다. 하나님이 심어놓으신 씨앗인가 봅니다. 불씨와 불씨가 만나 화로에 담기면 온 집안을 훈훈하게 덥히는 온기를 주게 될 것입니다. 온 세상을 따듯하게 만들어 갈 수 있도록 희망의 불씨들이 더 많이 만나고 부둥켜안고 살아가게 된다면 정말 좋겠습니다. 주 안에서 늘 평안하시길 빕니다.

하나님의 충직한 손발
엔텔레키아의 신비

●

이명행 | 소설가, 《대통령의 골방》 저자

목사님이 쓰신 편지글을 읽으며, 지난 한 주간이 참 행복했습니다. 홀로 지내는 공간을 따뜻하게 유지하는 것이 죄스럽게 느껴지셨다니, 수도자로서의 금욕이 목사님에게는 운명적인 것인지도 모르겠다는 생각이 들었습니다.

편지글 「움씨를 뿌리는 마음」 편에서 "'흔들림'과 '젖음'은 우리를 존재의 근원과 연결시켜주는 촉매인지 모른다"고 쓰신 것을 읽었습니다. 내게도 그런 것이 있지 않았을까? 그것을 읽으면서 살짝 전율이 이는 것을 느꼈습니다. 오래된 일 하나가 떠올랐기 때문입니다. 오늘 목사님께 드리는 편지에서 그 얘기를 서두에 놓습니다.

절망의 핏빛 노을

1967년, 초등학교 4학년 초봄쯤으로 기억합니다. 그날 저는 어떤 일로 홀로 귀가하던중에 텅 빈 신작로 위에서 노을이 져 온통 붉어진 세상을 만났습니다. 미루나무가 촘촘히 늘어선 신작로 저 끝 지평선 아래에서 태양이 터져버린 것처럼 세상은 온통 붉었습니다. 생전 처음 본 광경이었습니다. 마치 그것은 무슨 계시이고, 거기에서 무엇인가 뜻을 발견하지 못하면, 곧 내려질 재앙을 피할 수 없을 것 같은 시뻘건 공포가 엄습했습니다. 신작로 저만치 어딘가에는 내가 살던 동네가 있을 테지요. 하지만 나는 망연히 그 지평선 끝을 바라보며 서늘한 공포 속에 서 있었습니다. 과연 내가 그곳을 향해 가야 하는지, 그곳에 내가 가야 할 집이 있기는 한 것인지. 처음 맞닥뜨린 거대한 공포였습니다. 물론 그 정경만이 자아낸 공포는 아니었지요.

저는 교회 옆집에서 자랐습니다. 교회와 우리 집 사이에는 호박돌을 넣어 흙을 빚어 쌓고 그 위에 기와를 얹은 토담이 있었습니다. 제법 그럴싸하게 보이는 이 고풍스러운 담장이 어느 해 장마 때 기와 사이로 빗물이 스몄던지 그만 무너지고 말았습니다. 담이 무너지는 큰 일이 벌어졌는데도 웬일인지 아버지나 어머니는 무심했습니다. 교회와의 사이에 있던 담이 무너졌으니 축복이었을까요? 담이 무너지고 난 뒤 그 흙더미가 치워졌을 뿐, 한동안 교회와 우리 집은 서로 트인 채로 지냈습니다. 그 전에도 담장 위로 떡 접시나 계란 꾸러미 같은 것이 넘나들곤 했습니다. 그랬던 그것들이 이제는 당당히 뒷마당을 가로질러 걸어서 넘어 다니게 된 것이죠. 아버지나 어머니는 교인이 아니었습니다. 하지만 목사님네와는 잘 지냈던 것으로 기억됩니다. 담이 무너진 뒤 저는 간혹 트인 교회 쪽을 흘깃거리며 지냈는데, 어느 날인가 마당을 쓸고 계시던 목사님이 저를 보더니 넘어 오라는 손짓을 하셨습니다. 그것은 아마 계시 받은 손짓이었을 것입니다. 저는 그 은밀한 손짓에 홀렸습니다. 그리고 넘어간 그 길로 '교인'이 되었습니다. 돌아올 때 제 손에 성경책과 찬송가가 들려 있었는데, 그것에 대해 신자가 아니었던 아버지와 어머니가 무한히 격려해 주셨던 기억이 납니다. '이제 나쁜 짓은 못할 것'이라고 소곤거리시는 걸 귓등으로 들었습니다. 하지만 손짓에 홀렸으므로 그것은 제가 선택한 일이 아니라고도 말할 수 있습니다. 책임질 일 없는 손짓이었고, 손해 볼 일 없는 결정이었습니다. 다행히도 지금까지는 그렇습니다.

215

세상에서 가장 두려운 '미망'

처음에 말씀드린 그 절망의 핏빛 노을 속으로 다시 돌아가겠습니다. 사실을 말하자면, 저는 그날 학교에서 돌아온 후 낮잠을 잤습니다. 자고 일어나니 '아침'이 되어 있었습니다. 당연히 아버지는 출근을 하셨고, 어머니마저 집에 안계셨으므로 아주 심각하게 늦은 것이 분명했습니다. 다급했으므로 '어제' 메고 온 가방을 그대로 멘 채로 학교에 갔습니다. 그런데 막상 가보니 너무 일찍 온 모양이더군요. 아무도 없었습니다. 갑자기 예상하지 못했던 여유가 생겼습니다. 게을러 지각을 밥 먹듯 하던 저로서는 그 망중한이 꿀처럼 달콤했습니다. 창 가득 들어오는 햇빛을 돋보기로 끌어 모아 습자지를 그슬리는 재미에 빠졌습니다. 그런데 해는 점점 짧아졌고, 습자지에 들이민 돋보기에서도 햇살은 멀어져 가기 시작했습니다. 문득 시간을 의식하자 어리숙한 영혼은 혼란 속에 빠져버렸습니다. 늪처럼 가라앉은 의식을 헤집어 가까스로 뭔가 잘못되었다는 사실 하나를 거두었습니다.

어두운 운동장을 걸어 나오는 나의 의식을 가득 장악한 이날의 '아침'과 '저녁'의 혼란은 간단한 것이 아니었습니다. 착각한 것을 인정할 수 있었으면 간단했겠지요, 하지만 운동장을 가로질러 나오는 동안 저는 여전히 그 '현상'에 사로잡혀 있었던 것입니다. 그 무섭게 붉어진 노을을 마주하고서도, 아침에서 저녁으로 건너뛰고 낮은 여전히 실종된 상태였습니다.

미망. 무엇인가가 닥쳐왔는데, 모른다는 것. 이것이 내게 큰 영향을 줄 것은 자명한데, 그것이 무엇인지 알 수가 없다는 것입니다. 집에 돌아와서야 내게 일어난 일이 어떤 것이었는지 알 수 있었습니다. 그러나 그것은 '착각'이 아니었습니다. 저는 세상에서 가장 두려운 것을 보았고, 그것이 바로 '미망'이었습니다.

사리에 어두워 실제로는 없는 것을 있는 것처럼 생각하고 갈피를 잡지 못한 채 어둠 속에 빠져 있는 것. 목사님의 편지글을 읽다가 전율이 일었던 것은 그날 그 미망의 깊이가 주었던 두려움이 저의 존재의 근원과 연결시켜주는 촉매가 아니었나 하는 생각이 들었기 때문입니다.

집에는 무슨 보상처럼 타지에 나가있던 가족들이 와 있었습니다. 아버지와 어머니는 물론이고, 일찍이 출가했던 누이들과 도시에 유학 중이던 형이 돌아와 있었습니다. 설날이거나 추석이었으면 이해할 수 있을 일이었습니다.

핏빛 노을 속의 '미망'

얘기를 하다 보니 더불어 떠오르는 것이 하나 더 있습니다. '활성화 신호를 기다렸던 억압된 기억'처럼 선명하게 되살아난 사건입니다. 그것은 1980년 5월 광주의 일이었습니다. 저는 입대를 앞둔 청년이어서 영장을 받아들고 고향으로 돌아왔습니다. 고향으로 가는 초입은 언제나 광주역이었습니다. 열차에서 내려 역 광장으로 나왔을 때 그곳에 서 있던 탱크를 보았습니다. 그걸 바라보며 서 있는데, 중년의 한 사내가 달려와 저를 낚아채 택시에 태웠습니다. "죽으려고 환장했나?" 그의 말이 지금도 생생합니다. 그렇게 말한 이유를 물을 필요가 없었습니다. 택시 창밖으로 보이는 창백한 정경들이 그것의 답이었습니다. 택시는 제가 가리킨 광주 발산의 누이 집으로 실어다 주었습니다.

집에 들어서자 누이는 택시기사와 똑같은 목소리를 내며 저를 작은 골방에 밀어 넣고는 꼼짝 말고 거기 자빠져 있으라는 명령을 내렸습니다. 저는 누이의 명령대로 하룻밤은 꼼짝하지 않고 지냈지만, 여전히 그렇게만 자빠져 있을 나이가 아니었습니다. 다음날 아침 집을 나서 광주천 뽕뽕다리를 건너 큰길로 나가니, 제 앞에 트럭 한 대가 와서 멈춰 섰습니다. 트럭 뒤에는 피투성이가 된 시신 두 구가 실려 있었습니다. 그것을 본 저는 바로 뒤따라온 버스를 타고 도청 앞으로 나갔습니다. 저는 거기에서 이틀을 더 있었고, 그곳에서 듣고 본 것들을 여전히 기억하고 있습니다.

이 사건 -5·18 광주 민주화운동- 으로 저의 입대가 미뤄졌습니다. 저는 한동안 그곳에서 지내다가 다시 서울로 올라왔습니다. 서울에 온 저는 1980년 그 늦봄, 서울의 그 평화가 낯설어 견딜 수가 없었습니다. 그것은 낯설고 또 낯설었습니다. "여기는 왜 이렇게 조용한지요?" 하고 외치고 싶은 것을 참아내느라 가슴에 응어리가 생겼습니다. 그러던 어느 시점에, 저를 괴롭히고 있는 것은 그 평화가 아니라 홀로 공포에 사로잡힌, 세상의 질서에서 비껴 앉은 저 자신이 아닌가 싶어 자괴감에 빠지기도 했습니다.

교회 주일 예배에 앉아서도 저는 홀로 섬처럼 낯설었습니다. 1967년 그날 그 운동장에 깔리기 시작했던 땅거미처럼 두려웠습니다. 저는 낯선 그것과 맞서서 점점 더 큰 혼돈 속으로 빠져들었습니다. 그러다가 점점 그 속에서 질식하는 것이 아닌가 하는 공포에 시달리기도 했습니다. 진실은 오래전 나를 혼돈 속으로 밀어 넣었던 '아침'과 '저녁'처럼 멀리 있었습니다. 알 수 없는 공허만이 점점 더 커졌습니다.

저는 여전히 그 핏빛 노을 속에 있었습니다. 미망迷妄입니다. 헤어날 방법이 없었습니다. 그런데도 신앙인이라고 자처하는 죄를 짓고 있었습니다. 저는 '성령'이나 '부활'의 기호 안에서는 고백할 것이 없습니다. 이것이 제 신앙 고백입니다. 사랑하는 예수님의 일이었으니, 그 안에 들어 있을 복잡한 질서들을 경외할 뿐이지요. 그것을 체험한 고백은 제게 없습니다.

세상의 권력들은 신앙을 자신들의 지배에 효율적이게 하는데 이용해 왔습니다. '믿고 받드는 마음'을 조작해 내는 데에 그 신비한 무엇이 가장 쉬운 방법이었을 것입니다. 미륵이나 재림 예수까지를 말하지 않아도 작은 것들이 숱하게 우리 현실 속에서 똬리를 틀고 앉아 저지른 짓들을 기억하고 있습니다. 하지만 제 신앙에 견고한 무엇이 없었던 것은 아니었습니다.

219

미망을 깨다

나의 그 미망을 깨는 일에 유용했던 것은 칼 세이건의 《코스모스》나 데이비드 아텐보로의 《생명의 신비》나 리차드 리킨의 《오리진》 같은 책이었습니다. 제 이십 대의 동반자들입니다. 그것이 질서를 잃어버린 나에게 준 것은 어떤 믿음이었습니다. 주님이 내게 주신 메시지를 거기에서 읽었습니다. 미망을 걷어내는 데에는 그 메시지가 매우 효율적이었습니다. 그것은 질서를 말하고 있었고, 그 질서와 질서 사이에 숨어 작동하는 하나님의 신비한 방법을 제게 소개하고 있었습니다.

세상이 얼마나 큰지 아느냐? 빛이 어디에서 오는지 아느냐? 어둠의 근원이 어디에 있는지 아느냐? 빛과 어둠이 있는 그 곳이 얼마나 멀리 있는지, 빛과 어둠이 있는 그곳에 이르는 길을 아느냐?(욥기 38:18-21)

칼 세이건이 인용한 〈욥기〉입니다. 내게는 그 빛이 그날의 아침이고, 그 어둠이 그날의 저녁이었습니다. 그리고 칼 세이건은 보이저 1호가 찍은 지구 사진을 보여 주었습니다. 그것은 '창백한 푸른 점'이었습니다. 오직 점이었습니다. 그 점에 관해 칼 세이건은 이렇게 말합니다.

여기 있다. 여기가 우리의 고향이다. 이곳이 우리다. 우리가 사랑하는 모든 이들, 우리가 알고 있는 모든 사람들, 당신이 들어 봤을 모든 사람들, 예전에 있었던 모든 사람들이 이곳에서 삶을 누렸다. 우리의 모든 즐거움과 고통들, 확신에 찬 수많은 종교, 이념들, 경제 독트린들, 모든 사냥꾼과 약탈자, (중략) 모든 슈퍼스타, 모든 최고 지도자들, 인간역사 속의 모든 성인과 죄인들이 여기 태양 빛 속에 부유하는 먼지의 티끌 위에서 살았던 것이다(칼 세이건,《창백한 푸른 점》).

하나님이 칼 세이건을 통해 이 말을 제게 주셨다고 생각했습니다. 상상할 수 없이 엄청나고 강고한 질서 속에 내가 존재한다는 믿음이 구원이었습니다. 그것에 제가 겪었던 그 미망에 대응할 답이 들어 있었습니다. 하나님의 충직한 손발 엔텔레키아의 신비입니다. 봄이 되어 한 포기의 풀이 자라고, 그것에서 한 송이의 꽃이 피는

희망 그 빛깔 있는 삶의 몸부림

질서가 주는 메시지를 아주 절실하게 느꼈던 시절이었습니다.

이것은 사족입니다만, 저는 위에서 1967년 그날 학교에서 돌아와 보니, 집안 가득 가족들이 와 있었다고 했습니다. 그날 집에 어머니가 안 계셨던 것은 월남전에 참전했던 둘째 형의 전사 소식을 아버지에게 전하러 가셨기 때문이었고, 가족들은 그 부음을 듣고 온 것이었습니다. 내가 잃어버렸던 그 낮 동안 '창백한 푸른 점'에서 벌어진 혼돈 속에서 형이 떠난 것입니다.

이것이 목사님께 드리는 제 첫 편지입니다. 목사님께 드리는 첫 편지에서 이런 신앙 고백은 마땅할 것입니다. '언제 어디서나 그리스도인.' 저는 이 표어 덕분에 무엇인가를 정해야 하는 판단을 앞두면 두려움을 갖게 됩니다. 이 두려움은 제게 큰 축복입니다. 미망을 밝힐 등대니까요. 이 더위 속에서도 서재의 에어컨은 꺼져 있을 때가 많다고 들었습니다. 부디 건강하시길 빕니다.

221

움파와
움씨

●

이정모 | 서울시립과학관장, 《달력과 권력》 저자

김기석 목사님 안녕하세요? 목사님의 편지글을 모은 《세상에 희망이 있느냐고 묻는 이들에게》를 감명 깊게 읽었습니다. 1980년대 이후 이런 형식과 문체의 글은 처음 읽은 것 같습니다. 무겁지 않아서 굳이 노트를 할 필요는 없지만 곱씹어 읽으면서 제 삶을 성찰할 수 있는 기회가 되었습니다.

목사님의 글을 읽으면서 저와 아내의 젊은 시절이 떠올랐습니다. 두 살 아래인 아내와 저는 종로구에 있는 오래된 장로교회 출신입니다. 물론 지금도 경기도 일산에 살면서 집 앞에 있는 교회에 출석하고 있지요. 어릴 때부터 '그냥' 교회에 다니고 있습니다. 마치 버릇처럼 말이죠. 그러다 보니 저는 어느덧 안수집사가 되었고 아내는 권사로 피택되어 교육을 받고 있는 중입니다.

주기율표, 하나님이 주신 명함

아내는 아침에 일어나면 FM 93.1MHz에 채널이 맞추어져 있는 라디오를 켭니다. 이 채널은 2002년 귀국한 후 아마 한 번도 바뀌지 않고 고정되어 있을 것입니다. 우리 식구가 클래식 음악에 대해 어떤 조예가 있는 것은 전혀 아닙니다. 듣는다기보다는 그저 틀어놓고 있는 것이죠. 광고 없이 나오는 클래식 음악은 방해하지 않는 배경음악으로는 딱이거든요. 음악을 배경으로 깔고 설거지 하고 청소하고 책을 읽습니다. 부끄럽지만 제겐 신앙도 그러합니다. 제가 태어났을 때부터 제 배경에 깔려 있던 것이죠. 특별히 뜨거운 경험을 한 적도 없고 모태신앙에 대한 저항을 해본 적도 없습니다. 신앙은 불편하지 않은 배경음악이었으니까요.

고등학교 2학년 때였습니다. 교회 고등부 친구들이 우리 집에 와서 밤을 새면서 이런저런 이야기를 했습니다. 원래 2학년이면 대개 임원이 되던 시절이었습니다. 우리들은 각자 자신의 신앙 이야기를 했습니다. '왜 내가 예수를 믿게 되었는가?'가 주제였지요. 다들 재밌는 사연이 있었습니다. 친구들이 온갖 꾀를 내어서 교회로 끌고 와서 어쩔 수 없이 온 친구도 있고, 평소에 찍어놓은 여학생이 다니는 교회라서 나온 친구도 있고, 교회 도서관을 공짜로 사용하고 싶은 친구와 교회 다니는 대학생 형들에게 수학문제 푸는 것을 물어보려고 온 친구도 있었습니다. 집안의 전통으로 신앙을 갖게 된 저 같은 친구들은 딱히 할 말이 없었죠.

외로움을 이기는 힘으로서의 사랑

저희 집이었기 때문에 제가 제일 나중에 말을 하게 되었습니다. 이른바 홈그라운드 찬스라고나 할까요. 아이들의 말을 들으면서 제 신앙의 근거는 뭘까? 라는 질문을 스스로에게 했습니다. 그러다가 떠오른 것이 바로 '주기율표'였습니다. 2학년에 들어오면서 배운 주기율표가 제게는 큰 충격이었거든요. 우주를 구성하는 기본물질인 원소들이 갖고 있는 규칙성이 너무나 아름다웠습니다. 주기율표가 제게는 하나님이 주신 명함 같은 것이었습니다.

'주 하나님 지으신 모든 세계, 내 마음 속에 그리어 볼 때 하늘의 별 울려 퍼지는 뇌성 주님의 권능 우주에 찼네'라는 찬송가를 '주 하나님 지으신 모든 원소, 내 마음 속에 그리어 볼 때, 수소와 헬륨 초신성 폭발 주님의 권능 우주에 찼네'라고 바꿔 부르기도 했습니다. 이 찬송가가 지금은 40번 찬송이지만 그때는 79번 찬송이었어요. 79번 원소가 '금'이라서 금과 같은 찬송이라고 기억했거든요. (원소기호 40번은 지르코늄이라는 낯선 원소이지요.)

움파의 의미와 우화

그저 배경이었던 신앙이 인생의 커다란 동력으로 작용하게 된 것은 교회 대학부 생활을 하면서부터입니다. 연동교회 대학부는 운동권 대학생들에게 장악되어 있었죠. 이들은 우리 교회 고등부 출신이 아니라 주로 지방출신의 학생들이었습니다. 이들은 자주 경찰서와 감옥을 들락거렸고 교회에서 이런저런 말썽을 많이 피워서 교회 어른들의 큰 골칫거리였습니다. 다행히 고등부의 우리 동기들은 공부를 유난히 잘 해서 좋은 대학에 많이 들어갔습니다. 교회 어르신들은 이제야 우리 교회 대학부에 새로운 바람이 불게 되었다고 큰 기대를 했습니다.

대학부에 들어간 첫 날, 선배들은 우리를 데리고 술집에 갔습니다. 아직 고등학교 졸업식도 하기 전이었는데 말입니다. 이날의 경험은 아직도 생생합니다. 선배가 '고갈비'를 사준다고 해서 따라갔는데 그게 알고 보니 '고등어 갈비'였던 것입니다. 모임은 유쾌했습니다. 그리고는 너무나 쉽게 평생 '죄'라고 여겼던 술 문화에 젖었습니다. 도대체 이걸 왜 20년 가까운 세월동안 '죄'라고 단정하고 살았는지 해명할 수 없었습니다. 아무 것도 아니었습니다. 그저 특이한 음식이었을 뿐이죠. 지금도 전 술을 즐깁니다.

225

그날 난생 처음 들은 단어는 고갈비 말고 또 있었습니다. 그것은 바로 '움파'입니다. '베어 낸 줄기에서 다시 줄기가 나온 파'를 말한다고 들었습니다. 이 움파가 우리 교회 대학부의 별명이었습니다. 움파 1기, 움파 2기 이런 식으로 기수를 표현했습니다. 당시는 학번을 많이 쓸 때였지만 어떤 친구는 곧장 대학에 가고 또 어떤 친구는 재수, 삼수 끝에 대학에 가고 또 대학에 끝내 가지 못하는 친구도 있었기 때문에 우리 교회 대학부는 이런 식으로 기수를 표현한 것입니다. 저는 움파 14기더군요,

저는 많이 아쉬웠습니다. 요즘이야 파를 좋아하지만 그때는 어려서인지 라면에 파 한 조각만 들어가도 먹지 않았을정도로 아주 싫

어하는 식재료였습니다. 그런데 우리의 정체성을 그까짓 파로 표현하다니요. 어이가 없었습니다. 게다가 하필 그때 저는 《카라마조프가의 형제들》을 읽었습니다. 거기에 이런 우화가 나옵니다.

어떤 못된 아줌마가 죽어서 지옥의 불바다에 떨어졌습니다. 이때 아줌마의 수호천사가 나타나서 "살면서 단 한 개라도 선행을 베푼 게 있으면 말해봐라, 그러면 내가 하느님에게 잘 말씀드려 볼게."라고 말했습니다. 아줌마는 곰곰이 생각한 끝에 거지 여인에게 파 한 뿌리를 뽑아서 준 게 생각이 나서 이것을 자랑했습니다. 이 이야기를 전해들은 하느님은 파 한 뿌리를 아줌마에게 내려주고서는 그것을 잡고 불바다에서 빠져 나오라고 했습니다. 아줌마는 분노했죠. 파를 잡고서 어떻게 지옥에서 빠져나오겠습니까. 파에다가 분노의 발길질을 했습니다. 파는 '똑'하고 부러지고 말았습니다. 아줌마는 영원히 불바다에서 나오지 못했지요.

선배들이 움파의 의미를 이야기 할 때 저는 이 우화를 떠올렸습니다. 아줌마가 지옥에서라도 못된 성격을 꾹 누르고 파를 잡고서 지옥을 빠져 나오려고 했다면 어떻게 되었을까요? 아마 빠져나오지 못했을 겁니다. 평생 동안 겨우 파뿌리 하나 준 것이 뭐 대단한 일이라고 하나님이 이 여인에게 지옥에서 빠져나올 기회를 주시겠습니까? 파뿌리에 매달렸다고 해도 아마 지옥의 불바다를 벗어나지 못했겠죠.

교회 어른들이 그렇게도 싫어하는 대학부 선배들을 좋아하게 되었을 때가 바로 이때입니다. 선배들이 뭔가 의미 있는 이야기를 하는데 거기에 도스또엡스끼 운운하면서 초를 치는 쪼그마한 꼬마의 이야기를 그들은 정말 진지하게 들어주셨죠. 막걸리도 여러 잔 따라주시면서요. 그러다가 한 여자 선배가 말씀하셨습니다.

"우리 움파는 그런 존재야. 겨울 내내 양념으로 쓰기 위해 조금씩 잘라먹는 하찮은 존재지. 하지만 우리는 겨울을 날 거야, 우리는 그런 의미에서 우리를 움파라고 부르지. 네가 말한 것처럼 파 한 뿌리는 하늘로 올라가기에는 너무나 연약한 끈일지도 몰라. 우리 각각의 한 사람은 그렇게 약하지. 하지만 그게 한 뿌리가 아니라 파 한 단이면 어떨까? 더 강할 거야. 약한 파뿌리도 여러 개가 뭉치면 강한 힘을 발휘할 수 있어."

정확하지는 않지만 대략 이런 얘기였죠. 듣고 보니 내가 움파 14기라는 게 은근히 근사해 보였습니다. 움파가 자그마치 14년이나 계속되고 있구나, 앞의 선배들은 어떤 삶을 살았을까, 또 나는 어떻게 살아야 할까. 이런 생각을 하게 된 것입니다.

다시 씨를 덧뿌리겠습니다

선배들과 공부를 시작했습니다. 성경 공부도 했지만 철학과 경제 그리고 사회에 관한 것들을 더 많이 공부했죠. 루트비히 포이에르바흐의 《기독교의 본질》을 읽으면서 신앙에 대해 정말 진지하게 고민했습니다. 이 책의 골자는 "신은 인간에 지나지 않는다. 신은 인간의 투사물이다. 자비롭고 공정하고 현명하지 않은 신은 신이 아니다"라는 것이었거든요. 신이 인간의 투사물인지는 여전히 해결되지 않은 문제로 남아 있습니다. 하지만 적어도 우리는 자비롭고 공정하고 현명한 신의 모습을 세상에 투사해야 한다는 점에는 금방 결의가 되었지요.

선배들은 일찌감치 교회를 떠났습니다. 1984년 대학에서 경찰이 철수하고 1987년부터 노동자 대투쟁이 시작되자 교회라는 울타리 안에 머무는 게 한가롭게 여겨졌기 때문이겠죠. 그러자 교회 어른들은 아주 좋아하셨어요. '신앙 없던 그들이 떠난 것'을 아주 후련하게 여기셨죠. 그런데요. 그것은 어른들의 착각이었습니다. 그들은 진정한 신앙인이었습니다. 요즘 프란체스코 교황께서 말하는 신앙인의 삶을 살던 분들이에요. 상당히 많은 선배들이 나중에 목회자의 길을 걸으셨지요. 오히려 자기들이 착한 신앙인으로 잘 키웠다고 생각했던 우리 고등부 출신 청년들 가운데는 신학을 한 사람이 거의 없어요. 그리고 나중엔 우리가 그들의 골칫거리가 되었지요. 원래 움파가 그런 것이잖아요. 조금씩 조금씩 잘라 먹는 겁니다. 그러면서 겨울을 나는 것이지요.

우리는 선배들이 남겨놓고 떠난 야학을 맡아서 운영했습니다. 담임목사님의 적극적인 후원과 저희의 주일학교 교사를 하셨던 고등학교 선생님들의 전적인 지원이 있었기 때문에 가능한 일이었죠. 교회 어르신들은 때로는 도와주시기도 하시고 때로는 말도 안 되는 방식으로 훼방을 놓기도 하셨습니다. 그래도 괜찮았습니다. 우리는 무슨 커다란 일을 하는 게 아니라 그저 움파 같은 삶을 사는 것이었으니까요. 그런데 걱정이었죠. 움파의 수가 점점 줄었거든요. 움파는 여럿이 같이 있어야만 힘이 있더라고요.

결국 우리도 뿔뿔이 흩어졌습니다. 저처럼 외국으로 공부하기 위해 떠난 사람도 있고 아예 교회와 담쌓은 친구도 있지요. 이러나저러나 하루하루 살기가 팍팍했던 것 같습니다. 그 사이에 IMF 사태가 있었잖아요. 생각해 보면 IMF는 우리나라를 완전히 바꿔놓았죠. 주로 나쁜 방향으로 말입니다. 모든 것은 경쟁과 효율 그리고 이윤으로 판단되기 시작했습니다.

교회도 마찬가지였습니다. 한국전쟁 때를 포함해서 평생 교회를 지키시던 사찰 집사님은 어느 날 용역직원이 되어 있었습니다. 그때나 이때나 같은 사람이 같은 일을 하고 있는데 이젠 아무 때나 나가라 하면 나가야 하는 사람이 된 거죠. 존경을 받던 사찰 집사님은 한낱 피고용자가 되었습니다. 여전도사님은 우리 교회에서 은퇴하는 게 전통이었는데 어느 날 사표를 강요받고 떠나시게 되었다는 말을 전해 들었습니다. 하지만 교회를 떠난 우리는 아무런 힘이 없었습니다. 교회 안에는 더 이상 움파가 없었거든요. 교회 청년들은 자신들은 움파가 아니라고, 자신들은 그들과 아무런 상관이 없다고 여겼습니다. 교회는 거대한 주식회사가 되었지요.

젊은 시절이 지나가고 신앙은 다시 배경음악이 되었습니다. 누가 물어보면 교회에 다닌다고 대답하기는 하지만 내가 먼저 고백하지는 않습니다. 누구에게 나서서 전도하는 일은 물론 없습니다. 한국 사회에서 교회는 전혀 거룩한 곳이 아닙니다. 구분되지 않으니까요. 그저 또 하나의 친목단체이자 계급사회일 뿐입니다.

외로움을 이기는 힘으로서의 사랑

목사님의 책에서 「움씨를 뿌리는 마음」이란 제목을 봤습니다. 움씨라는 말에서 움파를 기억해냈습니다. 얼른 사전을 찾아보았지요. '뿌린 씨가 잘 나지 않을 때 다시 뿌리는 씨'라는 뜻이더군요. 목사님은 이렇게 쓰셨습니다.

> 뿌린 씨가 잘 싹트지 않을 때 농부들은 밭에 씨를 덧뿌립니다. 그것을 움씨라고 하는데, 사는 게 이런 것 아닐까 싶습니다. 당장의 내 수고가 허사로 돌아가는 것처럼 보일 때, 다시 한 번 씨를 뿌리는 용기를 내야 해요. … 움씨를 뿌리는 농부는 자기 속에 있는 절망을 애써 다독이며 희망을 뿌리는 것입니다. 덧거친 세상에서 선한 일을 하기 위해서는 많은 훈련이 필요합니다. 덥석 일에 뛰어들었다가는 상처 받고 물러나기 십상입니다(97-98쪽).

김기석 목사님, 목사님은 《세상에 희망이 있느냐고 묻는 이들에게》를 통해 '희망은 있다. 그것은 우리에게 달려있다'라고 말씀하십니다. 한국 사회와 한국교회에 아직도 희망이 남아 있는지는 정말 모르겠습니다. 하지만 씨앗을 뿌리는 일은 거두지 말아야겠지요. 예전에 뿌린 씨가 잘 싹트지 않았지만 다시 씨를 덧뿌리겠습니다. 움씨를 혼자 뿌릴 용기는 없습니다. 농부들을 다시 찾아봐야겠네요. 예전 움파들은 다 어디에 있는지 모르겠습니다. 고갈비 안주에 막걸리를 나누고 싶은 날입니다. 목사님께 평화로운 날이 이어지기를 기원합니다.

희망 그 빛깔 있는 삶의 몸부림

기다림의
시간을 듣다

●

이제이 | 작가, 성공회대학교 신문방송학과 외래교수

불볕더위가 도심을 점령했다는 소식이 연일 전해옵니다. 이 여름, 잘 견뎌내고 계신지요? 열뜬 마음을 잠재우려 지리산 자락으로 숨어든 지 보름째, 지금 저는 너울대는 연잎들을 마주하고 서 있습니다. 함양의 상림이란 숲 옆에는 끝이 보이지 않는 연꽃밭이 이어있는데요. 그 길을 따라 거닐자니 분홍빛 연꽃의 맑은 향이 가슴 안으로 서늘하게 스며드네요.

그 옛날, 꼭두새벽부터 연꽃을 보러 모였던 옛사람들이 떠오릅니다. 선비들은 동 트기 전에 모여서 조각배를 띄우고 연밭 안으로 노를 저었습니다. 안개 속으로 고요하게 노 젓는 소리조차 들리지 않게 살금살금 말이지요. 그리고는 숨죽인 채 기다렸어요. 그들이 기다린 건 연꽃 봉오리가 열리는 순간에 나는 소리, 꽃이 벙그는 소리였습니다.

연꽃 향기를 옷깃에 적시고…

그 젊은 날의 추억어린 풍경을 다산 정약용은 《여유당전서》에 기록했지요. 강진으로 험난한 유배 길을 떠나기 전, 그는 잘나가던 관료 시절에 뜻 맞는 친구들과 죽란시사竹欄詩社란 풍류계를 만들었습니다. 살구꽃이 피면 새해 첫 모임을 갖는 것을 시작으로 한 해가 기울 때쯤 매화 꽃망울이 터지면 마지막으로 모였는데, 그 일곱 번의 정기 모임 가운데서 백미는 연꽃 구경이었다고 합니다. 예나 지금이나 꽃구경하고 식도락을 즐기고 산수 기행 떠나는 모임을 만들어 만나는 것은 변하지 않는데, 함께 노는 방법만큼은 어찌 이리 다른 걸까요?

연밭 사이에 서서 그 옛날의 선비들처럼 가만히 서 있어봅니다. 동이 터오며 햇살이 비치기 전, 그 잠깐 사이 세상을 향해 연꽃이 몸을 열 때를 바라보던 선비들의 심정은 어땠을까를 상상해보면서요. 그 순간의 풍경을 그림으로 그린다면 제목은 아마도 '기다림'이 아닐까 합니다. 기다림이라는 말을 한 글자 한 글자 발음해봅니다. 기. 다. 림. 참 고운 말이지요. 글자들 사이사이에 있는 시간의 결들이 느껴지네요.

연꽃 향기를 옷깃에 적시고 숲으로 향했습니다. 연밭 옆으로는 천년의 세월을 견뎌온 오래된 숲, 상림이 있어요. 흘러가는 실개천이 졸졸 소리를 내며 정겹게 동반자가 되어줍니다. 얼마 지나지 않아 아름드리 활엽수가 울창한 숲 속 한복판으로 들어섰는데, 신기하지요. 폭염 특보가 남의 나라 사정인 듯 이 숲길에선 걸어도 걸어도 등이나 이마에 땀이 머물지 않습니다. 바람이 슬며시 쓰다듬고 가면 땀방울들이 사라져 있어요. 이 바람을 진공 포장해 서울로 택배라도 보낼 수 있다면 얼마나 좋을까, 그런 마음 간절합니다.

상림은 인공림입니다. 나무라는 푸른 존재들의 힘을 알았던, 눈 밝은 이들이 오래 전에 이 숲을 만들었습니다. 대표적인 이가 천여 년 전 이곳 함양의 태수였던 고운孤雲 최치원이에요. 열두 살 어린 나이에 당나라로 유학을 가 과거에 급제하고 당나라 관리가 되었던 입지전적 인물. 그러나 885년, 스물아홉의 유학생이 신라로 돌아왔을 때 6두품이란 벽은 높고 견고했어요. 결국 신라 사회 개혁을 이루지 못한 채 중앙정치에서 물러나 경남 함양 등의 태수를 지내며 지방을 떠돌았지만 최치원은 자기 신세를 한탄하지 않고 현재의 자리에서 무엇을 할지 생각합니다. 백성을 위해 할 수 있는 일이란 나무를 심는 것이었지요.

함양 땅 한복판을 가로지르는 위천이 범람해 백성들이 고통 받는 것을 안타깝게 여긴 그는 천변을 따라 나무를 심었습니다. 이후 함양은 더 이상 홍수 피해를 입지 않았다고 합니다. 고운은 자기 목소리를 크게 내기보다 백성들 목소리를 듣던 경청의 지도자가 아니었을까 생각해 봅니다.

며칠 전 한 정치인이 겸허한 경청을 위해 민생 투어를 한다면서 이곳을 들렀다고 하는데요. 들을 소리들에 제대로 귀를 기울이셨는지 궁금해지네요. 경청이란 단지 귀만 기울이는 게 아니라 몸으로 듣고, 온몸의 중심을 이동시키는 것인데 말입니다.

듣기는 생각보다 많은 에너지를 필요로 합니다. 듣는다는 건 세계를 내 안으로 불러들이는 것처럼 느껴집니다. 파장으로 몸 속에 들어온 것들은 오래 기억됩니다. 도시 문명은 화려한 볼거리로 두 눈을 자극시키지만 정작 우리에게 남아있는 것은 본 것이 아니라 들은 것입니다. 그래서일까요. 세종은 '백성을 바르게 하는 바른 글자'인 훈민정문訓民正文이 아닌 훈민정음訓民正音, '백성을 가르치는 바른 소리'라고 했어요. 소리가 몸과 마음 깊숙이 들어와 무엇을 하는지를 꿰뚫고 있던 것입니다.

천천히 퍼지고 유영하는 소리의 씨앗들

상림으로 걸음을 옮길 때마다 멀리서 바람결 타고 온 연꽃 내음이 개서어나무, 느티나무 나뭇잎들의 향과 섞여 온몸을 간질입니다. 한걸음씩 발길을 옮기는데 발아래 뭔가 밟히는 것이 있네요. 도토리입니다. 감자나 고구마가 없었던 시절에 작은 열매는 소중한 식량이었겠지요. 천 년 전 처음 심은 수목들은 사라졌어도 그들이 낳은 열매들 중 어느 것은 배고픔을 달랬겠고 어느 것은 제 안에서 싹을 틔워내 나무로 자라났습니다. 그렇게 그네들의 후손은 대대로 이어져 숲을 이루고 있네요. 오래된 것들이 해마다 새로워지고 있습니다. 씨앗이 자라 나무가 되고 그 나무에서 열매가 맺히고, 영근 열매가 다시 씨앗이 되고 씨앗에선 새로운 생명이 움을 틔웁니다.

열매이면서 씨앗인 것. 이 세상의 수많은 열매들이 그래요. 도토리가 그렇고, 밤이 그렇고 또 보리나 밀이나 벼가 그렇습니다. 김기석 목사님께서는 쌀 붇는 소리에 대해 말씀하셨지요. 밥을 짓기 위해 쌀을 불릴 때 나는 소리는 씨앗이 세상에 몸을 여는 소리입니다. 곡우 무렵 농가에서 못자리를 하기 위하여 볍씨를 담갔을 적에도, 볍씨들은 그런 소리를 내면서 물기를 받아들이고 제 안에 있던 에너지를 모아 싹을 내고 하나의 모가 되었을 거예요.

세상의 모든 씨앗들에 담긴 시간들을 더듬어 가 봅니다. 장석주 시인의 〈대추 한 알〉이란 시처럼 "저게 저절로 붉어질 리는 없다. // 저 안에 태풍 몇 개/ 저 안에 천둥 몇 개/ 저 안에 벼락 몇 개"라고 했던 것처럼 얇은 껍질 속에 한 톨의 쌀을 채우기 위해, 벼이삭은 여름날에 뜨거운 햇볕을 찾았고 등을 후려치는 듯한 빗줄기와 태풍에도 버텨가며, 그 안에 빛과 어둠과 바람과 오랜 목마름의 시간들을 담아냈겠지요. 꼿꼿하게 고개를 세우고 선 벼 이파리를 보고 있으면 마치 거대한 나무를 보는 것 같습니다. 미르치아 엘리아데가 《종교사 개론》에서 한 말을 떠올려봅니다.

나무가 성스러운 힘을 담고 있다면, 그것은 나무가 수직이고, 자라나서 그 잎을 잃어버리고 또다시 회생시키기 때문이며, 따라서 나무는 몇 번이고 무한히 재생하기 때문이며, 유액乳液을 가지고 있기 때문이다.

별로 길지 않은 이 숲길에서 저는 조금씩 수행자가 되어 갔습니다. 숲이 내뿜는 재생의 몸짓과 신성한 기운은 흐트러진 몸가짐을 바로 하게 합니다. 모난 마음을 둥글게 합니다. 나무의 거대한 뿌리

235

는 우리가 알 수 없는 심연과 연결돼 있지요. 또 나무는 자기만의 하늘을 갖습니다. 천상과 연결되었기에 그래서 나무는 악기가 될 수 있는지 모르겠습니다.

여름이 시작될 무렵 전 그 나무로 악기를 만드는 장인을 한분 만났습니다. 오르겔을 만드는 홍성훈 마이스터의 작업실을 몇 분의 지인들과 찾게 되었는데, 그날 전 파이프 오르간을 통해 나오는 바람 소리, 바닥에서 벽에서 사람들 사이에서 천천히 퍼지고 유영하는 소리의 씨앗들 사이에서 가만히 엎드려 있었습니다. 그러면서 깨달았습니다. 악기를 만드는 장인은, 소리를 창조하는 이는 신이라는 것을. 소리를 만드는 일은 하나의 세계를 창조하는 것임을. 그리고 또 하나 느꼈습니다. 내 소리가 갖고 있는 무게를, 높낮이를 조율하지 못한 채 치솟으려 애쓰기만 하는 경박함을. 그래서 참담했고 괴로웠습니다. 지리산에 들어와 말수가 적어진 건 그때 느낀 부끄러움 때문일 겁니다. 내가 내뱉은 말의 씨앗들은 과연 벼이삭이 될 수 있을지, 대추 한 알이 될 수 있을지 나무 한 그루가 될 수 있는지 지금까지 내가 해온 글과 말들을 헤아릴수록 낯이 붉어집니다. (사실 편지를 쓰는 일도 제겐 큰 용기가 필요했습니다.) 마이스터를 만나고 집으로 돌아와 전 김기석 목사님의 글귀를 일기장에 적어놓았습니다.

마이스터는 재바른 사람들이라기보다는 뭉근한 고통의 시간을 견뎌내며 자기를 숙성시켜가는 사람의 이름임을 알겠습니다(177쪽).

지리산으로 들기 전에 전 대패질을 끝내지 못한 거친 나뭇결처

희망 그 빛깔 있는 삶의 몸부림

럼 성이 나 있었습니다. 속도에 밀려와 한동안 방향감각을 잃고 있었습니다. 이제야 저는 고통의 시간을 길어 올려 자신의 무늬를 안으로 조각해가는 나무라는 장인 앞에서 조금씩 제자리를 찾아가고 있습니다. 이 세상과 처음 만나 옹알이를 하던 아기처럼 이제 막 걸음마를 시작하는 아기처럼 지냅니다. 아름답다는 말의 고어가 '나답다'라고 하지요. 나다움의 근원을 찾는 여정을 산자락 속에서 열흘 넘게 해오고 있습니다. 나의 본성을 탐색한다면 좀 거창하고, 가장 자연스러운 내 모습을 찾는 겁니다. 그러면서 가슴에 놓아둔 표지판이 있는데 바로 '이 순간에 충실하자'이지요. 연꽃 향기를 맡을 때에는 연꽃에 집중하고, 소나기를 맞을 때엔 소나기가 피부에 닿는 그 촉감에 온몸을 맡깁니다. 밥을 먹을 때에는 최고의 성찬에 감사하며 맛과 질감을 음미합니다. 잠을 잘 때도 아기처럼 '있는 힘을 다하여' 달게 잠만 잡니다. 그랬더니 이상합니다. 시간이 참으로 느리게 가는 것입니다.

그런 가운데 읽은 책 중 하나가 일본 작가 미우라 시온의 장편소설 《배를 엮다舟を編む》입니다. 종이사전을 만드느라 15년 간 '말'에 꽂혀있는 사람들의 이야기인데요. 사전의 이름은 '대도해大渡海'즉, '큰 바다를 건너다'라는 뜻입니다. '말'이라는 바다를 건너는 배를 '사전'에 비유한 것이지요. 배가 망망대해 위에서 파도와 싸우듯, 대도해가 완성되는 과정은 순탄치 않습니다.

이 소설을 통해 알게 된 게 있습니다. 일본에는 국립국어원의 〈표준 국어 대사전〉과 같이 국가 주도로 제작한 사전이 없다는 것이죠. 강한 국가주의가 지배하는 일본에서 무슨 일일까? 소설 속에서 마쓰모토 교수가 하는 말이 의미심장합니다.

"말이란, 말을 다루는 사전이란, 개인과 권력, 내적 자유와 공적 지배의 틈새라는 항상 위험한 장소에 존재하는 것이죠."

그리고 그는 이어 경계의 목소리를 냅니다.

"공금이 투입되면 내용에 간섭할 가능성이 없다고 할 수 없겠지요. 또 국가의 위신을 걸기 때문에 살아있는 생각을 전하는 도구로서가 아니라 권위와 지배의 도구로서 말을 이용할 우려도 있습니다."

'희망'은 다르게 정의돼야 하는 걸까요?

그래요. 우린 이미 알고 있습니다. 사용하는 단어를 바꾸면 사건의 성격도 다르게 보입니다. 콜럼버스가 신대륙에 '상륙'한 것이 '발견'으로, 미일 간에 있던 '태평양' 전쟁이 '대동아' 전쟁이란 말로 둔갑한 것도 우연이 아니지요. 한나 아렌트는《예루살렘의 아이히만》이라는 책에서 나치가 했던 일 중 하나가 언어를 바꾸는 일이었다고 했지요. 나치의 사전에서 '강제 이송'은 '재정착'으로 명명됐고 유대인 학살은 '최종 해결책'이라 불렸습니다. 광복절 아침 대통령은 경축사 첫머리에서 "오늘은 제 71주년 광복절이다, 건국 68년을 맞이하는 역사적인 날이다"라고 했습니다. '건국'이란 단어를 굳이 꺼내서 무엇을 바꾸고 싶은 걸까요?

말은 변합니다. 자연스럽게 변하기도 하지만 변하게 할 수 있고, 사람들의 생각과 의식과 세상을 바꿔갑니다. 희망이란 말도 그렇습니다. 희망이란 말을 사전에서 찾아봅니다.

1. 앞일에 대하여 어떤 기대를 가지고 바람.
2. 앞으로 잘될 수 있는 가능성.

이 시대의 사람들 입에서 쓰이는 '희망'이란 단어는 어떤가요. 희망버스, 희망퇴직, 희망고문처럼 그 단어의 뒷배경이 되는 현실은 어둡고 고단하게 다가옵니다. 희망을 찾고 싶어 하는 간절함이 있지만 정작 희망과 거리가 멀어 보입니다. 우리가 사는 이 시대에 '희망'은 다르게 정의돼야 하는 걸까요?

마종기 시인이 새로 낸 시집을 읽다가 눈에 들어오는 시 한 구절이 있었습니다. 시인은 희망이 '산천초목도 아니고 사람과 사람 사이의 고른 섞임'에 있다고 합니다. 그러면서 희망의 정체를 밝히지요. 〈희망에 대하여〉라는 시의 한 구절을 전 '희망'이란 단어의 인용구 목록에 적어둡니다.

함께 붙잡고 울 수 있는 것도 행복이란 것을 아는 이, 남의 깊은 속까지 다 믿고 있는 이가 희망의 신호다. 당당히 걸어서 사람의 마음속까지 들어갈 수 있는 것이 바로 희망이다.

상림의 숲길을 빠져나오니 그늘이 짙어 있습니다. 길어진 제 그림자를 밟으며 걸어갑니다. 몸도 마음도 광합성을 한듯 그림자에도 초록빛이 감돕니다. 연꽃 향기가 어깨에 내려앉습니다. 연꽃잎이 어둠에 잠겨가도, 향기의 여운은 대기에 남아있겠지요. 서울을 떠나기 전 선생님께서 내게 화두처럼 던져주었던 '인류애'라는 세 글자가 가슴 속에 연의 향내처럼 그윽하게 남아있음을 느낍니다.

희망의 단서를 찾겠다 했지만 이미 손 놓고, 마음 접고 있었습니다. 그러나 기다려봐야겠습니다. 오래 전 선비들이 동틀녘에 연꽃 피는 소리를 기다렸듯이 좀 더 귀를 열고 사람들 사이에 숨어있는 숨소리를 느껴봐야겠습니다. 또 압니까? 은밀한 신호가 들릴지요. 희망의 씨앗이 제 몸을 열고 그 안에 숨어 있던 가느다란 줄기를 아주 조금씩 뻗어 올리는 소리를 운 좋게 듣게 될 줄 누가 알겠습니까?

풀벌레 소리가 들려오네요. 창문 틈으로 시원한 바람 한 줄기 밀려들 때, 찾아뵙겠습니다.

희망 그 빛깔 있는 삶의 몸부림

좋은 사람과 걷는 그 길이
기다려집니다

●

임광 | 워싱턴지구촌교회 목사

편지를 생각하면 설렙니다. 전자편지가 보편화된 시대여서 그런지, 손편지가 오히려 그립습니다. 제가 어릴 때만 해도 편지를 쓸 때에, 연필로 편지지에 정성껏 꾹꾹 눌러서 쓰곤 했었지요. 우표를 붙이고는 우체통까지 달려가던 때가 생각납니다. 하루에도 몇 번씩 답장이 왔을까 편지함을 들춰보던 기억도 나구요. 편지는 그렇게 우리의 마음을 따스하게 만드는 힘이 있습니다. 그래서 목사님의 편지를 저에게 보내주시는 편지처럼 읽었답니다.

헨리 나우웬Henri J. M. Nouwen도 스무 살이 된 그의 조카 마크에게 썼던 편지를 엮어서 책 *Letters to Marc About Jesus*을 출간했었죠. C. S. 루이스Lewis의 《개인기도*Letters to Malcolm: Chiefly on Prayer*》도 가상의 친구 말콤Malcolm에게 보내는 편지 모음이었습니다. 바울도 디모데에게, 또 디도에게 편지를 보냈었지요. 그런데 이 편지들을 보면, 답장은 없더라구요. 루이스의 경우에는 가상의 친구여서 답장이 없다손 치더라도, 과연 나우웬의 조카 마크가 답장을 보내지 않았을까요? 조금은 위험한 상상일지도 모르겠으나, 디모데와 디도도 바울에게 답장을 보내지 않았을까요? 그들의 답장에는 어떤 내용들이 있었을까요? 갑자기 궁금해졌습니다.

그래서 저는 이번에 목사님의 편지에 답하고 싶었습니다. 그렇게 답장을 쓰기로 작정한 순간부터 영화 속의 조연이 된 듯한 느낌이 드네요. 나우웬의 조카, 마크가 된 기분이라고나 할 수 있을까요? 괜스레 마음이 동합니다. 목사님의 모든 편지에 답을 하고 싶다는 욕심도 생기기도 하네요. 그래도 일단 「13인의 아해가 거리로 질주하오」(182-189쪽)의 편지에만 답을 드리기로 마음먹습니다.

마음에 일렁이는 따뜻한 불꽃

목사님, 평안을 빌어주시니 감사합니다. 목사님께서 하루의 평안을 빌면서 십자가 아래 촛불에서 조용히 묵상하는 모습을 떠올려 봅니다. 하루를 조용히, 엄숙히, 진중히 시작하시는 모습을 상상해보는 것만으로 감명을 받습니다. 예수님도 그렇게 시작을 하시곤 하셨지요. 한적한 곳에서 하나님과 함께 말입니다. 예수님도 그러하셨듯이, 목사님도 그렇게 하시는 것이겠지요.

그러나 저의 삶은 분주합니다. 무척이나 바쁘답니다. 바쁘다는 것은 마음이 망가진 상태라는 말이 떠오르네요. 빠른 세상 속에서 그 빠름에 휩쓸리는 것만 같습니다. 마음이 무겁습니다. '빠름'보다 '바름'이 중요한 것이니… 빠른 세상에 쫓겨서 바쁘게 살기보다, 조용히 되돌아보는 침묵, 또는 고독의 시간이 제게는 필요하겠죠. 예수님께서 그리하셨던 것처럼, 목사님께서 그렇게 하시는 것처럼 말입니다. 그 조용함이 빠름이 아닌 바름으로 걸음을 옮겨가게 해줄 테니까요. 그 조용함 속에서의 고독과 침묵이 하나님과의 깊은 만남으로 이어지겠죠. 하나님과의 교제가 곧 우리를 바름으로 인도해주니까요. 저도 하나님과 그렇게 사귀는 자리에 있고 싶습니다. 그 자리에 머물고 싶습니다. 그곳을 지키고 싶습니다. 그 간절함이 오늘따라 더 깊이 다가옵니다.

하나님과의 만남이 있는 자리에 쉼이 있겠죠. 하나님과의 만남을 떠올리면, 저는 새벽예배 후의 조용한 예배당을 떠올리곤 한답니다. 몇몇 사람들만 조용히 기도하는 어두운 예배당 말이에요. 예배당은 캄캄해도, 제 마음은 환해지는 경험을 하곤 한답니다. 어둠 속에서 빛이신 그분을 묵상하니까요. 아니 그 빛 되신 그분이 제 마음에 들어오시기 때문이겠지요. 목사님은 목사님의 다른 책에서 "마음에 따뜻한 불꽃 하나 일렁인다"라는 표현을 쓰셨었죠. 그런 것 같아요. 조용히 하나님 앞에 머물면, 하나님은 따스한 불꽃으로 저의 마음이 환해지는 것만 같습니다. 그래서 그 환함 속에서 따뜻함도 함께 느낄 수 있답니다.

제가 머무는 그 어두운 예배당에는 늘 조용한 찬송가 연주 음악이 흐릅니다. 적어도 제가 다니는 교회는 그렇답니다. 그 조용한 찬송가 연주 음악에 가만히 눈을 감고 있곤 하지요. 아무 말도, 아무 기도도 하지 않습니다. 그냥 가만히 그 연주 음악에 제 마음과 몸을 실어버립니다. 그러면 그 찬송가 연주 음악이 제 마음에 파장을 일으킵니다. 조용한 연주가 제 마음을 흔듭니다. 가장 강력한 소리는 큰 소리가 아니라고 하지요? 그 큰 소리는 소음처럼 깜짝 놀라게만 할 뿐 어떤 여운도 남기지 않습니다. 오히려 가장 힘 있는 소리는 작은 속삭임 같아요. 세미한 음성 말입니다. 마치 곤히 잠든 아가 곁에서 사랑한다고 속삭이는 엄마의 말 같은 거요. 소곤소곤 자는 아이의 마음과 일생에, 그 엄마의 따듯한 언어가 아름다운 보석처럼 박힐 것입니다. 그래서 하나님께서도 엘리야에게 그렇게 세미한 음성으로 말씀하셨던 것 같습니다. 스바냐 선지자에게도 하나님은 잠잠히 사랑하시는 자신의 모습을 투영하셨죠. 그 하나님의 부드러운 음성을 조용한 연주 속에서 느끼게 됩니다. 그 조용함이 제게는 하루를 살아갈 수 있는 쉼을 줍니다. 하나님과의 소통이 있는 곳, 그곳이 제게는 '휴게소'와 같습니다. 어제 분주한 세상 속에서 지쳤던 저에게 '유일한 해방구'와 같은 곳이 된답니다.

목사님은 이상의 시, 〈오감도〉를 예로 들어주셨지요. 그 띄어쓰기 없는 이상한 이상의 시…, 다시 그 시를 보면서, 숨이 벅차오르는 듯 했습니다. 바로 지금 제가 살고 있는 세상, 그리고 삶의 현장을 보여주는 것 같았거든요. 목사님도 그 시를 읽다 보면, 숨이 가빠지신다고 하셨지요. 시만이 아니었습니다. 앞서 고백한 것처럼, 저의 하루의 삶도 그렇게 숨이 꽉 찬 것만 같습니다. 쉼 없고, 분주하게 질주하고 있으니까요. 날이 갈수록 지쳐가고 있답니다. 목사님의 "지쳤음을 인정하는 것이 어쩌면 회복의 시작인지도 모르겠습니다"(186쪽)라는 말이 그래서 더 마음에 와 닿습니다. 왜냐하면 그 지쳤음을 고백할 수 있는 때가 바로 새벽의 시간이니까요.

곧 다시 해가 떠오르면, 힘차게 시작해야 하는 순간에… 운동화 끈을 질끈 동여매고, 큰 맘을 먹어야 하는 그 순간에… 저는 목사님처럼 고백합니다. "지쳤습니다. 오늘을 살아가야 하는데 벌써 지쳤습니다"라구요. 그 고백이 저를 또 다른 곳으로 이끕니다. 그 고백이 저를 다시 하루를 살아갈 힘을 얻게 해줍니다. 목사님이 말씀하신 이야기의 빈곤함이 아닌 부요함으로, 경험의 궁핍함이 아닌 풍성함으로 한 걸음 나가게 해주죠.

갑자기 J. I. 패커Packer가 헌신이 혹사하는 것overworking이 아니라 흘러넘치는 것overflowing이라고 한 말이 생각납니다. 무엇인가 하려고 애쓰기보다 풍부하신 주님 앞에 머물러 주님의 이야기로 채워가는 것이 필요하겠죠. 게리 토마스Gary Thomas도 기독교의 영성은 성취하는 것achieve이 아니라 받는 것receive이라 했죠. 그래서 목사님께서 주님과 함께 조용한 하루를 시작하시듯이, 저 또한 주님 앞에 머물겠습니다. 그리고 주님이 주시는 것을 받겠습니다.

홀로 걷는 고통의 길, 치유의 길

〈바그다드 카페〉…, 목사님도 영화를 보시는군요? 저도 영화를 좋아하긴 하지만, 아직 이 영화를 보지는 못 했습니다. 물론 이 영화의 제목도, 간혹 그 음악과 노래에 관해서는 들어보기는 했죠. 그러나 아직 직접 보지는 못했네요. 목사님의 소개하는 글을 읽어보니 그 두 여인, 쟈스민과 브렌다가 회복되는 광경을 보고 싶다는 생각이 들었습니다. 한 번 봐야 할 것 같습니다. 그런데 목사님의 '바그다드 카페'에 대한 글을 읽으면서, 저는 다른 영화가 떠올랐답니다. 〈와일드Wild〉라는 영화지요.

이 영화는 인생의 가장 밑바닥까지 떨어진 셰릴 스트레이드Cheryl Strayed의 실제 이야기를 바탕으로 하고 있습니다. 헤로인 중독과 문란한 생활, 비참한 가정사까지… 그런데 그녀가 유일하게 의지했던 어머니마저 세상을 떠납니다. 그 상실감에 그녀는 길 위에 섭니다. 큼지막한 배낭을 힘겹게 짊어지고 그냥 걷습니다. 순례자의 길을 걷는 것이 유행이 되고 있기에, 멋있어 보일 것 같지만, 실상은 그렇지 않죠. 환상이라기보다 고통입니다. 아픔입니다. 발은 짓무르고 발톱은 덜렁이다가 결국에 빠져 버립니다. 그녀는 정말로 와일드한 자연에서 사투를 벌입니다. 그런데 이상하죠? 그 고통이 셰릴에게 치유가 되어가기 시작합니다. 홀로 걷는 그 고통의 길이 그녀를 성숙하게 하는 치유의 길이 됩니다. 영화 속에서는 내내 사이먼과 가펑클Simon and Garfunkel의 '엘 콘도르 파사El Condor Pasa'가 흐릅니다.

달팽이가 되기보다는 참새가 되고 싶어요. 맞아요. 할 수 있다면 정말 그렇게 되고 싶어요.
못이 되기보다는 망치가 되고 싶어요. 맞아요. 할 수 있다면 정말 그렇게 되고 싶어요.

지금은 멀리 날아가 버린 한 마리 백조처럼 나도 어디론가 떠나가고 싶어요.

땅에 얽매인 사람들은 세상을 향해 가장 슬픈 신음 소리를 내지요. 가장 슬픈 신음 소리를…

이 노래의 가사를 들으면, 알 듯 알 듯 하면서도 잘 모르겠어요. 달팽이와 참새, 못과 망치… 솔직히 잘 모르겠습니다. 그러나 백조처럼 어디론가 떠나고 싶다는 말과, 사람들이 슬픈 신음 소리를 내고 있다는 말은 마음에 와 닿습니다. 몇몇 자료를 살펴보니, 이 노래가 스페인에 의해 마추 픽추machu picchu를 떠날 수밖에 없었던 잉카인들의 슬픔과 한이 담긴 곡이라고 하네요. 그때 청년 지도자였던 호세 가브리엘 콘도르칸키José Gabriel Condorcanqui의 이야기를 테마로 삼고 있다고 합니다. 그 호세는 처참한 죽임을 당했는데, 그가 죽어서 콘도르가 되었다고 페루 사람들은 생각한답니다. 그 콘도르에게는 "어떤 것에도 얽매이지 않는 자유"라는 의미가 있다죠. 이러한 배경을 알고 보니, 노래의 모호한 의미들이 조금씩 이해되는 것 같습니다.

영화 속의 셰릴도 그렇게 다시 태어나고 싶었을 것입니다. 고행의 길을 걸으며 다시 태어나고 싶었을 것입니다. 그 어떤 것에도 얽매이지 않는 자유로 나아가고 싶었겠죠. 영화의 마지막 부분이 눈에 선합니다. 3개월간 여행의 마지막 부분, 그녀는 '신들의 다리The Bridge of the Gods'라 불리는 웅장한 다리 앞에 섭니다. 그리고 여행을 처음 시작할 때와는 완전히 달라진 그녀 자신을 느낍니다. 길을 걸으며, 회복이 된 것이지요.

길 위의 사람…

목사님은 '길'이라는 이미지를 좋아하시는 것 같습니다. 목사님의 다른 책들의 제목을 보면, '길'이나 '걷는다'는 표현이 자주 들어가지요?《말씀의 빛 속을 거닐다》,《광야에서 길을 묻다》,《오래된 새 길》,《길은 사람에게로 향한다》,《일상 순례자》까지 말입니다. 그리고 제가 답장을 쓰고 있는 이 책의 장도 "길 위의 사람: 호모 비아토르"이지요. 우리의 일생은 걷는 것입니다. 걸으면서 우리는 넘어지기도 하고, 또 쓰러지기도 합니다. 잠시 머물러 쉬면서 숨을 고르기도 하구요. 때로는 잰걸음으로 길을 재촉할 때도 있고, 가끔은 뛰기도 합니다. 우리의 삶이 곧 이렇게 걷는 것이겠지요? 걷는 것… 걷고 또 걷는 것….

목사님께서는 왜 길을 좋아하시는지요? 단순히 우리의 인생이 걷는 것이기 때문만은 아니라고 생각합니다. 너무나 뻔한 답이겠지만, 길이신 예수님 때문이 아닐는지요? 예수님은 자신을 길이라고 하셨으니까요. 그 예수님의 말씀을 떠올릴 때마다 생각나는 말, 두 가지가 있습니다. 하나는 토마스 아 켐피스Thomas A Kempis의 "길이 없으면 가는 것이 없고, 진리가 없으면 아는 것이 없고, 생명이 없으면 사는 것이 없다"라는 말이지요. 예수님의 말씀을 그저 풀어서 말을 한 것이지만, 생각하면 생각할수록 깊은 말입니다. 그래요. 예수님이 없으면 우리는 갈 수 없습니다. 아무것도 할 수 없지요. 또 하나의 말은 성 캐서린St. Catherine의 말입니다. 그녀는 "천국으로 가는 길은 줄곧 천국이다. 왜냐하면 예수님이 '나는 길이다'라고 말씀하셨기 때문이다"라고 말합니다. 참으로 멋진 고백입니다. 힘들게 걷고 있는 이들에게 위로가 되는 말이지요. 걷는 것이 고행처럼 보여도, 그 길에서 우리는 쉼을 얻을 수 있고, 치유를 받을 수도 있는 것이겠죠. 그분이 길이니까요.

목사님은 지인들과 메일이나 문자를 주고받을 때에 더러 한눈을 팔며 살라고 권하신다고 하셨죠. 그래요. 줄곧 그 길을 걷고 있다고 생각한다면, 잠시 잠깐 한눈을 팔면 좀 어떻겠습니까? 몸에 너무 힘을 주어서 걸으면 오히려 사고가 날 위험이 커지겠지요. 조금은 힘을 빼고, 주위도 둘러보면서 걷는 것이 필요할 수도 있겠습니다. 성 캐서린의 말처럼, 우리는 그분을 거닐고 있으니까요. 예수님을 걷고 있으니까요. 그렇다면 어디를 향하고 있든지 조바심을 가질 필요도 없을 것 같습니다. 길 위의 사람… 우리는 곧 예수님 위의 사람이니까요. 그래서 그 길, 그 위를 그냥 편한 마음으로 걷도록 하겠습니다. 목사님, 그렇게 걸어가도 되겠지요?

지난 초여름 목사님과 만나서 점심식사를 했던 때가 기억납니다. 책으로만 읽던 목사님을 만나고 싶었습니다. 멀리 미국에서 온 저를 반갑게 만나주셨죠. 모든 것이 저와는 정반대이셨습니다. 인자한 얼굴, 작은 체구, 그리고 조용한 성품이 인상적이셨습니다. 식사하실 때에도 채식 위주로 아주 조금씩 드셨지요. 서로 다른 것에 끌리는 경향이 있잖아요. 그래서 목사님께 더 배우고 싶었습니다. 무슨 책을 읽어야 할지, 책을 추천해달라고 여쭈었던 것이 기억나시는지요? 역시 감각적이고 얕은 책만 읽는 저에게 철학적이고 깊이 있는 책들을 추천해주셨죠. 물론 아직까지도 읽고 있지 못하고 있어요. 그래도 목사님께 배우고픈 마음에 책은 이미 구입하여 읽을 기회를 엿보고 있답니다.

목사님과의 만남은 시간이 빠르게 흘러갔습니다. 좋은 사람과 만나면, 시간도 훌쩍 지나가나 봅니다. 목사님께서는 점심식사를 마치시고, 자신이 섬기시는 교회까지 걸어서 가시겠다고 하셨지요. 제가 어림잡아도 꽤 거리가 되었는데 말이지요. 길을 좋아하시기에 걷기도 좋아하신다는 생각을 했습니다. 그리고 언젠가는 목사님과 함께 걸어보면 좋겠다는 소박한 꿈도 가져보았습니다. 함께 걸으면서 약간의 담소를 나눠도 좋겠습니다. 아니면 아무 말 없이 그냥 걷는 것도 나쁘지는 않을 것 같습니다. 좋은 사람과 걷는 그 길이 기다려집니다. 그 길 위에서 목사님과 다시 만나기를 소망합니다.

작은 결기를
마음에 품고 살렵니다

●

장동석 | 출판평론가, 《금서의 재탄생》 저자

오래 전 청마의 시를 아끼던 때가 있었습니다. 다른 시는 몰라도 〈행복〉만큼은 줄줄 욀 정도였지요. "오늘도 나는 / 에메랄드 빛 하늘이 환히 내다뵈는 / 우체국 창문 앞에 와서 / 너에게 편지를 쓴다"는 대목이 참 좋았습니다. 하여, 저 먼 바닷가 우체국까지 내려가 누군가에게 편지 아닌 엽서를 보내고 온 기억이 새롭습니다.

희망을 발견하지 못하는 이유는…

평안하시지요? 목사님. 편지를 써본 적이 언젠가 싶어 생각을 궁굴리다 보니, 오래 전 사랑했던 청마의 시가 떠올랐습니다. "사랑하는 것은 / 사랑을 받느니보다 행복하나니라"는 첫 구절은 어쩌면

외로움을 이기는 힘으로서의 사랑

하나님의 마음이 아닐까, 이런 생각까지 했던 순진한 시절이었습니다. 돌아보면 치기어린 생각과 관념에 사로잡혀 있던 시절이었습니다. 물론, 그것의 실체는 분명하지 않았지만, 어떤 희망만큼은 오롯이 간직했던 시절이기도 했지요. 그때로부터 30년 가까운 세월이 흘렀고, 여전히 희망은 있다고 되뇌지만, 희망은 있을 것이라는 희망은 점차 옅어져만 갑니다. 단지 정치권력을 잡은, 그것을 조종하는 경제 권력의 후안무치 때문만은 아닙니다. 어려서부터 몸담았던 교회는 이제 세상에서 가장 타락한 곳 중 하나로 전락했습니다. 세상 어느 곳에서도 희망을 찾아보기 어려운 시절을 장삼이사張三李四들은 온몸으로 받아내고 있습니다.

곰곰이 생각해 보았습니다. 제가 세상에서 희망을 발견하지 못하는 이유가 이런 것들에만 있을까 하고요. 세상 걱정 혼자 다 하면서 사는 것처럼 보이지만, 저도 어쩔 수 없는 장삼이사 중 하나이고, 제 이득에 혈안이 된 사람이니까요. 《세상에 희망이 있느냐고 묻는 이들에게》를 읽고서야 알게 되었습니다. 세상 문제 때문이 아니라 제 스스로 "관념의 감옥"에서 벗어나지 않았던 것이죠.

> 희망에 대해 말하기 위해서는 관념의 감옥에서 벗어나 실천의 벌판에 서야 하는 것인지도 모르겠습니다. 물론 실천의 벌판이 꼭 투쟁의 자리일 필요는 없습니다. 각자에게 주어진 삶의 자리에서 갈라진 세상을 고치는 사람으로 살아가는 것 또한 희망을 일구는 일이라 생각합니다(17쪽).

취재를 하고 기사를 쓰고, 지금은 책을 읽고 글을 쓰는 것으로 직

업을 삼은 이후 저는 항상 실천의 벌판에 서 있다고 자부하며 살았습니다. 한 줄의 기사가 세상을 바꾸는 물줄기가 되리라 생각했고, 두어 줄 서평이 세상을 맑게 하는 마중물이 될 줄 알았습니다. 아주 조금 그랬을지 모르지만, 제 말과 글은 관념의 감옥에서 벗어나지 못했습니다. 실천의 벌판에는 언감생심 서 보지 못했던 것이지요. 삶의 자리에서 갈라진 세상을 고치는 사람으로 살아가겠노라 생각해 본 적 없이 그저 알량한 글재주 하나만 믿고 이제까지 달려왔습니다. 다시 희망을 품고자 합니다. "모색하고, 돌진하고, 고통을 기꺼이 받아들이는 용기"(18쪽)가 없는 저로서는 힘든 일이겠지만, "있음 그 자체로 누군가에게 힘이 되는"(22쪽) 믿음의 선진들의 본을 따라 그렇게 나서 보려고 합니다.

희망은 작은 몸부림에서…

섣부른 다짐은 이만하면 족한 듯합니다. 이제 개인적인 이야기 하나 해볼까요? 개인적으로는 책을 읽고 글을 쓰는 일을 업으로 삼은 사람으로서, 목사님의 책을 읽을 때마다 경이로움을 느낍니다. 솔직하게 말씀드리면 질투라고 하는 게 맞을 것 같습니다. 신간부터 고전까지 두루 읽어내실 뿐 아니라 그 해석의 깊이는 웬만큼 책을 읽지 않고서는 가능하지 않은 일이기 때문입니다.

언젠가 '북 콘서트'에서 말씀드렸지만 인도 출신 작가 줌파 라히리의 작품을 읽은, 아니 그의 이름을 아는 목회자가 국내에 얼마나 될까요? 제목은 수도 없이 들어봤겠지만, 함석헌 선생의 《생각하는 백성이라야 산다》를 읽는 지식인은 또 얼마나 될런지요? 심지어 교회에서는 그의 이름에 알레르기 반응을 보이는 사람도 있으니, 이 얼마나 안타까운 일인가요? 함석헌 선생의 《생각하는 백성이라야 산다》를 읽고 이런 글을 남기셨네요. 마음 깊이 새깁니다.

뜻, 뜻이 문제입니다. 뜻을 품기 위해서는 깊은 사상이 있어야 하고, 깊은 사상은 깊은 종교, 위대한 종교로부터 옵니다. 함석헌 선생은 '종교란 다른 것 아니요 뜻을 찾음이다 현상의 세계를 뚫음이다. 절대에 대듦이다. 하나님과 맞섬이다. 하나님 되잠이다. 하나를 함'이라고 말합니다. 이러한 치열함이 없다면 종교는 '현상질서'를 추인하는 제도에 지나지 않습니다. 현상 너머의 세상을 뚫기 위해 고투하고, 또 대들고 맞서면서 깊은 좌절을 경험하지 않고 깊은 세계에 당도할 수는 없는 법입니다(128쪽).

책과 더불어 또 하나 인상적인 대목은 목사님의 대중문화에 대한 깊은 관심과 통찰입니다. 〈바그다드 카페〉에 대해 언급하셨지요. 이 영화야말로 요즘 유행하는 표현으로 '힐링'을 위한 최적의 영화가 아닐까 싶지만, 본 사람은 아마도 그리 많지 않을 겁니다. 마음이 황량해질 수밖에 없는 사막, 그곳에 자리 잡은 초라한 바그다드 카페. 먼지가 날리고 커피머신도 고장이 나버렸으니 카페라 하기에는 어려운 곳입니다. 바로 그곳에 무능하고 게으른 남편을 내쫓은 여주인 브렌다와 반대로 남편에게 버림받는 거대한 몸집의 쟈스민이 만나 어색한 동거에 들어갑니다.

저는 이 영화를 보면서 희망은 작은 몸부림에서 시작된다는 것을 알게 되었습니다. 쟈스민은 비록 남편에게 버림받았지만 꾸밈없는 미소가 아름답습니다. 행복해지려는 그의 노력에 서서히 브렌다도 마음을 열고, 바그다드 카페의 시간에 서서히 행복이 스며듭니다. 카페의 모든 것이 바뀌지 않았지만, 작은 틈으로 들어온 행복은 두 사람의 마음을 바꾸었습니다. 쟈스민의 마술은 적당한 손놀림이 아니라 사람들의 마음을 바꾸는 진정한 마술이었던 것이지요. 마음이 치유되는 비밀의 공간이 아닐까 하는, 목사님의 말씀이 인상적입니다.

> '바그다드 카페'라는 이름은 비일상적 세계를 가리키는 기호였는지도 모르겠습니다. 그곳은 무목적성의 세계이고 무의도의 세계입니다. 그곳은 일상에서 입은 상처를 치유하는 비밀의 공간인지도 모르겠습니다. 그곳을 거친 후 쟈스민과 브렌다의 일상이 따뜻하게 회복되더군요(188쪽).

문득 궁금합니다. 목사님께서 그토록 애정하는 인간은 도대체 어떤 존재인가, 하고 말입니다. 소포클레스의 비극 《안티고네》는 저도 애정하는 작품입니다. 그 한 대목 중 "이상한 존재는 많지만, 인간보다 더 이상한 존재는 아무것도 없다"(215쪽)는 말을 목사님께서 언급하실 때 깜짝 놀랐습니다. '이상한'은 목사님 말마따나 '무서운'으로 해석될 수 있고, 가끔은 '경이로운'으로도 해석됩니다. 이상한, 무서운 인간은 말 그대로 이상하고 무섭습니다. 부정적 존재라는 말이지요. 우리 주변에 얼마나 무섭고 또 이상한 사람이 많은지요. TV를 켜면 뉴스의 첫 장면에 등장하는 사람들은 국민을 위해

일한다지만 대개는 쓰레기와 비견해도 좋을 만한 사람들입니다. 그럼 보통의 인간은 그렇지 않을까요? 악다구니 같은 세상에서 우리 모두는 이상하고 무서운 사람들입니다. 폴란드 출신 사회학자 지그문트 바우만의 말을 빌리자면 우리 모두는 '사냥꾼'인 셈이지요.

그럼 '경이로운' 사람은 어떤 모습일까요? 경이로운 인간은 뭔가 초월적이고, 긍정적인 존재처럼 느껴집니다. 나를 죽여 남을 구하는 사람이 없지 않고, 내 재산을 털어 헐벗고 굶주린 사람들을 돕는 사람들도 많습니다. 세상 모든 존재가 이기심덩어리라고 했던 누군가의 말을 상기한다면, 미치지 않고서는 할 수 없는 일입니다. 하지만 그런 인간이 우리 주변에도 많습니다.

작은 결기를 마음에 품고…

중요한 것은 '이상한' 혹은 '무서운'과 '경이로운'의 경계를 무 자르듯 해서는 인간에 대한 희망을 품을 수 없다는 것 아니겠습니까? 지극히 이기적인 마음을 품은 사람에게도 일말의 이타심은 있을 것이고, 한없는 이타심을 가졌다고 하지만 그것 자체가 지극한 이기심의 발로일지 알 수 없기 때문이죠. 칼로 물 베기와 같은 일을 무 자르듯 할 때, 우리는 편견에 사로잡히고 우상의 지배 아래 놓이게 될 것입니다. 그래서일까요. 목사님께서 언급하신 철학자 가브리엘 마르셀의 "호모 비아토르"라는 개념이 마음을 떠돕니다. '떠도는 사람' '길 위의 사람' 정도로 해석할 수 있는 호모 비아토르에 대한 목사님의 해석은 말 그대로 압권입니다. 그 존재 자체로 인간이란 누구인가에 대한 대답이 아닐까 싶습니다.

저는 오랫동안 호모 비아토르로 살고 싶다는 꿈을 꾸고 있지만 오랜 정착생활에서 좀처럼 벗어나질 못하고 있습니다. 물론 몸이 떠나는 것만이 능사는 아닙니다. 길 위에 있으면서도 정착민처럼 사는 사람도 있고, 한곳에 붙박여 살면서도 늘 떠남 속에 있는 이도 있습니다. 불교에서 말하는 출가는 번잡한 세간을 떠나는 것이기는 하지만 더 근본적으로는 잘못된 가치관으로부터의 거듭된 떠남을 가리키는 말일 겁니다. 하지만 때로는 이런 말이 떠나지 못하는 자의 슬픈 자기 위안에 지나지 않는다는 생각이 들기도 합니다(223쪽).

《세상에 희망이 있느냐고 묻는 이들에게》에 담긴 목사님의 편지를 읽으면서 늘 마음을 주었던 대목은 목사님의 글을 읽을 독자에 대한 작은 배려였습니다. "오늘도 이런저런 말로 마음을 어지럽혀 드린 것은 아닌지 모르겠습니다"(31쪽), "허수한 마음을 풀어내 괜히 마음만 심란하게 해드린 것은 아닌지 모르겠습니다"(94쪽) 등의 인사는 말과 글을 다루는 사람들이라면 누구라도 심중에 새겨야 할 삶의 태도가 아닐까 싶습니다. 다른 사람 이야기가 아닙니다. 말과 글로 먹고 살 수밖에 없는 저를 두고 하는 말입니다. 마지막으로 목사님의 가르침 하나 더 풀어내고 두서없는 글을 마치려고 합니다.

경쟁을 내면화한 채 살 수밖에 없는 세상은 사람들을 모두 환자로 만듭니다. 자기 고유의 속도로 살지 못하고, 누군가가 정해놓은 속도에 맞춰 살아야 하니 병이 들 수밖에 없습니다. … 자기 인생의 때에 누려야 할 것들을 누리지 못하고 기성세대의 욕망에 따라 경쟁의 세계로 내몰리는 이들의 마음이 건강할 리 없습니다. … 치기만만하던 시절 나의 진실이 왜곡되거나 짓눌릴 위협에 처할 때마다 스스로 되뇌던 말이 있습니다. '여기서 죽지 뭐!' 지금 생각하면 부끄럽기도 하지만 그건 나름의 자존심이었습니다. 견결했던 그 마음이 나를 지켜주었던 것 같기도 합니다. '나는 길들여지지 않는다.' 무슨 광고 카피 같긴 합니다만 이런 정도의 결기는 필요할 것 같습니다(326, 328쪽).

작은 결기를 마음에 품고 살렵니다. 때론 바람에 넘어지고, 작은 돌부리에 걸려 넘어진다고 해도, 그 길 위에서 저의 삶을, 다시 우리의 삶을 찾아보고자 합니다. 계절마다 알맞은 방법으로 찾아오시는 그분의 선한 마음을 기대하며, 어지러운 글을 접습니다.

희망 그 빛깔 있는 삶의 몸부림

저마다 선 자리에서
등불 하나 밝히라구요?

●

정범구 | 전 국회의원, 《이 땅에서 정치인으로 산다는 것》 저자

처음 책을 받아 보고는 훅 빨려 들어갔습니다. 제목 때문이었겠지요. 자고나면 눈 뜨기가 겁나는 세상에, 오늘은 또 무슨 일이 터지나 하고 조마조마한 마음으로 하루를 시작하게 하는 세상에서, "세상에 희망이 있느냐고 묻는 이들에게"라니요. 그 책은 마치 저 같은 이들 보라고 쓰인듯하여 책을 잡자마자 냉큼 머리말부터 읽게 되었습니다. 그러나 기대가 크면 실망도 큰 법. 당신은 초장부터 이렇게 빠져 나가시더군요. "어떤 경우에도 내가 답을 제시할 수 있다고는 생각하지 않는다. 다만 고민을 함께 나누고 싶었을 뿐이다"(7쪽).

'흠, 그러면 그렇지. 목사라고 별 뾰족한 답이 있을라구…'

약간은 심드렁한 기분으로 책을 읽어 나가다가 이 대목에서 눈길이 멈추었습니다.

외로움을 이기는 힘으로서의 사랑

"… 세월이 갈수록 그 엄정함과 서늘함으로부터 점점 멀어진 채 순치된 동물처럼 세상에 적응하며 살아가는 제 자신을 발견할 때마다 마음이 아뜩해집니다. 조금 지친 듯한 느낌입니다. 삶이 지루하다는 생각이 들기도 합니다"(41쪽).

'어라? 목사가 이런 말을 해도 되는 거야? 삶이 지루하다고?'

혹세무민의 바벨탑을 쌓고 있는 교회

그러나 사실은 이 이야기가 참 반갑고 위로가 되는 말이었습니다. '아! 나만 그런 게 아니구나!' 저 자신, 젊은 시절 스스로에게 다짐하였던 많은 것들이 어느덧 세월 따라 흐물흐물해져 가는 것을 눈앞에 보면서 살아갑니다. 자신을 곧추세워 보려고 노력은 하지만 어쩔 수 없이 낡아져 가는 자신의 모습을 물끄러미 바라보게 됩니다. 분노는 여전하지만 열정은 식어가는 것 같습니다. 승리보다는 패배의 기억이 발걸음을 머뭇거리게 합니다.

우리가 과거에 싸웠던 독한 권력은 이제 상대하기 어려운 복잡한 권력들에 자리를 내어 줬습니다. 정치를 앞장세우고 자신들은 나서지 않으면서 우리의 삶을 송두리째 옭죄는 거대자본들. 보이지 않는 곳에서 움직이는 그들의 은밀한 손을 통해 법이 바뀌고 제도가 바뀌고, 국민의 피땀으로 세워진 멀쩡한 공기업들이 민영화됩니다. 국민 전체의 행복을 추구해야 할 국가가 소수 재벌들과 그에 결탁한 관료, 정치인들의 전유물로 되어가고 있습니다. 그러니 국민은 점점 개·돼지 취급을 받게 되는 것이겠지요. 국가의 기강을 유지해야 할 사법부 종사자들도 '유전무죄, 무전유죄'의 포로가 된지 오래일 뿐 아니라 이제는 자신의 공직을 이용한 돈벌이에 혈안이 되어 있기도 합니다.

역사의 시계가 거꾸로 돌아가는 건지, 죽은 귀신이 된지 오래였어야 할 "유신의 망령"이 다시 현실 속을 배회합니다. 5년짜리 계약직 공무원인 대통령이 전지전능, 만기친람萬機親覽의 절대군주 같이 국민 위에 군림하는 것이 현실입니다. 나라와 국민의 생존에 지대한 영향을 줄 수 있는 사드 배치 같은 문제를 일방적으로 밀어붙이면서 "이게 왜 논란이 될 사안이냐?"고 오히려 국민을 향해 호통을 칩니다. 그런 대통령 아래 있는 고위공직자들이 국민을 개·돼지와 같이 보는 것은 어쩌면 자연스런 일인지도 모릅니다.

예나 지금이나 OECD 평균을 훨씬 웃도는 노동시간을 감내하며 열심히 일해 온 이 땅의 노동자들, 그들의 형편은 여전히 별로 나아지지 않았습니다. 재벌들은 수백조 원을 현금으로 쌓아두고 있지만 그 돈을 만들어 준 많은 국민은 이제 제대로 된 일자리를 찾기도 어렵고, 일을 한다고 해도 사는 형편은 좀처럼 나아지지 않습니다.

세상이 이러한데도 이 땅의 많은 교회들은 그 세상 속을 뚫고 가나안으로 나아가는 모세의 길을 만드는 것이 아니라 "예수천당, 불신지옥"같은 혹세무민의 바벨탑을 쌓고 있습니다. 돈이 거의 절대신앙이 되어버린 사회에서 종교도, 국가기관도 모두 부패와 무능, 무책임에 얽혀 제 역할을 못하는 현실, 그 총체적이고 거대한 부조리 앞에서 자신은 점점 더 왜소해지고, 무능해 보이고, 아무 역할도

261

할 수 없다는 생각에, 겉모양으로나마 숨 쉬고 살아가는 이 삶이 참 지루하다는 생각을 하게 됩니다.

'있음 그 자체'로 다른 사람의 이정표가 될 수 있을까?

갑자기 흥분을 한 것 같군요. 그런 자리가 아닌데 분노의 게이지가 급상승합니다. 어디에 마음 줄 곳도 없고, 마땅히 하소연 할 데도 없는 상태에서 목사님께 글을 쓰다 보니 이렇게 폭발하는 것 같습니다.

새삼 목회자로서 갖게 되는 어려움에 대해 생각해 보게 됩니다. 많은 사람들이 세상살이의 고민과 힘듦을 목사님께 하소연 하겠지요? 때론 세상이 왜 이렇게 돌아가느냐는 항의도 들을지 모르겠습니다. 세상이 이렇게 미쳐 돌아가는데 하나님의 정의는 도대체 어디 있는 거냐고 대드는 젊은 청춘은 없나 모르겠습니다. 목사님이라고 해서 모든 문제에 대한 해답을 다 갖고 있는 것도 아닐 텐데 말입니다. 말씀하신대로 그저 고민을 함께 나누는 정도가 대부분이겠지요. 그러자면 타고 남은 재가 다시 기름이 되듯 차곡차곡 쌓이게 되는 그 우울함과 피로감은 누구의 몫이 되는 걸까요?

그런 우울을 떨쳐 버리려는 목소리를 이 책 곳곳에서 들을 수 있었습니다.

"어둠을 모르는 빛은 불완전하고, 절망을 모르는 희망은 공허"(97쪽) 하다든가, "성숙한 사람은 흔들림과 젖음을 물리치려 하지 않고,

오히려 이것을 통해 자기의 유한성을 깊이 자각할 뿐 아니라 그것을 자기 삶의 한 부분으로 수용합니다"(97쪽). 도종환 시인의 시 〈흔들리지 않고 피는 꽃이 어디 있으랴〉를 인용하면서 한 말입니다. 흔들리는 자신과 우리들을 위해 바울사도의 서신을 인용하며 이렇게 말하기도 합니다. "선한 일을 하다가 낙심하지 맙시다. 지쳐서 넘어지지 아니하면 때가 이를 때에 거두게 될 것입니다"(갈라디아서 6:9). "절망의 심정이 깊어지면 그때가 정말 올까 하는 회의감에 사로잡히기도 합니다. 하지만 이 말씀을 든든히 붙들어야 합니다. 움씨를 뿌리는 농부는 자기 속에 있는 절망을 애써 다독이며 희망을 뿌리는 것입니다"(98쪽). 그러면서 이렇게 덧붙입니다. "다른 이들이 만들어 놓은 삶의 문법을 무비판적으로 수용하던 삶에서 벗어나 자기 삶의 문법을 만들 수 있어야 한다"(131쪽)고 말이지요. 그러면서 결국에는 이렇게 말합니다. "저마다 선 자리에서 천년의 어둠을 밝히는 작은 등불 하나를 밝히는 마음으로 산다면 이 어둠의 땅에도 결국 새벽이 오지 않겠습니까?"(131쪽)

저는 이 대목에서 뜬금없이 서산대사의 선시 한 구절이 떠올랐습니다.

눈 덮인 들판 걸어갈 때에　踏雪野中去

발걸음 함부로 내딛지 마라　不須胡亂行

오늘 걷는 내 발자국은　今日我行跡

뒤에 오는 이의 이정표가 될지니　遂作後人程

자기만의 삶의 문법으로, 선 자리에서 천년의 어둠을 밝히는 작은 등불이 되자!

이 자못 비장하게도 들리는 이야기는 한편으로는 동시대를 살아가면서도 이웃을 외면하고 제 앞가림에만 급급해서 제 역할을 하지 못하는 이들에 대한 비판과 궤를 같이 하고 있습니다.

"전문가들은 많은데 '있음 그 자체'로 길을 찾는 이들에게 이정표가 되는 이들은 많지 않다"(142쪽)라면서, "지금 우리에게 필요한 것은 차가운 세상에 온기를 나르는 사람들"(143쪽)이라고 하고 있습니다. 저는 이 대목에서 목사님의 절친(!)이신 법인 스님의 말씀이 생각났습니다. 그대로 인용해 보겠습니다.

지금 우리 시대는 추위를 견디지 못하고 향기를 파는 사람을 어렵지 않게 볼 수 있다. 한 시대를 같이 살아가는 이 땅의 지식인과 정치인, 노동운동가 등 이른바 사회지도자들이 평소의 가치와 신념을 저버리고 아무 부끄러움 없이 정반대의 행보를 하고 있는 것을 쉽게 볼 수 있다. 우리 역사는 지조를 버린 이들을 변절자라고 부른다. 간혹 서울 나들이를 갔다가 보게 되는 종합편성채널에는 변절자들의 해괴하고 교묘한 논리가 판을 친다. 그들을 보고 있으면 분노를 넘어 서글픈 생각마저 든다. 조용히 생각해 본다. 왜 변했을까. 방법은 바꿀 수 있어도 길은 바꾸면 안 되는 것인데, 왜 자신이 평소 걸어오던 길을 바꾸었을까. 결코 놓을 수 없는 권한 행사, 더 풍족한 경제생활, 아니면 그보다는 잊히는 것에 대한 두려움 때문인가(법인,《검색의 시대, 사유의 회복》, 293쪽).

희망 그 빛깔 있는 삶의 몸부림

속이 뜨끔했습니다. 추위를 견디지 못하고 향기를 파는 일에 유혹을 느꼈던 적은 없었던가? 잊히는 것에 대한 두려움은 없는가? 과연 내 자신, '있음 그 자체'로 다른 사람의 이정표가 될 수 있을까? 무엇보다도 내가 지금 이 차가운 세상에 온기를 나르고 있는가? 하는 물음 앞에 자신이 없었습니다. 분노는 여전하지만 열정도, 낙관도 사라져 가고 있기 때문입니다. 세상을 밝히는 등불 이전에 자기 마음속을 밝히는 등불 하나도 제대로 켜지 못하고 있다는 자괴감 때문이었습니다.

앞에 인용한 서산대사의 선시는 김구 선생이 인용하여 더 많이 알려지기도 한 시이지요. 선생은 성공 여부가 매우 불투명한 가운데 많은 이들의 반대 속에 남북정치협상을 위해 북행길에 오르면서 이 시를 읊었습니다. 친일파들의 비호 속에 미국보다 더 미국적인 냉전의 기치를 내세우며 정권장악에 매달렸던 이승만과 달리, 그는 조국의 분단을 막기 위해 시계視界 제로의 북행길에 올랐습니다. 눈발만 휘몰아쳐 올 뿐, 사방에 인적이 끊어진 허허벌판을 걷는 심정이었을 것입니다. 그러나 아무도 가지 않은 길, 앞에 어떤 운명이 기다리고 있을지도 모르는 길을 걸으면서도 그는 뒤에 오는 이들의 길잡이가 되어야 한다는 생각을 놓지 않았습니다. '어떤 일을 행할 때 가능한가, 가능하지 않은가를 생각하기 이전에 옳은 일인가, 옳지 않은 일인가를 먼저 생각하라'는 그의 고집스러운 행보와도 닮아 있습니다.

순례자의 길

백범 김구 이야기를 하다 보니 또 가슴이 먹먹해져 옵니다. 과연 우리 모두가 다 그런 선지자의 길을 걸을 수 있을까요? 선지자의 삶을 존경하고 동경하기는 하지만 우리 모두가 다 그런 길을 걷기는 쉽지 않겠지요. 그래서 사람들은 순례자의 길을 떠나는지 모르겠습니다. 선지자의 흔적을 따라 길을 떠나기는 하지만 결국에는 자기 속에서 각자 자신의 길을 찾아보려는 이들을 저는 순례자라고 부르고 싶습니다. 그 길 위에 서 있는 이들은 물론이요, 비록 현실에 몸담고 있지만 끝없이 그 길을 동경하는 이들 모두를 저는 순례자라고 생각합니다. 그런데 흥미롭게도 김 목사님 책에서 순례자들에 대한 언급이 많이 눈에 띄더군요. 특히 이런 구절들이 눈에 들어옵니다.

"시간과 이익을 다투는 자본주의 세계에서는 길을 잃어버리는 것이 허용되지 않지만, 순례자들은 길을 잃을 권리를 가지고 있는 이들입니다"(220-221쪽).

"떠나는 이들은 언제나 주류적 가치에 사로잡히기를 거절하는 이들입니다"(222쪽). 그러면서 이런 말을 덧붙이기도 하지요. "중심부에 속하려는 가련한 노력이 사람을 피폐하게 만듭니다"(222쪽).

아마도 김 목사님이 사람들과 나누고자 했던 이야기의 핵심은 이런 이야기들이 아니었을까 하는 생각을 합니다. 왜냐하면 이 이야기는 집요하게(?) 반복되고 있거든요.

"내려놓지 못해 누추해진 이들을 우리는 정말 많이 봅니다. … 찬 바람에 하나 둘 떨어지는 낙엽을 봅니다. '방하착放下着.' 때가 되면 홀가분하게 떠나 근본으로 돌아갈 수 있다면 참 좋겠습니다"(328쪽).

"욕심을 내려놓으면 비루해지지 않을 수 있지만 그것을 내려놓을 수 없어 삶이 남루해집니다"(354쪽).

"맑은 향기를 풍기며 사는 이들은 거의 다 자기 비움의 명수들입니다"(383쪽).

이제 이 편지를 마무리해야겠습니다. 책은 저자의 것이 아니고 독자의 것이라고 한 말을 이 책을 읽는 내내 곱씹어 보았습니다. 제가 김 목사님의 책을 오독한 것이 아니라는 근거 없는 확신은 여기에 있습니다.

이 편지의 마무리 역시 목사님의 말을 인용하는 것으로 하겠습니다.

"희망은 외부에서 오는 것이 아니라 자기 속에서 숨은 불씨를 찾는 것이라 생각합니다"(108쪽).

그 숨은 불씨로 저마다 선 자리에서 등불 하나 밝히라는 것이지요? 내내 건강하시길 빕니다.

기억이라는 우주에
점점이 박혀 있는
별자리들

나무가
되고 싶은 사람!

●

정용섭 | 대구샘터교회 목사, 대구성서아카데미 원장

안녕하세요, 김기석 목사님. 뵌 지가 꽤나 됐습니다. 몇몇 지면으로 목사님의 글을 자주 접하고 있어서 그리 적조했다는 느낌은 들지 않습니다. 꽃자리 출판사 한종호 목사님에게서 목사님의 책《세상에 희망이 있느냐고 묻는 이들에게》를 선물로 받았습니다. 이 책을 읽고 저자인 김기석 목사님에게 보내는 편지글을 써보라는 말을 들었습니다. 저는 흔쾌히 좋다고 대답했습니다. 지난 한 주간 이 책을 열심히 읽었습니다. 전체 52편의 글이 실려 있더군요. 일주일에 한편씩 쓴 것으로 보입니다. 설교 원고를 매 주일 작성해야 하고, 그 외에 여러 잡지 등에 글을 쓰거나 강연과 목회활동 만으로도 정신없이 바쁘신 분이 가외로 이런 글을 쓰셨다는 사실이 놀라울 따름입니다. 그 힘은 어디서 나오는지요? 읽고 생각하고 쓰고, 그리고 현실에 참여하는 모든 일을 구도자처럼 수행하고 있다는 대답밖에 다른 답을 찾을 수 없었습니다.

저는 여기 실린 52편의 글을 단어와 토씨 하나까지, 그리고 보이지 않는 방식으로 더 많은 것을 말하고 있는 여백까지 호흡하듯이 읽었습니다. 읽기 속도는 느렸습니다. 글이 수려하고 내용이 재미있어서 읽는 행위 자체는 진도를 내는데 어려움이 없었지만, 문제는 52편의 글이 모두 수도승의 기도문처럼 저에게 다가왔다는 데에 있습니다. 한편을 읽고 일단 책장을 덮은 뒤에 이런저런 생각을 하고, 다시 한편을 읽고 이런저런 생각을 할 수밖에 없었습니다. 단순히 글의 내용만을 생각한 게 아닙니다. 저 편지를 쓰던 순간에 목사님의 영혼이 어떤 뜨거움으로 가득 찼을지, 그리고 수신자와 어떤 대화가 오갔을지, 실제로 편지를 받아본 수신자는 또 어떤 생각을 할지, 등등의 생각이 꼬리를 물었습니다. 하루에 대략 10편을 읽었습니다. 마음 같아서는 하루 이틀에 다 읽고 싶었지만, 자칫하면 소화 불량에 걸릴 수도 있고, 맛있는 음식을 아껴 먹는다는 자세로 일주일에 나누어 읽었습니다. 행복한 시간이었습니다. 고맙습니다.

다 읽은 뒤에 한동안 멍했습니다. 무슨 말씀을 드려야 할지가 손에 잡히지가 않았습니다. 목사님의 편지를 받아봐야 할 바로 그분들이라면 뭔가 연결되는 글을 쓸 수 있을 겁니다. 저의 입장에서는 절친 두 사람의 대화 사이에 슬쩍 끼어드는 것 같아서 망설여졌습니다. 영적인 절친 사이에는 단순히 말이나 문자로 다 해명될 수 없는 영적 교감이 있는 법인데, 그 사이에 제삼자가 끼어드는 건 모양이 우습지 않겠습니까? 하지만 52편의 편지가 실제로 저에게 온 게

271

아니지만 그 내용은 모두 저의 영혼을 유혹하기에 충분한 것이라 서 기쁨으로, 그리고 당돌하게 끼어들기로 했습니다. 이는 마치 어 릴 때 친구가 재미있게 보는 만화를 등 뒤에서 흘낏 훔쳐보다가 본 격적으로 옆에 붙어 앉아 어깨동무하며 보고 싶어지는 마음과 비슷 합니다. 편지 내용 자체에 대해서는 뭔가를 말하지 않겠습니다. 그 건 가능하지도 않은 일입니다. 52명에게 쓴 편지를 읽고 나도 누군 가에게 목사님과 비슷한 방식으로 편지를 쓰고 싶다는 마음을 전하 는 것으로 충분하다고 봅니다.

존재 지향적 삶의 태도

목사님, 맨부커 상을 수상했다 해서 유명해진 한강 씨의 《채식주 의자》를 읽으셨는지요? 저는 소설 평론을 할 줄 모르고, 그럴 마음 도 없습니다. 저에게 강한 인상을 남긴 그 책의 주제를 중심으로 저 의 몇몇 단상을 목사님께 말씀드릴까 합니다. 목사님이 《채식주의 자》를 어떻게 읽으셨을지 궁금합니다. 지금은 이렇게 저 혼자 컴퓨 터 앞에서 글을 쓰지만 언젠가 기회가 되면 차 한 잔 앞에 놓고 목 사님과 마주 앉아 담소하고 싶어지는군요. 세 편의 연작 소설로 된 그 작품의 주인공은 영혜라는 이름의 여자입니다. 그녀는 어떤 일 을 계기로 채식주의자가 되고 맙니다. 시간이 지나면서 그 강도가 점점 강해집니다. 남편과 아버지와 자매들과의 관계도 다 허물어집 니다. 남편은 그녀를 떠나고, 아버지는 억지로 그녀의 입에 고기를 쑤셔 넣습니다. 그녀를 가장 깊이 이해하던 언니는 동생의 상황을 가능한 안고 가려고 했지만 어느 단계에서는 자신도 감당할 수 없어서 동생을 정신병원에 데리고 갑니다. 영혜는 나무가 되고 싶어 합니다. 인간이 나무가 되고 싶다니, 다른 사람은 물론이고 가족들도 이해할 수도 없고, 받아들일 수도 없습니다. 나무는 더 이상 육식을 하지 않아도 됩니다. 다른 이들과 경쟁하지 않아도 됩니다. 여기저기 돌아다니느라 자동차를 탈 필요도 없고, 노후 연금보험을 들 필요도 없습니다. 뿌리를 내릴 수 있는 흙과 햇빛과 물과 탄소만 있으면 됩니다. 나무가 필요로 하는 것은 다 저절로 주어진 것이라서 높은 연봉을 받으려고 자신의 인생을 다 쏟아 붓지 않아도 됩니다. 우리가 살고 있는 이놈의 시대는 이런 사람을 용납하지 않습니다.

채식주의는 단순히 먹을거리를 선택하는 문제가 아니라 근본적으로 삶의 태도이겠지요. 타인을 수단으로 삼고 지배하며 소유하는 삶의 태도를 거부하는 태도 말입니다. 제가 성서를 통해서 배운 것이 바로 이런 존재 지향적 삶의 태도입니다.

이사야 선지자는 다음과 같은 거룩한 환상을 보았습니다.

> 이리가 어린 양과 함께 살며 표범이 어린 염소와 함께 누우며… 젖 먹는 아이가 독사의 구멍에서 장난하며 젖 뗀 어린 이아가 독사의 굴에 손을 넣을 것이라(이사야 11:6-8).

지금으로부터 2,700년 전 사람이 저런 꿈을 꾸었다는 게 얼마나 놀라운 일인지, 21세기 한국 사회에서 더 실감하게 됩니다. 거룩한 상상력입니다. 예수님은 무엇을 먹을까 마실까 입을까 하는 염려는 다 이방인들이 구하는 것이라 하시면서 먼저 하나님 나라와 그의 의를 구하라고 말씀하셨습니다. 하나님의 창조 능력과 종말론적 희망을 영혼의 중심에 두고 살아가는 사람들이 마땅히 취해야 할 삶의 태도입니다. 세상은 그렇다 치고, 교회도 예외 없이 성경 말씀과 반대로 살아가고 있는 이 상황 앞에서 우리는 절망하지 않을 수 없습니다.

헛된 희망을 팔기 위해서 포장하는 교회들

목사님은 어떻게 생각하시는지요. 교회를 포함한 세상에 희망이 있다고 생각하십니까? 목사님은 '세상에 희망이 있느냐고 묻는 이들에게' 편지를 쓰셨습니다. 52편이 다 똑같지는 않지만 기본적으로 '희망'이 모든 편지를 관통하고 있는 키워드입니다. 세상에 희망이 있을까요? 저는 없다고 생각합니다. 아마 목사님도 동의하실 겁니다. 세상이 사람의 힘으로 변화될 수 있을까요? 저는 가능하지 않다고 생각합니다. 아마 목사님도 동의하실 겁니다. 그래도 희망을 노래하고 희망을 찾아 나서고, 자신이 희망의 불꽃으로 살아야 한다고 말씀하고 싶으시겠지요.

《채식주의자》에서 영혜는 정신병원에 들어가 시나브로 죽을 날만 기다리고 있습니다. 작품은 그 순간에 끝났지만 좀 더 상상력을 발휘하면, 영혜가 어느 날 무연고자 변사자로 발견되어 영안실에

늙게 될지 모릅니다. 우리가 각자 정신 차리고 살아가면 영혜가 자기 방식으로 세상을 살아갈 수 있게 되는 날이 올까요? 그 답은 하나님만 아시겠지요.

호기심 많은 여자가 판도라 상자를 열자 온갖 불행이 튀어나왔고, 다급하게 상자를 닫자 희망 하나만 남았다고 하네요. 곁가지로, 창세기 선악과 전승에도 호기심이 많아 뱀의 유혹에 넘어간 이를 여자로 말하는 걸 보면 여자에 대한 고대인들의 선입견이 꽤나 깊었던 것 같습니다. 다시 판도라 상자 이야기입니다. 저는 늘 그게 궁금했습니다. 희망도 역시 앞에서 튀어나온 것들처럼 인간의 운명을 나락으로 떨어뜨리게 하는 것들 중의 하나라는 말인지, 아니면 그 앞서 튀어나온 운명을 인간으로 하여금 버텨낼 수 있게 하는 마지막 버팀목이라는 말인지요?

희망은 양면적인 것 같습니다. 헛된 희망을 품게 해서 악한 현실 앞에서 분노할 줄 모르게 한다면 그 희망은 다른 것들과 마찬가지로 인간의 삶을 파괴하겠지요.

오늘 설교자들이 전하는 메시지는 이런 헛된 희망이 아닐는지요. 오늘 우리가 함께 동역자로 살고 있는 한국교회는 헛된 희망을 팔기 위해서 포장하는 일에 정신이 없는 건 아닐는지요. "신은 죽었다. 우리가 신을 죽였다"는 니체의 외침과 기독교인들이 집단적 노이로제에 걸렸다는 프로이트의 뼈아픈 비판을 외면하기 힘듭니다.

'영적인 채식주의자'

혹시 목사님은 채식주의자 아니신가요? 채식주의자까지는 아니라고 하더라도 주로 채식을 주요 먹을거리로 삼으실 거 같다는 느낌이 오래 전 목사님을 뵌 인상으로 남아 있습니다. 유럽과 북미 사람들이 육식을 조금만 줄이면 아프리카와 동남아 기아 문제를 크게 줄일 수 있다는 말을 들은 적이 있습니다. 제 생각에 교회는 영적인 채식주의들의 공동체입니다. 덜 먹고 덜 소유하는 겁니다. 몸무게를 줄이는 겁니다. 현재 교회의 몸집을 줄이는 겁니다. 갑자기 줄이면 건강상의 문제가 일어날 테니, 천천히 줄여야겠지요. 그렇게 되면 영양실조에 걸려 있는 미자립교회도 조금씩이나마 건강을 찾게 되지 않겠습니까? 우선 공룡 같은 초대형교회가 이런 일에 앞장 서야 할 텐데, 예수님이 재림하기 전까지 이런 일은 일어나지 않을 겁니다. 이런 점에서 저는 교회에 관해서 비관주의자입니다. 희망을 노래하기에는 교회 현실이 너무 어둡습니다. 이럴 때는 입을 다물고 하나님이 직접 나서는 그 결정적 순간인 카이로스를 기다리는 게 차라리 낫지 않을까 생각합니다.

목사님이 훨씬 더 깊이, 그리고 훨씬 더 현실적으로 고민하고 있는 문제를 제가 상투적인 말로 반복하는 것 같아서 부끄럽습니다. 그래도 귀를 기울여주실 거라 생각하면서 제 생각을 조금만 더 말씀드리겠습니다. '영적인 채식주의자' 문제입니다. 아무나 채식주의자가 될 수 없는 것처럼 모든 기독교인들이 마음만 먹으면 영적인 채식주의자로 살 수 있는 건 아닙니다. 실제 채식주의자나 영적인 채식주의자나 토대에는 '존재의 용기'가 놓여 있는 게 아닐까 생각합니다. 목사님의 글에도 나오는 거 같습니다. 폴 틸리히의 저서 《존재의 용기courage to be》나 에릭 프롬의 저서《소유냐 존재냐to have or to be》에서 보듯이 기독교인들이 하나님 앞에 존재하는 것, 또는 그를 직면하는 것에 자신의 영혼을 맡길 때에라야 다른 이들과 경쟁하고 공격하고 파괴하고 소유하는 방식의 삶으로부터 조금이라도 돌아설 수 있겠지요. 나무가 되고 싶다는 영혜의 절규는 사람으로 존재하나, 나무로 존재하나 존재의 차원에서 동일하다는 안목에서 터져 나온 것으로 보입니다. 이런 존재의 용기에서만 실제로 투쟁의 용기도 가능하겠지요. 영혜의 운명에서 보듯이.

비약적으로 들릴지 모르겠지만, 정신병원에 갇혀 자신을 나무와 동일시하면서 점점 죽음의 늪으로 빨려 들어가는 영혜의 모습에서 예수의 십자가 죽음을 생각했습니다. 수많은 선지자들도 그렇게 죽었습니다. 각자의 십자가를 지고 당신을 따르라고 예수는 말씀하셨지요. 예수를 따른다는 것은 막연하거나 낭만적인 신앙생활로 대체되는 것이 아니라 실질적인 삶이 수반되어야 하는 거 아니겠습니까? 예수를 따르지 않는 방식으로, 그러니까 십자가 없이 예수를 따르는 사람들이 지금 교회에 모여서 '주여, 주여!'를 외치고 있습니다. 낯선 광경이 매 주일 연출되고 있습니다. 이렇게 뻔한 말씀을 드리는 이유는 목사님과 마찬가지로 평생 설교자로 산 사람으로서 설교 행위가 실제로 신자들의 영혼에 어떤 울림을 줄 수 있는지에 대한 확신이 날이 갈수록 줄어들기 때문입니다. 일반 신자들만이 아니라 목사 자신들, 그리고 목사들을 길러내는 신학대학 교수들 역시 이전투구를 마다하지 않는 이 총체적 교회 현실 앞에서 설교해야 할 이유가 있을까요? 목사의 밥벌이에 불과한 게 아닐는지요.

이제 글을 마쳐야겠습니다. 목사님은 '세상에 희망이 있느냐고 묻는 이들에게' 대답을 주셨습니다.

> 희망에 대해 말하기 위해서는 관념의 감옥에서 벗어나 실천의 벌판에 서야 하는 것인지도 모르겠습니다. 물론 실천의 벌판이 꼭 투쟁의 자리일 필요는 없을 겁니다. 각자에게 주어진 삶의 자리에서 갈라진 세상을 고치는 사람으로 살아가는 것 또한 희망을 일구는 일이라 생각합니다(17쪽).

귀한 말씀을 깊이 간직해두겠습니다. 설교자로서 희망의 원천과 능력에 관해서 좀 더 많이 생각해보겠습니다.

이전 것의 반복이 아니라 전적으로 새로운 하늘과 땅(요한계시록 21:1-2)을 보았다는 요한계시록 기자의 거룩한 환상에 근거하여 예수 부활 생명이 현실로 드러나게 될 종말의 빛에 저의 영혼을 온전히 맡기는 심정으로, 그리고 그 종말의 빛이 저를 나무가 되라 하면 '아멘'으로 순종하겠다는 믿음으로!

거룩함을 짓는
목수로 살고 싶습니다

●

정훈영 | 단비교회 목사, 농부, 목수

그동안 잘 계셨는지요? 보내주신 편지 잘 받았습니다. 쓰신 편지들을 읽으면서 저는 그 속에서 제 이름이라도 호명될 것 같은 설레는 마음으로 편지의 수신자가 되어 있었음을 고백하고 싶습니다. 답글한 번 보내드리지 못한 현실이지만 그래도 변함없이 제 입장을 지지해주실 너그러움을 잊지 않고 살아왔습니다. 누군가의 처지를 살피는 마음이 유난하신 분이기에 제 처지는 언제나 선배님의 시야 안에 놓여 있음을 많은 편지들 속에서 느낄 수 있었습니다.

더 이상 어떤 소리를 들을 수 없는 들녘

「소리가 이루는 장엄한 세계」에서 유년시절에 들었던 소리들을

기억이라는 우주에 점점이 박혀 있는 별자리들

표현해 주셨네요. 그 대목에서 제 심장이 그 소리들을 따라 요동치는 느낌을 받았습니다. 그 많은 소리들을 따라가다가 그만 울컥하는 지경에 이르렀습니다.

'보글보글' '자작자작' '탁탁' '사르륵사르륵' '쏴아쏴아' '똑똑똑' '꿀꿀꿀' '구구구구' '컹컹', '참새, 직박구리, 꾀꼬리, 뻐꾸기, 꿩, 멧비둘기, 뜸부기, 부엉이, 소쩍새 등 각종 새울음 소리들', 다듬이질 소리, 새 쫓는 소리, 알밤 떨어지는 소리, 얼음장 깨지는 소리, 문풍지 떠는 소리 …(69-72쪽).

어릴 적 들었던 기억속의 소리들이 거기에 있었고, 그 소리들은 단지 추억이 아닌 한 사람의 존재의 모양을 만들어낸 소리들로 느껴진다는 말씀에 제 마음이 무너져 내린 것입니다. 사실 저는 그 소리들이 그리워 시골에 내려와 살고 있는지도 모르겠습니다. 그리고 이제는 그 소리와 함께 그 소리를 내는 어른이나 듣는 아이들도 더 이상 존재하지 않는 농촌현실에서 절망을 느끼곤 합니다. 그 소리들은 인간의 삶의 원형에 닿아 있고 생성과 소멸 너머에서 들려지는 영원의 편린과도 같은 소리라고 해석해 주실 때는 그 그리움의 의미와 양이 배가되어 울적한 심정으로 한참 동안 마음이 정지해 있었습니다.

농촌에 내려와 처음 만났던 이곳의 들녘은 지금은 더 이상 어떤 소리를 들을 수 없는 죽음의 지경에 빠져 있습니다. 들녘에서 허리를 굽혀 일하던 농부들의 모습과 그들이 일을 하면서 서로 부르는 소리와 노래는 더 이상 들판의 메아리가 되지 못합니다. 돌담 너머로 넘나들던 소리들과 동구 밖에서 노인들과 아주머니들이 모여서 나누던 이야기 소리는 그친지 오래입니다. 농번기에는 사람을 대신하여 농기계소리가 벌판을 휘젓고 있을 뿐이지 사람소리는 들리지 않습니다.

25년 전 이 벌판에 처음 발을 들여 놓았을 때 만났던 어른들이 모두 떠난 지금 외로움을 벗 삼아 홀로 벌판을 지키는 심정이 참담합니다. 씨앗의 이야기는 종묘상이 빼앗아 갔고 노동의 이야기는 농기계에 빼앗겼습니다. 수확의 기쁨은 외국산 농산물에 치여 더 이상 이야깃거리가 되지 못합니다. 피폐해진 농촌 모습의 결론은 이야기가 사라졌다는 것입니다. 너무 멀리까지 왔습니다. 수백 수천 년 대지를 바탕으로 이어온 농민들의 이야기 소리는 다시는 복원할 수 없는 상태에 이르고 말았습니다.

어릴 적 들었던 그 소리들을 아직도 기억해내고 그리워할 수 있는 것은 그 마음에 고요함이 있기 때문일 것입니다. 번잡한 도심의 폭력적 소음을 견뎌내는 것만으로도 벅찬 현실에서 그 옛날 고요함의 흔적들을 끌어올려 소란스런 일상을 정화하고 삶의 관점을 전환시키는 모습이 놀랍습니다. 이것은 단지 기억력의 문제가 아니라고 생각합니다. 고요함 속에서만 들을 수 있는 소리들에 귀 기울일 수 있는 힘이야말로 사람이 가진 능력 중에 어쩌면 가장 고귀한 능력일 것이라는 말씀을 하셨지요? 세미한 소리 가운데 소명을 위임하시는 분 앞에서 귀가 열린 채로 살아갈 수 있기를 다짐해 보는 시간이 되었습니다.

281

기억이라는 우주에 점점이 박혀 있는 별자리들

그리고 추방당한 이들의 작은 소리와 광야로 내몰린 이웃의 소리에 의도적으로 귀를 기울이는 노력이 필요하고, 그 소리를 외면하는 것은 하나님의 낯을 피하는 일이라고 일침해 주셨습니다. 상대의 말 못하는 작은 소리까지 알아들으려면 우리의 내면은 얼마나 고요해야 하는지를 생각해 봅니다. 또한 신음하는 이들의 작은 소리를 들을 수 있는 귀를 가진 사람이라면 얼마나 괴로운 사람이겠습니까? 그런 소리를 듣는 사람의 삶의 무게는 얼마나 무거울까요? 정작 고요함 속에 든 사람에게 주어지는 것이 초월적인 평온함이 아니라 아픔을 겪고 있는 이웃의 절규인 세상이니, 그 괴로움으로 몸과 마음이 성치 않은 상태를 견뎌내야 하는 깨어있는 이들의 사정을 헤아려 보게도 됩니다.

세례요한이 자신을 일컬어 "광야에서 외치는 이의 소리"라고 했을 때 광야에서 무슨 소리를 들었을 것인지 짐작해 봅니다. 그 소리가 세례요한의 운명이 되었을 것입니다. 굽은 길을 곧게 하면서 주님이 오실 길을 준비하라는 음성을 접한 사람이 어떻게 편안할 수가 있겠습니까? 소명을 받는 자리에 어김없이 들려지는 소리는 결코 달콤하지 않다는 사실을 우리는 성서의 여러 소명자들을 통해 알게 됩니다. 동포들의 애타는 절규를 결코 그 마음에서 씻어낼 수 없었던 모세에게 결국은 힘겨운 소명이 주어진 것처럼 말입니다. 고요한 광야에서 일체의 번잡한 소음을 차단한 채 하늘의 음성을 들으며 공생애를 시작했던 예수님의 길이 어땠는가를 보는 것과도 같습니다.

희망 그 빛깔 있는 삶의 몸부림

성스러운 공간

보내주신 「나는 일필휘지를 믿지 않는다」는 편지에서는 공간의 의미와 중요성을 다시금 새겨보는 계기가 되었습니다. 누군가가 3초 이내에 대답할 수 있는 절실한 꿈이 무엇이냐는 물음에 마침내 거룩한 공간을 소유하고 싶은 것이라고 대답해 주신 이야기가 제가 가는 길을 환히 비춰주는 느낌을 받았습니다. 지난 십 수 년의 노력을 지속해 오면서 공간 하나를 만들고 있는 저로서는 눈이 번쩍 뜨이는 이야기가 아닐 수 없었습니다.

요즘은 공간을 구성하는 방식이 우리의 사유와 삶의 방식을 결정할 지 모른다는 생각이 더욱 깊어지고 있습니다. 어떤 공간에 들어서느냐 에 따라 사람들의 행동 패턴이 달라지기 때문입니다. 종교시설에 들어 서는 순간 사람들은 거룩의 현존 앞에 서 있음을 느낄 수 있어야 합니다 (77쪽).

유럽 여행 중에 만난 성스러운 공간에서 마치 영혼의 고향에 당도한 것 같은 감동을 받았다고 하셨지요? 그 공간을 쉽게 떠날 수 없어서 오랫동안 그곳에 머물러 있었고, 또한 그곳에서 알 수 없는 서러움이 찾아왔고 부박한 실존이 떠올라 눈시울이 시큰해졌다고 요? 그리고 그때 하나의 꿈을 갖게 되었다고 하셨네요. 들어서는 순간 신의 현존 앞에 선 듯 두렵고 떨림으로 자기를 돌아보도록 만드는 공간, 아무 것도 하지 않아도 그 공간에 머무는 것만으로도 치유를 경험하게 되는 공간을 갖고 싶다고 말입니다.

저는 그 이야기 속에서 한 영혼의 순례자를 만났습니다. 마음 둘 곳 없는 이 세상에서 휴식처를 갈급히 찾고 있는 사람 말입니다. 문명이 주는 편리함 안에서는 좀처럼 쉼이 허락되지 않는 존재 조건을 가지고 살아가는 사람을 그곳에서 만날 수 있었습니다. 영혼의 순례자들은 쉼을 얻을 수 있는 장소를 만나기가 쉽지 않은 것 같습니다. 거룩함과 고요함으로 충만하여 그 감동이 사람의 영혼에까지 스며드는 장소를 말입니다. 세상의 소요를 잠재울 만한 힘이 있고, 현재를 태초와 이어주며, 가던 길 멈추고 자신을 정비하고 충전할 수 있는 장소를 저 역시 순례자의 한 사람인 양 갈망하고 있는 것을 발견할 수 있었습니다.

영혼의 장인

예수님을 사람들이 '그 목수'라고 불렀다고 제게 말씀해 주신 기억이 새롭습니다. 풀어주신 그 호칭의 의미를 제가 하는 일에서 다독이며 살고 있습니다. 안식을 위한 공간과 살림에 필요한 가구들을 만드는 일이 창조의 연속작업으로써 구세주가 되실 분이 업으로 삼기에 잘 어울리는 일이었겠다 싶습니다. 이름 있는 뛰어난 목수로서의 경력에 어울리게 예수님은 우리가 있을 거처를 마련하러 가신다고 제자들에게 약속해 주셨습니다. 어떤 장소를 마련하여 그 안으로 들어가는 표현으로 구원을 일러주신 사실을 유념해 봅니다.

목수만이 쓸 수 있는 손 때 묻은 표현과 상상력이 돋보입니다. 그리고 우리 손으로 짓고 있는 많은 구체적인 '짓기'의 행위들 -집짓기, 밥짓기, 옷짓기, 농사짓기, 글짓기, 이름짓기, 사이짓기 등- 을 통해 우리가 들어갈 구원의 집이 영원과 잇대어 지어지고 있다는 사실을 깨닫게 됩니다.

어떤 분야의 장인이 된 사람이 그 정신과 그 눈으로 세상을 건설해 간다면 무얼 더 바라겠습니까? 누군가에 의해 만들어진 한 공간이 아득한 옛날 자신이 떠나온 고향의 느낌을 회복시키는 일이라면 얼마나 좋은 일이겠습니까? 하나님의 형상으로 지음 받았음에도 타락한 채 낙원으로 돌아갈 길을 잃어버린 사람에게 한 장소가 그 낙원의 데자뷰旣視感가 되어 그 원 기억을 조금이라도 유추할 수 있게 해준다면 그 얼마나 고마운 일이겠습니까?

오랜 노고와 깊은 정성으로 마련된 장소라면 그곳에서 순례자는 안식을 얻을 것입니다. 우리네 세상은 그런 수고와 기도를 멈추지 않는 영혼의 장인이 필요하고, 당연 그 몫은 우리 그리스도인들이 되어야 한다고 생각합니다. 순례길을 가고 있는 이들에게 안식과 치유를 주고 새 출발을 격려하는 성스러운 장소로서 그리스도의 교회들이 세워질 수 있기를 간절히 기도하게 됩니다.

목사님께서는 농촌에서 목수와 농부로 사는 제가 부럽다고 하셨지요? 그 말씀이 허투루 던진 인사치레가 아님을 알고 있습니다. 농사의 중요성과 농사하는 이들에 대한 미안한 심정을 품고 살아간다는 고백 속에서 우리 시대의 회한과 희망을 품고 살아가는 분임을 알 수 있었습니다. 도시교회 설교자로서 서재에 신영훈 선생의《한국의 살림집》이라는 두 권의 책이 꽂혀 있는 것이 의아했지만 그것을 한옥 예배당을 지으려는 제게 선뜻 내어준 그 마음이 무엇인지를 이해하게 됩니다. 저희가 농사한 유기재배 쌀이 매주일 교인들의 공동밥상에 올려지는 일도 마찬가지입니다. 설교가와 인문학자로 살아가면서 관념이 아닌 땅의 현실로부터 출발하여 근원적인 추구를 멈추지 않는 모습, 또한 이웃의 작은 소리를 외면하지 않고 그들과 한 가슴이 되는 모습을 통해 사람들의 영혼에 감동을 주는 글과 말이 세상에 선사되고 있다고 생각합니다.

편지를 쓰면서 다시금 마음을 다잡아 봅니다. 성스러운 공간을 완성하기를 계속하자고요. 거룩함을 짓는 목수로 살고 싶습니다. 제 손이 닿는 장소에 고요함과 거룩함이 깃들고, 사랑과 치유의 음성이 들려지는 장소가 되도록 하는 벅찬 일에 정성을 다해 보겠습니다. 그리고 농촌에 자연스레 존재해야 할 잃어버린 소리들을 복원하는 일에도 힘을 다해 보겠습니다. 동경하는 소리들이 사라져가는 현실에 절망하거나, 쉴 만한 곳을 찾을 수 없는 피곤한 일상에 포로가 되지 않고 계속하여 행진할 수 있는 힘을 주시기를 기도하면서 주어진 소명을 받들고자 합니다.

한 시대의 아픔에 동반으로 존재하시는 분이 제가 가는 길에서 한 줄기 조명이 되어 준다고 생각하니 한결 발걸음이 가볍게 느껴집니다. 때때로 저의 시름과 기쁨을 공유해 드리겠습니다. 그때마다 시대의 상실을 좀 더 분명히 기억하도록 일깨워주시고 또한 공동의 희망을 밝혀 주실 것을 부탁드립니다. 평안과 건강을 기원 드립니다.

희망 그 빛깔 있는 삶의 몸부림

목사님은 소리의 신학자이자
소리의 철학자이십니다

●

지강유철 | 양화진문화원 선임연구원, 《장기려 그 사람》 저자

1994년 이후 가장 덥다는 이 여름에 건강하신지요? 최근에 출간된 《세상에 희망이 있느냐고 묻는 이들에게》를 읽었습니다. 잠시 조용한 성찰의 시간을 가질 수 있었습니다. 감사합니다.

머리말에 해당하는 '초대의 글'에서 지금까지 즐겨 읽어 온 편지 형식의 작품들을 소개해주셨더군요. 전설로 남은 12세기 중세 수도사와 수녀의 사랑 이야기를 담은 《아벨라르와 엘로이즈》에서 시작하여 괴테의 《젊은 베르테르의 슬픔》, 본회퍼의 《옥중서간》, 그람시의 《옥중수고》, 문익환 목사의 《꿈이 오는 새벽녘》, 서준식의 《옥중수한》, 신영복의 《감옥으로부터의 사색》을 '읽고 또 읽는'다고 하셨지요. 재작년에 타계한 지휘자 클라우디오 아바도 추모 음악회에서 그의 절친 브루노 간츠Bruno Ganz가 '빵과 포도주'를 낭송했기 때문에 목사님이 소개하는 프리드리히 횔덜린의 《히페리온》은 더 반가

윘습니다.

목사님의 이번 책은 제게 특별했습니다. '우리가 하나님의 편지'라는 성서 본문의 의미 파악이나 실용적 효과 그 이상을 이야기하셨기 때문입니다. 목사님은 '하나님의 편지'라는 사도 바울의 가르침을, "혼신의 힘으로 일으켜 세웠던 교회 공동체가 그릇된 가르침으로 인해 흔들릴 때마다 그는 편지를 써서 벗들과 소통하려 했다. 그렇기에 그의 서신은 곡진하고, 열정적이고, 애정에 가득 차 있다. 그의 편지를 회람하면서 초대 교회 공동체는 구부러진 길에서 돌이킬 수 있었다"(6쪽)는 정도의 설명에 만족하지 않으셨습니다. 편지란 우리 "영혼이 발하는 발신음"(5쪽)이어서 "누군가의 가슴에 가 닿게 마련"(6쪽)이고, 따라서 '오늘의 나라고 하는 편지는 또 다른 사람에게 기쁜 소식이거나 불쾌한 소식 중 하나일 수밖에 없다'고 하셨지요. 목사님은 또한 수십 년 전 부친께서 "호롱불 밑에서 한 자 한 자 정성껏 쓰신" 편지가 곧 아버지의 존재이자 "아버지의 품"이었다며 그 편지를 "고향의 냄새"에 비유하기도 하셨습니다(4쪽). 프란츠 카프카를 비롯한 많은 문인과 예술가들이 평생을 아버지로 인해 생긴 트라우마에 시달렸던 사실을 알기에 부친에 대한 목사님의 고백에 놀랐습니다. 부러웠습니다.

아버지의 편지가 한 통도 남아 있지 않다는 목사님의 말씀은 그래서 더 뜻밖이었습니다. 주옥같은 편지를 지금 갖고 있지 못한 이유가 혹시 아버지의 편지가 곧 '고향의 냄새'이자 아버지의 존재 자체였다는 의식이 어려서는 흐릿했기 때문이었는지요. 아버지에 대한 현재의 이해는 목사님께서 읽은 성서와 여러 작가들이 쓴 편지가 새롭게 형성한 것인지요.

어떤 책인들 안 그렇겠습니까만,《세상에 희망이 있느냐고 묻는 이들에게》를 읽으면서 저는 몸 속 깊게 가라앉아 잘 보이지 않았던 욕구를 다시 보게 되었습니다. "평범함과 진부함이야말로 우리 삶을 지탱해주는 기둥"이고(306쪽), "제거할 수 없는 아픔은 품고 가는 수밖에" 없고(316쪽), '순례자는 길을 잃을 권리'가 있고(221쪽), "길이 보이지 않을 때는 잠시나마 고독 속에 머물러야" 하며(373쪽), "흑과 백으로 갈리는 세상보다는 차라리 회색빛 세상에서 살고" 싶다는(37쪽) 문장을 읽으면서 저는 그동안 제가 상상했던 것보다 신앙과 도덕을 요구하는 무섭고 매정한 당위의 말들에 꽤나 지쳐 있었다는 사실을 알게 되었습니다. 지금 우리에게 필요한 복음은 이런 공감과 위로의 말들이라 소리치고 싶을 정도였습니다.

목사님은 가족들이 모일 때 서로 어린 시절의 흉을 보느라 여념이 없었다면서 "스스럼없이 그 시절을 회상하는 일이야말로 각자의 자리에서 분주하게 살아가는 우리가 가족이라는 사실을 재확인하는 일종의 의례"(201쪽)라고 하셨습니다. 그 문장을 읽으며 제 눈시울이 붉어졌습니다. 어른들 중 누구도 '흉보기'의 긍정적 측면을 이렇게 포근하게 이야기한 적이 없었기 때문입니다. 가족들이 모여 서로의 어린 시절을 흉내 내며 깔깔거린다는 이야기를 듣는 청파교회 교인들이 부러웠습니다.

기억이라는 우주에 점점이 박혀 있는 별자리들

48가지 소리가 들려주는 우주의 장엄한 교향곡

이 책에서 가장 인상적인 글은 「소리가 이루는 장엄한 세계」였습니다. 이 글은 제가 읽은 목사님의 글 중에 최고였습니다. '음악을 사랑하는 입장에서'라는 전제를 서둘러 붙여야 하겠지만 말입니다. 목사님께서 앞으로 이보다 더 좋은 글을 과연 쓰실 수 있을까요? 저는 없을 것이라는 데 걸겠습니다. 목사님께 그럴 능력이 없으시다는 뜻이 아니라 소리에 대해 이 정도면 됐지 뭐가 더 필요할까 싶기 때문입니다.

200자 원고지 20여 매 분량의 길지 않은 편지에서 목사님은 48가지의 소리를 디테일하게 묘사하셨습니다. 시계·자동차·라디오·경적·옥외 스피커·층간 소음이나, 정치가의 호언장담·종교인의 '큰 소리'·쫓겨난 하갈과 이스마엘의 절규 등을 뺀 나머지는 자연과 사람이 더불어 살아가는 과정에서 만들어지는 소리였습니다. 다음은 긴 인용의 충동에 시달릴 만큼 생생한 목사님의 소리입니다.

아궁이에서 솔가리가 탈 때 나는 소리, '자작자작', 밀짚을 태울 때 나는 소리, '타닥타닥', 군불에 묻어두었던 밤 껍질이 터지는 소리, '탁탁', 댓잎을 스쳐온 바람소리, '사르륵사르륵', 솔숲을 거쳐 온 바람소리, '쏴아쏴아', 비가 그친 후 혹은 볕이 나 지붕 위에 있던 눈이 녹아 내려 섬돌 위에 떨어지는 소리, '똑똑똑' … 닭이 홰치는 소리, 솔개 그림자가 마당귀를 스치면 '구구구구' 소리를 내며 새끼들을 불러 품에 안던 암탉 소리, 푸르스름한 기운이 서린 동녘 하늘을 향해 '꼬끼오' 하고 울어 새벽을 깨우던 수탉의 울음소리, 한낮의 무료함을 깨뜨리려는 듯 혼자 '컹컹' 짖는 누렁이 소리(69-72쪽).

목사님은 그런 연후에 21세기 사람들의 뇌리에서 거의 잊힌 산업화 이전의 아날로그 세계로 독자들을 데려갑니다. "나무 방망이와 다듬잇돌과 피륙이 이루어내는 리드미컬한" 여인들의 다듬이질 소리, "이불 호청이나 큰 빨래를 둘이 마주잡고 '쫙쫙' 펴는 소리, 다림질하기 위해 입에 머금은 물을 '푸푸' 옷에 뿌리는 소리, 밤이면 벽간에서 울려나던 귀뚜라미 소리에 시선을 돌리게 만드셨습니다.

48가지를 섬세하게 묘사해 내신 것도 대단하지만 저를 더 놀라게 한 건 언어도, 말씀도, 들리는 소리도 없으나(시편 19:3) 세상 끝까지 퍼진 하늘의 소리에까지 관심의 끈을 놓지 않고 계셨기 때문입니다.

몇 해 전에 방문했던 베를린 레기나 마르티눔 성당을 회고하실 때는 "자연 조명과 인공조명이 절묘하게 뒤섞인 공간"의 성스러움에 숨이 막힐 것 같은 감동을 느끼셨다고 했지요(79쪽). 성서에서 들려오는 하갈과 이스마엘의 절규를 듣기 위해 몸을 낮추셨을 뿐 아니라 쉽게 떠날 수도 없는 이 복잡한 도시에서 "폭력적으로 추방당한 작은 소리들에 의도적으로 귀를 기울"이겠다는 다짐도 빼놓지 않으셨습니다(75쪽). 세계에 있는 모든 '초월자의 암호'(카를 야스퍼스)를 읽어내고 그것을 해독해 낼 능력을 갖추게 될 때 우리네 심성이 회복된다고도 하셨습니다(53쪽). 작은 것들을 보려면 자꾸 멈춰 서야한다고 하셨지요. "멈추어 서는 것이야말로 참된 삶의 시작"이고

"생명 사랑이란 언제나 작은 것들에 대한 세심한 관찰의 결과라고 말입니다(281쪽). 세상의 어느 특정한 소리에 편향되지도, 제멋대로 세상의 장엄한 소리들 사이에 위계를 정하지 않았다는 점에서 목사님은 소리의 신학자이자 소리의 철학자이십니다. 적어도 제겐 그렇습니다.

누구도 간파하지 못했던 자연의 오묘한 이면

이제는 '소리가 이루는 장엄한 세계'가 왜 명문인지에 대해 마지막 이유를 말씀드릴 차례입니다. 사실 계절의 변화를 따라 자연이 우리에게 들려주는 소리나 까마득해진 옛날 사람들의 모습은 시골의 촌로들이 목사님보다 더 잘 알지 모릅니다. 차별받고 소외당한 사람들의 목소리도 비정규직이나 성소수자들을 위해 투쟁하는 시민운동가들이 더 세밀하게 들을 개연성이 높습니다. 미술이나 음악 역시 마찬가지일 것입니다. 그런데도 목사님이 들려주는 48가지 소리에 흥분하는 것은 우주의 장엄한 교향곡이 다름 아닌 목사, 그것도 서울의 중형교회 담임목사를 통해 제 모습을 드러냈기 때문입니다. 예술가나 시민운동가나 생태주의자가 아니라 우리 사회의 천덕꾸러기가 된 목사가 하찮게 여겨지던 소리들을 본래의 자리로 복권시켰기에 탄성을 지르는 것입니다.

목사님을 통해 세상의 다양한 소리에 귀를 기울이다보니 20세기 중반 이후 세계 클래식 콘서트홀에서 가장 많이 연주되는 작곡가

구스타프 말러 생각이 났습니다. 말러는 제자 브루노 발터와 숲 속을 거닐다가 멀리서 들려오는 장터 소리, 군악대 소리를 듣다가 이렇게 말했습니다.

저 소리 들리나? 저것이 바로 폴리포니(대위법적 음악)이며, 내가 폴리포니를 이해하는 방식일세! … 예술가의 일이란 이러한 혼돈에 질서를 부여하고 하나의 조화로운 전체로 통일하는 것일세.

음악 학자들 가운데는 말러의 교향곡 3번을 가리켜 "천지창조 교향곡"이라 부르기도 합니다. 그에게 있어서 교향곡이란, 특히 3번 교향곡이란 "모든 기술적인 수단을 강구하여 세계를 이루는 것"을 의미했습니다. 때문에 말러는 3번 교향곡을 6악장으로 구성하면서 목장의 꽃들, 숲속의 동물들, 인간들, 천사들, 그리고 사랑이 말러에게 던질 말들을 음악화 했던 것입니다.

말러가 의미하는 자연은 좀 독특하기 때문에 주의를 요구합니다. 그는 사람들이 자연을 말할 때 "오로지 꽃이나 작은 새들이나 수풀의 향기만"을 이야기하는 것을 못마땅하게 여겼습니다. 왜 자연에 디오니소스나 위대한 목신 판(Pan, 목신)과 연관 짓지 못하느냐는 것입니다. 때문에 자신의 교향곡 3번에서 말러는 "끔찍하고 위대하고 한편으로는 사랑스러운 그 모든 속내를 숨기고 있"는 자연, 누구도 간파하지 못한 이 오묘한 자연의 이면을 파고들었습니다. 그것이 "언제 어디서든 담아내고자 하는 것은 자연의 소리"였기 때문입니다.

기억이라는 우주에 점점이 박혀 있는 별자리들

도스또옙스끼를 멘토 쯤으로 받들던 말러는 "이 땅위에 피조물이 아직 하나라도 고통 받고 있다면 인간이 어떻게 행복할 수 있는가?"란 근원적 질문에 답하려 했던 음악가였습니다. 젊었을 때부터 숲 걷기나 등산 같은 강도 높은 운동을 좋아했지만 생의 말년에 심장에 문제가 생기자 의사는 격한 운동을 금지시켰습니다. 평생 "책상에 앉은 채로만 작곡을 한 적이 단 한 번도 없었"기에 짧고 가벼운 산책만 하라는 의사의 요구에 말러는 낙담했습니다. 운동을 할 수 없어 자신이 원하는 작곡을 할 수 없는 현실을 "인생 최대의 불행"으로 받아들였던 것입니다.

목사님과 말러 사이에는 물론 많은 차이가 존재합니다. 그러나 아름다움만이 아니라 누구도 간파하지 못한 자연의 오묘한 이면에까지 들여다보며 모든 피조물의 고통에 반응하려 했던 말러와 목사님 사이에는 공통점이 작지 않다는 게 저의 생각입니다.

이제부터는 저도 "해야 할 일 혹은 성취해야 할 목표를 인간관계의 중심에 두는 이들"(55쪽)에게 느낀 극심한 피로감만 불평할 게 아니라 "세상의 미세한 것들 속에 깃들어 있는 하늘에 주목"(53쪽)하겠습니다. 그렇게 자본주의 세계의 중독에서 벗어날 수 있는 길을 모색해 보겠습니다. 고요한 침묵 속에 마련된 성소(161쪽)에 더 자주 몸을 맡기겠습니다.

이 글을 쓰는 동안 '양화진'에서는 매미들의 우렁찬 합창이 계속되었습니다. 매미의 합창 소리는 너무 커서 소음처럼 들릴 때도 있었습니다. 그러나 이제부터는 양화진의 매미들은 왜 솔로가 아니라 합창을 좋아하는지, 합창을 하되 왜 포르티시모로 울어대는지를 관찰해 보겠습니다. 윌리엄 블레이크처럼 '한 알의 모래에서 세상이나 한 송이 들꽃에서 천국'까진 못 본다 하더라도(116쪽), "사소한 것들 속에서 당신의 모습을 드러내는 하나님"을 만나거나(304쪽), 그것도 어렵다면 목적 없는 무위의 놀이를 통해 욕망의 포박이 조금이라도 느슨해질 줄 누가 알겠습니까(102쪽).

언제 한 번 양화진으로 놀러 오세요. 함께 듣고 싶은 음악이 많습니다. 목사님의 평안을 빕니다.

기억이라는 우주에 점점이 박혀 있는 별자리들

차선과 차악의
사이에서

●

차정식 | 한일장신대학교 교수, 《성서의 에로티시즘》 저자

김 목사님, 지속되는 무더위에 매미소리도 지친 듯 들리는 이즈음 평안하신지요? 이제 내일이면 수련회 장소에서 만나 뵙게 되겠군요. 우리 교우들이 기도하면서 함께 나눌 말씀을 위해 이번 수련회를 준비해온지라 저도 반가운 해후가 은근히 기대됩니다.

오늘 저는 집안 대청소를 했습니다. 미국에서 귀국한 지 한 달 넘도록 쌓인 먼지 속에서 살다가 무언가 참신한 분위기가 필요했나 봅니다. 한 번은 온종일 서재가 있는 방안에 눌러앉아 책상서랍을 정리하면서 마음을 닦아냈었는데 그것만으로 모자랐던 게지요. 마치 자신이 오래 전 받은 세례를 기억해내어 그 의미를 갱신하듯 이렇게 자신이 몸담고 있는 공간을 깨끗하게 청소하여 분위기를 쇄신하고자 하는 건 우리 모두의 오래된 버릇인지 모릅니다. 그렇게 사람을 바꿀 수 없는 우리로서는 시간과 공간이라도 좀 더 정갈하게

희망 그 빛깔 있는 삶의 몸부림

재구성하여 헝클어진 제 삶을 정돈하고 싶어지는 것이겠지요. 그렇게 정돈되는 공간 속에서 마음도 닦아지고 그 마음에 흔적을 남기고 간 사람들의 기억도 새록새록 새싹처럼 돋아나는 경험을 치르곤 합니다. 그만큼 주변을 소제하고 정돈하는 이 오래된 습관은 무슨 정신의 통과의례처럼 반복되는 것이려니 합니다.

기억이라는 우주에 점점이 박혀 있는 별자리들

일전에 목사님의 서신 에세이집 《세상에 희망이 있느냐고 묻는 이들에게》를 읽으면서 반가운 문단 한 군데를 발견해 한참 머물렀습니다. 신약성서 로마서 16장에 대한 평이한 소감을 적은 대목이었습니다.

옛날에는 로마서를 읽을 때 신학적인 문제에 집중해 보았다면 이제는 16장에 나오는 바울의 인사말에 더욱 마음이 갑니다. 바울은 각지에서 만난 인연들을 떠올리며 한 사람 한 사람의 이름을 호명하고 있습니다. 그들은 바울의 기억이라는 우주에 점점이 박혀 있는 별자리들인 셈입니다. 그 별들이 없었다면 아무리 믿음이 좋은 바울이라 해도 길을 잃거나 낙심했을지도 모릅니다. 있음 그 자체로 누군가에게 힘이 되는 사람들이 있습니다. 우리의 기억 속에 남아 있는 장소는 풍경이 아름다운 곳도 있지만, 대개는 누군가와 인연이 맺어졌던 장소일 때가 많습니다. 지속적이고 의식적인 인연도 그렇지만 스치듯 만난 인연도 우리 내면에 어떤 형태로든 인연의 흔적을 남기게 마련입니다(22쪽).

이 평이한 문단이 제게 심상치 않게 다가온 사유가 있습니다. 12년 전 제가 이곳 전주의 한 무리 교우들과 이른바 '공동체'를 개척하게 되었을 때 그 자리에 설교자로 초청받아 나눈 첫 성서의 말씀이 바로 로마서 16장이었기 때문이지요. 그때 제 설교 제목은 '문안받는 공동체'였던 걸로 기억합니다. 바울이 여러 사람들의 이름을 호명하며 안부를 전하고 또 안부를 묻는 그 긴 인사말이 언제부턴가 저에게 깊은 감동을 주기 시작했습니다.

신약성서 학자들은 이 16장의 정체에 대해 긴 토론을 해왔습니다. 사본학적 분석을 통해 이 16장이 본래 로마서의 일부가 아니라 에베소 교회에 보낸 편지 조각의 일부라는 주장이 나름의 추론 증거와 함께 한때 설득력을 얻기도 했었지요. 16장을 로마서의 일부로 인정하는 쪽에서도 이처럼 여러 사람들의 이름을 언급하면서 긴 인사말을 기록한 동기와 배경에 대해 '외교적인 시위'라는 선에서 야박하게 추론했을 뿐입니다. 바울이 스스로 개척하지 않은 로마교회에 로마서를 써서 보내면서 자신이 그 교회와 전혀 연고관계가 없지 않음을 보여주고 향후 방문의 목적을 용이하게 달성하기 위해 이렇게 여러 사람들과의 친분관계를 애써 드러내려고 했다는 논리지요. 사도 바울이 이런 방면으로도 수완이 없지야 않았겠지만 저는 그 이상의 의미가 이 인사말에 담겨 있다고 봤습니다.

목사님의 통찰대로 바울이 '인연의 흔적'을 더듬어 그가 그동안 만난 사람들에 대한 기억을 여기서 떠올리고 있었고 그만큼 그는 그들과의 인연을 소중히 여겼다는 것입니다. 그들은 바울의 선교사역에 존재 자체만으로도 힘을 주는 코이노니아의 동역자들이었기에 "바울의 기억이라는 우주에 점점이 박혀 있는 별자리들"로 자리매김 될 수 있었을 겁니다. 그저 안부를 묻고 인사를 전하는 이 편지의 말미가 제게 잔잔한 울림을 남긴 이래 저는 제가 속한 공동체가 수시로 안부를 묻고 서로 인사를 잘하는 공동체가 되길 염원해왔습니다. 친한 이들끼리 서로 똘똘 뭉치기보다 낯선 외인이 교회를 찾아올 때 그들에게 친밀하게 다가가 예수의 이름으로 환대하며 영접하는 구체적인 행동을 강조해왔습니다.

곰곰이 생각해보면 사람이 인사 하나만 잘해도 서로에 대한 예의를 충실하게 지키며 소중한 인연을 틀 수 있는 기회가 생기는 것 같습니다. 서로를 그저 이해관계를 도모하는 수단이나 도구로 여기지 않고 순전한 목적으로 대하는 태도의 훈련 또한 그러한 기회 속에 덩달아 가능해지겠지요. 특히나 오늘날처럼 자본이 우상이 되는 세태 속에서 이렇게 인연의 흔적을 더듬어 특정한 개인에게 잇닿는 기억을 되새기며 은총의 감수성을 활성화하는 것이 거창한 삶의 성취나 선교의 수확을 홍보하는 것 이상으로 절박하지 않나 싶습니다.

목사님의 글 행간에서도 저는 이 세대의 주류가치를 가로지르는 유사한 키워드를 발견합니다. 목사님의 글 속에는 부지런한 새벽독서의 흔적과 함께 상상력, 시심, 극진한 일상, 초월적 영성의 자취가 만져집니다. 작고 사소할망정 그 틈새에 깃든 의미에 귀 기울이는 섬세한 감성과 이 시대의 구조적 악에 분개하면서도 그 폭력에 폭력으로 되받아치는 흔해빠진 방식이 아닌 치밀한 성찰과 반면교

사로서의 내면풍경이 행간마다 풍성히 넘쳐납니다. 목사님이 즐겨 하시는 문학 독서와 동서의 고전 독서에 물꼬를 댄 안팎의 공부길이 그 바탕에 깔려 있겠지요.

어느 지면을 읽어도 부드러운 문체와 반듯한 리듬의 글이 억압하지 않으면서 우리가 받아온 억압에 대해 생각나게 하는 빛의 감화가 저절로 찾아옵니다. 제 딴에 사사로이 이런 생각을 해봤습니다. 이 땅에 꽤 많은 교회 숫자와 딴판으로 매우 빈곤한 기독교 교양에 대한 생각입니다. 목사님의 넉넉한 사색이 녹아든 풍성한 감성의 언어와 다감한 영성에로의 초대가 여전히 달뜬 이 땅의 기독교인들에게 폭넓게 전파되고 있지 않아 안타까운 게지요. 그래서 목사님의 책들이 법정 스님의 《무소유》를 능가하는 베스트셀러가 될 때 이 땅에 비로소 기독교 교양이 개화하기 시작하고 우리의 기독교 신앙이 이 땅에 성숙한 문화로 착근하지 않을까 하는 기대까지 생겼습니다.

이러한 기대와 바람은 이 땅의 사람살이가 여전히 폭력성의 그늘 속에 다분히 억압의 일상을 버텨내기가 만만치 않은 탓일 겁니다. 보수정권 8년의 끝자락이 보이는 이즈음, 우리나라의 각계각층에서 들려오는 탄식과 아우성은 더 심각한 지경으로 치닫고 있는 것 같습니다. 국민 모두 부자로 만들어주겠다며 4대강 사업에 올인한 이명박 정부나 '창조경제'의 대단한 열매가 금세 맺힐 것처럼 요란한 출발이 무색하게 출범 당시부터 불거진 부정선거 추문, 세월호 사건, 메르스 사태, 사드 문제 등 사건 사고가 끊이지 않아온 박근혜 정부 내내 국민의 행복과 너무나 동떨어진 정책과 정치는 뻔뻔스러운 자기기만의 행보로 얼룩져 왔습니다. 굵직한 문제가 워낙 자주 터져 나오다 보니 다수의 국민들은 아예 냉소와 좌절 속에 아무런 기대 없이 기계적 타성에 젖어 살아가는 것 같습니다.

빛과 소금의 역할을 감당해야 할 교회의 몰골 또한 그리 녹록하지 않은 게 분명합니다. 잊을 만하면 한국교회의 점수를 깎아먹는 스캔들이 툭툭 터져 목사가 더 이상 하나님 말씀을 들고 권위 있는 포즈를 취하기 어려운 시대로 전락했습니다. 비록 소수정예부대원 같은 일각의 몸부림이지만 그럼에도 이러한 모습을 그냥 봐주지 못해 맹렬한 비판과 질타 속에 개혁의 기치를 높이 들고 투쟁하는 형제자매들이 있는 것은 불행 중 다행일 겁니다. 그러나 싸우면서 닮는 게 인간의 본래 성정인 탓인지 이제는 동네북이 되어버린 교회를 까대고 비난하는 목소리들이 워낙 습성처럼 만연해진 터라 누가 개혁의 주체이고 누가 개혁의 대상인지조차 헷갈리는 현실이 되어버린 건 아닌지 더러 우려될 때가 있습니다.

제 대학시절 친구 하나가 빛과 소금의 사명을 언급하면서 흥미로운 비교를 내놓아 그걸 흥미롭게 묵상한 적이 있습니다. 소금의 사명은 짜고 야박한 것이라 존경스럽고 인정받을 만한 것이지만 빛의 감화에 미치지 못한다는 것이지요. 소금이 맛을 내는 건 틀림없지만 워낙 원칙에 투철하고 에누리 없는 규율에 맞춰 살아가자는 이미지인 터라 빡빡한 그 설득과 강변의 스타일에 부드러움의 힘이 실종되기 쉽다는 지적으로 들렸지요. 이에 비해 빛의 감화는 제 맛의 단호함을 강조하고 강박하지 않아도 저절로 끌리고 스며들어 사람을 잔잔히 감동시키므로 한 수 위라는 것이지요. 제 딴에는 소금을 쳐서 배추를 절이듯 짜게 만들면 별 도리 없이 그 맛에 눌리겠지만 동시에 질리기도 쉽다는 의미로 새겨졌습니다. 그래서 소금만이 득세한 각종 운동의 현장마다 틈새와 에누리의 미학이 우리에게 필요하고 관용의 미덕과 부드러움의 정치가 아쉬워지는 것일 겁니다. 그게 요즘 유행하는 인문주의 정신의 기본 바탕으로 이 땅에 터를 잡아갈 때 사람들은 자신의 인성을 망치고 타인을 향한 도저한 무례를 감내하면서까지 무엇을 고쳐 잡는 개혁의 기수가 되는 길을 택하지 않을 거라고 믿습니다. 하나의 목표에 매몰돼 둘의 관계를 깨고 해치는 또 다른 악의 횡포를 방조하기 어렵기 때문이지요.

'신앙적 유아론'을 경계하며 열린 맘으로…

문제는 감화의 동력으로서 그 빛이 우리에게 있는가 하는 것일 겁니다. 몸의 등불로서 눈을 상정하고, 우리 내면의 빛이 외부의 태양빛과 만나 시력이 발생하는 이치를 놓고 보면 우리 생명에 '하나님의 형상'으로 심어진 은총의 선물이 있는 것처럼 보이기도 합니다. 그러나 우리가 모셔온 그 내면의 빛이 그저 형이상학적 장식품으로 전시용일 뿐이라면 그것이 기실 몽땅 어둠에 다름 아니라는 게 예수의 비수 같은 통찰 아니었는지요. 스스로 빛을 발하든, 큰 빛을 반사하여 빛을 내든, 우리에게는 제 몫의 고유한 존재 값과 함께 그에 걸맞은 선교적 소명이 있다고 믿는 게 기독교 신앙의 기본 전제일 겁니다. 이제 나이가 50을 넘어서니 저 자신이나 우리 모두가

희망 그 빛깔 있는 삶의 몸부림

열심히 노력해서 성취하고 결실하는 몫이 그리 대단치 않다는 생각이 자꾸 깊어갑니다.

무한의 우주공간과 영원의 까마득한 시간이 교차하는 한 지점에 이 지구가 돌고 있고, 그 속에 70억 인구와 온갖 생물들이 꼬무락거리면서 제 존재 의미를 시위하고 무언가 의미 있는 일에 제 에너지를 투여하고 있다고 생각하면 분명 우리는 사소한 존재인 게 틀림없어 보입니다. 역사주의의 망령을 벗어버리고 나면 역사의 무게 아래 장엄하게 투쟁의 역사를 거쳐 온 저의 세대 역시 하루하루 먹고살기 바쁜 생활인의 족쇄를 벗어날 수 없다는 판단에 자괴감이 스치기도 하지요. 그래서 제 깜냥대로 공적인 소임을 성실하게 감당하고 사인성의 세계에서 제 몫의 삶을 최대한 짐져가면서도 한 개인이 평생에 이룰 수 없고, 한 공동체, 한 나라의 모든 역량을 집중해도 포착할 수 없는 우발성의 세계에 자꾸 눈길이 가는 걸 어쩔 수 없습니다.

제가 잡념과 권태를 다스리는 한 방편으로 모악산 기슭에 밭떼기를 조금 사서 잡다하게 작물을 심어 가꿔온 걸 목사님도 아실 겁니다. 어제도 무더위를 땀으로 목욕하면서 무성한 풀을 제거하고 한 군데 황무지를 조금 일구어 두어 평 남짓 딸기밭을 만들었습니다. 연이어 다른 곳에서 풀을 베다가 '아뿔싸' 싶은 현장과 부대꼈지요.

전라남도 고흥반도에서 다래농사 지으시는 제자 목사 부친께 작년 11월 다래 묘목 세 그루를 사다 심은 적이 있습니다. 그러나 한 달 뒤 미국으로 건너가야 했고 그 뒤로 한 뼘 크기의 이 가녀린 생물을 보살펴줄 바지런한 손길이 없어 제 근심이 깊어졌지요. 그러

303

나 6개월 뒤 다시 찾은 묘목은 그 차고 험한 눈 더미 속에서 살아남은 건 물론 씩씩하게 가지를 뻗고 잎을 내 기특하게 성장하고 있었습니다. 그뿐 아니었습니다. 사다 심은 지 두 해째 되는 어린 대추나무 세 그루가 올해 꽃은 제법 피었는데 열매가 없다며 저 자신도, 가족들도 투덜거렸습니다. 며칠 전 이 나무들 근처에서 풀을 베며 낫질을 하다가 뽀얗게 대추알 몇 개가 달려 커가는 걸 보고 내 성급한 투정을 반성하지 않을 수 없었지요. 저 몰래 저절로 싹이 트고 자라 열매 맺는 '스스로'의 법칙을 또다시 망각한 것이었습니다.

이와 같이 저 자신의 염려나 관심과 무관하게 어느 날 갑자기 싹이 트고 자라 '아하!'의 감탄과 각성을 자아내는 생물세계의 자율적 성장 원리는 예수께서도 하나님 나라의 비유로 차용해 설파하신 적이 있었지요. 창조의 은총에 덧입은 대로 저절로 자라나는 생명이란 이다지도 신비한 기적인 게지요. 마찬가지로 나 자신의 존재와 간섭, 염려와 탄식, 비판과 예언에 상관없이 오늘도 내일도 시곗바늘은 저절로 돌고 지구의 공전과 자전도 순탄할 것입니다. 제가 안달하며 신경 쓰는 에너지의 강도와 무관하게 우리가 툭하면 근심하며 비판하는 한국교회, 한국 사회도 그럭저럭 무탈하게 굴러가지 않을는지요. 굳이 '섭리'라는 거창한 어휘를 들먹이지 않아도, 때로 수모와 고난의 수렁에 처박혀 낑낑대는 구석이 생길지라도 자생력을 가지고 그 잔해 속에서 제 유산을 되찾아 번식해갈 거라고 저는 믿습니다. 자기 몰래, 저절로 굴러가는 '생의 바퀴들'이 멈추는 날, 우리는 비로소 신 앞에 최초로 각자의 진실을 모아 가장 순결한 고백을 토해낼 수 있을 것입니다.

목사님, 우리는 믿음이 깊어질수록 '신앙적 유아론'을 경계하면서 점점 더 타자의 지평을 향해 함께 열린 맘으로 걸어가는 게 좋겠습니다. 거대한 바깥의 우주와 내면의 소우주가 만나는 일상의 세세한 골목마다 내 앎과 삶의 바깥에 대한 호기심은 애써 물리치기보다 그 허방에서 오는 미래의 신, 미지의 하나님을 상상하면서 우리의 신앙조차 더러 틈새를 드러내는 건 어떨까요. 이 세상의 도저한 악의 구조를 통찰하고 때로 굳세게 엉겨 붙어 싸울지라도 내 적들이 나를 보며 품는 연민의 정을 역지사지로 공유해보는 건 또 어떨는지요. 그리하여 우리의 순례 여정이 고비에 고비를 넘어 영원과 무한의 세계에 합류하는 순간, 우리가 알고 또 모르는 것으로 인해 범한 오류를 자백할 준비를 하면서 사는 것이 차선과 차악의 사이에서 우리를 현명하게 독려하는 방식이 아닐까 싶습니다.

아직 무더위가 꺾일 기세는 아니지만 말복이 코앞인지라 머잖아 선선한 가을바람이 또 우리를 경계 넘어 다른 세계로 데려갈 겁니다. 계절이 바뀌고 세월이 갈수록 우리 속의 유치증이 멀찌감치 물러가고 장성한 사람의 생각과 말이 더 풍성해져 우리 교회가, 우리 사회와 우리나라가 조금씩 진보하고 성숙해져가길 목사님과 더불어 간구해봅니다. 늘 청안하시고 건필하시길 빌며, 두서없는 사념의 글 접습니다.

희망의 거처에
가닿을 수 있을까요?

●

천정근 | 자유인교회 목사, 《연민이 없다는 것》 저자

목사님의 서간문집 《세상에 희망이 있느냐고 묻는 이들에게》를 대
하며 저는 엉뚱하게도 이 편지들의 수신인들은 누구일까? 혹시 내
게 쓰신 편지는 없을까? 그런 것이 궁금했습니다. 딱히 제게 쓰신
것 같은 편지가 없는 듯해 맘이 편하기도 하고, 또 제게 편지를 쓰
신다면 무슨 말씀을 해주실까 궁금해지기도 했습니다. 그러나 한편,
모두가 어쩌면 제게 쓴 편지일거라는 생각도 듭니다. 사도바울에게
서 인용하셨다시피 '사람이란 그 인격 자체로 대상에게 읽히는 편
지가 아닐까' 싶기 때문입니다.

 수신인이 익명으로 처리된 편지라도 책으로 엮은 이상은 공동회
람의 운명을 피할 수 없습니다. 기명으로 받는 이가 명시된 서간일
지라도 책으로 편찬된 다음엔 받는 그 사람까지 포함된 또 다른 편
지가 됩니다. 하여 제 글은 제게 쓰신 편지에 대한 답신쯤 될 것 같

습니다. 무슨 대답을 골라야 할까요? 드릴 말씀이 참 많을 것도 같고,(문장의 핵심은 함축이라!) 목사님 같이 미적 절제가 지행합일知行合—이신 분에게야 간명과 침묵이 손해 보지 않고 남는 장사가 될 것만 같군요.

그러나 답신을 쓸 사람이 저만이 아닐 줄 아는 처지라 좀 유별나지 않으면 별 볼일 없겠다는 생각이 듭니다. 사는 재미랄까요? 구색이랄까요? 각 사람에겐 역시 어울리는 역할이 있을 듯합니다. 미상불 목사님과 글에 경의를 표하고 동감과 지지를 표명하고 우정과 감사들을 보낼 것을 짐작하기 때문입니다. 물론 저 역시 누구보다 목사님을 흠모하는 수줍은 먼발치의 학생인 줄은 목사님께서 아시리라 믿기에, 선생님의 관대한 신뢰의 바탕 위에 저는 좀 일부러 억지를 부려보는 제자 역할을 맡아볼까 합니다.

일관된 비타협과 저항으로서의 정신과 태도, 희망의 단초

가령 이런 겁니다. 《세상에 희망이 있느냐고 묻는 이들에게》라는 타이틀은 이 책의 서명書名이기도 하고 맨 머리에 나오는 첫 꼭지의 제목이기도 하기에 제게 의미가 깊었습니다.(첫 번째 글이라 설마 그것만 읽었다고는 생각지 말아 주십시오.) 그래서 저는 이 부분을 주목했습니다. 희망이 없다고 말하는 사람들에게, 세상에 아직도 희망이 남아 있느냐고 묻는 이들에게, 목사님께선 무슨 대답을 주실 것인가?

기억이라는 우주에 점점이 박혀 있는 별자리들

'희망은 외부에 있는 것이 아니다.' 정확히는 '그러나 희망은 우리의 외부에 객관적으로 존재하는 것이 아님을 그들도 알고 있을 겁니다'(17쪽)라고 쓰셨습니다. 어떤 이들은 반박을 할 겁니다. 하나님의 도움을 가리켜 '희망은 오히려 객관적 외부에서만 온다'는 신학적 강변을 늘어놓을지도 모르겠습니다. 그러나 저는 그런 반박을 할 이유를 도무지 느끼지 못하며 그 반박에 반박을 할 겁니다. 왜냐하면 여기에 피력된 '희망'이야말로 전적으로 외부적 객관에서 오지 않을 줄 알기 때문입니다. 객관적 외부에 희망이 감지된다면야 이런 질문 자체가 필요치 않았겠지요.

요컨대 이 '외부의 객관적으로 오지 않는 희망'이라야 우리는 외부에서 객관적으로 희망이 오리라는 주장을 철저히 배격할 겁니다. 그런 다음 외부로부터 희망이 객관적으로 오지 않을 때, 오지 않는 것일 때, 그러면 어찌할 것인가 하는 태도가 결정된다고 할 수 있겠습니다. 여기서 곁가지 하나를 잘라내야겠습니다. 곧 희망이 외부적 객관적으로 오지 않는다면 반대로 내부적으로 주관적으로 오는 것이냐? 그에 대해선 그렇다고도 아니라고도 할 수 있습니다. 그렇다는 것은 희망이든 절망이든 외부에 기대지 않은 정신(의식)의 문제라는 데서 그러하고, 아니라 함은 희망은 외부에서 객관적으로 오지 않는다면서 내면으로 도피해 버리려는 우리 시대에 성시城市를 이룬 노장老莊적 도사들(기독교의 도사들까지 포함하여)의 경향을 경계하고자 함입니다.

희망이 외부에서 객관적으로 오지 않는다는 말은 외부에 부질없는 희망을 걸지 않는다는 뜻입니다.(동시에 내부로 도피하지도 않는다는 뜻입니다.) 그것은 희망은 내면적이고 주체적인 정신(의식)의 소관이라는 의미입니다. 그것은 그 반대의 것들과의 일관된 비타협의 정신이고 일관된 저항의 태도라 하겠습니다. 무엇에 대한 비타협이고 저항이 겠습니까? 희망이 외부에서 객관적으로 오리라는, 온다는 정신과 태도에 대한 것 아니겠습니까. 또한 희망이 단지 마음의 문제, 긍정적인 태도의 문제라는 식의 안일한 정신에 대한 비타협이고 저항이기도 합니다.

　　　　　．

　그러나, 목사님께서는 기왕에 희망이 외부에서 객관적으로 오지 않음을 우리 모두 안다고 하신 다음, 곧바로 희망은 만들어 가는 것이라는 말씀을 하셨습니다. 곧 루쉰魯迅의 언명을 인용해 '처음부터 길이 있는 것이 아니라 만인이 함께 걸으면 거기가 길이 되는 법'이라 하셨습니다. 이것이 단순히 길의 문제라면 맞는 말씀이겠으나 지금 이야기하는 세상의 희망의 유무有無의 문제라면 전후前後 모순이 되지 않을까 합니다. 희망이 외부에서 객관적으로 오는 것은 아니라 하고, 다시 여럿이 힘을 모으면 희망이 온다 하면, 결국 외부와 객관으로 돌아가게 됩니다. 또한 더 본질적으로는 희망의 소재가 외부와 객관의 문제가 아니라 숫자의 문제가 됩니다. 그렇다면 지금 우리에게 희망이 없는 이유는 단지 길(희망)을 내려는 자들의 숫자가 적기 때문이고, 숫자만 늘어난다면 희망이 있을 것이라는 논리가 되기 때문입니다. (압니다. 알지요. 저의 억지를 너그러이 용서하십시오. 하고픈 말을 좀 더 해 보겠습니다.)

　저는 희망의 소재로서 정신과 태도의 문제를 말씀 드렸습니다.

그것도 일관된 비타협과 저항으로서의 정신과 태도를 말입니다. 이것만이 저에겐 희망의 단초로 보입니다. 목사님께선 희망이 있느냐 묻는 이들에게 외부적이고 객관적으론 없다고 하셨습니다. 그러나 루쉰의 말처럼 길을 내려는 자들이 늘어난다면 희망이 생길 것이라 하셨습니다. 이때 저의 비타협과 저항은 목사님의 함께 길을 내는 것과는 같은 것일 듯도 싶지만 아주 다른 의미가 되지 않을까 싶습니다.

가령 그 다음 문장에서 목사님은 희망의 길을 내기 위한 '정글도'와 '쇄빙선'의 비유를 드셨습니다. 관념의 감옥을 벗어난 실천의 벌판을 말씀하셨습니다. 그리곤 다시 '실천의 벌판이 꼭 투쟁의 자리일 필요는 없을 것'이라고 부연하셨습니다. '각자 주어진 삶의 자리에서 갈라진 세상을 고치는 사람으로 살아가는 것 또한 희망을 일구는 일이라 생각합니다'(17쪽)라고 그 문단이 맺어집니다.(목사님은 너무나 배려가 크시고 관대하십니다! 이렇게 청중들로 하여금 각자 자기의 둥지로 안전히 도망갈 여지를 주시니 말입니다.) 제 소견에 희망이 외부에 객관적으로 오는 것이 아니라면 굳이 관념의 감옥과 실천의 벌판을 나눌 필요가 없겠습니다. 당연히 실천의 벌판이 없으니 투쟁의 자리도 없겠습니다. 하물며 각자 주어진 자리에서 갈라진 세상을 고치는 사람이란 오대양과 육대주를 돌아 다시 원점으로 돌아온 느낌입니다.

희망이 외부에서 객관적으로 오는 것이 아니라면 희망은 필시 외부적이고 객관적으로 만드는 것이 아닙니다. 이 말은 인간의 외부적이고 객관적 노력과 수고를 무시하려거나 무위로 돌리려는 뜻은 아닙니다. 그러나 그 노력과 수고를 지나치게 높여줄 이유도 없지 않나 싶습니다. 더구나 실천의 벌판도 미달未達인데 관념의 감옥이 해당될까요? 또한 투쟁의 자리도 미달인데 실천의 벌판이 해당될까요? 하물며 각자 자기의 자리에서 갈라진 세상을 고치는 일 정도로 희망의 거처에 가닿을 수 있을까요? 저는 지금 각자 자기의 자리에서 갈라진 세상을 고친답시고, 투쟁을 한답시고, 실천을 한답시고, 관념의 감옥에서 안전을 꾀하고, 내부적이고 주관적인 은둔과 도피를 마치 달관의 경지인 양 피력하는 모든 욕속부달欲速不達을 향해 반박하고 싶어집니다. 이 관점이라면 적은 숫자가 아니라 너무 숫자가 많아 병통病痛이라 하겠습니다.

일에 몰두하는 이들의 모습이 어린 하늘빛에서 받는 깊은 위로

이것도 병통이라면 병통이지만 저는 세상을 지극히 간단히 이해하려 합니다. 또한 지극히 간단히 적과 아군을 나누어 몰아붙이는 셈입니다. 아니면 아닌 거고 기면 긴 거지 어중간의 복잡하고 세심한 배려가 맘에 차질 않습니다. 그런 의미에서 저는 저 자신을 누구보다 순수한 근본주의자라 여깁니다.(요즘 별스럽게 순수들을 찾지 않습니까.) 그러나 이런 저도 사람을 직접 면대할 때는 이 순수를 포기하고 어쩔 수 없이 관대한 배려를 하는 체를 아니 할 순 없습니다.(불순합니다.) 사람을 직접 대하고서야 어찌 쉽게 그를 적으로 돌리고 논리의 궁지로 몰아붙이겠습니까? 그건 분명 어리석고 협량한 자의 소치입니다. 그러나 양심이야 분별이 없을 수 없습니다. 나이가 들수록, 예컨대 소싯적보다 친구가 늘고 번다한 교제가 늘다보니 자연 불순한 배려는 늘어나고 순수한 양심을 피력할 기회는 줄어드니 이것이 무슨 병통인가 어리둥절해질 때가 있습니다.

목사님의 글에서 제가 가장 감동을 받는 부분은 일상입니다. 가령 「하녀 딜시에게서 희망을 보다」 같은 글이나, 「나는 일필휘지를 믿지 않는다」의 끝부분에서 '저는 끝없이 사람들을 훈육하려는 종교인들 ─저 자신을 포함하여─ 보다 자기 일에 몰두하는 이들의 모습이 어린 하늘빛에서 깊은 위로를 받곤 합니다'와 같은 고백입니다. 그러나 그런 문장의 내용이 그보다 훨씬 감동적으로 제 맘을 사로잡은 부분들은 아버님에 관한 부분이고, 그분의 편지에 관한 부분이고, 그분의 노동에 관한 부분입니다. 이 부분들은 편지 중의 편지고, 지용芝溶의 〈향수〉만큼이나 탈고 안 될 전설 같은 향기와 아름다움과 그리움을 일깨워줍니다. 그것은 농촌에서 자란 저의 성장시대와 겹치는 체험이기 때문일 겁니다.

긴긴 겨울, 아버지가 건넌방에서 왕골자리나 봄에 쓸 가마니를 짜시면 심심한 아이들은 지푸라기를 골라 드리며 일손을 보태기도 했습니다. … 저녁이면 식구들이 뜨끈뜨끈한 아랫목에 둘러 앉아 이불 속에 발을 뻗고는 이야기꽃을 피웠습니다. 새로울 것 없는 이야기라도 늘 새롭게 듣곤 했습니다. 아버지는 흐뭇한 표정을 지으며 화롯불에 밤을 구어 주시기도 하셨고, 삼각형 인두로 화롯불을 정돈하시기도 했습니다(「해 저문 빛이라도 있으니」, 27쪽).

어린 시절 저는 아버지를 도와 밭에서 일하는 것을 참 좋아했습니다. 어른들이 밭두둑 저만치에 놓인 트랜지스터라디오에서 나오는 소리에 귀를 기울이기도 하고 두런두런 이야기를 나눌 때에도 나는 잘한다는 칭찬을 듣고 싶어 그 작은 손으로 호미를 야무지게 들고 콩밭을 매곤 했습니다. 어른들보다 늘 앞서 나갔었지요. 아버지가 집에서 상당히 떨어진 논에서 수확한 볏단을 지게로 져 나르실 때는 나도 작은 지게에 서너 뭇이라도 나르고 싶어 하던 기억도 납니다. 중심을 잡지 못해 한쪽으로 쏠릴 때마다 지겟다리로 앙버티던 그때의 느낌이 지금도 생생합니다. 아, 나는 노동으로부터 너무 멀리 떨어져 나왔습니다(「더 나은 사람의 꿈」, 90쪽).

어린 시절 서울에서 유학생활을 하고 있던 나는 아버지에게서 온 편지들을 펼쳐들 때마다 마치 아버지를 뵈옵는 듯해서 눈시울이 뜨거워지곤 했던 기억이 있습니다. 그 편지를 가만히 손에 쥐고 있으면 따뜻한 사랑이 전해져 오는 것 같아 객지 생활의 외로움을 너끈히 이겨낼 수 있었습니다(「더 나은 사람의 꿈」, 91쪽).

저로 말씀드리자면 또한 어리고 작은 몸집으로도 어른 몫을 해내던 일꾼이었지요. 아버지와 함께 형제들이 일할 때면 탁월한 일솜씨를 뽐내려고 저마다 열심이었습니다. 저희 아버지께서도 겨우내 멍석을 짜고 여러 도구를 손수 만드셨지요. 그러나 저는 콩밭 매는 일만은 상당히 꾀를 부려 점심을 먹고 아버지가 한 잠을 주무실 때면 동생을 꼬드겨 동네아이들을 찾아 줄행랑을 치곤했습니다. 아마도 이런 점이 목사님과 저의 다른 점의 기원이 아닐까 생각해 보게 됩니다. 그러나 저 역시 유학시절 아버지가 손수 쓰신 -자중자애를 당부하는 가전체의- 편지를 받아들 때마다 아버지가 그리워 눈시울을 적시던 아들이었습니다.

그것이 아마도 편지의 백미라 할, 혹은 설교의 백미라 할, 시원始原의 낙원이자 천국의 그리움이자, 모든 거기서 추방돼 땅에서 유리하는 자들의 에덴적(!) 희망의 소재지가 아닐까 합니다. 그러니 저의 비타협과 저항이 결코 편협하고 과격하고 부정적인 것만은 아니라고 할 수 있겠습니다.

사람살이의 단순함과 선함과 아름다움

희망은 다른 데 있는 게 아니라 밥 먹고 옷 입고 살아가는 일에 있다고 하겠습니다. 의식주는 인간의 가족적 삶의 기본적 도구입니다. 그러니 밥과 옷과 집과 일을 생각하면 모든 이론이며 논리며 철학도 간단해집니다. 그것을 초월한 대단한 무엇인가가 있는 것이 아니지요. 종교의 희망은 인간에게 이 기본을 넘어선 유의미한 그 무엇도 없다는 철저한 톨스토이적 교화敎化에 있을 겁니다. 그는 마지막 순간에 가면 그 효력을 상실할 것들이라면 지금부터 그것을 인정해 주어선 안 된다고 했습니다. 이 사람살이의 단순함과 선함과 아름다움. 제 소견에 현대인들에게 확실히 일깨워져야 할 진리야말로 외부적 객관적 희망이 없다는 진실이라 여겨집니다. 그것을 철저히 인식하면 윤리 도덕 실천 따위는 굳이 따질 필요도 없습니다. 그러나 그것엔 철저하지 않으면서 언제나 윤리 도덕 실천의 부족을 이야기 하니 본말이 전도顚倒되고 맙니다.《맹자》에 이런 말씀이 있습니다.

> 순임금은 만물의 이치를 확실히 아셨고 사람의 도리도 살펴 아셨다. 그는 인의仁義에 따라 일을 행했지만, 그것이 귀한 줄 알아 의식적으로 행한 것은 아니었다(「이루離婁」).

윤리 도덕 실천의 부족을 설파하는 반복되는 논의와, 결국 각자의 삶의 자리에서 열심히 하자는 식의 도루묵 환원주의를 벗어나, 시원의 벌거벗은 낙원의 소박함 -그 의식되지 않은 일상- 으로 돌아가면 그때야 서로를 피곤하게 하면서 떠들어대는 소란을 그치고 저마다 진정한 희망의 소재지가 어딘지를 파악할 수 있게 됩니다. 그렇지 못하면 결국 진리는 각자의 난무한 윤리 도덕으로 갈가리 찢기고, 작자의 주장과 입장과 욕망과 야망으로 변질돼 버리고, 각자의 제 잘난 선생노릇으로 번잡해질 뿐 아니겠습니까? 결국 희망은 각자의 따지고 각축하는 추측 속에서 진짜로 없는 셈이 되고 말 것입니다. 그러면 세상에 희망이 있느냐고 묻는 이들에게 끝내 대답해 줄 말이 없게 돼 버립니다.

제가 말씀드리는 단순하고 일관된 비타협과 저항의 필수적 요청은 이런 이유 때문입니다. 우리는 지나치게 관대하고 아량이 많습니다. 사람들에게 뿐 아니라 진리의 가르침 자체에서 너무나 수준

315

미달인 불량학생들을 너무도 너그럽게 봐주고 있습니다. 봐주다 보니 선생들도 느긋해져 버려 외려 그들의 입맛에 맞는 엉뚱한 주장들을 하나 둘씩 늘려 나가고 있는 판이지요. 곧 바르고 옳고 의로운 행위라는 것들이 언제나 작위적으로 이루어져 그 정신과 태도에선 자기 의와 자기자랑과 자기현시 외에는 외부적 객관적으로 드러날 게 없도록 돼버렸습니다. 그러니 희망이 없는 건 당연합니다.

존경하는 목사님! 저의 존경과 흠모는 별도로 하고, 아쉬움과 바람은 이런 것입니다. 희망을 만들어낼 것을 논하기 전에 희망을 만들지 못하는 그 원인에 보다 철저하다면? 가짜 희망, 유사 희망을 만들어냈다는 선전보다, 그런 것들이 가짜이고 사이비인 것을 더 철저히 드러낸다면? 그리고 그러한 철저함이 아니라면 적은 누룩이 온 덩이에 퍼지듯 결국 우리 모두를 지옥에 빠뜨리는 함정이 될 것이라는 두려움을 가르칠 수 있다면? 그런 비타협적이고 저항적이며 단순하고 선명한 가르침이 관념으로 행동으로 실천으로 투쟁으로 나타난다면? 하는 아쉬움과 바람이 뒤섞입니다. 목사님은 너무나 관대하시고 정중하십니다!

정도는 다를지언정, 지금 하고 있는 우리들의 목회와 설교는 개별적 표절이 문제가 아닌 광범위한 하나의 유형으로 표절에 표절되고 있습니다. 욕을 먹는 자들이나 욕을 하는 이들이나 지겨운 것은 마찬가지입니다. 대도무문大道無門이라고, 세상의 대로는 모든 사람이 다 같이 가는 길입니다. 모두가 가니 대단한 무엇이 그 길에 있는 듯 사람들이 자꾸 거기로 꼬이는 거지요. 그리하여 교회건 세상이건 교인이건 불신자건 목사건 회사원이건 계속해서 외부와 객관의 돈과 성공과 엘리트주의에 속박돼 버립니다. 여기선 각자의 자리란 결국 개별적 부패와 사회적 타락으로 수렴됩니다. 결국 교회의 유창한 설교란 호롱불 밑에서 가전체의 편지를 쓰시던 아버님의 일생의 노동과 같은, 유년 시절의 소박한 즐거움과 착한 열심과 같은, 하녀 딜시나, 자기 일에 몰두하는 이들의 일상의 모습이 어린 하늘빛이 오히려 구원이라는, 문학만도 가치 없는 무기력한 비실용이 되고 맙니다. 생각해 주시고 가르침을 주시기 바랍니다.

저는 편협하고 우둔합니다. 또 그런 저를 부끄러이 여깁니다. 질투가 많고 열등감이 많은 걸 수도 있습니다. 그러나 그렇더라도 알베르 카뮈의 글마따나 저 역시 '다른 사람이 되고 싶다는 생각은 해본 적이 별로 없지만 더 나은 사람이 되지 못해 유감스럽다고 여기는 때가 많았습니다'(93쪽). 그러나 맨 처음 시작할 때의 그 상태에 머물러 있지는 않는다고 생각합니다. 왜 그럴까요?(일단 연소하고) 저는 아무래도(여러 의미로) 광야에 나와 있고 목사님은 서울에 계시기 때문, 아닐까요? 거기선 복잡한 일들이 단순해지기 어렵고 단순의 선함과 아름다움으로 대상들을 밀어 붙이기도 어렵습니다.

너는 여기에 있지 않기 때문에 그렇게 말한다 할 수는 없을 겁니다. 그것은 진실이기 때문에 그렇습니다. 모든 거기에 있지 못한 자의 입장이 제가 말씀드린 희망의 소재지는 아닐지라도 적어도 가까우리라 생각되니 말입니다. 역시 삶의 문제를 풀어가는 것은 각자의 몫입니다만, 여전히 시골스러운 저에겐 모두에게 적용되는 대동

317

大同과 지일至一의 희망 그 한 가지 단순한 방식이 간절하군요. 별이 빛나는 것이 누군가에게 그 빛이 필요하다는 증거이듯이 역설적으로 우리 안에 희망이 빛나야 하는 것은 누군가에게 그 희망이 절대적으로 필요하기 때문입니다.

하이야! 감히 목사님 앞에서 설교를 해대다니, 부끄럽습니다. 어떤 사람이 저의 설교는 좋으나 현학적이라 평가했단 말을 들었습니다. 저는 그 말이 몇 시간쯤 맘에 걸리다가 제풀에 벗어나 버렸습니다. 도스또엡스끼의 말을 변형해 이렇게 맘속으로 반박했지요. '나의 현학이 그의 실용보다 더 실용적이다'라고 말입니다. 사실은 목사님의 절제와 부단하고 견고한 일이관지—以貫之가 늘 부럽습니다. 아쉬움과 바람이란 실은 저의 야망일지도 모릅니다. 부디 제 공부를 완성할 수 있도록 절차탁마切磋琢磨의 가르침을 주십시오.

희망 그 빛깔 있는 삶의 몸부림

주파수를 맞추면
잡음이 사라진다고요

●

한희철 | 동화작가, 성지교회 목사

형에게 편지를 쓰려니 왠지 쑥스러운 마음부터 듭니다. 사람을 좋아하고 좋아하는 사람 사이에 다리 놓는 일 또한 좋아하는 한종호 목사님의 청이 계기였습니다만, 그래도 형에게 마음을 전하게 되니 즐겁기도 하고 설레기도 합니다.

　형을 처음 만난 곳은 서울 냉천골, 영락없이 수도원 분위기를 닮은 감신대 교정이었습니다. 이따금씩 강의실 창문 밖으로 눈길을 주면 나무를 타고 오르내리는 다람쥐를 볼 수 있는 그런 곳이었습니다. 한 학년에 불과 50여 명, 고풍스런 분위기의 교정은 넓지도 않았고 함께 공부하는 이들은 많지도 않아 누구라도 호형호제하며 내남없이 지내던 시절이었습니다.

　신학교에서 만난 형은 제게 옹골진 모습으로 남아 있습니다. 언제 보아도 조용하고 차분하고 단단한 모습이었습니다. 한쪽 어깨에 가방을 메고 오가는 모습도 그랬고, 이야기를 나눌 때의 진지한 어투와 표정과 눈빛이 그랬고, 심지어는 형이 좋아하고 잘하는 축구를 할 때에도 그랬습니다. 허술하거나 느슨한 모습은 어디에서도 찾아볼 수가 없었지요.

당시에는 서로 다른 학년이 그룹을 이뤄 드리는 그룹예배도 있었지요. 무슨 요일이었던가요, 일주일에 한 번씩은 그룹예배로 모여 지도교수님과 선후배들이 둘러앉아 예배를 드리고는 했습니다. 제가 형의 모습을 옹골진 모습으로 기억하는 것은 그룹예배와도 관련이 있습니다. 형은 누가 어떤 이야기를 하든지 깊이 사색하는 표정으로 경청을 하곤 했습니다. 어떤 이야기를 해도 형은 허투루 이야기를 하는 법이 없었습니다. 정돈된 생각과 말을 차분하게 이어갔습니다. 그 모습이 참으로 고요하고 단단하다 여겨져 불과 1년 선배인 형의 모습을 보며 나는 언제쯤이면 저 형처럼 생각이나 말이 여물 수 있을까, 그런 생각을 속으로 하고는 했답니다. 신학교 교정에서 만난 형의 모습은 40여 년 세월이 지나도록 변함이 없으니, 한결같음 또한 형의 옹골진 모습 중의 하나라는 생각이 듭니다.

하늘의 소리와 땅의 소리

이번에 형의 글을 담은 책《세상에 희망이 있느냐고 묻는 이들에게》를 읽다가 마음과 눈길이 머문 곳이 있었습니다. 제가 소리 아빠여서 그랬을까요?(너 사는 마을에 웃음 있으라는 마음을 담아 큰 딸의 이름을 '소리 笑里'라 지었습니다) 소리에 관한 글에 마음이 갔습니다. 형의 기억 속에는 많은 소리들이 있었습니다. 수많은 기억들이 쟁여 있는 방 중에는 소리가 담긴 방이 따로 있지 싶습니다.

뜻밖에도 형이 가장 먼저 떠올린 유년의 기억 속에 담긴 소리는 아랫목에서 막걸리가 익어가며 내던 소리였습니다. 막걸리가 익어가는 소리는 형의 떠올린 수많은 소리 중에서 제가 유일하게 들어보지 못한 소리였습니다. 아랫목에서 막걸리가 익어갈 때 내는 소리가 있다는 것을 처음 알았습니다. 하긴 쌀을 불릴 때 나는 소리도 있다니 세상에는 우리가 알지 못하는, 알지 못해 듣지 못하는, 들으면서도 알지 못하는 소리가 얼마나 많을까 싶기도 합니다.

그리운 마음으로 형이 기억 속에서 반추해낸 소리들을 따라가 보았습니다. 그 소리들은 제 기억 속에서 잠자고 있던 소리들을 일깨워냈습니다. 아궁이에서 솔가리가 탈 때 나는 '자작자작', 밀짚을 태울 때 나는 '타닥타닥', 밤 껍질이 군불 속에서 터지는 '탁탁', 바람이 댓닢을 스쳐온 '사르륵사르륵', 솔숲을 스쳐온 바람소리 '쏴아쏴아', 낙숫물이 댓돌에 떨어지는 '똑똑똑', 그 모든 소리들은 귀에 익은 그리고 눈에 선한 소리들입니다.

황소의 게으른 울음소리 '음머', 엄마젖을 먹기 위해 좁은 틈을 서로 비집는 새끼돼지들의 '꿀꿀꿀꿀', 솔개 그림자를 구별 못하는 병아리들을 급히 부르는 어미닭의 '구구구구', 새벽을 장하게 열던 수탉의 '꼬끼오', 집 안팎에서 또 하나의 식구처럼 어울려 살아가던 가축들의 울음소리는 살가운 기억으로 남아 있습니다.

321

어머니들이 만들어내는 다듬이질 소리는 책에서 형이 말한 대로 그 시절 그런 줄도 모르고 듣던 난타공연이었습니다. '또드락 똑딱 또드락 똑딱' '뚝다 뚝다 뚝딱다 뚝다', 어떤 말로 다듬이질 소리를 실감나게 옮길 수가 있을까요? 처음에는 '뚝딱뚝딱' 소리가 나다가 '똑딱똑딱' 소리로 바뀌고 나중에는 '통통' 맑은 소리가 난다지만, 그 소리를 살아있는 그대로 옮길 수는 없겠다 싶습니다. 느리게 시작하여 어느 순간 빠르게, 작게 시작하여 어느 순간 크게, 느긋하게 시작하여 어느 순간 급박하게, 다듬이질 소리 속에는 자진모리와 중중모리와 휘모리장단이 고루고루 다 들어 있었으니까요.

시에미 마빡 뚝딱/ 시누이 마빡 뚝딱
시할미 마빡 뚝딱/ 시고모 마빡 뚝딱

이런 구전 민요도 있었던 것을 보면 다듬이질은 단순히 옷감을 손질하는 방법만이 아닌, 고단한 시집살이의 설움과 한을 신명나게 푸는 방법이었지 싶습니다. 다듬이질을 두고 나태주 시인이 쓴 시를 보면 다듬이질 하는 소리는 각자의 형편에 따라서도 서로 다르게 들렸던 모양입니다.

다듬이질 소리도 다듬이질 소리 나름이어서 부잣집 다듬이질 소리는 '다다곱게 다다곱게'로 들리고 우리 같이 가난한 집 빨래는 기운 곳이 많아서 시큰둥한 '붕덕수께 붕덕수께'로 들린다던가!

희망 그 빛깔 있는 삶의 몸부림

형이 기억해 낸 소리 중 다림질을 하기 위해 입에 머금은 물을 '푸푸' 옷에 뿌리는 소리는 문득 이따금씩 꺼내보는 김기찬의 사진집《골목안 풍경》에 담긴 흑백사진 하나를 떠올리게 했습니다. 바늘을 잡은 손이 왼손인 걸 보아 아마도 왼손잡이지 싶은 어머니가 서까래 지붕 아래 대청마루에서 이불 호청을 꿰매는 한낮(벽에 걸린 괘종시계가 가리키고 있는 시간이 1시 25분입니다) 어린 아들이 이불 위에서 뒹굴거리고 있는 사진입니다. 그 아이의 모습은 내 유년의 모습이기도 했으니까요.

형이 떠올린 기억 속의 소리는 그 외에도 많았습니다. 함석차양에 떨어지는 빗방울 소리(고즈넉함으로 다가오는 쇼팽의 빗방울 전주곡은 양철지붕에 듣는 빗방울 소리를 엇비슷하게 옮긴 것이겠지요), 벼가 익어가는 가을들판에서 참새를 쫓던 소리, 벽간에서 들려오던 귀뚜라미 소리, 타작마당에서 돌아가던 탈곡기 소리, 알밤과 도토리가 가랑잎 위로 떨어지던 소리, 겨울 밤 방죽의 얼음장이 갈라지던 소리, 황소바람을 막아주던 겨울밤 문풍지 떠는 소리… 형이 떠올린 소리를 따라가는 것은 즐거운 시간 여행이었습니다. 마치 빛이 다 바랜 채 기억 속에 묻혀 있던 일들이 형이 들려주는 의성어 하나하나를 만날 때마다 그 소리를 알아듣고 눈을 뜨며 기지개를 켜는 것 같았습니다.

형이 떠올린, 형의 기억 속에 남은 소리들을 대하며 문득 드는 생각이 있었습니다. 아, 기석 형은 소리에 민감한 사람이구나, 하는 생각이었습니다. 유년의 기억 속에 남아 있는 소리들을 함께 들었기 때문만은 아닙니다. 때때로 분위기에 맞는 음악을 골라 듣는 모습 때문만도 아니었습니다. 그 모든 것을 통해 느끼게 된 것이지만 형이야말로 소리에 예민한 사람이라는 생각이 불현듯 들었습니다.

　형의 글과 삶을 통해 제가 참 고맙게 여기는 것이 있습니다. 내내 눈여겨 배우는 것이기도 합니다. 하늘의 소리와 땅의 소리에 귀를 기울이는 모습과 자세입니다. 온몸과 마음을 하나의 안테나로 삼아 하늘과 땅의 소리에 귀를 기울이는 형의 모습은 게으르거나 허튼 일에 바쁜 저를 부끄럽게 만듭니다.

　'예민銳敏'이라는 글자를 형과 연관시켜 생각하는 데는 이유가 있습니다. '날카롭다' '빠르다'는 뜻을 가진 '銳'는 '쇠 금'金에 '통할 태'兌를 합한 글자로, '창날이 무엇을 꿰뚫을 수 있도록 날카롭다' 혹은 '예리한 창칼은 빨리 꿰뚫거나 벤다'고 하여 '빠르다'는 뜻을 가지고 있습니다. '敏'은 '매양 매'每, every에 '칠 복'攵을 합한 글자로, '늘 회초리로 훈계를 하면 민첩하고 총명해진다'는 뜻을 가지고 있습니다.

　저는 '자유自由'라는 말을 '거침없되 어긋남이 없는 것'으로 새기고 있습니다. 두 가지 중 하나가 빠진 것은 혹 흉내일지는 몰라도 진정한 자유일 수는 없다는 생각 때문이지요. 형이 소리에 예민한 사람으로 살아가는 것도 마찬가지라는 생각입니다. 세상에서 들려오는 온갖 소리에 마음을 빼앗기지 않기 위해 형이 스스로를 치는 회초리는 다른 이의 눈에 띄지는 않을 것입니다.

　무엇이라도 단번에 꿰뚫을 수 있도록 날카로움을 지키는 창날처럼 단번에 본질에 닿기 위해 비본질적인 것을 구별하고 그것을 단번에 꿰뚫기 위해 말없이 기르는 내적 힘도 다른 이의 눈에 띄지 않는 것은 마찬가지겠다 싶고요.

하늘에 귀를 기울여 하늘 음성을 귀담아 듣고 때로는 말씀으로 때로는 글로 들려주는 성서 이야기는 다시 한 번 하나님의 말씀이 이 땅에서 구체적인 몸을 입는 순간이다 싶습니다. 하나님의 나라가 '저 먼 하늘'이나 '단단한 교리' 속이 아니라 바로 내가 서 있는 내 발 아래 존재하고 있음을 화들짝 놀라며 깨닫고는 합니다.

습관적이고 틀에 박힌 기도에서 벗어나 마음이 담긴 기도를 드리는 모습 또한 예민하게 들은 하늘 음성에 대한 예민한 반응이다 싶습니다.

이 시대 형이 있어 든든하고 고맙습니다

이 땅에서 상처 입고 신음하며 아파하는 이웃들의 소리에 귀를 기울이는 형의 모습은 무엇보다도 고맙게 다가옵니다. 교회 안에는 다양한 생각을 가진 사람들이 있어 '4대강' '세월호'라는 말만 들어도 경기驚氣에 가까운 반응을 보이는 이들이 있습니다. 그들에게 있어 구약의 예언서는 성서의 두께를 두껍게 함으로 성서의 권위를 치장하는 보조 재료에 불과한 것 아닌가 싶을 때가 있습니다.

오래 전 피에르 신부가 쓴 《단순한 기쁨》을 아픈 마음으로 읽은 적이 있습니다. 책에는 다음과 같은 구절이 있었습니다.

어쩔 수 없이 있어야 하는 교회의 통치조직과 그 대표들 가운데 일부

기억이라는 우주에 점점이 박혀 있는 별자리들

의 태도가 때때로 복음의 정신과 동떨어진 것임은 분명한 사실이다. 이 점과 관련해서 나는 새로운 교황대사의 관저가 건축되고 있던 남미의 한 대도시에서 내 눈으로 직접 목격한 일을 잊을 수가 없다. 그것이 어마어마한 비용이 드는 건축이다 보니 가난한 사람들이 밤에 몰래 와서 타르로 벽에다 '가난한 자는 행복하나니'라고 적어놓곤 했다. 그러자 건축을 맡은 성직자가 경찰을 불렀다. 교황의 집에 복음의 말씀이 적히는 것을 막기 위해서 말이다!

마지막 문장 부호가 느낌표로 끝나는 것이 여운으로 남아 깊은 탄식처럼 다가옵니다. 같은 책에는 이런 글도 있었습니다.

어떤 가난한 나라에서는 고위 성직자의 재산이나 생활수준이 사람들의 빈축을 사게 된다. 성소의 아름다움은 그 대리석 포석이나 장식물에 달린 것이 아니라, 성소 주변에 거주지 없는 가족이 단 한 가족도 없다는 사실에 달려있다는 것을 사람들은 언제쯤 깨닫게 될까?

그런데도 오늘 교회는 자기만의 성을 쌓고 자기만의 잔치를 벌이고 있지 싶습니다. 마치 세상을 향해 문을 열면 금방 오염이라도 될 듯 높은 벽을 쌓아 거룩함을 지키려는 형국입니다. 어느새 세상 사람들이 바라보는 하나님은 '일요일에만 살아계신 하나님'(하일)이 되고 말았습니다.

'당신은 당신이 생각하는 대로 살아야 한다. 그렇지 않으면 머지않아 당신은 사는 대로 생각하게 될 것이다'라고 말한 이는 폴 발레

희망 그 빛깔 있는 삶의 몸부림

리였던가요. 그런 말을 모르지 않고 충분히 공감을 하면서도 내가 옳다고 생각하는 것보다는 사람들이 만들어 놓은 판단 기준에 나를 맞춰 살아갈 때가 너무도 많습니다.

가난하고 힘없고 상처 받은 이들의 탄식과 부르짖음에 귀를 기울인다는 것, 그리고 정직하고 따뜻하게 반응한다는 것은 분명 남다른 용기를 필요로 하는 일이 되었습니다. 사납거나 거친 것과는 거리가 너무도 먼, 조용하고 따뜻한 성품을 가진 형이 이웃의 아픔에 귀를 기울이는 모습은 이 시대 신앙과 양심을 지키는 보루라는 생각까지 들게 합니다.

주절주절 이야기가 길어졌습니다. 이런 투의 이야기를 형이 좋아할 리가 없다는 것을 잘 알고 있으면서도요. 하고 싶은 말은 단순합니다. 이 시대 형이 있어 든든하고 고맙습니다. 그 말을 전하고 싶었습니다. 하늘과 땅의 소리를 귀 기울여 듣고 정성으로 전하는 예민함을 지키기 위해서는 남모르게 치러야 할 대가가 적지 않겠지만, 그래도 형이 건강하고 평안하여 끝까지 잘 감당해 주셨으면 좋겠습니다.

얼마 전 이성복 시인의 강의록에서 발췌한 글을 모은《무한화서》를 읽다가 이런 구절을 만났습니다.

"무엇보다 주파수를 맞추세요. 그러면 잡음은 저절로 떨어져 나가요."

주파수를 맞추는 것이 무엇인지, 주파수를 맞춘 사람이 어떤지를 저는 형을 통해 봅니다.

기억이라는 우주에 점점이 박혀 있는 별자리들

다만 노을이 되어
내일 아침의 빛나는 태양을 도울 뿐입니다

●

홍순관 | 가수, 평화운동가, 《나는 내 숨을 쉰다》 저자

목사님의 편지 잘 읽었습니다. 목자의 지팡이와 막대기를 따르고 쳐다보는 양으로서는 참 가슴 뭉클한 편지였습니다. 따를 지팡이나 바라볼 막대기 찾기가 이리도 쉽지 않은 시대에 드문 반가움이요, 감동이었지요. 책을 받아 들고 무릇, 목사의 편지란 뻔한 스토리가 펼쳐질 것이 거의 틀림없다고 생각했기에 이내 지루한 상상을 떠올렸지요. 하지만 문장마다 진정성이요, 소박하면서도 해박한 사유의 깊이와 연민이 일렁이는 글을 대하며 고개가 숙여졌습니다. 사람을 품지 않고서는 나올 수 없음이요, 시대를 바라보지 않고는 나올 수 없음이요, 하나님을 향하지 않고서는 나올 수 없는 글이었습니다.

　이따금 제게 비친 목사님의 마음은 거친 것보다는 부드러운 것, 직설적인 것보다는 은유적인 것, 극단적인 것보다는 유연한 것에 기운다는 생각을 했지요. 그러나 그토록 선한 천성과 함께, 어떤 후

희망 그 빛깔 있는 삶의 몸부림

천성이 보태진 대목도 찾아졌습니다. 예컨대 양심을 잃고 폭력에 중독된 작금의 행태에 관하여는, 불의를 담지 못하는 성품에서 우러나오는 거룩한 분노 같은 것이었습니다.

몇 년 전, 용산참사 현장에서 세계 각국에서 온 평화 운동가들과 함께 추모와 평화의 결의를 다졌던 시간 기억나시지요? 그곳에 검소하고 간편한 배낭을 등에 지고 점퍼차림으로 걸어오시는 목사님을 뵈었던 기억이 있습니다. 앞으로 나서지도 않았고 생색을 내거나 존재감을 드러내려는 어떤 것도 찾지 못했습니다. 그저 참여하고 마음을 보태는 한 인간으로서의 겸손한 태도가 있었을 뿐입니다. 그 모습이 김기석이라는 목회자 특유의 이미지로 제게는 각인되어 있습니다. 참혹한 세상의 현장 앞에서, 사악한 권력이 저지른 만행 앞에서 한 종교인으로, 한 목회자로, 한 인간으로 바람처럼 걸어 들어온 것이지요. 치밀한 계획이 있는 것도 아니요, 거사를 도모할 의사가 있는 것도 아닌, 그저 그분의 길을 따라 그냥 걷고 있는 이 지구의 선한 신앙인으로 걸어 들어온 것입니다.

'도'와 '레' 사이의 수많은 음을 무시하는 시대

어제 저녁엔 단원고등학교를 다녀왔습니다. '기억교실'을 이전(존치)하는 문제를 놓고 유가족과 경기도교육청, 안산교육청 그리고 중재위원회의 서른다섯 번에 걸친 회의 끝에도 채 결론을 내리지 못한 상태에서 그 전야제를 했지요. 이 행사의 진행을 맡아달라는 청을 거절할 수가 없었습니다. 30년 세월 비교적 남다른 경력과 다양한 경험을 가진 저로서도 이 난감한 시간을 지나가기가 퍽 어려웠습니다. 민망하고 무기력하며 분노와 슬픔에 젖은 무대였지요.

개인적 고백을 좀 하자면, 2005년부터 일해 왔던 평화박물관건립추진위원회라는 사단법인의 사태가 꽤 심각하고 추악하게 이르러, 10여 년 세월 이 땅에 평화박물관을 지으려는 꿈으로 모금공연을 해왔던 저로서는 여간 견디기가 어려운 것이 아닙니다. '사단법인社團法人'이 '사단법인私團法人'으로 변해버린 어이없는 사건이지요. 소위 '진보'라는 얼굴의 민낯을 보게 된 참담한 일입니다. 또한 '세월호 참사' 이후 '우리노래동네'에는 공연이라는 것이 사라졌습니다. 모르겠습니다. 상업을 목적으로 하는 곳은 다르겠지요. 그러나 적어도 '인간'과 '역사'를 안고 노래하는 노래 진영에는 웃고 노래하기가 조심스러운 시간을 지나고 있습니다. 마치 유난스러운 올여름처럼 정지된 시간입니다.

어젠 평생을 한반도의 민주화와 통일을 위해 일해오신 고故 박형규 목사님의 장례식장에서 조가弔歌를 불렀습니다. 북쪽의 땅 개성이 열렸던 날, 함께 기쁨으로 다녀왔던 정이 아니어도, 이 땅에 기독교의 후배들에게 삶 그 자체로 보여주셨던 청년 같은 푸른 생애 앞에 노래밖에 드릴 것이 없는 것을 송구하게 여기며 다녀왔던 길입니다. 94세의 노스승은 돌아가시기 전 며칠 동안을 스스로 곡기穀氣를 끊으시고 그 고결한 삶을 최후의 시간까지 행하셨다고 합니다. 사악한 독재정권들은 '긴급조치 9호', '민청학련 사건' 등의 사건을 조작하여 수차례 투옥과 온갖 고문으로 옥죄었지만 결코 흔들리지 않으셨던 자유인이었습니다. 어이없게도 이 사건은 40년이 가까운 시간이 지나서야 법정으로부터 무죄판결을 받았습니다.

목사님, 저는 이런 이 땅에서 노래한다는 것이 참 어렵습니다. 그러나 목사님의 책을 한 장 한 장 넘기니 한 문장이 또 들어옵니다. 「해 저문 빛이라도 있으니」 고맙다라는 글입니다. 언젠가 노래하는 선배가 집에 놀러와 다짜고짜 '미안하다'라고 한 적이 있습니다. 그러면서 그 선배는 몇 년 전, 저의 25년 기념공연에 격려의 글을 보냈지요. "그는 그 오랫동안 이 세상에 들어가 그늘을 걷어내는 노래를 했다"고 써주었습니다. 노래동지들이나 뜻을 함께하는 분들이 가끔씩 던지는 이런 위로의 말이 사실 제겐 '해 저문 빛이라도' 같은 것입니다. 글쎄요, '버티고' 있다고 말씀 드려도 될는지요? 세상에 '희망'이 있느냐?라는 물음에는 지금 답하지 않겠습니다. 다만 노을이 되어 내일 아침의 빛나는 태양을 도울 뿐이라는 말씀을 드리겠습니다.

예수의 사역은 '빗금철폐(유대인/이방인, 남자/여자, 거룩/속됨, 의인/죄인, 부자/빈자, 선/악, 미/추 등)'라는 목사님의 표현은 단호하고 깔끔한 비유입니다. 그러면서 흑과 백을 가르는 세상이라면 차라리 회색빛 사회에서 살겠다고 속내를 내비치셨지요? 관습이 만들어놓은 경계선을 가로지르며 사신 예수를 우리는 그리워하는 것입니다. 문득 떠오른 시구詩句가 있습니다. 신동호 시인이 17년 만에 낸 시집에 담긴 글이지요. "농현弄絃은 국악엔 있고 삶엔 없다." '도'와 '레' 사이의 수

많은 음을 무시하는 시대와 관행과 인간들에게 던지는 묵직한 경고입니다. 빗금을 철폐해야 마땅한 종교가 빗금을 재생산하고 또 생산해대는 이 시대를 울어봅니다. 이 눈물이 평화를 데리고 오면 좋겠습니다.

목사님의 귀한 편지를 어느 날 또 한 번 읽어보겠습니다. 그래서 꽉 찬 책꽂이지만 보이도록 넣어두겠습니다.

오늘 아침 본 영화에서 외국의 한 어린이가 들려준 독백을 쓰며 인사를 드립니다.

"학교로 가는 길은 참 멀어요, 두 시간 정도 걸리지요. 매일 아침 6시에 일어나 학교를 갑니다. 중앙로로 가거나 골목길로 가거나 목적지는 같아요. 그러나 그게 크게 다른 점이죠."

목사님, 설마 그게 희망은 아니겠지요?

희망 그 빛깔 있는 삶의 몸부림

거기에 그렇게
계셔 주십시오

●

홍정호 | 신반포감리교회 목사

목사님, 안녕하세요? 삼복더위에 찾아온 불청객을 반갑게 맞아주셔서 감사합니다. 가 뵈올 분이 그 자리에 계신다는 게 얼마나 고마운 일인지 모르겠습니다. 딱히 드릴 말씀이 있었던 건 아니었습니다. 그저 막막해서요. 아득하고 멀게 느껴지는 이 길을 잘 가고 있는 건지, 제가 선 자리 저편 가마득한 곳에서나마 목사님의 뒷모습이 보일런지, 가끔 그랬던 것처럼 목사님 앞에 한 번 서 있다 오고 싶었습니다.

　그러고 보니 감히 제자를 자처하지 못하고 사숙私淑한 세월이 20년 가까이 되어가네요. 목사님은 손사래를 치시겠지만, 목사님을 흠모하여 스승으로 모시고 싶은 이가 어디 저뿐이겠습니까? 공부에 뜻을 둔 이들치고 스승 욕심 없는 사람이 없을 테니까요. 문득 화담 선생의 회고가 떠오릅니다. "나는 젊은 시절에 어진 스승을 만나지

기억이라는 우주에 점점이 박혀 있는 별자리들

못해 공부에 헛된 힘을 많이 썼다. 공부하는 이들은 이런 나를 본받아서는 안 될 것이다.吾少也, 不得賢師, 枉費工夫, 學者不可放某工夫" 화담이 용맹정진과 자득自得을 공부의 길로 삼은 건 다른 길이 없었기 때문이었을 겁니다.

근본을 뚫어내라

신학의 길에 들어서자마자 목사님을, 그리고 목사님께서 세워놓고 가신 이정표들을 만나게 된 건 천만 다행이었습니다. 비록 갈지자를 그리며 왔을지언정 길을 아주 잃어버리지는 않았으니까요. "진리를 사들이되 팔지는 말라"(잠언 23:23a)는 말씀을 온전히 살아내지는 못했을지언정 그 앞에서 부끄러워할 줄은 알게 되었으니까요. 목사님 덕분입니다. 안수례를 앞둔 이에게 주신 말씀에서 스무 살 무렵 제 심장에 와 닿은 한 목소리를 듣습니다.

무엇보다 자신이 구도자라는 사실을 잊지 말아야 합니다. 많은 목회자들이 진실한 사람의 길 혹은 성실한 구도자의 길을 걷기보다는, 유능한 목회자가 되는 일에 더 마음을 쓰는 것 같습니다. 그들은 본질에 대해 묻기보다는 목회의 방법에 대해 물으며 지냅니다. 목회의 방법을 가르치는 모임에 많은 이들이 몰리지만, 본질적인 물음을 다루는 모임은 대개 외면당합니다. … 본에 힘쓰는 사람들은 자기를 완성태로 보지 않습니다. 그들은 학생정신에 투철합니다. 진리가 몸과 마음에 배어들기까지는 시간이 많이 걸리는 법입니다. 그러니 방심해서도 안 되지만 지나치게 조급증을 내서도 안 됩니다(112-113쪽).

그때 목사님은 제게 "학문적 유행을 추종하느라 허둥거리지 말고, 근본에 천착하라"고 하셨습니다. 돌아보니 사숙의 고백이 무색할 만큼 그 가르침을 제대로 살아내지 못한 것 같습니다. 근기 있게 버텨 앉지 못하고, 유행 담론을 따라 까치발로 허둥대며 온 건 아닌지 돌아보게 됩니다. 이대로는 안 되겠다 싶은 생각이 밤낮없이 엄습하는 건 까치발로 올 데까지는 이제 다 왔기 때문인 것 같습니다. 그래도 목사님께 드릴 변명이 아주 없지는 않습니다. 유행을 추종하느라 허둥거리며 오긴 했으나 "근본에 천착하라"는 말씀만큼은 놓지 않으려고 애썼습니다. 도대체 근본이란 뭘까, 그리고 거기에 천착하라는 말씀은 또 무슨 뜻일까, 삶의 때와 장소를 달리하면서도 이 물음 앞에 고요히 서 보는 일만큼은 잊지 않았습니다.

어느 시기를 지나며 저는 이 말씀을 글자 뜻 그대로 천착穿鑿, 그러니까 "근본을 뚫어내라"는 뜻으로 새기게 되었습니다. "진실에 가 닿으려는 사람은 절망조차도 진실로 인도하는 길임을 잊지 말아야 하고, 어정쩡한 절망 끝에 초월의 세계로 재빨리 달아나지 말아야 한다"(114쪽)고 하셨지요? 근본에 천착하라는 말씀은 '근본'이라는 우상의 자리로 재빨리 돌아가 거기에서 평안과 안식을 누리라는 말씀일 리 없다고 생각했습니다. 그 말씀은 도리어 '근본'으로 떠받드는 그 어떤 힘과도 화해하지 말라는 명령이 아닌가요? 스스로를

'근본'이라고 말하는 세속의 우상들을 거침없이 '뚫어내라'는 저항의 아포리즘이 아닌가요? "세속적 우상과의 싸움은 길고도 긴 싸움이 될 것이기에 문학인은 문학인의 언어로, 예술가는 예술적 표현으로, 인문학자는 인문학자의 개념으로, 종교인은 종교인의 진정성으로 싸워야 한다"(230쪽)고 말씀하셨을 때의 그 저항 말입니다. "근본에 천착하라"는 말씀 앞에 다시 서 보니 어김없는 출전명령입니다.

만남의 흔적들을 편지로 엮어내신 최근 책을 더듬어 읽었습니다. 특별하지 않은 삶이 없듯 그이들의 하나뿐인 삶에 응답하시는 목사님의 글 역시 그냥 지나칠 수 있는 게 하나도 없네요. 물론 제게 더 절실하게 다가온 구절들도 있었습니다. "죽은 나무에 물을 주는 심정으로 살라", "패배를 받아들이라", "크기에 대한 선망을 버리고 본질을 붙들라"(86쪽)는 말씀 등입니다. 오늘 아침에도 죽은 나무에 물을 주었습니다. 패배를 더 가볍게 받아들이기 위한 연습입니다. 인정에 대한 허명虛名과 기대를 벗어버리고 타자와 상쾌하게 대면하기 위한 혼자만의 의식이기도 합니다. 정신 나간 짓인지도 모르겠습니다. 죽은 나무에 물을 준다는 게. 그래도 당분간은, 하게 되는 동안에는 계속 해 보려고 합니다. 나무가 회생하는 기적은 일어나지 않겠지요? 그러기를 바라지는 않습니다만, 저 죽은 나무에 물을 주는 동안 "지극히 보잘 것 없는 사람 하나에게 한 것이 곧 내게 한 것"(마태복음 25:40b)이라는 예수의 마음에 가 닿고 싶은 마음만은 간절합니다.

목사님, 저는 언젠가부터 몰락하는 이들, 지면서 이기지 않고 끝끝내 지는 이들의 삶에 매료됩니다. 관용을 수단으로 삼아 저항을 길들이고, 비판을 도구로 삼아 몰락을 예방하는 일이야말로 "근본에 천착"하는 길에서 만나는 최후의 장애물이 아닌가 싶습니다. 일전에 설교를 통해 말씀하셨습니다. "겪을 것은 겪어내는 수밖에 없다"고, "고난은 더러 풀무불이 되어 우리 속에 있는 맑고 순수한 것을 드러내기도 한다"("그루터기," 청파교회 주일설교, 2010.5.30.)고 말입니다. 겪을 것을 겪어내지 않으려 하기에, 고난의 풀무불을 끝내 받아들일 수 없기에 삶이 비루함을 면치 못하는 것은 아닐까요?

보람의 땀방울이 피가 되어 떨어지는 겟세마네, 타자를 자기 삶의 의미추구의 대상으로 여기던 "자기 속으로 구부러진 인간homo incurvatus in se"(59쪽)이 마침내 몰락하는 그 자리야말로 부활의 생명이 깃드는 자리가 아닐까요? 니체의 말이 떠오릅니다.

사람에게 사랑받아 마땅한 것이 있다면, 그것은 그가 하나의 과정이요 몰락이라는 점이다. 나는 사랑하노라. 몰락하는 자로서가 아니라면 달리 살 줄을 모르는 사람들을. 그들이야말로 저편으로 건너가고 있는 자들이기 때문이다(프리드리히 니체,《차라투스트라는 이렇게 말했다》, 20쪽).

정말로, 겪을 것은 겪어내는 수밖에 없을 것 같습니다. 행여 겪지 않을 길이 보여도 그 길로 가지는 않으려 합니다. 희망을 말할 자격을 얻기 위함입니다. 죽은 나무에 물을 주는 삶을 겪어내지 않고서는, 삶의 허무와 절망의 심연을 통과하지 않고서는 희망을 말할 자격을 얻지 못할 것이기 때문입니다. 그런 이들이 말하는 희망은 "신중하지 못한 젊은이들, 주정뱅이들, 얼간이들이나 잔뜩 품는 것"(테리 이글턴, 《낙관하지 않는 희망》, 93쪽)이라는 조롱거리가 될 뿐이니까요. "미련한 사람이 입에 담는 잠언은 저는 사람의 다리처럼 힘이 없다"(잠언 26:7)는 말씀은 참입니다. 그래서입니다. 목사님께서 말씀하시는 희망에 귀를 기울이는 건 겪을 것을 겪어낸 사람의 희망, 몰락을 두려워하지 않고 맞선 이의 희망이 저의 희망이 되기를 바라기 때문입니다.

"지극히 보잘 것 없는 사람 하나"와 만나고 싶습니다

이성복 시인의 시론을 읽다가 시는 "말할 수 없는 것을 말하려다 계속해서 실패하는 형식"(이성복, 《무한화서》, 15쪽)이라고 말하는 대목을 만났습니다. 시인이 할 일은 "자기와 불화하고, 세상과 불화하고 오직 시時하고만 화해하는"(이성복, 《불화하는 말들》, 20쪽) 것이라는 말과도 마주쳤고요. 어디서 많이 듣던 얘기다 싶었는데, 지난 20여 년 목사님을 통해 제가 배우고 익힌 바에서 그리 멀지 않은 말이었기 때문이었을 겁니다. 시인의 길이 신앙인의 길과 다르다고 생각하지 않습니다.

목사님께서 그러셨지요? 하나님은 '하나 되게 하시는 님'이라고. 그 님 안에서 말할 수 없는 걸 말하려다 끝없이 실패를 반복하는 삶 외에 구원의 다른 길은 없지 않을까요? 대답하시길 바라며 드리는 질문은 아닙니다. 스스로를 향한 다짐이니까요. 겪어야 할 것을 의연히 겪어내며 "지극히 보잘 것 없는 사람 하나"와 만나고 싶습니다.

"자기중심주의의 중독으로부터 벗어나기 위해서는 타인의 삶의 자리로 자꾸 나가는 수밖에 없다"(59쪽)는 말씀, "인간의 인간다움이란 타자들의 요구에 반응할 수 있는 능력을 통해 구성된다"(136쪽)는 말씀을 소중히 간직합니다. 구원을 향한 순례는 자기로부터 멀어지는 길을 향한 여정, 타자와 더불어, 타자로부터 도래하는 새로운 삶으로의 이행임을 믿습니다. "일상성 속에 뿌리 내리지 못한 신앙은 필요에 따라 걸쳤다 벗기도 하는 망토에 지나지 않는다"(268쪽)고도 하셨지요? 신앙은 여가나 장식일 수 없다는 말씀으로 새깁니다.

일전에 천안에서 목회하시는 농부 목사님 부부와 나눈 말씀이 기억납니다. 소박하고 아름다운 예배당과 그것보다 더 아름다운 거기에 얽힌 삶의 이야기에 매료되어 시간가는 줄 모르고 대화를 나누던 중이었습니다. 사모님께서 그러셨습니다.

갈아입을 옷이 있었던 분들, 농촌선교라는 요란한 '비전'을 품고 여기 온 분들은 대부분 일찍 농촌을 떠나셨어요. 여기저기에서 부르는 곳이 많았거든요. 그런데 저희는 오라는 곳이 없었어요. 갈아입을 다른 옷이 없었거든요. 예수님이 열두 제자를 보내시면서 왜 두 벌 옷을 가져가지 말라고 하셨는지, 이제 조금 알 것 같아요.

방망이로 얻어맞는 기분이었습니다. 그때 저는 갈아입을 옷 컬렉션을, 그러니까 때와 장소에 따라 갈아입을 옷 여러 벌을 마련하려

339

고 분투 중이었기 때문입니다. 돌이켜보면 부질없는 짓이었습니다. 그것 없으면 큰일 날 줄 알고 챙겨두려던 옷들이 옹색한 삶 여기저기에 흩어져 마음을 더럽힐 뿐이었습니다. 두 길 보기를 그쳐야겠다고 생각한 건 그 무렵이었던 것 같습니다. 그래도 젊어서 그런지 아직 놓고 싶지 않은 것들이 꽤 많습니다. 때가 있으려니 하는 수밖에 없겠지요?

위학일익 위도일손爲學日益 爲道日損, "배움의 길은 날로 쌓아가는 것이며, 도道의 길은 날로 덜어내는 것"이라는 목사님의 서재 액자에 고이 담긴 노자의 한 구절을 되뇌어 봅니다.

목사님, 벌써 글을 마쳐야 할 시간이 됐네요. 가끔 가 뵈옵고 오겠습니다. 부디 거기에 계셔 주십시오. 희망을 말하기 부끄러운 시대, 희망을 찾는 이들의 이정표로 계속 서 계셔 주십시오.

"멍청한 제자는 망은忘恩하고 영리한 제자는 배은背恩하는 세상에서, 죽지도 썩지도 않는 스승으로"(김영민, 《봄날은 간다》, 263쪽) 생을 다 하시는 날까지 부디 거기에 그렇게 계셔 주십시오. 열심히 쫓아가겠습니다.

하늘의 초대장

●

김기석 | 청파교회 목사, 《세상에 희망이 있느냐고 묻는 이들에게》 저자

조그마한 비닐봉지를 손에 든 채 휘적휘적 앞서 걷던 아이가 갑자기 조그마한 건물 앞에 쪼그리고 앉았다. 시간에 대갈 수 있을까 마음이 급하기는 했지만 고개를 숙인 채 뭔가를 골똘히 바라보는 아이의 모습이 나의 시선을 끌었다. 아이는 건물과 보도블럭 사이를 비집고 올라온 쑥부쟁이에 온통 마음을 빼앗긴 것 같았다. 꽃에게 길을 묻고 있던 것일까? 아이는 새롭게 조성된 신도시의 곧게 뻗은 도로를 이야기가 있는 길로 만들고 있었다. 아이는 쑥부쟁이의 말 없는 초대에 흔연히 마음을 열었던 것이다.

누군가의 초대를 받는다는 것은 참 마음 설레는 일이다. 적어도 나의 존재가 그에게 거부되지 않았다는 사실을 확인받은 셈이기 때문이다. 여러 해 전 노숙인들과 함께 하는 성탄절 예배가 교회에서 열렸다. 노숙인들의 벗이 되어 살던 이들이 주도한 모임인데, 저녁

이 되자 노숙인들이 교회로 주뼛주뼛 모여들기 시작했다. 그분들의 손에는 초대장이 들려 있었다. 주관하는 분들이 오랫동안 초대받지 못한 존재로 살아가는 그들의 입장을 고려하여 공들여 만든 초대장을 한분 한분에게 전달했던 것이다. 초대받은 자의 공손함과 예의를 갖춘 채 노숙인들은 감동적인 예배를 드렸다. 뿌리 뽑힌 자로 살아가는 신산스러움이 떠올랐기 때문일까. 눈물을 훔치는 이들도 있었다. 그분들의 손에 쥐어졌던 초대장은 이미 형체도 알아볼 수 없게 해체되었겠지만, 그들의 가슴에 새겨진 초대장은 오랫동안 그들 삶을 비추는 빛이 되었을 것이다.

분주함이 신분의 상징처럼 되어버린 시대이다. 《모모》에 나오는 회색 일당들에게 시간을 팔아버렸기 때문일까? 도시인들은 모두 뭔가에 쫓기듯 살아간다. 어디로 그렇게들 달려가는 것일까? 텔레비전에서 아프리카 초원의 기린 무리를 다른 곳으로 이주시키는 광경을 본 적이 있다. 그 거대한 몸체를 한 짐승을 몰기 위해 헬기가 동원되었다. 헬기 소리에 놀란 기린들은 한 방향으로 내달렸다. 사람들은 기린이 달려오는 길목 양편에 거대한 높이의 나무벽을 쌓았다. 나무벽은 안으로 들어갈수록 좁아졌고 기린들은 결국 준비된 차에 실릴 수밖에 없었다. 욕망에 쫓기는 인생의 모습이 그러한 것 아닌지 모르겠다.

가끔 일에 몰두하느라 탈진한 동료들을 만날 때마다 쉬엄쉬엄 하라고 말하곤 한다. 모두가 그 말에 공감한다. 그래서 '언제 한 번 만나서 놀아요' 하고 헤어지지만 그 '언제'는 카프카의 '성'처럼 늘 저만치에 있다. 아무 일도 없이 만나기란 여간 어려운 일이 아니다. 해야 할 많은 일에 둘러싸여 살다보니 무위의 삶이 낯설어진 것이다. 그 낯섦은 스스로 깨기 어렵다. 벗들이 필요한 것은 바로 그 때문이다. 비장한 용기로 낯섦을 깨고 나가 시간의 일부를 무위를 위해 구별해 놓은 이들이 있다. 가끔 만나 살아가는 이야기도 나누고, 음식도 나누고, 흥이 나면 노래도 부르고 춤도 추는 사람들 말이다. 그런 모임은 어쩌면 각박한 우리 삶의 숨구멍인지도 모르겠다.

어떤 사람이 큰 잔치를 베풀고 많은 사람들을 청했다. 잔칫날이 다가오자 그는 청하였던 이들에게 종을 보내 모든 것이 준비되었으니 와 달라고 말했다. 하지만 사람들은 한결같이 그 초대에 응하지 않았다. 어떤 이는 새로 사들인 소가 일을 잘 하는지 시험하러 가보아야 한다고 말했고, 어떤 이는 새로 산 밭을 보러 가야 한다고 말했고, 또 다른 사람은 장가 들었기 때문에 갈 수 없다고 말했다. 그들은 모두 자기들에게 익숙한 일상에서 벗어나고 싶지 않았던 것이다. 타성에 갇힌 수인들은 삶이 잔치라는 사실을 알지 못한다. 낯익은 세계에 머물면 안전할지는 모르겠지만 삶이 우리를 위해 준비해 놓은 황홀한 신비를 만날 수는 없다.

저만치에 무심히 핀 듯 보이는 들꽃, 높이 떠가는 구름, 나무를 세차게 흔들고 지나가는 바람, 밤하늘을 수놓는 별들, 천 년 만 년 푸르게 일렁이고 있는 파도는 어쩌면 신이 우리에게 발송한 초대장인지도 모르겠다. 우리를 우정의 자리로 불러내는 사람들도 마찬가지이다. 그러나 우리가 정말 잊지 말아야 할 것이 있다. 지금 불의

하늘의 초대장

한 세계 질서로 인해 벼랑 끝으로 내몰린 사람들, 아무리 시간이 지나도 사위지 않는 한을 품고 살 수밖에 없는 사람들, 마치 대지에서 뿌리 뽑힌 것처럼 허둥거리며 살 수밖에 없는 이들, 불가역적인 시간의 심연에 갇힌 채 폐허로 변한 가슴을 부둥켜안고 있는 사람들, 자기 땅에서 쫓겨나 세상을 떠돌고 있는 이들의 퀭한 눈망울 또한 우리를 참 사람의 길로 부르는 초대장이 아닌가. 풍경을 대하듯 무심히 지나치는 이들도 있다. 하지만 타성을 깨뜨리고 그들의 초대에 응답할 때 삶은 활어처럼 신선해진다.